Casi me olvido de ti

Terry McMillan

CASI ME OLVIDO DE TI

Traducido del inglés por Miguel Marqués Muñoz

AdN Alianza de Novelas

Título original: *I Almost Forgot About You*
This translation published by arrangement with
Crown Publishers, an imprint of the Crown
Publishing Group, a division of Penguin Random
House LLC.

Diseño de colección: Estudio Pep Carrió

Copyright © 2016 by Terry McMillan. All rights
reserved.
© de la traducción: Miguel Marqués Muñoz, 2017
© AdN Alianza de Novelas (Alianza Editorial, S. A.)
Madrid, 2017
Calle Juan Ignacio Luca de Tena, 15
28027 Madrid
www.AdNovelas.com

ISBN: 978-84-9104-695-0
Depósito legal: M. 2.957-2017
Printed in Spain

Para mi hijo, Solomon

Soñamos con tiempos que no existen ya y a
ciegas huimos del que sí. Es que el presente,
de ordinario, nos hiere.

BLAISE PASCAL, *Pensamientos* (47)

Los usos del pesar

(Soñé este poema.)

Una persona que amé
me dio una caja llena de oscuridad.

Me llevó años entender
que también aquello era un regalo.

MARY OLIVER

¿Se te acaba el tiempo?

Es otra emocionante noche de viernes y yo estoy acurrucada en la cama —sola, por supuesto— bajo un mar de almohadas. No me he quitado aún la bata de la clínica y llevo el ceñidor tan ajustado que estoy sudando bajo el vestido de seda malva, y me da igual. He tenido un día horrible, sin un solo descanso entre paciente y paciente, y estoy a apenas unos minutos de caer en coma. El caso es que me ha entrado hambre, así que aquí estoy, cambiando de canal y esperando a que llegue la pizza. Me detengo cuando doy con una serie que nunca me falla: *Ley y orden. Acción criminal*. Ya he visto casi todos los capítulos, incluso las reposiciones, pero no me importa. Últimamente, lo que hago es ver los primeros cinco o diez minutos, hasta que el detective Goren llega a la escena del crimen con su larga gabardina. Siempre hace lo mismo: inclina la cabeza a un lado mientras se calza los guantes de goma, se frota la barba de dos días que cubre ya ese hermoso mentón cuadrado y se inclina para estudiar el cadáver. Es en ese momento, antes de que pronuncie palabra, cuando habitualmente frunzo los labios, lanzo un beso al aire y cambio de canal. He tenido fantasías húmedas con el detective Goren y he anhelado que me aprieten contra unos hombros como los suyos desde mucho antes de que terminase mi segundo matrimonio.

11

He de confesar que en otro tiempo me dio por enamorarme todos los miércoles de los labios de Gary Dourdan, el actor que encarna a Warrick Brown de *CSI*. Y, además, aunque nunca fui *trekkie*, la voz de barítono y la sonrisa astuta de Avery Brooks me obligaron en otra época a asentir en voz alta ante la televisión. Además, me dejo seducir durante horas en la oscuridad de los cines, hipnotizada por los ojos soñadores de Benicio del Toro (aunque haga de criminal). Por el gesto fanfarrón de Denzel en la piel de un gánster de maneras impecables. Por un joven Brad haciendo de atractivo ladrón. Por Ken Watanabe en la piel de un sensual samurái a caballo por el que me dejaría raptar encantada (me imaginaba como una *geisha* negra, torturándolo hasta por fin entregarme a él sin medida).

Odio reconocerlo, pero si me quedaran fuerzas, mataría por acostarme con el primer tipo que entrase en mi dormitorio esta misma noche. Dejaría que me hiciese lo que quisiera. Llevo siglos sin meterme en la cama con un hombre de verdad. Ni siquiera estoy segura de que supiera qué hacer si alguna vez vuelvo a tener esa suerte. De hecho, creo que me sentiría incomodísima. Me daría miedo que me tocasen en cualquier lado; por no hablar de que me vieran desnuda. Por esto es por lo que duermo con el mando a distancia al lado, joder.

Suena el timbre y echo un vistazo a los jirones de nubes azules que flotan en el interior del despertador que tengo sobre la mesita. La pizza ha tardado cuarenta minutos: eso quiere decir que me dan una gratis. Ruedo por la cama para salir por mi lado (el otro lleva años vacío) y bajo al piso de abajo al grito de «¡voy!». Saco la billetera del bolso y me apresuro a abrir la puerta. Estoy muerta de hambre. Bueno, en realidad, no. Tengo un poco, sin más. Estoy intentando dejar de mentirme a mí misma sobre estas cosas sin importancia. En las importantes aún estoy trabajando.

Abro la puerta y ante mí aparece un sudoroso chaval negro que no tendrá más de dieciocho años. Su cabeza parece un globito bordado de brillantes bucles negros; conozco bien ese peinado: proyectos de rastas. Motean sus mejillas espinillas recién salidas. Lleva una chapa prendida en el pecho con su nombre: «Free»[1].

—Siento el retraso, señora. Ha habido un accidente al principio de la calle que sube hasta aquí y no se podía pasar. Este pedido lo paga la casa.

El chico tiene un aspecto triste. Me pregunto si le quitarán lo que ha costado la pizza de su escueta nómina, pero no me atrevo a indagar.

—No me importa pagarla —respondo—. No es culpa tuya si ha habido un accidente.

Cojo la pizza y la coloco al pie de la escalera metálica.

—Muchas gracias por el detalle, pero no pasa nada. Por mí, todo bien. Esta es mi última entrega de la noche —contesta él, inclinándose hacia un lado y mirando por detrás de mi espalda, aunque trata de disimular—. Qué casa tan chula. Nunca había visto un suelo amarillo. Está muy «guapo».

—Gracias —le digo, alargándole un billete de veinte dólares.

Me mira sin saber qué decir.

—Señora, ya le he dicho, esta pizza la paga la casa. Además, he traído algunos cupones de bebidas —replica él, sacándolos del bolsillo de su camisa roja.

—Lo que te he dado es propina —insisto—. ¿Free es tu nombre de verdad?

—Sí, señora.

—¿Te gusta?

—Está bien. Me preguntan todo el tiempo por él.

---

[1] En inglés, «Libertad». *(N. del T.)*

—Y ¿qué edad tienes, Free?

—Dieciocho. —El chico no deja de mirar el billete de veinte y, tras un momento, se lo mete a toda prisa en el bolsillo trasero del vaquero, por si vuelvo a mis cabales y cambio de opinión.

—¿Vas a la universidad? —Espero que diga que sí y que está estudiando literatura para que se dé cuenta de que no es muy elegante decir que un suelo «está "guapo"».

—Todavía no. Por eso estoy trabajando. ¿De verdad quiere que me quede con los veinte dólares?

Asentí.

—¿Sabes ya qué quieres estudiar?

—Ingeniería Mecánica —responde sin titubeos.

—Qué bien.

—¿Su marido es rico?

—¿Qué te hace pensar que tengo marido y que es rico?

—Toda la gente que vive por aquí arriba en las colinas es rica. Hasta las dos «bolleras» de la puerta de al lado. Y están casadas.

—Esas chicas no solo son mis vecinas, también son amigas mías. Y son lesbianas, no «bolleras».

—Vale, vale. Lo siento —se disculpa, levantando las manos como diciendo «No dispare»—. No quería insultarlas.

—Ya, ya sé. Bueno, yo estoy divorciada. Y no soy rica. Pero no me va mal, la verdad.

—Lo desplumó entonces, ¿eh?

—No.

Fue en ese momento cuando me echó una larga mirada de pies a cabeza.

—¿Es usted médica o algo así?

—Sí, soy optometrista —respondo, echándome un ojo yo misma a la bata.

—¿Eso de qué va?

—Echo una mano a la gente que no ve del todo bien —explico, para no complicarme demasiado.

—¿Y a usted quién le echa la mano? —pregunta el chico con una sonrisa que me descoloca totalmente. Menuda pregunta capciosa para una mujer que podría ser su abuela—. Es broma. No le quería faltar al respeto.

—No te preocupes, Free.

¿Quién me echa una mano a mí? ¿Para hacer qué, a ver?

—Guay. Bueno, mire, tengo que darme prisa porque tengo que devolverle el coche a mi primo, pero gracias enormes por la megapropina. La verdad es que mola que me lo haya dado una negra. Casi ningún blanco del barrio da propinas, salvo las lesbianas esas.

Lo que acaba de decir es un poco racista y también sexista, pero sé que lo hace sin mala intención. El chico corre hasta la acera y se sube a un coche destartalado, quita el cartel de la pizzería del techo y enfila la cuesta abajo. Yo me apoyo en el marco de la puerta y miro cómo se aleja. Debería haberlo felicitado por estar trabajando para pagarse los estudios y, si no hubiera llevado tanta prisa, me habría encantado decirle que quizá en la universidad encuentre lo que busca, y que quizá no. También le habría dicho que, en ese caso, no deje nunca de buscar. De lo contrario, terminará haciendo algo que se le dé bien, un trabajo respetable que le garantice unos ingresos decentes, sin más. Pero un día, cuando sea mayor, digamos, cincuenta y tres para cincuenta y cuatro, cuando sus hijos hayan crecido, y se haya divorciado dos veces, y esté harto de su trabajo y de su vida, la sola idea de cambiarlo todo —o siquiera de casa— le resultará aterradora, porque pensará que es demasiado tarde. Le diría que, de ser así, tendrá que inventarse la manera de darle la vuelta a su mundo. Le diría que yo soy el ejemplo perfecto de lo que te puede pasar si no lo haces.

Apago la luz del porche, cierro la puerta y no me explico el porqué de esta repentina avalancha de pensamientos. Camino sobre los fríos suelos de hormigón amarillo y me siento en la fría escalera metálica, contemplo la luz que centellea entre las suaves ondas azul marino de la fría piscina de fondo negro y miro el altillo en el que antes dormían mis hijas y la habitación de la planta baja donde ahora está la biblioteca y duermen los invitados. Me quedo ahí sentada y me como la pizza margarita sin dejar un trozo.

Me arrepiento tanto de todo.

Los lunes por la mañana son los peores días, por eso he salido un poco antes. Sigue habiendo mucho tráfico en la autopista, pero estoy acostumbrada. Bajo un poco la ventanilla, aunque no debe de hacer más de diez grados. La humedad que escala desde la bahía no empaña la claridad de la mañana. Cientos de coches descienden lentamente por la autopista haciendo una curva. Nos espera como una postal gigantesca el puente de la Bahía. En el horizonte se perfila San Francisco. Vivo en un sitio hermoso.

Pero entonces, como suele ocurrir al menos una vez a la semana, el tráfico se detiene en seco de repente. Ahí adelante vislumbro el motivo: han chocado cuatro coches y el accidente bloquea dos de los cinco carriles. Todo el mundo trata de hacerse a un lado para dejar pasar a las ambulancias y a los camiones de bomberos cuyas sirenas se oyen ya. Rezo por que no haya ningún herido. Bajo la ventanilla del todo y pongo el coche en punto muerto. Algunos han apagado los motores. Yo dejo el mío encendido y me dispongo a llamar a la oficina.

Suena mi móvil y sé quién es incluso antes de mirar la pantalla.

—Buenos días, *miss* Early[2] —saludo a mi madre, porque es muy temprano pero también porque su nombre es Earlene.

—Buenos días tenga usted, señorita Georgia.

Por supuesto, yo nunca fui ni podría haber sido ninguna señorita Georgia, porque nací en Bakersfield, California, donde aún vive mi madre. A mí me pusieron Georgia por mi difunto padre, que se llamaba George. No pasa un día sin que alguien me pregunte si yo soy del estado de Georgia. En la universidad empecé a mentir y a decir a todo el mundo que sí: de Macon, Georgia. Pero entonces todo el mundo quería saber por qué no tenía acento.

—¿Qué puedo hacer por usted, señora? ¿Cómo estás?

—Probablemente, más sana que tú. Veamos, te llamo por dos cosas. Me voy a un crucero para mayores con la gente de la iglesia.

—Qué bien —repongo, intentando no reírme. No puedo evitar pensar en el desmadre que se va a organizar en ese barco.

—¿«Qué bien»? ¿Eso es todo?

—Me hace mucha ilusión por ti, mamá. Sé que vas a una de esas iglesias enormes, pero ¿hay suficientes jubilados en la congregación como para llenar un crucero entero?

—Pues claro que no. Van al crucero los feligreses de diez iglesias, no vamos a ser el único grupo de la tercera edad.

Tiene ochenta y uno. Pronto cumplirá ochenta y dos.

—¿Adónde vais? Y ¿cuándo?

—Zarpamos en quince días. ¡El crucero son diez días enteritos! Vamos a cuatro o cinco islas del Caribe, ahora mismo no me acuerdo de todas. Una es Gran Caimán.

—Eso son muchas islas, mamá. Pero, bueno, suena a que lo vas a pasar de miedo. Te va a venir bien.

---

[2] *Early* significa «temprano» en inglés y es también diminutivo del nombre propio Earlene. *(N del T.)*

—Estoy de acuerdo. Todavía echo de menos a tu hermano y a tu padre y en esta urbanización estoy muy sola. A decir verdad, me estoy cansando de ir a la iglesia a hacer vida social. Para rezar en casa no tengo que arreglarme. De todos modos, mientras juego a las tragaperras en el barco, voy a rezar mucho —dice, riéndose.

—Oye, mamá, ¿qué era lo otro que me querías decir? Estoy en un atasco, pero parece que ya empezamos a movernos.

—Bueno, sabes que ya casi me toca la revisión anual de la vista, y justo me coincide con el crucero.

—Mamá, se puede cambiar.

—Ya lo sé. Espero que podamos ir a la revisión después de las vacaciones. A menos que tú creas que debo hacérmela antes de irme.

—Mamá, no tienes que hacerte la revisión todos los años el mismo día. A tu edad basta con que te la hagas más o menos en la misma época del año.

—Georgia, todavía no estoy senil.

—Sobre eso no voy a hacer ningún comentario. Un momento, ¿has dicho «espero que *podamos* ir»? ¿Con quién vas? Por favor, no me digas que con Dolly.

—Bueno, ya sabes que no es muy seguro que yo conduzca tanto tiempo sola. Me va a llevar ella.

¿Por qué a mí, Señor? Dolly es mi prima segunda. Es mayor que yo, la quiero, pero no me cae muy bien, porque tiene bastante mal carácter y nunca dice nada agradable de nadie, y menos de mí. Lo sé porque los cotilleos se propagan rápido en el seno familiar. Mi prima Dolly se ha convencido a sí misma de que yo me creo no sé quién porque fui a la universidad y vivo en una casa bonita con piscina. Tengo algunos parientes que no podrían faltar en mi vida, pero Dolly no encabeza precisamente esa lista.

—Los niños quieren venir también. No te han visto en años y les está costando encontrar trabajo.

Los niños tienen más de treinta años. Llevan años sin verme y también sin trabajar. La última vez que vinieron se fumaron un porro en el baño y trataron de acabarse la mitad de las botellas de mi minibar.

—He empezado ya a remodelar la casa. No tengo sitio para alojarlos —miento.

—Ya era hora. A ver si le quitas un poco de color. Es de lo más hortera.

—Tengo que colgar, mamá. Te quiero.

Normalmente, le mando un sonoro beso, pero acaba de herir mis sentimientos, así que esta vez me lo guardo.

Paso por delante de los altos ventanales de la clínica y Marina, nuestra recepcionista japonesa de metro ochenta y cinco, me saluda con la mano. Está al teléfono, sentada tras el largo mostrador de madera de arce de la recepción. En los cuatro años que lleva trabajando con nosotros no ha habido ni un solo día que no haya vestido de negro, uñas incluidas. Desde la entrada solo se alcanza a ver sus hombros. Ella levanta el pulgar despacio para darme a entender que está todo bien. En realidad, no estaba preocupada por llegar tarde, pero no me gusta incomodar a los pacientes. La situación, no obstante, suele ser la inversa.

A diferencia de mi casa, la clínica transmite serenidad. Las paredes están pintadas de gris claro y de un cálido tono amarillo, y una de ellas es blanca por completo. A mi madre le gusta. Nueve sillas son blancas y hay otra amarilla. Tenemos también cuatro mesas rectangulares de color violeta distribuidas por la sala en las que hacemos las pruebas de gafas con los pacientes. Las paredes están repletas de monturas y gafas de sol para satisfacer casi cualquier gusto y bolsillo.

Una de mis pacientes favoritas, que también resulta, sin embargo, de las más cargantes, es Mona Kwon. Me está esperando. Se levanta y se apresura a abrir del todo la puerta entornada de la consulta. «¡Gracias, Mona!», le digo, y sigo adelante en dirección a Marina. Mona se sienta en *su* silla, la que está junto a la puerta. Si está ocupada por otro paciente, prefiere quedarse de pie. Pronto cumplirá setenta y cinco. Lo único que necesita son unas buenas gafas de leer, pero afirma que no se ve bien las uñas de la mano. Viene para que le ajuste las dioptrías al menos dos veces al mes: tiene cuarenta pares de lentes, y suma y sigue. Los técnicos piensan que debe de sufrir demencia; yo creo que, simplemente, se siente sola. Además, no le gusta que los técnicos le ajusten las monturas; insiste en que lo haga yo. Después de sacar la montura de la arena caliente —para que el material quede maleable— y colocarse las patillas tras las orejas, Mona se mira en el espejo durante minutos y yo la miro a ella, hasta que queda convencida de que se parece a quien se quiera parecer, sea quien sea.

—Buenos días, aunque ya falta poco para mediodía... —saludo a Marina. Digo hola también a otros tres pacientes que esperan a Lily, mi compañera, que no llegará hasta las once. Lily sale demasiado y, aunque bajo la bata blanca va vestida como una auténtica devorahombres, y sus tacones no bajan nunca del palmo, es una optometrista endiabladamente buena.

—¿Cuál es el parte? —pregunto a Marina.

—Solo ha perdido una cita y la he reprogramado.

—Muchas gracias. ¿Hay alguien dentro ahora? —pregunto sin mirar la agenda de citas.

—Una paciente nueva. No quiero sonar cursi, pero es una chica muy negra y muy guapa. Se llama Cleo, de apellido Strawberry. ¿Mola, no? Tenemos que dar gracias a nuestra amada florista por la referencia. La chica solo quiere unas lentillas nuevas y la señora Kwon ha dejado muy claro que no le importa esperar. ¿Quiere un café largo de Peet's?

—Un café no me va a ser de mucha ayuda. Pero gracias, Marina.

Marina me entrega las citas del día y el dosier de la paciente. ¿Strawberry, en serio? Enfilo el pasillo de la consulta, agarro al vuelo una bata limpia del armario, me la coloco por encima de mi aburrido vestido azul, me esterilizo las manos con solución desinfectante. Leo las citas del día por encima, dejo atrás dos puertas y toco a la de mi consulta suavemente. Oigo una enérgica voz: «¡Adelante!». Basta para que me sienta mejor. Marina tiene razón: parece una princesa de ébano. La chica tendrá unos veintitantos. Cierra la revista de diseño y arquitectura que está hojeando, como un niño al que hubieran sorprendido haciendo algo prohibido. Alarga el brazo para dejarla sobre la mesa del instrumental, pero se da cuenta en el último momento de que ese no es el lugar. Con una sonrisa, le tiendo la mano y se la recojo. Ella levanta la mirada y me devuelve la sonrisa.

—Buenos días, señorita Strawberry. Soy la doctora Young. Siento haber llegado tarde.

—Buenos días, doctora. Probablemente, venía justo delante de usted por la autopista, porque he llegado hace quince minutos. No tiene que disculparse, doctora Young. Recemos por que no haya habido ningún herido grave.

—Espero que no. Parece que tenemos que dar gracias a Noelle por que te hablase de nosotros. Sus arreglos florales son auténticas esculturas. Cuando nos hace algún regalo, no sabemos nunca qué esperar. Bueno, entonces…, ¿su apellido es Strawberry? No es muy habitual.

—No, es verdad. Por eso me gusta.

—Hace siglos, en la universidad, tuve un buen amigo que también se apellidaba así.

—¿Dónde estudió usted?

—En la Universidad de California, aquí en San Francisco.

—¡En ese campus también estudió mi padre!

—Yo me gradué en el 76.

—¡Mi padre es de la quinta del 75! Raymond. Raymond Strawberry.

No puedo creer lo que acaba de decir. Ray Strawberry y yo siempre nos tuvimos por amigos íntimos con «derechos». Pero nada más, porque su novia estaba en Harvard y él estaba locamente enamorado de ella. A mí no me atraía en un primer momento. Ray y yo nos dejábamos la piel estudiando y nos sentíamos solos y, de vez en cuando, necesitábamos aliviarnos, así que hicimos un pacto: nos acostaríamos juntos, sin compromiso, cada vez que nos apeteciera. Al principio fue una vez a la semana, pero luego empezamos a vernos dos veces a la semana y, después, cada vez que podíamos robar media hora de tiempo a cualquier otro plan. Todo iba bien hasta que su novia volvió por las vacaciones de primavera y yo me di cuenta de que sentía celos. Sin haberme siquiera percatado, me había enamorado de él.

—¡No puedo creer que seas su hija! Perdimos un poco el contacto cuando se marchó a Yale. Ray se tomó muy en serio sus planes de convertirse en cirujano. ¿Lo consiguió? ¿Ejerce aquí en San Francisco? ¿Cómo está? Me encantaría poder saludarlo. Vaya, qué pequeño es el mundo.

—Pues, verá… Mi padre murió. —Vuelvo a colocar con suavidad el oftalmoscopio en la bandeja del instrumental. No importa que no haya visto a Ray ni pensado mucho en él todos estos años. No puedo creer que su hija esté ahora mismo sentada en la silla de mi consulta diciéndome que el primer hombre del que me enamoré está muerto—. Fue hace cinco años —añade, acariciándose con índice y pulgar la gruesa nariz—. Un choque en la autopista, seis coches. Por culpa de un ciervo.

Joder.

—Lo siento mucho. Siento mucho oír esto.

Joder.

Cojo un clínex para mí e *ipso facto* otro para ella. Le hago la prueba, le mido la visión y le dilato las pupilas en completo silencio. Ella empieza a contarme la historia de su padre, pero, de repente, se detiene. Intuye algo. Termino las pruebas, le receto unas lentillas nuevas, le digo que ha sido un gran placer conocerla, que seguramente verá borroso durante unas horas y que debe evitar la luz solar directa. Al salir, me da un abrazo como despidiéndose. Sé que jamás volverá.

Me siento melancólica el resto del día. No me apetece conducir en plena hora punta ni volver a casa. Camino seis manzanas, hasta Fisherman's Wharf y el resto de muelles. Son las seis en punto, pero ya casi es de noche y desde la bahía sube un aire que da escalofríos. No importa el calor que haga en San Francisco por el día; cuando oscurece, la temperatura cae siempre al menos diez o doce grados. Por eso llevo puesta mi gabardina de forro con una bufanda de lana liada cuatro o cinco veces alrededor del cuello, y las manos metidas en los bolsillos. Giro a la izquierda en el Embarcadero y casi me choco con una vagabunda que está parada en mitad de la acera. Va envuelta en una raída manta verde. Lleva la cara sucia y tiene un pelo de color indefinido. Abro el monedero y saco un billete que resulta ser de veinte. Se lo coloco en la lata y sigo mi camino. Pero no me siento generosa.

No tengo ningún destino en mente. Estoy intentando asimilar el hecho de que ha muerto alguien a quien en un tiempo estuve muy unida. Una persona a la que amé. No parece importar que hayan pasado treinta años desde la última vez que lo vi, ni que no recuerde la última vez que pensé en él. Lo que me entristece tanto es que nunca llegó a saber cuánto lo quería.

Cruzo la calle y entro en un restaurante con hora feliz. Un apuesto camarero me pregunta si voy a cenar y le contesto que no estoy segura. Me invita a elegir mesa y señalo la terraza. Le sigo y, por suerte, me sienta debajo de una de esas estufas enormes. Casi todas las mesas están llenas de ejecutivos que trabajan en el vecindario. El mar parece negro y las olas son altas y gruesas. Los trasbordadores para Sausalito, Tiburón y Larkspur se cruzan en la bahía, justo por delante de Alcatraz. Las colinas de Oakland y Berkeley centellean al otro lado y, a la izquierda, el Golden Gate luce su color rojo aun en la oscuridad de la noche, a través de la ligera neblina. Me quito el abrigo. En lugar de vino blanco, pido un capuchino.

Debería haberle dicho a Ray que lo quería antes de graduarnos. Debería haber corrido el riesgo de descubrir que él no me quería a mí. Pero ¿y si sí? Llega mi café, sorbo la espuma y limpio el borde de la taza con el dedo índice. Escucho las olas restallar contra el muelle y me pregunto dónde estarán el resto de hombres a los que alguna vez amé. ¿Qué será de ellos? ¿Qué estarán haciendo? ¿Cómo serán sus vidas? ¿Serán felices? ¿Estarán vivos? He hecho un trabajo bastante concienzudo para apartarlos de mi memoria y ahora me pregunto si ellos me habrán borrado también a mí.

Me he enamorado al menos cinco o seis veces, quizá siete. En dos ocasiones me casé. Tres de esos amores arrancaron a todo gas, pero al final se nos rompió el cigüeñal. Los otros dos nacieron muertos. Estas cifras no incluyen los hombres con los que solo me metí en la cama. Ese número es mucho mayor.

Con los años me quedó claro que a veces te enamoras solo para darte cuenta al final de que esa persona ni siquiera te gusta. A mí Ray sí me gustaba antes de que me enamorase de él. Lo respetaba. Y él me respetaba a mí, definitivamente. Era un hombre íntegro. Sincero. Hablábamos sobre cualquier cosa, sin límites. Él, además, sabía escuchar. Yo no tenía que fingir ser más de lo que era y no me veía obligada a esforzarme por impresionarlo. Yo le gustaba como era, y por eso no nos andábamos con tonterías. De hecho, podría decir que él fue el primer hombre del que fui amiga. Cuando terminó la universidad, se marchó a Yale y desapareció de mi radar.

El tiempo que pasé conociéndolo me hizo mejor persona, pero nunca tuve la oportunidad de decírselo. Creo que me gustaría hacer saber a los demás lo que gané por amarlos, quizá también por odiarlos. Ahora mismo no sé exactamente en qué consistió esa ganancia, porque jamás he reflexionado sobre ello. Lo que sí sé es que mis parejas han ocupado casi treinta y cinco años de mi vida adulta. Eso es mucho tiempo. Hoy día salta a la vista que la manera en que nos educan condiciona enormemente el tipo de persona que seremos más tarde. También lo hace a quién amamos.

Quiero encontrarlos.

Quiero que sepan que hubo un tiempo en que fueron importantes para mí.

Quiero que sepan lo que me dieron.

Quiero descubrir lo que yo les di.

Quiero saber por qué me quisieron.

Quiero entender por qué nos dejamos de querer.

Quiero descubrir por qué dejamos de importarnos.

Quiero descubrir por qué nos hicimos daño.

Quiero pedir disculpas.

Quiero explicarme.

Quiero perdonarlos.

Quiero saber si ellos me han perdonado.

Quiero averiguar por qué es tan difícil perdonar.

Quiero que sepan que no los olvidé y que simplemente en este momento de mi vida me he puesto a recordar.

Más que nada, lo que realmente quiero saber es si siguen vivos, si están sanos, si son felices y si han prosperado y se han convertido en los hombres —las personas— que habían querido ser. Espero que sí. Y doy las gracias a Raymond Strawberry por ayudarme a darme cuenta de todo esto.

De camino a casa no encuentro tráfico. Me siento distinta. Más ligera. Más limpia. Como si me hubieran cerrado un carril para mí sola y estuviera a punto de entrar en él. Cuando somos jóvenes, pensamos que la juventud durará para siempre. La vida se nos antoja una larga fiesta, una consecución de emociones. Sabíamos entonces que podríamos superar cualquier desengaño, cualquier decepción y cualquier fracaso en un abrir y cerrar de ojos, porque tendríamos cientos si no miles de oportunidades para arreglar las cosas. Sabíamos entonces que el éxito, la felicidad y el amor estaban a la vuelta de la esquina. No nos preocupaba el futuro. Nos preocupaba cuándo volveríamos a acostarnos con alguien.

Ahora nos estiramos atravesadas en la cama cuando no tenemos sueño o porque, simplemente, estamos cansadas de nuestro estilo de vida, o de «no vida». Cualquiera dirá que no podemos quejarnos, pero el éxito y la buena calificación de solvencia en tu banco jamás te harán sentir querido. Ni te provocarán un orgasmo. Tiras la bolsa de basura y te preguntas de qué te estás deshaciendo realmente. Te peinas y te pones maquillaje y algo bonito de ropa, y te pintas las uñas de las manos y de los pies de un rosa encendido —aunque tú misma no te sientas precisamente en llamas— y te preguntas si alguien se fijará en ellas. Te afeitas las piernas y las axilas y te haces la cera en el entrecejo y te preguntas si alguien se dará cuenta. Y entonces, un día, sin saber por qué, dejas de hacerte preguntas y empiezas a preocuparte por que la mayor parte de tu vida queda ya a tus espaldas. ¿Así va ser para siempre jamás? ¿Es esto todo lo que me queda?

«Dios, espero que no», te dices.

El viernes por la noche decido no ayudar al detective Goren a resolver su caso de asesinato. Que le den por culo. De hecho, ni siquiera enciendo la televisión. Me doy un baño de espuma. Me afeito las piernas y las axilas. Me hago una mascarilla de barro. Me depilo las cejas. Me pongo un cómodo pijama de algodón rosa que había doblado muy cuidadosamente la semana anterior. Sigue oliendo a recién lavado. Me quedo dormida antes de las diez.

El sábado decido no ir ni a Costco ni a Home Depot ni a Target ni al supermercado. No necesito nada.

Me voy al cine.

Compro una entrada para ver *Conocerás al hombre de tus sueños* sin caer en la cuenta de que es de Woody Allen. Como siempre, una historia ingeniosa y divertida en la que no aparece ni una sola persona de color. De todos modos, consigo reírme.

Termina la película. Salgo a la calle de nuevo y busco un restaurante agradable para comer: crema de calabaza *butternut* y ensalada César.

Cuando regreso a casa, decido volver a leer *El alquimista*. Oh. Qué noche.

El domingo por la mañana, a las siete en punto, envío un mensaje de texto a Wanda: «Nos vemos en el embalse. Yo llegaré sobre las ocho».

Me responde: «¡Bieeen! ¡Te veo allí!».

Wanda es mi animadora personal. Le preocupa que su mejor amiga se convierta en una vieja solterona, y por eso ella se ha coronado como reina de la nostalgia y no deja de recordarme cuando éramos las dos unos pibones y los hombres cogían número para hablar con nosotras. (Mi número hoy es el ochenta, pero de kilos.) Ella lleva treinta y dos años felizmente casada con Nelson. Eligieron no tener hijos y jamás se ha disculpado por ello. «Tres es multitud», me dijo al poco de su boda en Maui. Wanda es mi mejor amiga desde los tiempos de la universidad. Y, aunque es bastante cabezota y muchas veces no tiene razón y saca los pies del tiesto, tengo que quererla. Ella se mantiene siempre firme en sus opiniones y se las arregla para sacarme de quicio como mínimo una vez por semana. Es la hermana que nunca tuve. Finge vivir del golf, pero todavía no ha ganado ni un centavo con ello, aunque tampoco le hace falta. Wanda es también la única persona negra de alta cuna que conozco, y supongo que por eso es miembro de tantas asociaciones benéficas. Todas las semanas acude a alguna cena tediosa en honor a alguna gran persona; Nelson, al principio, se buscaba cualquier pretexto, pero al final reconoció que no quería ir y punto. Él es contable y dedica la mayor parte del tiempo a leer novelas de espías y a ver reposiciones de *Star Trek* en la tele. Wanda aprovecha sus cenas de gala para arreglarse. Por alguna razón patológica, es una cutre y tiene el gusto en el culo. No se compra ropa a menos que esté rebajada. La mayor parte de su tiempo libre se lo pasa de *outlets*.

Una noche, comiendo pizza, Wanda decidió que quería estudiar Psicología, una de las razones, quizá, por las que no encuentra trabajo. En cualquier caso, ha disfrutado el no tener que trabajar y está enganchada a unos cuantos pasatiempos de señora mayor. Uno de ellos es hacer álbumes de fotos y recortes. Como no han tenido hijos, los álbumes están plagados de fotos de todos los perros que ella y Nelson han rescatado de la perrera a lo largo de los años y que ya han dejado este mundo. (Es un poco siniestro.) También le gusta el punto de cruz: horribles bordados decoran toda su casa. Tres chihuahuas ruidosos y temblones, recién comprados, duermen sobre cualquier bordado que les quede al alcance. Yo no soy capaz de sentarme delante de ella a ver cómo borda sin necesitar ponerme una copa cuanto antes. No entiendo la finalidad del punto de cruz: las imágenes que aparecen en los bordados nunca son interesantes. De hecho, la mayoría me parecen fantasmagóricas, deprimentes. Pero, en fin, es mi *best friend forever* —como mi hija pequeña, Frankie, me recuerda que debo llamarlas a ella y a nuestra amiga común Violet—, así que le miento y le digo que me encantan. Además, todas las Navidades me regala uno, llueva, truene o relampaguee. Los cuelgo en la pared para no herir sus sentimientos, aunque en zonas de poco paso.

Dicen que no hay que contar a nadie lo que piensas hacer, sino lo que ya has hecho. Yo no estoy de acuerdo, porque la intención también es importante. Además, por lo general, me ha costado mucho trabajo mantener la boca cerrada. Siempre me pasa igual: muero por contar lo que a mí me parecen buenas noticias.

Conduzco por la carretera de acceso al embalse, flanqueada por robles y pinos gigantes. Parece un bosque encantado. Llego a la cima, donde se encuentra el aparcamiento, y me topo con la enorme masa de agua azul. El bosque de tonos verdes y dorados se extiende sobre las colinas circundantes. Veo a Wanda estirando en un banco del parque. Aparco. Otro coche entra en el aparcamiento: compruebo desolada que es Violet, acompañada de Velvet. ¿Por qué no me ha dicho Wanda que Violet traía a su hija? Saludo con la mano, sonrío y salgo del coche. Al garete mis planes. ¿Cómo voy a tener una conversación adulta con mis amigas con una rapera al lado?

Antes de que se me ocurra nada para arreglarlo, Velvet sale del Range Rover de su madre de un salto, corre hasta mi coche, abre mi puerta y me da un gran abrazo.

—¡Hola, tita! Hoy me ha apetecido acompañaros.

—¡Hace mucho que no te veo! —exclamo con todo el entusiasmo de que soy capaz. La muchacha corre hasta Wanda y la abraza también. De tal palo, tal astilla. Viste unas ajustadas mallas color naranja y un top blanco más ajustado todavía. Lleva el pelo arracimado en mil trenzas rubias que le llegan por debajo de los hombros. Corre de vuelta al todoterreno de su madre y sube de nuevo.

Wanda se gira, saluda con la mano, se vuelve hacia mí y se encoge de hombros. Noto que tampoco a ella le hace mucha gracia ver a Velvet. Velvet habla sin parar, como su madre, pero, además, lo hace a grito pelado.

Violet es mi otra gran amiga de la universidad. La quiero como a una hermana, pero no me vuelve loca su modo de vida. Es muy lista y, a la vez, tonta de remate. Me pone de los nervios, pero no soy capaz de pedirle el divorcio. No me deja. Nos hemos pasado meses sin hablar, pero al final ella siempre llama. O cedo y la llamo yo. Es la más joven de nueve hermanos y, al parecer, tenía mucho que demostrar, porque es muy competitiva y odia perder. Su mente y su físico encajan bastante bien y se ha convertido en una exitosa abogada especializada en deportistas profesionales, aunque yo me sigo preguntando cómo consiguió colegiarse. En sus buenos tiempos, Violet probablemente se acostó con la mitad de la NBA, la NFL y la liga de béisbol, a la caza de jugadores a los que representar. Echó el freno por fin cuando su lista de clientes empezó a menguar porque se corrió el rumor de que era una zorra por derecho, lo cual, sin embargo, no le impidió seguir vistiendo como tal. Después de tres hijos, y a sus cincuenta y cuatro años de vida, sigue teniendo el cuerpo de una mujer de treinta y seis.

Violet se casó consigo misma. Nunca creyó en la institución, aunque sí en la cohabitación. Durante los últimos cinco o seis años ha sido lo que ella llama un «agente libre», aunque Wanda y yo estamos convencidas de que su hija Velvet la coarta un poco. A sus veinticinco, Velvet está todavía buscando una universidad que le guste (y que la corresponda). Ambas quisiéramos saber por qué la hija sigue viviendo sin pagar alquiler y le pregunta a su madre en todas las comidas si quiere patatas fritas como guarnición. Violet trata a su hija como si fuera una amiga. Nos parece una estupidez que debata con ella cosas de las que esta no tiene ni idea. Violet tiene, además, dos hijos, uno vive con su padre en Toronto y el otro juega al baloncesto en España. Ninguno la visita nunca, y Wanda y yo sabemos por qué. Violet no fue una gran madre.

Como siempre, Violet viene hablando por el móvil. Levanta el dedo índice pidiéndonos un segundo. Le envío un mensaje de texto a Wanda: «Voy a llamarte en un segundo. Cógelo, pero no me mires».

Marco su número y finjo coger una llamada entrante. Pongo cara de «me alegro de hablar contigo». «Había planeado durante el paseo contarte que estoy planteándome seriamente vender mi casa y mi parte de la clínica e intentar cambiar de trabajo en un futuro próximo, aunque no necesariamente en ese orden, y, Wanda, acabo de enterarme de que Ray Strawberry murió hace cinco años. Me he quedado hecha polvo y, aunque parezca una locura, he decidido tratar de localizar a todos los hombres a los que he querido para hacerles saber que me hace feliz haberlos conocido y haberme enamorado de ellos. Quiero saber también si están vivos, si les va bien. Sé que la cosa tiene lo suyo, pero ahora que Violet ha traído a *miss* Yo lo Valgo, no vamos a poder hablar en serio, así que voy a colgar y ya te contaré otro día.» Termino la llamada, salgo del coche y sonrío como si me acabaran de dar la mejor noticia del mundo.

Violet y yo nos dirigimos a buen paso hacia donde se encuentra Wanda. No me puedo creer que lleve esos pantalones de chándal marrones y esa chaqueta beis. Debe de estar deprimida o algo así, pero no se le nota, porque también lleva puestas unas Ray-Ban. «Hola, hola, chicas. Después de calentar, voy a correr por el sendero de arriba una media hora con Velvet y luego os veremos en el de abajo para los últimos veinte minutos, ¿vale?»

—¡Estupendo! —dice Wanda, intentando no sonar demasiado aliviada. Ella y yo no corremos.

Estiramos las tres un poco y Wanda nos observa apoyada contra la barandilla del embalse, en el que ya navega gente en patines de pedales, barcas de remos e incluso kayaks. Es un momento Kodak, desde luego. Para mi sorpresa, Wanda me dedica una sonrisa, como si yo acabara de actuar en la obra de teatro del colegio y lo hubiera hecho muy bien. A continuación, da una palmada al aire y se encasqueta su visera blanca. Por supuesto, lleva uno de los cinco conjuntos deportivos sin marca, idénticos entre sí, que compró el año pasado en una tienda de descuento. El de hoy es verde menta. Me gusta.

Violet y Velvet nos dicen adiós y se alejan trotando hacia el sendero de tierra que sube colina arriba desde el camino asfaltado por el que nosotras vamos a caminar. Desaparecen en cuestión de segundos, y en ese momento Wanda se acerca para abrazarme.

—Yo soy de tu equipo, ya lo sabes —dice.

—Ya lo sé, pero vamos a calentar primero.

—Cuando quieras. Soy toda oídos.

Caminamos en silencio los primeros diez minutos. Hay gente que corre y unos cuantos señores mayores pasean en silla de ruedas. Los saludamos. Los que pueden devuelven una sonrisa. Hay mucha gente con perro que se detiene aquí y allí y luego continúa. Los ciclistas pasan zumbando a nuestro lado por el carril bici. Casi todo el mundo nos desea buenos días o nos saluda: «Hola, cómo están» o «Qué buen día, ¿eh?» o «¡A cuidarse!». Cuando por fin alcanzamos el pequeño embarcadero, a nuestra izquierda, sabemos que hemos superado la primera cuesta. Caminamos ahora despacio por terreno llano hasta recuperar el aliento, unos minutos después.

—Bueno... —empiezo a decir.

—Espera, Georgia. Tengo que preguntarte algo primero.

—Claro, adelante.

—¿Qué es lo que te ha empujado a tomar esta decisión?

—A veces sabes para tus adentros que es hora de hacer un cambio, pero, cuanto más tiempo piensas en ello, más tarda el cambio en llegar. Si es que llega. Me he cansado de pensar y ya está. Y ahora déjame hacerte una pregunta yo a ti.

—Pregunta.

—Tú estás feliz con tu vida, ¿verdad? —Wanda asiente—. Pues verás, yo no lo estoy. Estoy aburrida. Y puesto que mi vida es la única cosa sobre la que tengo cierto control, quiero empezar a cambiarla un poco.

—Sigue contando.

—¿Tú te arrepientes de cosas?

—Todas nos arrepentimos de cosas, Georgia.

—Bueno, pues yo creo que me arrepiento de demasiadas. Me hago mayor, Wanda. Todas nos hacemos mayores. No viejas, pero sí mayores. En cierto modo, tenemos que ser sinceras con nosotras mismas y hacer lo que nos emociona en lugar de lo que queda bien. Creo que por lo contrario terminé siendo optometrista. Se me daban bien las ciencias y quería impresionar a mi padre y demostrarle que era inteligente, porque él era médico. El caso es que seguí demostrándolo para luego darme cuenta de que a él le daba igual lo que hiciera mientras fuese feliz. Así que aquí estoy, trabajando en algo que en realidad no me gusta, y, aunque hay algunas cosas que me encanta hacer en mi tiempo libre, me pregunto si no será demasiado tarde para descubrir si se me dan bien de verdad o no. Pero el caso es que lo voy a averiguar, a Dios pongo por testigo.

—¡Vaya, por fin! Esta es la Georgia que echaba de menos.

—Bueno, a ver. No nos emocionemos. Esto no es *Aladdín*. Poco a poco. Primero hay que soñar y luego meterse en el sueño. Hay que seguir caminando.

Por supuesto, si pudiera empezar de nuevo, habría probado con la decoración o el diseño. Estoy convencida de que mi padre habría puesto el grito en el cielo si le hubiese dicho: «Estoy pensando en estudiar interiorismo, porque algún día me encantaría decorar casas y convertirlas en lugares hermosos y únicos». ¡Ja! Es como decir a tus padres que quieres ser escritora y vas a estudiar Escritura Creativa. En ese tiempo yo no tenía ni idea de que los muebles los diseñaba gente corriente. Pensaba que había que tener un don o algo así. Yo no sé dibujar, pero siempre he tenido buenas ideas y se me da bien combinar colores y texturas.

En mis años de universidad me dio por pintar cosas y me di cuenta de que me gustaba mucho. Aprendí a hacer que las cosas viejas pareciesen nuevas. Compré en un mercadillo un futón usado que venía con una silla a juego. Me sirvieron para rellenar mi diminuto apartamento. El vendedor quiso regalarme los cojines, pero me negué porque estaban mugrientos. Compré relleno y una tapicería chillona y me hice mis propios cojines. Y, entonces, olvidé lo que significaba la belleza.

Tras quince minutos, Wanda observa finalmente:

—Una cosa sí te voy a decir. Vender tu casa es la mejor idea que has tenido en los últimos años.

—¿Por qué?

—Porque no la necesitas. Ya has criado a tus hijos. Que les den al césped y a los macizos de flores. Que le den al garaje de dos plazas. Cómprate un ático, que te dé una vista nueva sobre todas las cosas. Así tus familiares tendrán que buscarse un hotel cuando vengan a verte.

—No sé si me gustaría vivir en un apartamento, Wanda. Pero lo cierto es que necesito un sitio nuevo. No voy a colgar el cartel de «Se vende» la semana que viene, en cualquier caso.

—Ya lo sé, cariño. ¡Pero es que todo esto es la leche de emocionante! Y, con respecto a lo de dejar la clínica, a mí me parece bien. Siempre he pensado que era un trabajo bastante aburrido que no te da muchas satisfacciones reales. Por no decir que estar mirando todo el santo día los ojos de la gente resulta un poco repulsivo. Nunca pensé que fuera para ti.

—¿Y por qué no lo dijiste nunca?

—Porque es lo mismo que los padres que dicen a sus hijos con quién no deben casarse. Tenemos que darnos cuenta por nosotras mismas de en qué nos hemos equivocado. A unas nos lleva más tiempo que a otras. Tienes que encontrar algo más creativo. Tienes que hacerme unos cuantos cojines más de aquellos, joder. Eran preciosos. La gente me lo sigue diciendo.

—Bueno, no tengo intención de desempolvar la Singer a corto plazo, pero la semana pasada entré en una tienda de muebles medio desmontados, en plan cleptómana, y me llevé un taburete alto de madera con el que pienso hacer algún truco de magia. No me preguntes cuál todavía.

—¿Y qué vas a hacer con él?

Dejo escapar una carcajada.

Unas Navidades nos pusimos de acuerdo para hacernos regalos entre nosotras y Violet me regaló a mí un arreglo de flores secas al que se le olvidó quitarle el precio, y Wanda, cómo no, un bordado de punto de cruz. Yo saqué mi vieja máquina de coser y les hice a ella y a Violet unas fundas de almohada de seda. La cosa es que cogí carrerilla, me emocioné y me dediqué a hacer fundas de almohada para toda la gente de la oficina y también para algunos pacientes. Por supuesto, Mona Kwon quería que le vendiese cuatro, a lo que me negué. Se las terminé regalando. Hasta que se averió la máquina de coser y adiós a la fiebre Martha Stewart. Hoy día solo sería capaz de bordar cuadrados y rectángulos.

Hacemos una curva en silencio, hasta que el camino vuelve a enderezarse.

—Y ¿cómo te enteraste de lo de Ray?

Se lo cuento. Y añado todas las razones por las que he decidido buscar a esos hombres.

—Mientras no intentes pasarte de lista y reavivar antiguas llamas que ardieron hace siglos...

—Por favor. ¿Es que no me conoces? Sé perfectamente que no se puede volver atrás.

—Yo no estoy segura de si sería capaz de hacer algo así, pero, oye, por este tipo de cosas la gente termina en el diván del psiquiatra. Para tomar perspectiva y por ese viejo cliché de cerrar asuntos. Además, ¿qué tienes que perder? Ay, joder, estoy viendo a Velvet bajar por el camino. Yo creo que no deberías hablar de esto a Violet porque lo va a entender todo mal, así que cuéntamelo rápido: ¿quién va a ser el primero?

—Creo que debería empezar por Abraham.

—Sí, espero que empieces por él.

De cintura para abajo

«No importa cuánto te emborraches, no cuentes al tipo que conoces en una discoteca y con el que te vas a la cama esa misma noche entre tus maridos potenciales. Jamás te casarás con él.» Estoy intentando recordar quién dijo esto, pero no caigo. De todos modos, ¿quién quería un marido? Habíamos ido a pasarlo bien y por eso Wanda, Violet y yo, las tres menores de edad con carnés falsos, nos habíamos vestido de rosa y naranja chillón y nos habíamos puesto unos ajustados pantalones color plata, para llamar la atención de los chicos, y que no pasaran por alto aquellos culos tan bien puestos y los canalillos, de copa A a copa D, que formaban nuestros tops de tela elástica y finísima. Las botas eran blancas, de acrílico, y estaban decoradas con unos pececitos de colores que también ayudaban a destacar. En la larga cola para entrar, heladas de frío, fingíamos no tener ni idea de lo guapas que íbamos y nos hacíamos las tontas cuando los chicos nos guiñaban un ojo y nos decían «Hey, nena» u «Oye, guapa» o «Por favor, déjame ser tu chico». El gorila de la puerta recorría la cola inspeccionando a todas las chicas, como si estuviéramos en un certamen de belleza canino. Cuando llegó hasta nosotras, dijo: «Vosotras tenéis invitación». Las chicas nos lanzaban miradas asesinas y nosotras pasábamos por delante de ellas con las cabezas muy altas. Si nos poníamos esa ropa, no pagábamos nunca. Yo, por otra parte, era la única que no me empapaba en muestras de colonia de las que regalaban los grandes almacenes; en su lugar, me ponía dos o tres gotas de unos aceites que compraba (y a veces mangaba) del herbolario. Con ellas atraía la atención del tipo de turno y lo embriagaba o, al menos, despertaba su curiosidad: «¿Qué perfume llevas? Hueles muy bien, tía».

Recuerdo que, esa noche, tan pronto oí los primeros acordes de *Get Down Tonight,* salté de la silla y llegué a la pista haciendo el paso de la patinadora. Me lancé a bailar yo sola. Antes de que me diera tiempo a sentarme otra vez, sonó *Boogie On Reggae Woman* y luego *The Hustle,* y entonces fue cuando apareció en mitad de la pista un negro alto y guapo y se puso a chocar caderas conmigo. «Qué bien hueles», me dijo, inclinándose sobre mí. Yo levanté la mirada, sonreí lo más cándidamente que pude y le di las gracias. Violet bailaba con un tipo que hacía el robot. Wanda dice que recuerda aquel día perfectamente: nadie la sacó a bailar porque tenía cara de estar cabreada por algo. Pincharon *I Wanna Do Something Freaky to You* y empezaron a girar las luces estroboscópicas. Yo seguí bailando y el chico me dijo por fin: «Me llamo Abraham. Y tú eres…».

«Georgia», contesté, y, acto seguido, le propiné un caderazo y lo dejé ahí, plantado en mitad de la pista, mientras yo me alejaba pavoneándome, de vuelta a mi silla vacía. Wanda y Violet, sentadas junto a la mesa con las piernas cruzadas, me miraban a mí y miraban al tipo, y vuelta a empezar.

Debí haberme percatado justo ahí, en ese momento en que Abraham no me ofreció tomar una copa, de que no era buena idea incluirlo en mi «Lista de los más deseados». Pero, ay, me equivoqué, y tanto. El tío desapareció entre la muchedumbre, aunque de vez en cuando veía su peinado afro iluminado de rojo, azul o amarillo. Al poco, volvió a aparecer para preguntarme si había ido sola. Señalé a mis amigas y fue entonces cuando preguntó si podía invitarnos a tomar algo, y Violet respondió: «Claro que sí, maldita sea». Yo le pegué un puntapié por debajo de la mesa, para darle a entender que de clase no iba muy sobrada. Abraham y yo bailamos toda la noche, bebimos toda la noche, y yo terminé tan borracha que, cuando me cogió de la mano, lo seguí al baño de hombres y me lo follé en uno de los váteres.

Wanda y Violet prácticamente me sacaron a rastras de la discoteca antes de que cerrara y él nos siguió al aparcamiento y me pidió el número de teléfono. Recuerdo que pensé que tenía un nombre muy apropiado, porque parecía recién salido de la Biblia. Le escribí el número de teléfono en su largo brazo, pero tenía tanto pelo y la piel tan negra que lo tuve que volver a intentar en la palma de cada mano.

Me llamó al día siguiente para preguntar si podía verme. En esa época no «salíamos» con tíos, porque nadie tenía dinero para salir, y las cenas consistían habitualmente en un perrito caliente y algo de beber en el cine, así que el hecho de que Abraham me llamara me hizo sentir especial. Por supuesto, Wanda y Violet me recordaron la mañana siguiente lo que había hecho en los baños con un tío del que no sabía ni el apellido. Sin embargo, le di mi dirección como una tonta y cuando llegó le dejé una cosa muy clara: «No soy una borracha ni tampoco una zorra. Soy estudiante universitaria». Él repuso que por qué iba él a pensar así de mí. Por favor. Hacerse la dura era una pérdida de tiempo, y a los diecinueve años lo único que yo quería era que me pusieran en horizontal. Íbamos a acostarnos otra vez y no solo quería poder acordarme de algo, sino que crucé los dedos para que Abraham me hiciera sentir y actuar como esas mujeres de las películas que parecían morir de placer. Esperaba que fuera hábil, que me hiciera retorcerme, rechinar los dientes, clavarle las uñas en la espalda, agonizar de placer y, en fin, perder la cabeza. Sería también maravilloso que me dijese que me quería, porque nunca nadie lo había hecho antes, y no me habría importado que, además, fuese cierto.

Abrí la puerta casi sin aliento. Lo único que recuerdo es que pensé «Gracias, Dios mío», porque de repente rememoré sus labios increíblemente bonitos, sus dientes blanquísimos y perfectos, los largos y velludos brazos, su pelo afro y su bigote y su perilla, negros y brillantes. Olía maravillosamente bien. Me ofreció una hortensia violeta que habría robado del jardín de alguien. Nos sentamos en mi barato (pero íntimo) sofá de dos plazas tapizado en *tweed*. Mi estudio era pequeño. La cama era abatible. Recuerdo que estaba nerviosa y pensé que sería buena idea hablar de algo superficial, algo que nos pusiera de buen rollo. Ese algo no fue otra cosa que la niebla de San Francisco. Abraham fingió interés por saber qué pensaba yo estudiar. Le mentí y le dije que Arquitectura, porque no quería que me considerase demasiado inteligente para él, aunque yo ya sabía que me matricularía en Biología o Física o algo de ciencias. Recuerdo que no le pregunté qué estudiaba él, porque esa noche iba a ser mi noche, la de Georgia Louise Young. Ambos sabíamos para qué le había invitado a ir. Y averiguaría su apellido cuando necesitase saberlo.

Recordé que siempre hay que tener una botella de vino en el frigorífico por si aparecen invitados sin previo aviso, así que con mi carné falso me acerqué apresuradamente a la tienda de la esquina y compré una botella de vino blanco barato que, según la etiqueta, llevaba uvas de verdad.

Esa noche marcaría un antes y un después en mi vida. Tras la primera noche con Darnell y, más adelante, con Patrick y con Jimmy, disfruté de la desnudez de mis compañeros o de que intentasen moverse acompasadamente hasta que, de repente, sufrieran algo parecido a una descarga eléctrica y se desplomaran encima de mí. Yo ni siquiera sudaba. Mi eterna pregunta era cuándo me tocaría a mí estremecerme de esa manera, si es que lo conseguía alguna vez.

Después del vino, Abraham me llevó directamente al cielo. Me sedujo como en las películas. Jamás olvidaré esas grandes manos retirando suavemente los tirantes de mi sujetador y dejándolos caer. Ahí fue donde dejé de pensar. Recuerdo que no me dio tiempo a apagar las luces. Recuerdo que me besó como a una niña y luego como a una adulta, que me cogió del sofá y me tumbó en el suelo, sobre la gruesa alfombra de felpa, mi alfombra del amor. Me besó tan despacio como pudo, y yo empecé a moverme como si tuviera prisa por algo, porque quería demostrarle que era buena en el sexo tanto borracha como sobria, pero él me susurró al oído: «Tranquila, nena». No sabía qué ritmo quería seguir, así que le pedí: «Enséñame». Y él puso esas manos suyas sobre mis caderas y me movió como se movería un cochecito de montaña rusa, pero muy despacio, y entonces fue como si se apagaran todas las luces, y yo perdí el control de mi cuerpo. Al principio me dio vergüenza, luego empecé a agitarme y a estremecerme, y grité «Oh, Dios», y Abraham dijo «No pasa nada, nena», y empezó a empujar más fuerte y a moverse más rápido, y se dejó caer sobre mí, y comenzó a besarme por todos lados como si yo fuera un objeto muy valioso.

Sentí las réplicas del terremoto por todo el cuerpo, y Abraham me abrazó y me dijo: «No pasa nada, nena. Te tengo». Y vaya si me tenía. Por fin, por fin entendí de qué iba la historia y supe sin duda que quería sentirme así tantas veces como fuera posible.

—¿Te ha gustado, pequeña?

—¿Esto que haces lo vendes en botecitos?

Se rio, plenamente consciente de su poderío sexual. Lo único que sabía es que quería hacerlo otra vez para ver si obtenía los mismos resultados. En las semanas y meses que siguieron, descubrí que era capaz de disfrutar de tres e incluso cuatro veces seguidas ese momento mágico. Y no es que me esforzase mucho. Abraham se había convertido en mi muñeco Ken de carne y hueso. Y quería quedármelo para mí.

En fin. Aunque fui capaz de conseguir una beca completa de estudios, se hacía cada vez más obvio que en lo tocante a hombres yo no destacaba precisamente por mi brillantez. Pensaba que los hombres querían que sus chicas fueran la Mujer Maravilla. Y yo, como una puñetera imbécil, cuando Abraham empezó a pronunciar mi nombre mientras follábamos, interpreté que había una conexión espiritual entre nosotros, un indicio de amor. Abraham vino casi todos los días de esa primera semana, antes o después de sus clases. Una noche estábamos acostados en mi cama nido y él me besaba el lóbulo cuando me dijo:

—Mírame el brazo, me pones la piel de gallina. Debo de ser alérgico a ti o algo así, tía.

—Eso es imposible. Soy hipoalergénica —respondí yo.

—Me gustas —dijo—. Eres rápida. Te va la marcha.

—Tengo otras cualidades, pero no te las puedo descubrir todas de golpe.

—Esperaré —contestó.

Más o menos una semana después le pregunté por fin:

—¿Qué estudias en la universidad, Abraham?

—¿Te he dado la impresión de que estudio en la universidad?

Lo miré como si me estuviera intentando tomar el pelo.

—Te estoy hablando muy en serio. No me fastidies. ¿Qué estudias?

—Estudiaba Horticultura.

—¿Estudiabas?

Me sentí como si me hubieran timado. Me incorporé y me separé de él. De repente, me pareció que Abraham ocupaba demasiado espacio en la habitación. Era demasiado grande para mí; de hecho, me sentía literalmente pequeña en sus brazos. No es que me sintiera segura, sino pequeña, sin más. No me rodeaba con ellos con ternura; más bien, me atrapaba como un pulpo.

—Iba a ir a la Estatal en San Francisco, pero mi madre se puso enferma y me tuve que poner a trabajar, así que llevo dos cuatrimestres sin ir a clase.

—¿Qué le pasa a tu madre?

—Prefiero no hablar de ello —dijo, como si se tratase de alguna enfermedad embarazosa. No tenía ni pies ni cabeza. Más tarde me enteré de que su madre enferma no solo estaba sana como una pera, sino que trabajaba en la sección de lencería de los grandes almacenes Macy's, en Union Square, y que a sus veinticinco años (y no veintidós, como me dijo) Abraham aún vivía con ella y tres hermanos menores, todos los cuales (como también descubrí más tarde) estaban estudiando o se habían graduado en diversas universidades del norte o el sur de California.

—Bueno, espero que se ponga bien.

—Yo rezo todos los días por ello —añadió él.

—¿Por qué te paseas por el campus si no estás matriculado?

—Yo no me *paseo* por el campus. Los clubes de la uni están abiertos a todo el mundo. Además, vivo por aquí cerca.

—¿A qué te dedicas cuando no estás cuidando de tu madre?

—¿Qué es esto, un interrogatorio?

—Quiero saberlo, Abraham.

—Trabajo a media jornada en un vivero.

—¿En serio? ¿Haciendo qué?

—Vendiendo plantas.

Yo no quería hacer las cosas difíciles. Solo quería saber cómo se ganaba la vida Abraham o si su madre enferma estaría bien, pues últimamente estaba pasando mucho tiempo conmigo. Además, esperaba que quisiera presentármela, porque yo tenía ya la leve sospecha de que él no tenía la menor intención de pisar un altar a menos que fuera en una visita turística.

Abraham cogió el mando a distancia.

—Tengo que estudiar para un examen —dije.

—Tú a tu rollo. Pasa de mí —contestó él, quitándose los zapatos.

—Creo que no vas a poder quedarte esta noche, Abraham. Tengo que estudiar y no puedo con la televisión puesta.

—¿Lo has intentado alguna vez?

—No, porque es absurdo.

—Prueba a ver.

—Necesito concentrarme —repliqué, sentándome en mi horrible silla tapizada de polipiel marrón y acercándome, arrastrándola para acercarme, a mi viejo y rayado escritorio de madera, que había comprado en un mercadillo.

Lo siguiente que recuerdo es a Abraham llevándose la mano al bolsillo de la camisa, sacando un porro y encendiéndolo.

—Un par de caladas de esto y se te pasarán los problemas de concentración, *miss* G.

—No fumo marihuana. Y creo que deberías haber preguntado antes de encenderlo.

—Lo siento, nena. Te respeto y seré respetuoso en tu casa —se excusó, no sin antes pegar dos buenas caladas—. Deberías al menos probarlo. Esto no es droga. Te lo prometo, si no te gusta, no te volveré a ofrecer nunca más.

Y me pasó el porro. A mí no me gustaba ni cómo olía. No entendía cómo alguien que no fumaba tabaco podía inhalar ese humo. Pero, en fin, era cuestión de instantes que lo descubriese. Me sentí incómoda con aquello en la mano y no sabía exactamente cómo se tragaba el humo. Por supuesto, Abraham se erigió en profesor una vez más. Casi me muero asfixiada después del primer intento, porque el humo me quemaba. Parecía que la garganta se me hubiera incendiado. Él me animó a dar otra calada y aguantar el humo. Lo hice y el humo bajó hasta la boca del esófago y luego dio la vuelta y ascendió hasta donde (se supone que) todos tenemos el cerebro. Al principio sentí como fuegos artificiales y, después, me dio la sensación de ser arrastrada por una corriente, flotando río abajo. Me gustó. Di otra calada y me puse a estudiar como una loca. La siguiente mañana, sin embargo, suspendí el primer examen de español al que me presentaba en toda mi vida. La única palabra extranjera que ocupaba mis pensamientos era «Abraham».

—¿Puedo venirme a vivir contigo? —me preguntó Abraham una noche. Sí, así mismo. Tras tres días encerrados y sin pisar la calle. Eran las vacaciones de primavera, si no recuerdo mal. Para aquel entonces yo ya estaba absolutamente enganchada. Me encantaba poder disponer del sexo cuando me diese la gana. Era como tener un muñeco, lo único que tenía que hacer era darle cuerda. El sexo se convirtió en mi nueva aspiración académica.

Sin embargo, yo era muy consciente de que estaba enamorada del cuerpo de Abraham, no de él. Solo me hacía sentir bien de cintura para abajo y, para ser totalmente sincera, había empezado a sacarme un poco de quicio. Ante todo, no era el conversador más estimulante del mundo. A veces, al volver de alguna clase de filosofía o de computación, yo intentaba explicarle que había gente que proponía nuevas formas de usar los ordenadores, pero a él no le parecía en absoluto emocionante. Ni siquiera le interesaba. Parecía que los libros le diesen miedo. No le preocupaba lo que ocurriera en el mundo y, cuando aparecían las noticias, cambiaba de canal (y yo lo volvía a cambiar). Yo debería haberme dado cuenta de que le faltaban un par de jugadores en el equipo: en lo que respecta a la televisión, entraba prácticamente en trance con todo lo que tuviera que ver con asesinatos, peleas, espías, incendios, inundaciones o caballos.

Fue en este tiempo precisamente cuando tuve que reconocer que Abraham no era tan brillante. De hecho, cuando no se quitaba la ropa, aburría a las ovejas. Yo sabía que él jamás sería capaz de dar valor al mundo que me fascinaba ni al papel que quizá pudiera jugar yo en él algún día. Yo no estaba dispuesta, ni de broma, a que me arrastrase a su altura: lo que en un principio parecía nivel de altillo iba tomando cada vez más un cariz de sótano oscuro.

—¿Me has oído?

—Sí, te he oído. Y no, no te puedes venir a vivir conmigo —respondí con firmeza.

—¿Por qué no?

—Porque este apartamento es muy pequeño.

(Abraham medía un metro noventa centímetros; dos metros contando el pelo afro.)

—Pues vamos a alquilar uno más grande.

—Yo no me quiero mudar, Abe.

—No me llames Abe, por favor. Te lo he pedido unas cuantas veces ya, porque me hace pensar en Abraham Lincoln.

—Abraham, no quiero que vivamos juntos.

—¿Por qué?

—Porque estoy sacando cada vez peores notas.

—¿Y eso es culpa mía?

—No, es culpa mía. Mía, de Georgia.

—Dijiste que me querías, creo recordar.

—Amo muchas cosas de ti.

—¿Qué diferencia hay?

—No sé cómo responder a eso.

No debería haberle echado en cara todo eso en ese momento. Yo ya había empezado a hacer la distinción entre el sexo incendiario y el amor. El primero duraba unos minutos; el segundo, supuestamente años. Mi madre me solía decir que un hombre puede hacer que una mujer se olvide hasta de su apellido. Yo, la verdad, estaba bastante contenta de seguir recordando el mío. Sin embargo, con Abraham empezaba a sentir que todo encogía y que yo estaba dejando de prestar atención a las cosas que me importaban. En un momento dado, lo único que quería era dedicarme a las cosas sobre las que todavía tenía el control, y entre ellas la prioritaria era terminar mis estudios universitarios. Mi nota media estaba bajando y yo me había impuesto una regla clara: no pasar de curso con malas notas. Punto.

Fue otra regla, no obstante, la que marcó mi vida en ese tiempo: la que llevaba dos meses sin venirme. Me aterraba decírselo a Abraham.

Una noche que no quiso volver a su casa me quedé mirándolo un rato mientras veía un capítulo de la serie *Sanford and Son*. Estaba tan embobado que ni se dio cuenta de que lo observaba. En realidad, ni siquiera era tan guapo, reparé. De hecho, empezaba a parecérseme a Abraham Lincoln. Daba bastante mal rollo. Cada vez que se reía me daba cuenta de que los dientes se le estaban poniendo color beis y que parecían blancos solo por el bigote negro y porque él era más negro que un café solo. Esos labios, que antes eran suaves, cálidos, jugosos y tiernos, ahora se me antojaban agrietados y muy necesitados de cacao. También me había empezado a percatar de que la higiene personal no le preocupaba tanto como quizá debería. La lista de cosas que me ponían de los nervios de Abraham no hacía más que crecer, aunque es muy complicado decirle a alguien a quien te has estado comiendo literalmente de postre casi todos los almuerzos y casi todas las cenas que tus papilas gustativas están cambiando de repente.

Yo no quería tener un hijo de Abraham. No quería tener hijos con nadie mientras no hubiese terminado la universidad. Me daba mucho miedo tener un bebé. Tener un hijo supondría un cambio radical en el rumbo de mi vida y me ataría a Abraham para siempre. A la clínica me acompañó Wanda. De camino, tuvo que parar tres veces, porque no podía dejar de vomitar. Lo que estaba a punto de hacer me aterraba, pero aun así lo hice. Y doy gracias de no recordar absolutamente nada más allá de la cuenta atrás. Fingí estar enfadada con Abraham durante dos semanas enteras, y él no dejo de incordiarme. Me preguntó si había hecho algo malo y me pidió perdón, fuese lo que fuese. Aunque el tipo era increíble en la cama, desde luego, había muchos más negros guapos y altos en el mundo con un pene merecedor de una medalla de oro.

En lugar de invitarlo a mi apartamento, le pregunté si quería que nos viéramos en un increíble restaurante vegetariano por el que me había planteado seriamente dar la espalda a las hamburguesas. Vi a Abraham entrar con una parca verde militar. La clientela al completo se fijó en él. Todo un militante del *sex-appeal,* que parecía regirse por su propia ley. Como si defendiera algo muy importante.

Cuando se inclinó para besarme, yo aparté la cara y sus labios rozaron mi mejilla izquierda.

—¿Esas tenemos, entonces?

Su voz no casaba con su aspecto. Era demasiado débil para un hombre de su tamaño. Otro detalle en que no había reparado antes.

—¿Puedo invitarte a comer? —preguntó.

—Claro —dije—. Aquí no hay nada de carne.

—Claro, claro.

No hablamos. Nos limitamos a masticar. Después de terminarse todos y cada uno de los trozos de pan integral, se levantó, me miró y dejó escapar un largo suspiro.

—Supongo que nos hemos conocido en el momento equivocado.

Levanté la mirada en busca de sus ojos negros.

—No sé si se trata de eso, Abraham. Pero valoro mucho lo que hemos compartido.

Él se rio entre dientes.

—¿Puedo darte al menos un beso de despedida? —preguntó. Asentí con la cabeza y él se inclinó de nuevo sobre mí y me besó suavemente en la frente y, a continuación, en la mejilla, y por fin apretó sus labios contra los míos durante dos largos segundos.

—Que tengas buena suerte —dijo, y dio un par de pasos hacia atrás—. Algún día serás una maravillosa esposa, Georgia. Y espero que entonces te quedes con la criatura.

Me quedé estupefacta. Todavía recuerdo lo avergonzada que me sentí. No podía ni dirigirle la mirada y aun así sentía sus ojos clavados en mí. Fijé la vista en los restos de mi almuerzo y cerré los ojos hasta que lo oí decir «Quédese la vuelta» y noté la corriente de aire frío procedente de la calle. Levanté la cabeza, me enjugué las lágrimas con la servilleta y contemplé su espeso pelo a lo afro y la ancha espalda bajo la parca alejándose, hasta que desapareció tras el tranvía.

Sentada al ordenador, me pongo nerviosa solo de pensar en tratar de localizar a Abraham. Quizá no sea tan buena idea. De hecho, quizá sea una idea terrible. Me quedo ahí sentada, mirando por la ventana durante unos momentos interminables, cuando de repente veo a Naomi y a Macy, mis vecinas, paseando por la acera. Bajo hasta la puerta de entrada casi a la carrera.

Son las dos rubias y atractivas y les encantan las camisas blancas y los pantalones negros y deben de tener Vans sin cordones de todos los colores del catálogo. Se casaron en la escalinata del Ayuntamiento de San Francisco hace ahora dos años. Yo las invité a un *brunch* para celebrarlo. Por lo demás, están como cabras o, bueno, son, sin más, divertidas y expansivas. Macy es conservadora en el Museo de Arte Moderno de San Francisco y Naomi es gerente en un hotel de cuatro estrellas y media en el que tengo pendiente quedarme a dormir una noche.

—¿Qué pasó, nenas? Hey, *Bribón* —saludo, y acaricio la cabeza al perro como sé que le gusta. Es un *pitbull* maravilloso.

—Nos preguntábamos si podríamos pedirte prestados veinte dólares —anuncia Naomi, ofreciéndome una caja de color blanco. Sé que dentro debe de haber algo delicioso, como siempre.

—No. Y además estoy a régimen. Así que haya lo que haya en la caja, no me lo voy a poder comer.

—Estás a régimen desde que nos conocemos. ¿Cuántos años hace, cariño?

—Creo que fue por 1886 —apostilla Macy.

—Así que esto te lo vas a comer y lo vas a disfrutar. Es una tarta de lima, hecha con estas manitas.

—Y toma esto también —agrega Macy, y me alarga lo que ya me supongo que será otra invitación a la inauguración de una exposición a la que probablemente no asistiré, y no sé muy bien por qué. Ella debe de medir un metro ochenta y cinco y podría perfectamente trabajar de modelo de pasarela madura si se lo propusiera.

Abro el sobre y compruebo que no me he equivocado.

—Gracias a las dos. Intentaré ir. ¿Queréis pasar?

—No. Lo único que queríamos era molestarte. ¿Lo hemos conseguido?

—Sí, y os doy las gracias por ello. Y ahora, largo.

Y les cierro la puerta en la cara. Oigo a las dos reír. Así es como nos tratamos. Es una suerte tenerlas como vecinas, porque los rusos de la casa de la derecha se limitan a responder con monosílabos cundo les digo hola, buenos días, buenas noches o feliz Navidad. No son muy festivos, pero saludan muy bien con la mano.

Abro la caja, hundo el dedo en la tarta color verde limón y me llevo a la boca un buen pegote de crema espesa y dulce. Está tan rica que repito la operación tres veces. Luego me preparo una cafetera y tiro el resto de la tarta a la basura, por razones obvias.

Me llevo el café al despacho y busco la contraseña de Facebook que guardo, junto al resto, entre las páginas de mi grueso diccionario Webster's. Solo he entrado a Facebook dos veces en dos años, porque todavía no le veo mucho sentido. Sé que todo el mundo está en Facebook y que es un buen lugar para encontrar a casi cualquiera. Aunque yo no lo he intentado nunca.

Doy un respingo al ver una foto de una mujer que me recuerda a mí hace diez años. Creo que fue Frankie quien puso esa fotografía cuando me abrió el perfil. Había olvidado que tenía pómulos. Y solo una barbilla. Y pelo no sintético: todo aquel pelo, en efecto, era mío. Parecía feliz, tenía buen aspecto. Pero no recuerdo por qué.

«¿Qué le voy a decir si lo encuentro? ¿Te acuerdas de mí, de los años setenta? Estuvimos juntos una temporada.» No, suena regular, como si me hubiera quedado anclada en el pasado. ¿Y si lo único que me responde es que sí? ¿Y si no tiene nada más que decirme? ¿Y si piensa que me he puesto en contacto con él porque quiero volver a verlo después de mil años? Aunque, por otro lado, ¿y si sigue viviendo en la bahía de San Francisco y está felizmente casado y, de repente, le apetece volver a verme y presentarme a su mujer y sus hijos (lo cual me encantaría)? ¿Y si quiere quedar para tomar un café después de treinta y cuatro años? No había pensado en la posibilidad de verlo en persona. Joder. Probablemente piense que no me he cuidado demasiado. Y es cierto.

Según Frankie, la gente expone su vida con todo detalle en Facebook, así que debería poder averiguar qué ha hecho Abraham con la suya. Espero que terminase la universidad. Pero ¿qué le voy a contar sobre mí? ¿Que he tenido dos maridos? (No le reconocería en ningún momento que fui víctima de un par de planes renove ni me responsabilizaría de mi mal criterio a la hora de enamorarme.) ¿Que he ganado un poco de peso y que me tiño el pelo de color caoba intenso para no verme las canas? ¿Que soy una optometrista infeliz que quiere cambiar de trabajo cuando la mayor parte de la gente está ya pensando en la jubilación? ¿Mentir y contar que tengo una relación formal, pero que nos lo estamos tomando con tranquilidad? ¿Y si me pregunta por qué me he puesto en contacto con él después de tantos años? ¿Qué coño le voy a contar que tenga un mínimo de sentido?

Pulso la tecla «Esc».

Y después «Suspender».

Abraham va a tener que esperar.

Wanda no podía mantener esa bocaza suya cerrada y le contó a Violet mis planes. Esta decidió entonces dejarme un largo y sentido mensaje de voz: «Pero ¿a ti se te ha ido la cabeza, Georgia? Sí, yo creo que no estás en tus cabales. Es la mayor gilipollez que he oído en mi vida. ¿Qué esperas sacar de todo esto? Hay que dejar a los hijos de puta en su sitio: en el baúl de las relaciones olvidadas. Por supuesto que siento lo de Raymond Strawberry, pero, yo que tú me pensaría dos veces lo de vender la casa. La economía está fatal. Nunca en la vida has hecho caso de ninguno de los buenos consejos que te he dado y no creo que vayas a empezar a hacerlo ahora, así que olvida todo lo que he dicho y haz lo que te dé la gana. Adiós».

Pues sí, ya he olvidado todo lo que me has dicho.

Vuelvo a Facebook. Tecleo el nombre y el apellido de Abraham y me alejo como metro y medio de la mesa. Clavo la vista en el suelo con el corazón golpeando como un martillo neumático. Cuando dirijo la mirada a la pantalla, me tapo la boca, porque lo único que veo es la negra cara de un adolescente.

Siento cierto alivio.

Sin embargo, arrastrada por la inercia, decido buscar su nombre en Google, añadiendo su segundo nombre, que creía haber olvidado. Bien. Estoy bastante segura de que Abraham no luchó en ninguna guerra en 1898, que no manejó nunca un tractor en Carolina del Norte y que tampoco tocó la trompeta con Jimmy Smith, y espero, por su propio bien, que esa citación judicial por multas de tráfico impagadas en Alabama no sea para él.

—Quizá Abraham haya muerto también —dice Wanda. Hemos tomado la salida de Sausalito y ya podemos ver las casas flotantes del puerto. En una de ellas lleva Violet viviendo muchos años. Los negros no vivimos en barcos. Vivimos en tierra.

—No digas eso —le replico.

Conduce ella. Todo un error, porque no se le da bien quedarse en su carril.

—Todo el mundo está en internet. En alguna parte.

—Pues parece que no es así.

—¿Conociste a alguno de sus parientes?

Niego con la cabeza.

—¿Ni siquiera a su madre?

Niego otra vez.

—Entonces lo más probable es que esté en la cárcel.

—Espero que no estés en lo cierto con esto tampoco.

—¿Qué le habrías dicho, de todas maneras?

—No lo sé muy bien.

—Sí, sí lo sabes —insiste ella.

—No me apetece contártelo, Wanda. Ante todo, porque no ha ocurrido.

—Pero tú no estabas enamorada de Abraham, si no recuerdo mal.

—En ese momento no creí que fuera enamoramiento. Pero ahora pienso que sí lo fue. Él me daba miedo. Y yo me daba miedo a mí misma. Pero ¿y qué? Siempre le estaré agradecida por mi primer orgasmo. Eso no se olvida.

—Desde luego que no. No quiero cambiar de tema, pero voy a cambiar de tema un segundo. ¿Has hecho algo con la casa ya? ¿O te estás arrepintiendo?

—No te voy a mentir. Desde que decidí esto de retomar contacto con mis ex, he estado nerviosísima. Pero pienso todo el tiempo que es normal asustarse cuando estás a punto de hacer un cambio vital importante. Así que, para responder a tu pregunta, te diré que he entrevistado a tres agentes inmobiliarios y creo que ya me he decidido por uno.

—¡Esa es mi chica! —exclama, y acto seguido choca los cinco conmigo. Aparcamos y ante nosotras vemos desfilar atractivos veleros blancos y yates hermosos, bamboleándose entre los embarcaderos. A nuestras espaldas, se levanta la empinada falda de la colina moteada de casas estilosas, algunas de ellas con ventanales gigantescos que sobresalen y otras construidas sobre pilotes (en estas últimas no viviría ni aunque me pagaran, con vistas o sin vistas).

—Bueno, todos dicen básicamente lo que yo ya sabía. Que por cómo está la economía, el mercado inmobiliario anda bastante apretado y la casa podría tardar un año en venderse. Pero no tengo prisa. Todavía he de pensar en muchas cosas.

—A mí me parece muy ilusionante. Que no te sientas demasiado mayor como para hacer algo así. En serio. Estoy muy orgullosa, si quieres que te diga la verdad.

—Vaya, gracias, bebé.

—Date prisa. Faltan cinco minutos para la hora de la reserva.

Salimos del coche de un salto y caminamos lo más rápido que podemos dejando atrás una bonita tienda tras otra. No me molesto en mirar. Wanda tampoco: no puede ni en sueños permitirse comprar nada aquí.

—¿A quién quieres buscar ahora, entonces?

—Mira, ahora no puedo pensar en hombres. Estoy pensando en la langosta.

—¿Qué hay de Brad?

—Él no cuenta.

—¿Por qué no? ¡Vivisteis juntos tres largos meses!

Me río.

—¡Compartíamos apartamento!

—Pues al final terminaste compartiendo también cama.

—Me robó dinero. Y, además, nunca lo quise.

—¿Cómo?

—Nunca os conté lo del dinero. Ni a ti ni a Violet.

—Bueno, sabías que no nos caía bien. Él no te merecía y no nos inspiraba confianza, con esos ojillos de pájaro. Fue lo peor de aquel verano, que, por lo demás, fue perfecto.

—Me dejó a deber cuarenta y ocho dólares.

—Bórralo de tu lista.

—¡No tengo ninguna lista!

—Bueno, ¿y por qué no haces una?

—Lo primero, Wanda, me interesa únicamente reencontrarme con los hombres de los que estuve enamorada. No los hombres con los que me acosté y nada más.

—Te apuesto cien dólares a que no tienes ni idea de con cuántos te has acostado.

—Mira, me estás empezando a fastidiar con esto.

—Ni te acuerdas de los nombres, ¿verdad? Porque esa lista probablemente es más larga que un día sin pan. Zorra.

—¿A cuántos tienes tú en tu lista, bonita?

—A dos. Porque no tardé en encontrar lo que necesitaba. De todos modos, sé a quién quisiste, pero quiero escucharlo de tu boca, en caso de que se me haya pasado alguno. Porque, sí, tú tampoco eres muy de fiar.

—Oliver. David. Eric. Carter. Y Lance.

—¿Ves? ¿Quiénes coño son Carter y Lance?

—Bueno, me pasó con ellos como con Ray. Nunca supieron que estuve enamorada de ellos.

—¿Por qué no?

—Olvídalo, Wanda. Déjame decirte una cosa, porque está claro que no te enteras. Una se puede enamorar en un nanosegundo y, cuando eso ocurre, no hay nada que hacer.

—Ya. ¿Y cómo funciona eso?

—Ni me voy a molestar en explicártelo. Pero hay una razón por la que la gente a veces pierde la cabeza y se comporta como si estuviera poseída.

—Habla por ti. Y ¿por qué no incluyes a tus exmaridos? A ellos los quisiste. Si no recuerdo mal.

—Pues porque todavía odio a Michael.

—No puede ser. Después de todos estos años, Georgia.

—Me engañó.

—Y es el padre de una de tus hijas.

—El error fue él, no ella.

—¿Dónde está ahora?

—Lo último que he sabido es que se mudó a Chicago para trabajar para una consultora, una de las Ocho Grandes. Estelle no me cuenta nada sobre él, porque sabe que me pongo histérica.

Wanda me empuja para que entre al restaurante, que parece la bodega de un antiguo barco de vela, con sus ojos de pez, su casco de madera, sus enormes tiburones de plástico y peces plateados colgando del techo. Hay incluso una pequeña cubierta que sobresale por encima del agua.

—¿Y Niles?

—¿En chirona te dejan usar redes sociales?

— ¿No debería haber salido ya? De todos modos, creo que deberías empezar por los maridos y quitártelos de en medio. Entérate de si Niles ha salido. Aunque, en fin, Michael debería ser el primero.

—¿Es una orden, teniente Jeffries?

—Mira, esta misión fue una feliz idea tuya, así que, si vas a cumplir con ella de verdad, tendrás que seguir un orden cronológico. Así podrás ver cuándo y cómo y por qué tomaste tan malas decisiones con respecto a los hombres. A lo mejor de ese modo quizá te expliques por qué sigues tan perdida y desorientada.

—Vete a la mierda, Wanda —le espeto, riendo.

—Ya estuve una vez y no me gustó.

—Mira. Con el corazón en la mano, en realidad, me da igual qué esté haciendo Michael o con quién haya rehecho su vida. De hecho, creo que voy a pasar de él.

—Qué hipócrita eres. Pensé que querías ver las cosas desde otro punto de vista, perdonarlos a ellos y también a ti misma y quizá atar algunos cabos sueltos.

—Sí. Pero creo que lo de Michael es un nudo demasiado apretado.

Viejas llamas o solo chispas

Así que no todo el mundo está en Facebook. Y el nombre de algunos no aparece en las búsquedas en Google. Anoche, antes de irme a la cama, eché un vistazo a mi perfil y, al parecer, nadie quiere ser mi amigo. Lo único que veo es una fotografía de una vieja escuela con la siguiente frase sobreimpresa en gruesas letras: «¡40.º Encuentro de Promoción!». ¿De verdad terminé la secundaria hace cuarenta años? Casi me avergüenzo de reconocer que solo acudí a una de esas reuniones, la décima, y me fui pronto. Cuando llegó la vigésima, ya casi ni me acordaba de esos años, por los mismos motivos por los que uno no recuerda la guardería cuando empieza secundaria.

Sin embargo, acabo de decidir que a esta reunión sí voy a acudir. ¿Por qué? No lo sé. Confirmo mi asistencia través de la aplicación. De todos modos, falta todavía un año. No tengo ni idea de qué me encontraré allí o si recordaré siquiera a todos los empollones y las golfas con que me gradué. Lo que más recuerdo de la secundaria es el calor, el polvo y los arbustos secos que rodaban por el patio. Yo me hacía notar, pero no caía bien a todo el mundo, porque se había extendido la voz de que mis buenas notas se debían a que en primaria me habían adelantado dos cursos y me habían metido en la clase de mi hermano mayor, Roger. Roger decidió alistarse al ejército en lugar de estudiar en la universidad, y por eso lo perdimos con solo veintidós años. En mi secundaria no había muchos niños negros y muchas veces me sentía sola. Bueno, no, eso no me lo creo ni yo. Lo único que me ocurría es que me aburría como una ostra. En mi último año terminé hartándome de todos esos clubes en los que no se hacía nada. Al final, estaba deseando lanzar el birrete al aire. Me creé aún más enemigos cuando se corrió el rumor de que no iría a la Universidad Estatal, en Bakersfield, sino a la de California, en San Francisco. Qué hija de puta, sí.

Pero todo eso quedó atrás. Ahora tengo una buena razón para perder diez kilos en lo que queda de año.

Apago la sesión.

O me salgo de Facebook.

O como se diga.

Bueno. Ya que la bocaza de Wanda se ha pronunciado sobre el orden que debería seguir en mi búsqueda de los cinco hombres que he amado (que, probablemente, sean siete), siento de repente la curiosidad de saber con cuántos me he acostado exactamente. Mi agenda social no está precisamente copada esta noche, así que decido sacar mis viejas agendas de direcciones para ver a cuántos de esos tíos soy capaz de resucitar.

Cuando era joven, guardaba todas y cada una de las agendas y solo compraba una nueva cuando las páginas empezaban a caerse o cuando había tachado ya muchos nombres, porque los tipos se iban a vivir a otra ciudad o porque cambiaban una y otra vez de teléfono (probablemente, por no pagar). Lo cual, por cierto, también me ocurría a mí, y a veces tenía que mirar mi propia agenda para recordar mi nuevo teléfono. Cuando estrenaba listín, siempre escribía la fecha en la primera página y hacía lo propio en la última cuando lo agotaba. Por eso nunca compraba agendas con las tapas de color negro. En la primera página ponía mi dirección para recordar dónde vivía en cada momento, pensando en cuando fuese mayor y me pusiera nostálgica como me está pasando ahora. En último lugar, pero no por ello menos importante, estaban las personas a las que quería lejos de mi vida por una razón u otra. A estas les tachaba el nombre o les colocaba una gran equis al lado o, a veces, escribía tan fuerte sus nombres que rompía el papel (y con ello el nombre que hubiera escrito detrás). Al final, la agenda parecía el cuaderno de bocetos de un artista, y me tenía que comprar otra.

Los tiempos han cambiado, desde luego.

Conforme cumplo años, me doy cuenta de que hay mucho que decir sobre la nostalgia y sobre el no deshacerse de las cosas que ayudan a conservar los recuerdos. Estas forman, por decirlo así, una antropología personal que documenta nuestra evolución en varias escalas. Lo mismo puede decirse de las fotografías. Yo guardo, por un lado, las que se corresponden con lo que yo llamo «aquellos maravillosos años» y, por otro, las que forman un registro familiar de todos mis parientes. Conservo algunas fotografías agrietadas en blanco y negro de los abuelos de mis abuelos, que fueron esclavos en Alabama y Misisipi. Por alguna estúpida razón, sin embargo, tiré todos mis anuarios de universidad hace mucho tiempo. No quiero recordar a esa gente, de todos modos, y, en cualquier caso, mis fotos no me gustaban. No era entonces ni la mitad de mona de lo que había sido en secundaria, hasta que descubrí el maquillaje, claro. No quiero cuestionar los peinados de la época. Solo diré que me hacen pensar en una única cosa: cintas para el pelo.

Bajo al piso de abajo y abro el armario de la habitación de invitados. Ahí está el baulito negro barato que aún conservo desde mis años de universitaria. Para sacarlo, tengo que quitar de en medio las dos grandes cajas rojas en las que guardo los adornos de Navidad. Llevo dos o tres años sin poner el árbol, desde que Frankie se matriculó en la Universidad de Nueva York. No creo que este año me apetezca ponerlo tampoco. Papá Noel ya no pasa por mi casa. Sí que coloco aún, no obstante, la decoración de Halloween en la puerta, porque todavía tengo muchas cosas ricas que repartir.

Supongo que antes de ponerme con esto debería tomarme una copa. Por otro lado, aunque me encantaría que Wanda y Violet estuvieran conmigo y abrir juntas el baúl de los recuerdos, quizá sea mejor idea hacerlo sola. Además, ellas no están al tanto de todo lo que yo he hecho ni de con quién lo hice. Coloco el baulito y unas pocas cajas más sobre la alfombra morada y, acto seguido, subo apresuradamente la escalera, saco del frigo una botella de *chardonnay* más o menos decente, cojo al vuelo una de las copas baratas y corro de nuevo escaleras abajo. Me sirvo una copa y me trago la mitad aún de pie. Enciendo el hilo musical, que tengo conectado a Pandora, la emisora por internet. En realidad, me da igual qué tipo de música pongan. Suena *All the Single Ladies,* la de Beyoncé, y en ese mismo instante me doy cuenta de que no tengo el cuerpo para rap, así que cambio a un canal de ese tipo de música que te hace sentir como flotando bajo el agua o en el espacio. Me quito las Ugg sin usar las manos y me siento en el suelo, justo frente a la puerta de ese armario, que quizá no se vuelva a cerrar más hasta que me haya mudado de casa.

Levanto la tapa del pequeño baúl y me asomo al interior. Me sorprende lo ordenado que está todo. Lo primero que cojo es una gran bolsa de plástico precintable llena de cartas y postales. Mi madre no me escribía nunca cartas, así que todas deben de ser remitidas por alguno de *ellos,* o quizá enviadas. Vacío la bolsa encima de la sábana azul de la cama. Tengo la impresión de que esto va a ser divertido.

De repente, empieza a vibrar el móvil sobre la alfombra.

Lo cojo. Es mi hija mayor.

—¿Qué tal, mamá? ¿Qué haces?

Cuando me hacen esa pregunta por teléfono, no sé nunca qué responder. Me pone de los nervios. ¿Y si no estás haciendo nada? Tienes que explicar entonces en qué consiste eso de «no hacer nada». No quiero contarle a Estelle la verdad, así que miento.

—Estoy leyendo.

—Y ¿qué lees?

Mierda.

¡Qué metomentodo es!

—*Mil lugares que visitar antes de morir* —contesto. Es el libro que está sobre la mesita de noche. Me gusta tener invitados viajeros y que sueñen con sus viajes cuando se quedan en mi casa.

Ella se ríe.

—Y ¿en qué página estás ahora?

—Querrás decir en qué sitio. Pues estoy en Bora Bora.

—Eso está en la Polinesia Francesa.

—¿Ves para lo que sirve ir a la universidad? Bueno, ¿qué te cuentas, corazón?

—Nada. Quería ver qué tal.

—Tú nunca llamas para ver qué tal, Estelle. ¿Qué pasa?

—Recuerda que eres mi madre. Es normal que de vez en cuando te llame para ver cómo estás.

—Pues estoy bien, ya te digo. Pero, a ver, hablamos hace unos días. ¿Ocurre algo?

—¡No! Todo va fenomenal. ¿Sabes algo de Frankie?

—No. Esta semana no he hablado con ella. ¿Por qué?

—Me mandó un mensajito diciendo que se ha enamorado locamente. Y eso es muy raro, porque nunca me envía mensajes.

—¿Cómo se llama el tipo?

—Hunter.

—¿Es blanco?

—Los dos últimos eran blancos, así que sí, supongo que este también lo será. A mí no me vas a ver en su boda. Me da igual con quién se case.

—Bueno, a ver, no empieces, ¿de acuerdo, Estelle?

—Es Frankie la que empezó, hace mucho. No vino a la mía porque supuestamente estaba estudiando cine en París. No es más que una boba y una niña mimada con un montón de problemas mentales no diagnosticados.

Me niego a reaccionar ante el exabrupto. Estelle nunca tiene nada bueno que decir de su hermana, una chica cuyo único pecado es ser joven y un poco alocada. Estelle está enfadada con Frankie desde que esta nació y le robó toda la atención y el protagonismo ante Niles.

—Bueno, cuéntame. ¿Cómo están las gemelas? ¿Y Justin? —pregunto.

—Todos están muy bien. Quizá vayamos a verte dentro de un par de semanas, si no tienes otro plan.

—¿La tribu al completo?

—No, solo yo y las niñas.

Señor, ayúdame. Son unos bichos y consiguen sacarme de mis casillas. Probablemente, no deba culparlas por comportarse como niñas: también tiene que ver mi paciencia, que parece menguar paralelamente a mi nivel de hormonas en sangre.

—Lo vamos a pasar bien —exclamo con todo el entusiasmo que soy capaz de reunir—. ¿Seguro que está todo en orden?

—Por última vez, mamá. Todo está en orden. Si no fuera así, te lo diría.

—Vale. Hablamos de nuevo en unos días. Dales besos a las niñas de mi parte.

Estelle muy rara vez llama solo para charlar. El comentario contra Frankie me huele a chamusquina. Espero que no esté otra vez embarazada. Si tiene otro hijo, no saldrá de esa casa nunca más en su vida.

Me dispongo a sacar otra bolsa del baúl, pero el teléfono vibra de nuevo. En esta ocasión miro antes de descolgar y, cómo no, es Wanda.

—¿Qué quieres, cari?

—Estoy aburrida. Se me cae la casa encima.

—Pues salte fuera. No te vayas a hacer daño.

—Ponme una copa de lo que sea que estés bebiendo. Te veo en veinte minutos.

Acabo de sacar todos los álbumes y agendas y los alineo formando lo que termina por ser una historia, en realidad, muy breve. Pongo a un lado los álbumes que contienen fotografías de mi hermano y la tarjeta que me regaló cuando se alistó al ejército. Hace unos años, casi cinco diría yo, mamá me dio cuatro álbumes de fotos y me dijo: «Entre estas páginas hay pegadas imágenes que equivalen a un millón de horas de mi vida y de la del resto de la familia». Le prometí que escanearía todas esas fotografías y recortes de periódicos y revistas, y que mandaría colorear digitalmente algunas de las fotos antiguas. No lo he hecho, y no tengo excusa. Pero me propongo cumplir con mi promesa antes de que sea demasiado tarde.

Doy al vino un sorbo largo y complaciente, y decido que tengo que seguir buceando en ese baúl. Lo abro de nuevo y esta vez saco una carta manuscrita. La letra es mía. «Joder», exclamo en voz alta mientras desdoblo el papel. Me saco las gafas del escote y me las pongo:

Darnell:

Hazme un favor y no me llames nunca jamás en tu vida. Me confundes con el resto de zorras con las que te juntas. Yo no soy una tía de usar y tirar. Si algún día maduras, igual tienes suerte y aprendes lo que significa respetar al sexo femenino, sin dar por hecho que no basta con ser bueno en la cama. Los he tenido mejores, por cierto. Si buscas en un diccionario la palabra «cabrón», sale tu foto, Darnell. Si hubiera alguna asignatura sobre respeto a uno mismo y a las mujeres, deberías matricularte. Que te den mucho por saco.

Georgia

Casi me caigo de lado de la risa. Debería hacer una tarjeta de felicitación con esta postal y enviársela a unos cuantos de estos cabrones. Encuentro muchas tarjetas: de cumpleaños y de San Valentín, firmadas por el idiota arrepentido de Michael (aunque estas son bonitas, de cuando aún supuestamente me quería). Hay una bolsa de congelar enorme llena de postales empalagosísimas escritas por Niles, estoy convencida de que sin pararse a pensar demasiado, porque en la fotografía siempre aparecen mujeres blancas y rubias.

Suena el timbre. Me incorporo y subo las escaleras.

—¡Ya voy! —grito mientras bailo un ritmo inidentificable que, obviamente, no procede de mi hilo musical. Esta es otra de las razones por las que me gusta el vino.

Abro la puerta y Wanda me pasa por delante. Lleva un llamativo vestido hawaiano de un deslumbrante color naranja que debe de ser de su madre. Cierro los ojos y coloco los brazos en jarras.

—Vas ideal para la ocasión, porque estoy en modo «nostalgia». ¿Se puede saber qué le pasa a la señorita Yo lo Valgo?

—Pues estaba sentada en mi sillón favorito, arreglando un roto en unos pantalones. Aburrida. Nelson estaba en el sofá, roncando. Y los perros, roncando también. En la tele había un partido de fútbol americano y de repente me entró un tedio mortal, que es cuando te he llamado. ¿Dónde está el vino? ¿O te lo has terminado?

—¡Vamos a comprobarlo! —respondo, y la sigo hasta el bar.

Wanda se pone de puntillas para intentar alcanzar una de las copas buenas, las de los invitados de verdad. Decido contarle lo que estoy haciendo. Le explico que estoy buscando los pescados que tuve que devolver al mar. Ella se limita a sacudir la cabeza y descorcha una botella de vino bueno. Bajamos la escalera y la bastilla del vestido obliga a Wanda a caminar como si estuviera en un desfile o algo por el estilo.

—Tira ese vestido ya, Wanda —le recomiendo—. Ni mi madre va tan lejos.

—Tienes razón. No sé por qué me dio por comprarlo.

—Porque cuando compras pierdes el criterio, por eso.

Le advierto de que la habitación está hecha un desastre. Cuando entramos, se queda de pie en el umbral de la puerta con una mano sobre la cadera forrada de naranja y dice:

—Así que los tienes a todos aquí metidos, en esta habitación, ¿no?

Me siento en el suelo y ella en el sillón blanco.

—¿Por qué tienes puesta esta música como de funeral?

—Se llama *chill*.

—Sí, bueno, lo que sea. Suena como a ataúd. Necesitamos un poco de *R&B* de los setenta o de los ochenta. Ahí es donde vamos a viajar, ¿no?

Me levanto y cambio a un *jazz* suave.

—Ahora lo que pegaría sería un buen canuto. Bueno, cuenta, ¿a quién has podido localizar hasta ahora?

—A nadie.

—Ya veo que estás intentando esconder debajo de la cama el álbum que os hice a ti y a Michael por tu boda. Estará mal que yo lo diga, pero sigue siendo bonito.

—Se está cayendo a trozos. He intentado aplanar las arrugas del papel adhesivo, pero han quedado fatal. Además, el papel está resquebrajado. Y no, ¡no hace falta que lo arregles!

Le alargo otro álbum que no hizo ella y Wanda, tras tomar un sorbo de vino, coloca la copa sobre la mesita y empieza a hojearlo lentamente.

Yo cojo otro álbum y la imito.

—¿De qué año es esto? —pregunta, girando el álbum para mostrarme una foto. En ella aparezco yo con un pelo a lo afro gigantesco y una larga falda que hice con unos vaqueros viejos y retales de tapicería a los que cosí unas flores enormes. Caray, qué delgada estaba.

—Los setenta. ¿No te acuerdas de esa falda?

—¿Dónde puñetas está tu sujetador?

Me acerco la fotografía a la cara.

—Ya sabes que en esa época lo guay era no llevar. Aunque creo que tú no te quitabas el Playtex ni para dormir.

Otra vez me río hasta casi perder el equilibrio y poco falta para que vuelque mi copa de vino. (La atrapo en el aire.)

—Vete a la mierda, Georgia, ¿quieres? ¡Un momento! ¿Quién es este tío sin cabeza?

Wanda sostiene el álbum en alto: en la imagen aparece un hombre alto ataviado con pantalones de campana grises y camisa blanca al estilo Chubby Checker. El tipo, cuya foto decapité, me rodea entre sus brazos.

—Ese es Thomas. No lo conociste. Es de Bakersfield. Me llevó al baile de fin de secundaria y salió con otra chica del brazo.

—Eso es mentira, Georgia.

—Que me parta un rayo si lo es. Era un tipo raro.

—Raro, ¿cómo? —pregunta Wanda.

—¡Quizá lo vea el año que viene en el encuentro! Estoy deseando que llegue la fecha. Sigue pasando páginas del álbum, seguro que encuentras a alguno más.

Cojo una agenda telefónica que tiene en la portada un pavo real. La fecha que aparece en la esquina superior derecha está emborronada, pero sé que es la que compré el primer año de universidad y, por tanto, la primera que tuve, porque antes de marcharme de casa me sabía los teléfonos de todo el mundo de memoria.

—¿Sabes qué? —pregunta Wanda, aunque no esté preguntando nada en realidad—. Esto es aburridísimo y me parece una pérdida de tiempo.

—Yo estaba pensando lo mismo, la verdad. O sea, esos tíos a los que no recuerdo no merece la pena que los recuerde, si te paras a pensarlo.

—¿Tienes algo de comer por aquí? Y no me digas nachos con salsa mexicana de bote. De eso tengo en casa.

—Hoy estás de suerte. He comprado salmón ahumado. Lo he picado junto con rábano, sandía y chalota, he preparado una vinagreta de jengibre y he rellenado unos aguacates con la mezcla. Si te apetece, bien. Y si no, también.

—¿Tienes galletas saladas o algo así para acompañar?

—Puede. Mira en la despensa.

—¿Cuándo vas a encender tu puñetera hornilla y cocinar algo? Para que puedas invitar a alguien a cenar, digo.

—Cocinar para una es bastante triste.

—¡Pues entonces invita a alguien, joder! Todas echamos de menos las cosas raras que preparabas antes. Cocinas muy bien. Queremos volver a ser tus cobayas.

—De acuerdo —exclamo mientras ella se recoge el vestido para subir por la escalera—. Cuando vuelvas tendré una lista de los hombres con los que me he acostado. Ya he localizado a unos cuantos en mis agendas.

—¿De verdad te importa saber a cuántos tíos te has follado?

—Sí.

—¿Por qué?

—Porque quiero hacerme una idea de hasta qué punto era activa en mis tiempos.

—Eras bastante activa y bastante zorra. Punto. Por eso digo que esto es una pérdida de tiempo. Anda, vamos a ver *King Kong*.

—Ojalá encontrase a un hombre como *King Kong*.

—¿Eso es un no?

—Es un no.

—Voy a ver si encuentro una botella de vino que sea un poco mejor que este. A ver si te da tiempo a hacer tu puñetera lista.

—No vas a poder coger el coche con tanto alcohol en el cuerpo, Wanda.

—¿Quién ha dicho que vaya a volver a casa? Me voy a acostar en la cama de Frankie. Quiero que Nelson crea que por fin le he dejado.

Sí, claro. No se lo cree ni ella. Nelson y Wanda tienen los corazones pegados con pegamento de contacto.

Wanda desaparece escaleras arriba. Yo cojo un cuaderno amarillo que bajé antes y empiezo a escribir a toda velocidad. Wanda regresa justo cuando estoy terminando. Me arranca el cuaderno de las manos y se dispone a contar en voz baja, señalando con el dedo índice cada uno de los nombres.

—Pero qué pendón eras. Aquí hay como veinte putos nombres. ¡Esto es más largo que mi lista de la compra!

—Estoy segura de que la de Violet es el doble de larga.

Wanda revisa la lista hasta el final, agitando la cabeza y riendo.

—¿Sabes qué? Vamos a jugar a un juego. Yo digo el nombre del tipo y tú tendrás que intentar describirlo con una sola palabra. Bueno, tres o cuatro como máximo. Y luego deberás explicar por qué la cagó. ¿Vale?

—Vale.

—Nathan.

—No, él no puede ser el primero.

—Esa respuesta tiene siete palabras, Georgia.

Le lanzo una mirada de hartazgo, me pongo de pie y empiezo a caminar en círculos.

—Darnell.

—El primero que me rompió el corazón.

—¿Qué edad tenías?

—¡No puedes hacer preguntas! Me vas a desconcentrar.

—Vale. Dennis.

—Tonto del culo.

—David.

—Cero ambición.

—Wardell.

—Se corría en treinta segundos.

—James Número Uno.

—Era un mujeriego.

—James Número Dos.

—Era bisexual.

—Brad. Bueno, de Brad ya sabemos que te robó. ¿Mark?

—Un niño de mamá.

—Elijah.

—Mentiroso compulsivo.

—Thomas.

—El raro de antes.

—¿Raro bien o raro mal?

(Decido hacer caso omiso de la pregunta.)

—Graham.

—Arrogante.

—Aaron.

—Aburrido.

—Abraham.

—Bueno…

—Phillip.

—Estaba casado.

—Frederick.

—Era un maleducado.

—Harold Número Uno.

—Otro tío raro. Y superficial.

—Harold Número Dos.

—No se duchaba.

—Glen.

—Vulgar.

—Steve.

—Cobarde.

—Horace.

—Sin comentarios.

Wanda deja la lista a un lado.

—Guau. Qué divertido. Por cierto, estas galletitas están pasadas. El aguacate estaba muy rico, pero yo sigo teniendo hambre. ¿Quién era Horace?

—El único hombre negro con el que me he metido en la cama que no tenía apenas pene.

Wanda se ve obligada a escupir el vino.

—Venga ya, Georgia.

—En serio. Era como un lápiz. Como una salchichita de cóctel. De verdad, me sentí fatal por él.

—Oye, ¿y qué hace Abraham en la lista?

—No debería estar, quizá. Él lo hacía todo bien. A lo mejor está porque no terminamos lo que empezamos.

—Y ¿eso es un defecto de carácter? Venga ya. Lo voy a tachar —dice, mientras busca el lápiz—. Y ¿qué hay del chico blanco que te gustó en la universidad?

—¿Stanley, dices?

—Sí, no te hagas la tonta. Stanley.

—No es que me gustara. Me acosté con él, es todo.

—Y ¿por qué no está en la lista?

—Porque no tuvimos una relación. Ya te dije entonces que él no dejaba de tontear conmigo, así que al final cedí, porque era atractivo y porque quería saber cómo es el sexo con un chico blanco.

—Y te gustó, si no recuerdo mal.

—Fue increíble, y él era muy agradable. Descubrí que el estereotipo es solo eso, un estereotipo. Fue un periodo de prueba de setenta y dos horas al que accedí con la condición de que no hubiera compromisos. Después intenté actuar como si nada hubiera ocurrido. Hice todo lo que pude para evitarle, pero no era fácil, porque estaba en mi clase de historia afronorteamericana. Ese trimestre se me hizo muy largo.

—No recuerdo cómo os conocisteis. Por aquel entonces muchos blancos tenían sentimiento de culpabilidad.

—Sí. Bueno, cambiando de tema, mis secretos ya han salido a la luz. Ahora qué, ¿publico la lista en Facebook?

—No lo dirás en serio, ¿no, Georgia?

—No, no lo digo en serio, Wanda, por Dios.

—Stanley debería estar en esta lista —reflexiona ella, devolviéndome el cuaderno.

Se lo arrebato de mala gana y garabateo el nombre al final de la lista. No sé qué otra cosa poner al lado más que «blanco».

—Para que conste, ¿te plantearías salir con un blanco ahora que estamos en el siglo XXI?

—La verdad es que nunca me lo he planteado. A mi hija parece que le gustan más. Yo no me enfado, pero ya sabes, me encantan los negros y la piel de tono especialmente oscuro.

—A mí me pasa igual. Pero lo único por lo que Dios nos hizo diferentes es el color de la piel.

—Uf. Estás demasiado profunda para mí esta noche, Wanda —apostillo mientras me levanto, paso por encima de las cosas que tapizan el suelo y arranco la página de la lista para tirarla a la papelera.

—Lo único que digo es que definitivamente tendrías más opciones si pensaras fuera de esa caja negra tuya, Georgia. Un hombre es un hombre. ¿Tienes algo de comida de verdad en esta casa o no? Me estoy muriendo de hambre.

—Tengo una lasaña congelada.

—¿Tengo que meterla yo misma en el microondas, aunque sea la invitada?

—Sí, y luego te tienes que ir a tu casa.

—Me quedo a dormir, ¿recuerdas?

Le levanto un dedo medio.

Y ella me lo levanta a mí.

La redecoración

Saludo a Amen con verdadero entusiasmo. Me cae muy bien. A Percy, quien me cae tirando a mal, lo recibo con falsa emoción. Amen es inteligente y se conoce las colinas de Oakland como la palma de la mano. Vive más arriba que yo, donde se produjo el incendio. Es universitario, alto, guapo, felizmente casado. Veinte años de matrimonio, suma y sigue. Tiene dos hijos que todavía van a la universidad y uno que trabaja en Wall Street. Compró en el lago Tahoe una casa para ir de vacaciones en invierno, que ya me ha ofrecido alguna vez, ¡gratis! Le dije por cuánto me habían tasado la casa (mucho menos de lo que yo esperaba) y él me dejó claro que todas las propiedades inmobiliarias han bajado de precio. Incluidas las suyas.

Percy, por el contrario, es un tipo cargante. Me doy cuenta perfectamente de que no le caigo bien y me pregunto si es porque no está acostumbrado a tratar con gente de cierto gusto —en mi caso, gente negra— o si es simplemente porque yo soy alta y él bajito. Ni siquiera con los mocasines que hoy calza llega al metro setenta. Yo mido casi un metro setenta y cinco. Percy podría probar a vestir rayas en lugar de cuadros y debería cogerle un dobladillo a sus pantalones chinos. Lleva tanta gomina en el pelo rubio que no lo despeinaría ni un tornado. Trae un gran cuaderno Burberry apretado contra el pecho.

—Bueno —exclama tras entrar en la casa como un forense de *CSI*—, ¿listos para dar una vuelta y que os cuente algunas de mis ideas? Por supuesto, para dejártelo claro de nuevo, Georgia, podemos descartar lo que no te parezca bien.

—Vale.

—Pues fenomenal. Me gustaría comenzar por los dormitorios superiores e ir bajando, ¿te parece?

—Me parece.

Los sigo arriba y abajo por los tres pisos de la casa y me abandono al espectáculo que ofrece Percy, que nos habla como si estuviera en un concurso de la tele. Le encanta ir señalando aquí y allí.

—Veo que están todavía colgadas tus encantadoras piezas étnicas, pero no veo cinta adhesiva azul de la que te dejé para que indicaras cuáles podríamos guardar. Por supuesto, soy consciente de que estás muy ocupada.

—Está en la lista de cosas por hacer este fin de semana, Percy. Pero dime, en serio, ¿todo este lío es para que el potencial comprador no sospeche que aquí ha vivido una persona negra?

—Para nada. Solo queremos mantener cierta neutralidad y evitar decoraciones con connotaciones culturales. Lo que buscamos es que el potencial comprador se enamore de la casa, no de tus obras de arte ni de tu habilidad como interiorista.

—¿Me estás hablando en serio, Percy?

Me doy perfecta cuenta de que Amen no se cree una palabra. Sabe bien, no obstante, que Percy es muy bueno redecorando las casas para venderlas.

—Como te acabo de decir, me parece que tienes muy buen gusto, pero yo no soy quien va a comprar tu casa. La decoración es interesante y los colores forman un caleidoscopio increíble. Lo que ocurre es que, tal y como está planteado, tu interiorismo hace pensar en un concierto. Y si queremos vender rápido, lo que necesitamos es un vals.

¿Cómo? ¿Qué dice de caleidoscopios?

—¿Y cómo quieres que baile yo ese vals?

—Bueno, digamos que tendremos que quitar unas tres cuartas partes del mobiliario del salón.

—¿Quitarlas? ¿Y dónde pongo tantos muebles?

—Pues en un almacén.

—Y ¿dejo el salón medio vacío?

—Puedes alquilar unos pocos muebles. Trabajamos con establecimientos muy prestigiosos que están especializados en montar este tipo de cosas. Es como una escenografía: camas de alta gama, lámparas, plantas e incluso obras de arte.

Me muero de ganas de soltar un «¡Estás de coña! ¿no?», pero en su lugar lo único que digo es:

—Lo entiendo, pero ¿me puedes explicar al menos qué es lo que en tu opinión debería hacer?

Y ahí es donde a Percy casi parece que le sobreviene el orgasmo.

—Tendríamos que retirar toda la decoración de las estancias así como más étnicas y darles un toque de serenidad. Habría que liberar mucho espacio, deshacerse de tanto cachivache, como dije antes, y reemplazarlos por orquídeas bonitas, siempre que sea posible. El comedor deberá tener un *look* más tradicional, no tan artístico como ahora. Conjuntaremos los muebles alquilados para que el todo sea más musical. Le daremos una iluminación más homogénea, con bombilla incandescente. Me he dado cuenta, por cierto, de que algunos vidrios están agrietados. También hay algunos pomos rotos, en fin, cositas que es necesario arreglar. Probablemente, debamos contratar a un pintor y, desde luego, cambiar parte de esta moqueta tan chillona. Habrá también que acuchillar el parqué. Te estoy dando una visión general. Seguro que me dejo atrás algunos detalles, pero no será gran cosa. ¡Un momento! Olvidé mencionar las plantas. Los ficus y los palmitos gigantes hacen maravillas en cualquier espacio.

—¿Qué les pasa a mis plantas?

—Algunas no tienen tan buen aspecto como deberían, en mi opinión. Si no tienes tiempo de ocuparte de ellas, también puedo traer algunas plantas artificiales, pero no lo recomiendo. De todos modos, en el vivero con el que nosotros trabajamos estarían encantados de orientarte al respecto de los cuidados que debes darles.

—Y ¿cuánto me va a costar todo esto?

—Todavía tengo que ver el jardín. Partimos de que es necesario llamar la atención del potencial cliente desde la misma entrada, porque es lo primero que ve. Tendremos que contratar a un paisajista para que dé un repaso a las jardineras y a toda la zona de la piscina. Eso sería todo, más o menos.

—Entonces, veamos... ¿Cuánto me va a costar todo esto y cuánto tiempo llevará?

—Este tipo de trabajo escenográfico no es barato, Georgia. Si se hace bien, claro. Considéralo una inversión que recuperarás cuando tu casa se venda, que se venderá en un santiamén y por un precio muy cercano al de tu primera oferta. Yo calculo entre diez y quince mil.

—No puede ser.

Ahora Percy asiente con la cabeza, con gesto temeroso.

—Y ¿cuánto tiempo llevará?

—Pues, como te decía, todo depende de cuántas cosas nos dejes hacer.

—Todo lo que acabas de contarme.

—Entre dos y tres semanas, siempre que no haya retrasos. Lo cual es habitual.

—Pero ¿cómo voy a vivir en esta casa con todo ese lío montado? O ¿estoy preguntando una tontería?

—Ya..., ¿no tienes una segunda residencia?

Me entran unas ganas irrefrenables de abofetearlo.

—Pues no.

—Bueno, con una operación de esta magnitud, mis clientes suelen alquilar un apartamento o alojarse en un hotel bien o tomarse unas vacaciones.

«Mira, ¡vete al carajo, Percy!»

—¿Has pensado ya dónde te gustaría vivir? —pregunta. Empiezo a preguntarme si Amen está prestando siquiera atención.

—No estoy segura. Idealmente, me encantaría vivir en Nueva York, pero es carísimo.

—Y esos inviernos. Qué horror —replica Percy.

—Yo estoy harta de California —le digo, solo por incordiarlo.

—Todo lo que cualquier persona pueda necesitar está en California.

—Eso no es verdad, Percy.

—Ay, perdona, te voy a tener que dejar, llego tarde a mi siguiente cita. Haré lo que pueda para enviarte por correo electrónico un presupuesto detallado antes de la semana que viene. A veces lleva tiempo recabar todos los detalles. Cuando lo recibas, cuéntale a Amen qué te parece. ¿De acuerdo?

—De acuerdo. Gracias, Percy. Que tengáis buena tarde.

Amen sale detrás de él, pero se detiene en el último escalón, se vuelve y me pregunta:

—¿Estás absolutamente segura de que quieres vender, Georgia?

—Cien por cien, Amen. Ya te lo dije: esta es mucha casa para una sola persona.

—Pero ¿y si te vuelves a casar?

Lo miro como si hubiera preguntado una idiotez.

—Nunca tires la toalla con el amor, Georgia. Mantén la fe —añade.

Habla como el presentador de un programa de la tele matutino, pero sé que está siendo sincero, así que le contesto:

—Tengo toneladas de fe.

—¡Mamá! ¡Ya estamos aquí!

Ay, Dios.

Estoy metida en mi vestidor, sudando, desnuda y cabreada por no haber encontrado nada todavía que me quede bien para otra de esas fiestas intelectuales que tanto gustan a Wanda. Me ha convencido para que vaya, esta misma noche. Oigo un leve trotar escaleras arriba y, antes de que me dé tiempo a echarme el albornoz sobre los hombros, noto cuatro ojos clavados en mí. A mis espaldas, mirándome fijamente como si tuvieran todo el tiempo del mundo, me encuentro a dos renacuajas de piel chocolate con cara de estar alucinando.

—Este cuerpo tendréis vosotras también algún día —les espeto mientras me coloco el albornoz y me lo ato con fuerza a la cintura—, a menos que hagáis deporte y os pongáis aceite de coco en las estrías.

Empiezan las dos a juguetear con sus gruesas trenzas.

—¿Qué son estrías? —pregunta la pequeñaja de la camiseta rosa y las mallas blancas con lunares rosas.

—¡Son unas cosas que estrían, Scarlett! —explica Gabby con tono autoritativo. Ella también viste para matar: mallas anaranjadas y camiseta de rayas anaranjadas y blancas. Parece muy satisfecha con su puntualización y la recalca apoyando las manos en unas caderas aún planas. Scarlett mira a su hermana como si creyera todo lo que dice.

—¿Le dais un abrazo de equipo a vuestra abuela? —pregunto, y salen las dos corriendo hacia mí, me tiran del albornoz y me achuchan.

—¡Hola, abuelita! ¡Te queremos! —exclaman simultáneamente.

—¡Hola, niñas! ¡Yo también os quiero! Vamos a ver dónde está vuestra madre —propongo, empujándolas con suavidad para sacarlas del vestidor. Cuando trato de cogerlas de la mano, salen disparadas por el pasillo. Menudas cachorras...

Estelle se ha puesto uno de los dos conjuntos de yoga que le regalé por su último cumpleaños. El que lleva hoy es de color negro y lima. Estelle era antes una fanática del yoga, pero creo que ya no tanto. En cualquier caso, es todo lo guapa que yo siempre quise ser. Se parece algo más a Michael, el hombre con el que me casé poco después de hacer el doctorado. Aquel error. Le doy o, más bien, le damos entre las tres un buen abrazo de equipo. La beso en ambas mejillas y en la frente.

—Qué buen aspecto tienes, Estelle —le digo con la boca pequeña. Parece cansada, más delgada que cuando estaba en la universidad, estresada. Es una de estas supermadres modernas que tienen título universitario pero se quedan en casa y hacen de todo: se ocupa de los asuntos domésticos y es redactora técnica para Apple. No sé si es que trabaja mientras duerme, porque las niñas no se separan de ella ni de Justin siquiera diez metros. Ambos hacen todo lo que los programas de televisión y los libros de moda dicen que tienen que hacer para ser buenos padres. Ni siquiera confían en las madres de día. Me sorprende que se fíen de mí.

—Como siempre, había mucho tráfico... Y solo tengo quince minutos antes de mi exfoliación con sales. Muchas gracias, mamá. ¿Cómo estás?

—Estoy bien, cariño. Te voy a pedir un favor: grábate esta casa en la memoria tal y como la ves, porque me la van a cambiar de arriba abajo para venderla. En cuestión de un mes parecerá otra.

—Entonces, ¿estás decidida?

—Sí. ¿Cómo estás tú?

—Muy bien. Pensando en volver a trabajar. Pero ya te contaré. Niñas, portaos bien con la abuela y haced todo lo que os diga, ¿de acuerdo? —Las dos niñas asienten con la cabeza. Estelle me entrega una mochila llena hasta los topes—. Aquí van el almuerzo, la merienda, libros y películas en DVD. Volveré sobre las seis, si te parece bien. ¡Muchas gracias, me haces un favor!

—¡No pasa nada! Siempre pasa igual. Las prisas. Venga, márchate ya. Y relájate un poco.

—¡Sí, mamá, vete ya! —ordena Gabby, la de naranja, para *ipso facto* salir a toda velocidad tras Scarlett, la de rosa, que corre en dirección a mi despacho, uno de los lugares que tienen prohibidos. Me agacho un poco para ver mejor y las veo hojeando el álbum de fotos de mi madre. Me acerco a la habitación, me apoyo en el marco de la puerta y me quedo ahí observándolas.

—¿Qué es esto? —pregunta Scarlett, intentando ver a través del plástico amarilleado.

—Es un libro de fotos —se adelanta Gabby.

Creo que ya sé cómo son cada una de ellas. Gabby es la mandona. Scarlett parece buscar en ella todas las respuestas y sabe Dios que Gabby siempre tiene respuestas para todo.

—Se llama álbum de fotos —aclaro, colocándolo sobre la mesa para que lo puedan ver mejor.

—¿Quiénes son todas estas personas viejas? —pregunta Scarlett.

—Familiares nuestros.

—Y ¿dónde están? —vuelve a preguntar.

—Muertos.

—¿Todos?

—Eso es imposible —tercia Gabby.

—Muchos de ellos sí. ¿No habéis oído hablar de la esclavitud?

—Creo que sí —reflexiona Gabby.

—Es cuando las personas negras tenían que trabajar para personas blancas y las personas blancas no les pagaban —responde Scarlett.

—Al que se le ocurrió eso era tonto. Todo el mundo necesita que le paguen dinero —apunta Gabby, poniéndose de nuevo las manos sobre las huesudas caderas, con una palma hacia arriba—. ¿Cómo pagaban las facturas, entonces? —inquiere, encogiéndose luego de hombros.

—Sobre todo las de American Express —dice Scarlett—. Papá siempre está preocupado por esas facturas.

—Menos mal que no tenemos que ser esclavos y que ni mamá ni papá ni tú sois esclavos, abuelita. ¿No estás contenta?

«Gabby, claro que sí.»

—Sí, claro que estoy contenta.

—¿Por qué has descolgado todos los cuadros? —pregunta Gabby, haciendo honor a su rol asignado de parlanchina.

—Sí, ¿qué ha pasado con nuestras fotos? —inquiere Scarlett.

—La abuelita se va a mudar de casa, así que tengo que poner todos los cuadros y fotografías en un lugar seguro hasta que les encontremos un nuevo hogar.

—¿Tú también «sevendes»? —pregunta Scarlett.

—¿Cómo?

—En el jardín de delante de nuestra casa hay un cartel que dice que se va a «sevender» —me informa.

—No, Scarlett, no se dice «sevender».

—¿Y cómo se dice?

—¡Se dice «Se vende»!

—¡Pues eso es lo que he dicho!

Me tapo la boca con la mano por la sorpresa. Mi hija vende su casa.

—¿Dónde está tu cartel, abuela? —pregunta una de ellas, y ya ni me doy cuenta de cuál de las dos por el disgusto.

—La abuelita no tiene cartel todavía. La abuelita no sabe aún si se va a «sevender».

—¿Quieres saber otro secreto? —vuelve a preguntar Scarlett.

—¡Nosotros también nos mudamos! —grita Gabby.

—¿En serio?

—¡Sí, en serio!

—Nos mudamos a otra casa más barata, porque papá no puede seguir pagando la que tenemos.

—En realidad, no necesitamos la casa que tenemos —puntualiza Gabby—. Además, mamá dice que, cuando encuentre un trabajo de verdad, iremos a una escuela de verdad.

—Queremos ir a una escuela de verdad, ¿a que sí, Gabby? Gabby asiente con la cabeza.

—¿Vas a guardar el secreto, abuelita? —pregunta Scarlett.

—Claro que sí —respondo, pensando para mis adentros que a mi hija al parecer también se le da bien guardarlos.

—Vale, porque mamá nos ha dicho que no hablemos de esto y no queremos que nos regañe.

—No le diré nada.

—Vale. Bueno, ¿qué hacemos? ¿Jugamos a algo? —pregunta Gabby.

—¿Queréis ir a dar un paseo?

—¿Un paseo? ¿Adónde?

—Hasta la cima de la colina —propongo, señalando por la ventana.

—No me interesa —repone Gabby.

—Y ¿qué tal colina abajo?

—¡Vale! —zanja Scarlett.

Me pongo mi sudadera y mis zapatillas deportivas y nos disponemos a bajar la colina. Claro está, luego hay que subirla de nuevo, y llego a casa derrengada. Una vez dentro, decido no abrir siquiera la mochila de las niñas y les dejo comer cosas que normalmente tienen prohibidas: galletas y patatas fritas de bolsa. Sin embargo, cuando me piden un Red Bull que ven en la nevera, se acaba la manga ancha. Vemos dos largas películas de dibujos animados en DVD y me leen por turnos unos cuantos de esos cuentos infantiles, un poco tontos pero divertidos, que a mí me gustaban tanto cuando era pequeña. Por supuesto, quedo impresionada por lo bien que leen y aplaudo sin parar. A la hora de cenar, me las llevo al In-N-Out a comer unas hamburguesas en lugar del humus, el apio y el puré de verduras color naranja que Estelle ha metido en la mochila, con la condición de que no digan ni pío. Algunos llevan todo este asunto de la comida sana demasiado lejos. Con comida sana y sin ella, un día puede darte un cáncer y terminas muriéndote igual.

Jugamos al escondite, pero es imposible encontrarlas a las dos. Por fin, cuando dan las cuatro, les pregunto:

—Niñas, ¿vosotras no dormís siesta nunca?

Ambas consultan sus relojitos digitales color rosa y naranja (respectivamente).

—¿Hoy es sábado? —pregunta Scarlett.

Asiento con la cabeza.

—Los sábados no —dice Gabby.

—Pero ¿no estáis cansadas? —Menuda pregunta idiota—. ¡Un momento! —me interrumpo a mí misma—. ¡Me he equivocado! ¡Hoy es viernes!

Corren entonces a sentarse en el sofá de nuevo, con cara de aburrimiento, esperando la siguiente actividad. Enciendo la televisión.

—¿Habéis visto alguna vez el programa de la jueza Judy?

Ambas niegan con la cabeza.

Pongo el programa.

—Os va a gustar, ¡es muy divertido!

Se tragan dos programas seguidos sin mover un dedo. Se han quedado como hipnotizadas y, probablemente, demasiado confundidas como para preguntar qué significan las palabras «notario», «moroso» o «timo», o por qué la gente que sale en la tele se pelea por un cachorro de perro de diez días.

—La jueza Judy es mala —sentencia Scarlett cuando termina el segundo programa.

—¿Qué es una jueza, abuela? —pregunta Gabby—. ¿Es como una predicadora? Y ¿qué es un seguro, abuelita?

Les contesto que no sé lo que es un seguro, pero que, probablemente, a mí me haga falta uno. Y así seguimos, preguntando y respondiendo, hasta que por fin oigo la puerta abrirse y las niñas saltan y corren a los brazos de su madre como si no la hubieran visto en años, y yo estrecho muy fuerte a mi hija entre los míos por intentar no perder la sonrisa. No sé qué decirle en este momento. Aunque parece rejuvenecida y las mejillas color chocolate le resplandecen, me doy cuenta de que ya está pensando en mañana, en la semana que viene, en el próximo mes. Pretexta la hora punta para salir pitando de vuelta a casa, me da las gracias y las niñas me abrazan sin que yo se lo pida, lo que quiere decir que por fin he conseguido algunos puntos para el premio «En realidad, la abuela es guay». Estelle me da un beso en la mejilla y me asegura que hablaremos pronto. Yo la abrazo de nuevo, más fuerte incluso, y le digo que sí, que espero que hablemos pronto, pero pronto de verdad.

El teléfono me despierta. Estoy en el sofá del salón y se me ha salido la baba de la boca. Ya ha oscurecido y el reloj de la pared marca ¡las ocho y cuarto! ¡Mierda! La llamada es de Wanda. Me pongo de pie de un salto y salgo corriendo en dirección al dormitorio.

—¡Me estoy vistiendo! ¡Dentro de una hora estaré ahí! —grito al teléfono.

—¿Estás bien, cari?

—Estoy bien. Las gemelas han acabado conmigo. Cuando se fueron decidí echar una cabezada.

—Bueno, no te molestes en vestirte. Estoy volviendo ya a casa. Parecía que esta gente de la fiesta se había tomado un Xanax. Nadie se reía. Ha sido bastante aburrido. Salvo por una cosa.

—¿El qué?

—Eres muy benevolente con tus ex cuando hablas sobre ellos...

—No me estarás diciendo que habéis visto a Michael...

—Pues sí, te lo estoy diciendo. Estaba con una chica asiática muy mona. Tenía pinta de tener padre o madre negros, pero era jovencísima. Podría ser su hija.

—Siempre le gustaron orientales y jóvenes. No es nada nuevo. Pero un segundo. No será una broma, ¿no, Wanda?

—No, no seas idiota. Michael acaba de mudarse de nuevo a San Francisco.

—Estoy alucinando. ¿Y qué más?

—¿Qué más de qué?

—¿Cómo estaba?

—Bueno, ya sabes que tú y yo siempre hemos tenido un gusto distinto para los hombres.

—Me refiero a si tenía buen aspecto.

—A Violet le pareció envejecido. Cuando me marché, estaba calentándole la oreja.

—¿Preguntó por mí?

—Claro que preguntó por ti.

—Y ¿qué le dijiste?

—Que estás vivita, coleando y estupenda.

—¿Llevaba alianza?

—No.

—Típico.

—Me dio su tarjeta y me pidió tu número de teléfono.

—No se lo diste, espero.

—Pues claro que se lo di. Te va a llamar y vas a hablar con él.

Me apoyo en la pared y me dejo caer hasta quedar sentada en el suelo con el teléfono en la mano.

—No tengo nada que decirle a Michael.

—Georgia, esto forma parte de tu plan de retomar contacto con tus ex. Considéralo una intervención divina. Y no te pongas hecha una bruja cuando él te llame —me suplica, riéndose.

Yo intento reír también, pero no soy capaz.

Mentira cochina, embustero de mierda

Está rayando el alba y yo estoy haciendo café cuando noto el móvil vibrando en el bolsillo de mi bata. No puede ser mamá porque no ha vuelto aún de su crucero. Probablemente sea Frankie, que a veces llama a estas horas desde Nueva York para pedirme que la ayude a resolver otro misterioso caso de la saga «¿Por qué mi cuenta está en números rojos?». Obviamente, le enviaré dinero si le hace falta. También podría ser Estelle con ganas de hacerme alguna confidencia, para variar. Debería saber que puede confiar en mí. Aparte de Justin, yo soy su mayor aliada, y le ayudaré como mejor pueda.

Cuando saco el teléfono, sin embargo, leo en la pantalla «Michael Mayfield». Tiene que ser una broma. Una cosa es llamar al día siguiente, y otra que el día siguiente sea sábado y sean las siete de la mañana. Tiro el teléfono al fregadero como si quemara y lo miro girar sobre la superficie metálica hasta que se detiene.

A Wanda la voy a matar. Michael sigue siendo el mismo hijo de puta arrogante de siempre. No lo he visto ni he hablado con él desde 2002, aunque en la graduación de Estelle fui de lo más considerada. En el convite me senté a seis sillas de su nueva esposa —menos guapa de lo que me esperaba— y esbocé una y otra vez falsas sonrisas cada vez que lo pillaba mirándome. «Estoy tan orgulloso de nuestra hija» fueron las últimas palabras que le dediqué, antes de despedirme de él con la mano, como a cámara lenta. ¿De qué querrá hablar ahora? Seguro que necesita algo. Y en este preciso instante no quiero saber qué es, al menos no hasta que me tome mi puñetero café.

Me pongo dos tazas. Riego las plantas que según Percy tengo descuidadas. Tiro la basura y meto en el microondas un *minicalzone* de jamón y queso, y me tomo mi tiempo para disfrutarlo. Lo bajo con un vaso de zumo de naranja. Pongo una lavadora con tres toallas. Cuando abro la secadora y veo que no hay nada para doblar y guardar, me siento un poco decepcionada. Intento recordar si no tengo alguna mascota a la que haya olvidado y a la que tenga que dar de comer. Cuando por fin recojo el teléfono del fregadero, parece que Michael casi pudiera verme a través de la pantalla. Me siento en uno de los taburetes altos de la cocina y escucho el mensaje de audio que me ha dejado: «Hola, Georgia. Soy yo, Michael. Estoy seguro de que Wanda y Violet te han dicho ya que he vuelto a San Francisco y me preguntaba si querrías que cenáramos juntos para ponernos al día. Me dijeron que te está yendo muy bien. No me extraña en absoluto y me gustaría que me lo contaras en persona».

¿Cenar? Me habla más como un viejo amigo que como un exmarido al que aún desprecio. Me tomo unos minutos para reflexionar sobre cómo diablos voy a reunir valor para el consabido «ay, por cierto, ¿cómo has estado todo este tiempo?» y el típico «yo he estado bien, no me he vuelto a casar, pero estoy en una relación que va de maravilla».

No, no voy a ser capaz. No tengo tanto valor.

Entro en mi habitación y me tiro en la cama para llamar a mi confidente.

—Esto es lo que dijiste que querías hacer, así que déjate de rollos —me larga Wanda cuando le cuento lo último—. Si no incluyes a Michael en tu lista, estarás siendo una hipócrita. Así que ve a cenar con él y contaos la vida. No te vas a morir. Y si te lo follas, cuéntamelo. Adiós.

A Wanda le encanta exponer sus razones y, acto seguido, colgar sin dar opción de réplica. Tiene razón, salvo en lo que concierne al sexo. Preferiría masturbarme en el coche cruzando el puente de la Bahía antes que plantearme siquiera meterme en la cama con él. Me enderezo en el taburete y devuelvo la llamada.

—Vaya, vaya, Georgia. No creí que llamases —dice Michael al descolgar. Habla igual que hace treinta años. Su voz sigue igual de profunda, áspera y segura de sí. Qué hijo de puta.

—¿Por qué no iba a llamarte, Michael? Dime, ¿cómo estás?

—Estoy muy bien. Y tú, por lo que he oído, también. No esperaba menos.

—Y ¿cómo es que has vuelto a San Francisco?

—Me ofrecieron asociarme a mi antigua empresa y echaba de menos la bahía. No sé si lo sabrás, pero Estelle se niega a contarme nada de ti, salvo que estás viva. Así que dejé de preguntarle. Pero cuéntame, ¿cómo te van las cosas? Sí sé que te volviste a casar.

—Sí.

—Y ¿estás feliz?

—Sí. ¿Y tú?

—Me divorcié.

—Yo también. ¿Te has divorciado de la misma mujer por la que me dejaste?

—Ay, Georgia. Sí y no. Mira, ¿por qué no cenamos juntos e intentamos hacer las paces? Me encantaría verte después de todos estos años.

Sin pensar en Wanda, contesto:

—Claro que sí. ¿En la ciudad o a este lado de la bahía?

—¿Me estás hablando en serio?

—¿Tienes algo que perder, acaso?

—¿Me pongo el chaleco antibalas? —Yo dejo escapar una carcajada—. Puedo cruzar yo el puente, si te es más sencillo.

—No, no te preocupes. Me apetece coger el coche.

—¿Te va bien a las siete?

—Sí, me va bien. ¿Quieres elegir sitio? —pregunto.

—No. Elige tú. Mándame un mensaje y voy donde me digas.

—¿Cómo te reconoceré, Michael? —pregunto con sarcasmo.

—Se me ha plateado el pelo y también la barba. ¿Y yo a ti?

—Yo soy la hermana gemela de Beyoncé. Te veo a las siete.

Pues bien, tengo todo el día por delante. Voy al supermercado, aunque en realidad no necesito nada. Me hago una pedicura rápida, aunque ya me la hice la semana pasada. Por alguna razón, me pinto las uñas de rosa intenso. Me hago la cera en las cejas. Me pongo algunas pestañas postizas de las individuales, aquí y allí. Voy a Nordstrom y me compro un conjunto negro que me lo realza todo y me quita kilos.

En esto se me va la mayor parte de la tarde, así que decido echarme una siesta. Me tumbo en el sofá del salón y me tapo con mi manta de lana azul. Me coloco bajo la cabeza un bonito cojín —ojalá lo hubiera hecho yo— y me revuelvo en el sofá hasta que encuentro la postura más cómoda. Miro alrededor. Me siento como si me encontrara en un pequeño museo. Contemplo los muebles y me pregunto con qué me quedaré y de qué me desharé si vendo la casa y busco otra más pequeña. Observo el ventilador de techo dar vueltas lentamente y, cuando se me cierran los ojos, y caigo dormida, noto a Michael cerca de mí, y a mí misma.

A Michael lo conocí en la biblioteca de la universidad. Los dos estudiábamos durante horas en la misma mesa larga de madera. Yo, Optometría, y él, Economía. Un día, mientras recogía mis apuntes, me preguntó: «Así que te ocupas de que la gente vea bien... ¿Te importa si nos vemos nosotros?».

Buen tiro.

Intenté no sonrojarme, porque no tenía muy claro si hablaba en serio o estaba tomándome el pelo. En realidad, por el rabillo del ojo me había percatado de que era casi guapo, del color de la miel en crudo, con labios gruesos y tan perfectos que habría pagado gustosa por un beso. Por lo que me dejaron ver las gruesas lentes de sus gafas, tenía ojos marrón oscuro y, oh, Dios, olía tan bien... Era como si se hubiera dado un baño de vapor con hojas de menta y de higuera o no sé, pero, en cualquier caso, no podía dejar de saborear su aroma. Su presencia, de hecho, me impedía concentrarme en cualquier asunto de índole ocular. No hacía más que pasar páginas sin detenerme a leerlas.

—Sí, me interesa que la gente vea bien. Y a ti te interesa el dinero, ¿no?

Emergió entonces su malvada sonrisa mientras agitaba la cabeza. Fue en ese preciso instante cuando caí en sus redes.

—Me interesa la gestión del dinero. Y me interesas tú.

Ambos supimos que nos habíamos gustado y dejamos de fingir que estábamos estudiando, recogimos libros y fluorescentes y salimos a Telegraph Avenue. Entramos en un restaurante poblado de helechos y cintas que olía a incienso de vainilla.

—Un segundo. Antes de que entremos en este antro de perdición..., ¿cómo te llamas?

De nuevo, la sonrisa malvada.

—Michael. Apellido no tengo. ¿Cómo se dirigen a ti por la calle?

—Me llaman Georgia.

—Te apuesto una hamburguesa a que no eres de aquí.

—Te apuesto unas patatas fritas a que tienes razón.

Desayunamos, almorzamos y cenamos en ese restaurante, y probablemente nos habríamos quedado toda la noche si no hubiese cerrado. Diez horas bastaron para descubrirnos el uno al otro quiénes éramos. De dónde veníamos. Por qué estábamos en ese lugar. Él me miraba a los ojos cuando hablaba, lo que me hizo sentir incómoda en un primer momento, hasta que empecé a relajarme. Y luego a derretirme. Decía «por favor» y «gracias» y «te importa si» y «alguna vez te has planteado…» y «sabías que…». Y se remangó cuando empezamos a hablar sobre Malcolm X, sobre Sócrates y sobre Dios, y cuando discutimos sobre el dolor y el amor y la belleza y la sinceridad y por qué Berkeley y adónde diablos iríamos después de Berkeley.

Me acompañó a mi residencia y me despidió con un beso en la mejilla. Luego, me preguntó si le importaba que dijese un taco. Le di permiso y el soltó un «joder».

«Joder está muy bien», repuse yo.

Un año después tuve el privilegio de convertirme en su esposa. Él afirmaba sentirse muy afortunado de ser mi marido.

Lo que me dio:
Una puerta abierta a su corazón.
Paz interior.
Una hermosa hija.
Alegría.

Lo que hicimos:
Viajábamos siempre que podíamos.
Íbamos a la iglesia al menos dos veces al mes.
Íbamos a conciertos.
Bailábamos. En cualquier sitio.

Intentábamos leer un libro a la semana, aunque al final nos llevaba siempre dos semanas, porque la niña y el trabajo nos agotaban.

Rezábamos.

Lo que me enseñó:
A mirar bajo la superficie y tras las puertas cerradas.
A esquiar.
A restregarme contra él en público sin que nadie se diera cuenta. Nos encantaban las muchedumbres. Me ponía las manos en el culo y me acariciaba como si el tiempo no existiera.
A conducir un coche de cinco velocidades, a arrancar y salir a toda velocidad y a frenar reduciendo de marcha.
El cine extranjero. A leer subtítulos sin mover los labios.
A no hacer nada.

Así me quiso:
Por las mañanas, todas las mañanas, me besaba en la mejilla o en la frente o en los labios o en el hombro o en los párpados o en la nariz y me decía «Buenos días, preciosidad».
Me daba un beso de buenas noches todas y cada una de las noches.
No me soltaba de la mano cuando caminábamos por la calle.
Siempre me miraba a los ojos cuando hablábamos y siempre escuchaba cuando tenía algo que decirle.
Me sonreía y muchas veces lo sorprendí observándome con una sonrisa en la boca.
Me leía.
Me dejaba dormir sobre su pecho.
Me deshacía las trenzas.
Me abrazaba en la cama casi todas las noches.
Me susurraba cosas al oído. Me besaba los oídos.

Me preguntaba si podíamos quedar, como si fuéramos novios.

Me preguntaba si estaba casada y, si le respondía que sí, me preguntaba si podía raptarme.

Me chupaba los dedos.

Me chupaba los dedos de los pies.

Me apretaba la mano cuando veíamos películas románticas.

Enredaba sus piernas entre las mías.

Me decía que no dejaría que tuviese jamás miedo de nada.

Me prometió que nunca me haría daño.

Me prometió que jamás me engañaría.

Me prometió que nunca me mentiría.

Me prometió que nunca se le ocurriría divorciarse.

Durante cinco años pensé que era imposible sentirse así de bien.

Durante cinco años pensé que era imposible ser tan feliz.

Pero entonces olvidó todas las promesas que había hecho. Olvidó por qué me quería.

Y así fue como ocurrió:

Dejó de hablarme. Salvo cuando yo le hablaba a él.

Dejó de cogerme de la mano.

Dejó de darme besos de buenas noches.

Dejó de darme besos al despertarnos.

Dejó de darme besos.

Dejó de sonreírme.

Dejó de reír.

Dejó de bañarse y ducharse conmigo.

Dejó de desearme.

Empezó a hablarme mal.

Empezó a mentirme.

Empezó a engañarme.

Me hizo daño.

Y entonces me dijo que se había enamorado de otra mujer y que quería divorciarse.

Ah, y lo olvidaba: dijo que lo sentía.

Yo quise cortarle la cabeza. Pero, en su lugar, me limité a echarle de casa y firmé los papeles cuando los trajo el cartero, en pijama. Me convertí en un fantasma de mí misma. Mi madre me ayudó con Estelle, porque yo fui incapaz de salir de la cama durante casi dos semanas, salvo para ir al baño y recoger el periódico, el cual, no obstante, era incapaz de leer. Llamé al hospital en el que trabajaba entonces y les dije que había sufrido un percance y que no sabía a qué hora podría entrar a trabajar. Gasté todos mis días de vacaciones tratando de sanar la brecha que me había abierto en canal el corazón. No me duchaba. No me cepillaba el pelo. No tenía hambre y solo podía comer yogur. Y galletas de soda. Wanda casi echa la puerta abajo cuando vio que no cogía el teléfono. Quería pegarle a Michael un tiro. Violet dijo que era una putada, peor que una cesárea, y que me llevaría más de un mes caminar sin tambalearme y sin tener que agarrarme a algo.

Se me acabaron las lágrimas. Cuando regresé a la oficina, me di cuenta de que no estaba enfadada. Me sentía adormecida. Como si me hubiera muerto, como muerta en vida.

Sin embargo, conforme pasaron las semanas y los meses, empezó a ocurrir algo raro. Dejé de echarle de menos. Dejé de dolerme por haberlo perdido y, de hecho, fue él quien terminó muriendo a mis ojos. Me reconfortaba poder disponer de todo nuestro apartamento para mí sola. Empecé a sentirme de vacaciones en mi propia casa. Hacía lo que me daba la gana hacer sin tener que pedir permiso. Aprendí a dejar de cuestionar todas y cada una de mis decisiones. Dejé de disculparme por ser yo misma, porque me empezó a gustar quien yo era. El deseo y el valor tardaron un año en reaparecer: hasta entonces no me había atrevido ni siquiera a quedar con alguien para cenar. Durante los dos años siguientes no viví más que salidas en falso y festivales sexuales. Luego llegó Eric, que fue el bálsamo que me hacía falta. Pero Eric también tuvo que marcharse, a París. Para estudiar cocina. Y yo no podía acompañarlo, así que me mi corazón se convirtió de nuevo en un valle profundo. Fue entonces cuando decidí tomarme una vacaciones con los hombres, porque se vendían pero que muy caros, y yo estaba harta de no recuperar mis inversiones.

Cambio de opinión acerca del vestido negro nuevo y opto por el conjunto color chocolate que me iba a poner para la fiesta de ayer. No estoy intentando motivar a Michael. No, quiero sentirme motivada yo, conmigo misma. Dios santo, espero que tenga una buena tripa y que los dientes se le estén pudriendo y que no pueda ponerse derecho del todo porque el pene se le haya desprendido y que huela a mostaza.

Pero no. Luce como una versión nueva, mejorada y mayor de su yo joven. Al oler su aroma pienso en un color azul claro. Antes de que me dé cuenta, me rodea con sus brazos y me abraza como si me hubiera querido alguna vez.

—Estás maravillosa —miente, enseñando las fundas de porcelana.

—Tú estás viejo —digo yo, y los dos reímos entre dientes.

Elijo un restaurante de cocina mediterránea de veinte mil tenedores situado en el distrito financiero, sin vistas. No tengo ningún hambre, así que voy a tener que fingir.

—¿Te apetece tomar un cóctel, o un vino?

—Me da miedo beber esta noche, Michael, así que voy a tomar agua con gas.

—¿Qué es lo que te da miedo?

—Terminar diciendo cosas de las que me arrepienta después.

—Esa es la razón por la que te llamé. Para que me digas todo lo que me tengas que decir, por fin.

—Aquello es ya historia antigua. En serio, ¿por qué me has llamado?

—¿Sinceramente? Porque quiero hacer las paces. ¿Por qué has venido tú?

—¿Sinceramente? —Michael asiente, un poco nervioso—. Porque estamos en el siglo XXI y estamos viejos y quiero intentar mostrarme un poco más civilizada. Para ser sincera de verdad, había pensado en buscarte en Facebook en algún momento, solo por ver cómo te iba y quizá recordarte que sigo odiándote, pero, después de pensar sobre lo que vivimos juntos, iba a decirte que te estaría muy agradecida si me aclarases algunas cosas, porque todavía no estoy segura de qué fue lo que nos ocurrió. Para empezar, me gustaría saber por qué me querías y por qué dejaste de hacerlo. Y creo que me voy a tomar un *manhattan*.

No me puedo creer todo lo que acabo de decir.

Michael se recuesta en su silla y se cruza de brazos.

—Vaya. Esto va en serio, ¿no?

—Sí. Va en serio.

Michael descruza los brazos y posa las palmas suavemente sobre el mantel blanco.

—Te quería porque eras hermosa por dentro y por fuera. Porque eras sincera y paciente, sensible, inteligente y sexi, y tenías opinión propia sobre las cosas, y porque te gustaba ayudar a la gente, y porque eras buena en la cama.

—¿Eso es todo?

—Me encantaba cómo cocinabas. La manera en que me mirabas a los ojos cuando hablábamos. No te daba miedo probar cosas nuevas. Me encantaba cómo reías. Que fueras tan buena madre. Cómo me abrazabas sin motivo particular.

—Vale, para. Vamos a lo feo.

—¿Podemos pedir antes?

—Cómo no, Michael.

—Me sigue encantando cómo dices mi nombre.

Aparto la mirada, levantando las cejas con fastidio.

Michael pide el cóctel. No me apetece nada que no sea verdura, el plato principal son dos ensaladas César.

—En fin, no cabe duda de que esta va a ser una reunión alegre —comenta él.

—Es mejor si nos quitamos lo feo de en medio lo antes posible, ¿no crees?

—Estoy contigo.

—¿Y si te dijera que te engañé?

—No me engañaste.

—¿Cómo puedes estar tan seguro?

—Estoy bastante seguro.

—Pues te engañé, que lo sepas.

Me mira como si lo acabara de castrar.

—No, no me engañaste. Imposible. ¿Con quién? ¿Cuándo?

—Eh, vaquero, guárdate la pistolita. ¿Ves cómo te pones? Y estamos hablando de algo que pasó en tiempos de George Washington.

—¿Me engañaste, de verdad?

—Debería haberlo hecho, pero no. Las mujeres tenemos que haber pasado por muchas cosas para engañar.

—¿Qué tipo de cosas?

—Sentirnos muy desgraciadas. Engañamos para escapar de un matrimonio que se ha convertido en un infierno. Y cuando ocurre, la mayoría decide no romper la familia. De hecho, a veces una aventura de la mujer puede dar vida a la relación.

—Guau. Todos los días se aprende algo nuevo.

—Pero vosotros, los tíos, engañáis y esperáis que luego os perdonen. Os gusta dar, pero no que os den. ¿Ves cómo te has puesto solo con imaginártelo?

—Pues sí.

—¿Has aprendido a no hacer promesas que no vas a poder cumplir?

—Estoy mejorando.

—Me prometiste que jamás me engañarías, que me querrías para siempre y que nunca te divorciarías de mí.

—Todavía te quiero y odio pensar que te engañé. Y ojalá no me hubiera divorciado.

Michael se queda callado mirando su vaso, juguetea haciéndolo girar y me mira directamente a los ojos.

Le creo. Casi siento lástima por él.

—Y ¿por qué me engañaste?

—Porque podía.

—¿Qué clase de respuesta es esa?

—Es la verdad.

—Pues vas a tener que esforzarte un poco más. He esperado mucho tiempo para escucharte hoy.

—¿De verdad es tan importante? A fin de cuentas, aquí estamos sentados, treinta y cinco años después, como viejos amigos.

—Pero nosotros no somos *viejos amigos*. Fuiste mi marido, me mentiste y me engañaste, y quiero saber por qué.

—Te lo acabo de decir.

—¿Te desenamoraste de mí?

Michael asiente con un movimiento muy lento de cabeza.

—¿Por qué? ¿Cómo? ¿Cuándo?

—No sé realmente por qué ni cómo, ni siquiera cuándo. Eras la misma mujer maravillosa que había conocido hacía tiempo, pero, tras unos años, entre nosotros todo empezó a parecerse a todo lo demás. Nuestra vida empezó a aburrirme y tú parecías más interesada en ser una buena madre, y estabas tan metida en tu trabajo...

—¿Cómo?

—Déjame acabar. Yo nunca había pensado realmente sobre todo esto hasta ahora, aunque te parezca absurdo. Nunca pensé en ti cuando hice por primera vez aquello que hice. Solo pensaba en mí.

—¿Cuándo hiciste por primera vez lo que hiciste? ¿Te refieres a que me engañaste con más de una mujer?

Asiente de nuevo.

—¿Durante cuánto tiempo, Michael?

Ahora él permanece en silencio y yo noto que estoy perdiendo los nervios otra vez.

—Durante el último año y medio de nuestro matrimonio.

—¿En serio? ¡Qué embustero y qué hijo de puta eres! —Recuerdo, de repente, que estamos en un restaurante, así que bajo la voz y repito—: Qué hijo de puta y qué embustero eres.

—Vivía en un conflicto permanente.

—¡No me vengas con rollos!

—Es difícil justificarlo, Georgia. Casi imposible.

—Una de ellas fue la mujer con que te casaste, ¿verdad?

Asiente.

—¿Habéis tenido hijos?

—Una hija. Anoche estuvo en la fiesta.

—Un momento. Wanda me dijo que estabas con una mujer que podía ser tu hija.

—Esa era Ming. Todo ocurrió cuando tú y yo aún estábamos casados. Nunca tuve el valor de decírtelo.

Me inclino hacia delante y le enseño un puño como una chula de barrio, pero me contengo.

—Vamos a dejarlo aquí, Michael. Hay algunas cosas que es mejor no saber, y esta creo que es una de ellas.

—Estoy muy de acuerdo.

Unos instantes después pregunta:

—Aparte de nuestra hija, ¿hay algo que yo te haya dado por lo que estés agradecida?

—Déjame pensar —respondo.

Él me dedica una mirada de preocupación.

La camarera trae las ensaladas y mi *manhattan,* al que doy un sorbo largo y lento.

—Te estoy muy agradecida por lo bien que me enseñaste a administrar el dinero, a invertirlo, a hacerlo crecer. Gracias a ti, siempre he tenido una buena calificación a la hora de pedir préstamos.

—¿Eso es todo?

—¿Sabe Estelle que tiene una hermana?

—Sí, lo sabe.

—¿Cuándo hablaste con ella por última vez?

—Ayer.

—¿De verdad?

—Hablamos más o menos regularmente. Creo que no quiere que sepas que estamos en contacto, porque es consciente de que tú aún me desprecias. Es así, ¿verdad?

—Por supuesto, qué coño —respondo, riendo—. Y disfruto recordándomelo a mí misma cada vez que te recuerdo, que es casi nunca.

—Siento oír eso.

—Estoy exagerando, Michael. Y lamento expresarlo así. ¿Te ha contado Estelle algo sobre cómo le va la vida?

—Pues sí, me ha contado. Me ha dicho que están pensando mudarse más cerca de tu zona, quizá a Walnut Creek.

—¿De verdad? ¿Y te ha contado cuándo o por qué?

—Qué pasa, ¿es que a ti no te ha dicho nada?

—Claro que sí, pero me preguntaba por qué te lo ha contado a ti —miento.

—Porque soy su padre.

Ojalá pudiera comer, pero no puedo. Ojalá pudiera contarle que esos años en los que él ocupó mi vida y mi corazón fueron maravillosos. Ojalá pudiera decirle que intenté darle todo lo que pude, todo lo que podía dar, todo lo que pensé que quería y que necesitaba, la mayor parte de lo cual era bueno, en mi opinión. Quiero preguntarle si alguna vez recuerda cuando nos conocimos en la biblioteca. Si recuerda cómo me cogía de la mano cuando paseábamos por Telegraph Avenue. Lo tiernamente que me besaba en la mejilla. Quiero saber si ha olvidado la alegría, la belleza y el amor que compartimos. Quiero que me explique cuándo dejamos de flotar, cuándo se volatilizó esa puta maravilla feliz. Pero lo único que sale de mi boca es:

—Me alegro de haberte conocido y de haberte querido, Michael. —Él me mira como si no se creyera lo que acabo de decir—. Estoy muy agradecida por esos años en que me hiciste tan feliz. Los años en que me hiciste sentir segura. Cuidada. Los años en que no eras la causa de mis preocupaciones. Esos años en que me hiciste sentir valiosa. En que tu prioridad éramos nuestra hija y yo.

Suspiro, me recuesto sobre el respaldo de la silla y doy un sorbo al vaso de agua.

—¡No te pares ahora!

Le tiro mi servilleta a la cara. Esto está empezando a parecer un telefilme sentimental, pero no voy a cambiar de canal.

—No puedo creer lo que acabas de decir. Necesitaba oír algo así, Georgia. Muchas gracias por perdonarme.

—¿Qué te hace pensar que te he perdonado?

—¿No me has perdonado?

—Lo estoy meditando.

Michael deja escapar una carcajada, pero yo no me río.

—Si quieres que te diga la verdad, Michael, había decidido odiarte para siempre y esperaba que, de alguna manera, tú lo notases dentro y sufrieras por ello. Pero, obviamente, mi odio no te afectaba en absoluto y me llevó mucho tiempo darme cuenta de que esa rabia me estaba envenenando. No dejaba hueco en mi corazón para ningún otro hombre.

—Bueno, me alegro de que al final te dieras cuenta.

—He estado a punto de recuperar parte de ese odio aquí, ahora mismo. Pero me he dado cuenta de lo lamentable que habría sido.

—Lamento mucho lo que te hice y, aunque quizá no me creas, me pareció repugnante cómo lo hice y he rezado todos estos años por que me perdones.

—Pues reza un poco más —sentencio, sin poder reprimir una sonrisa burlona—. Bueno, cuéntame tú ahora qué es lo que menos te gustaba de mí.

—¿De verdad quieres? —me pregunta.

Le lanzo una mirada de «Sí, por supuesto».

—Tú siempre tenías que tener razón. Y siempre había que hacer las cosas a tu modo, como si fuera siempre esa la mejor manera. Y...

—Oye, un segundo, ya está bien. ¡Una más y ya!

—Eras impaciente.

—¿Y quién no lo es, Michael?

—Bueno, a ti te desquiciaba un poco que las cosas no salieran como tú creías que tenían que salir o como habías planeado.

—¿Y a quién no?

—Y apenas soportabas a las personas que creías menos inteligentes que tú.

—Y ¿eso son defectos? —pregunto riendo—. No creas que no soy consciente de algunos de ellos, al menos. Aunque lo que estás diciendo son leves imperfecciones, nada más.

—¿Y de mí? ¿Qué es lo que no te gustaba? —me pregunta con cara de susto.

—Había algunas pequeñas cosas, pero nada demasiado grave. No obstante, eras tirando a vago y un negado para las tareas domésticas. Aparte de eso, creo que en el primer puesto de esta breve lista deberían aparecer los adjetivos «mentiroso» y «taimado».

—He mejorado mucho en lo de la sinceridad. Y he aprendido que sale mucho más a cuenta que el engaño.

—¿Sabes lo que he aprendido yo?

—¿Qué?

—Que los hombres sois imbéciles.

—Georgia —me interpela, asintiendo con la cabeza como dándome la razón, porque la tengo—. Siento haberte hecho daño, siento haberte decepcionado, siento haber roto las promesas que te hice.

Sus ojos se tiñen de un rojizo resplandeciente e, inmediatamente, a mí me empiezan a picar los míos.

—He esperado mucho tiempo para escucharte decir eso.

—Espero que no hayas hecho a otros hombres pagar por lo que yo te hice.

—Créeme, no eres el único de tu calaña, pero, al menos, parece que tú has terminado enterándote de algo, aunque sea a base de cagarla. ¿O es teatro todo esto?

—Esto es casi una bendición —apostilla, intentando relajarse, y recobra la compostura—. Sigo esperando conocer a alguien como tú, Georgia.

—Me conociste a mí, hace mucho, Michael.

—Es una pena que no podamos disfrutar de una segunda oportunidad.

—Si es una pregunta, te diré que en ella está la respuesta. ¿No estás con nadie?

—No —responde—. ¿Y tú?

Siento la tentación de mentir, pero como esto se ha convertido en un puñetero festival de la sinceridad, me reprimo.

—No.

—Bueno, en ese caso, nunca se sabe —apunta.

—Eso dicen por ahí —remato yo, mientras él se levanta y sonríe—. Me ha gustado verte, Michael. Me alegra que tengamos más recuerdos bonitos que feos. Alegrémonos por las cosas buenas que compartimos en su día y considerémoslo un increíble capítulo más de nuestras vidas. ¿Trato hecho?

—Trato hecho —dice él, dando la vuelta a la mesa para apartarme la silla cuando me levanto. Esta vez me envuelve en sus brazos y me aprieta fuerte, tanto que me saca de dentro toda esa vieja rabia.

Geografía

—Te veo distinta —me dice Wanda mientras devora los nachos con salsa mexicana que le acabo de poner. Violet, por su parte, me sorprende con una disculpa después de que yo no le devolviera las llamadas. Me aseguró que lo que dijo era en serio, aunque quizá debería haberlo dicho de otra manera. Yo le respondí que se trata de mi vida, que la viviré como quiera y que no necesito su aprobación para nada. Luego nos enviamos un abrazo telefónico. Nada nuevo.

—Un momento —dice Violet—. ¿Dónde has comprado esta salsa? Está buenísima.

—La he preparado yo misma para vosotras dos, caris.

—¿De dónde has sacado la receta? —pregunta Wanda—. Ya sabes que a Nelson le encantan estas salsas para los nachos.

—Me la he inventado. Lleva tomate de huerto y un montón de cosas más. Te la escribo.

Las chicas me están ayudando a envolver todas las fotografías de las paredes en papel y plástico de burbujas y a etiquetar algunas de las obras de arte que tengo por toda la casa.

—Te noto bastante relajada —observa Violet—. ¿Te has hecho también una sangría o qué?

—Ha estado con Michael —explica Wanda.

—¿Qué? ¿En serio? ¿Lo mandaste por fin a la mierda? ¿Le has soltado por fin el bofetón que le tenías guardado desde hace tantos años?

Violet no se cansa de los estampados felinos: hoy lleva unas mallas de guepardo y una ajustada camiseta de tirantes de color negro. Espero que algún día se dé cuenta de que también existen felinos de pelaje liso.

—¿Y? ¡Contesta! —interviene Wanda de nuevo, mirándome fijamente a los ojos.

—Me lo tragué todo.

—¿Qué acabas de decir? —grita Violet desde la cocina, asomando literalmente la cabeza por la puerta, justo por detrás del palmito gigante que tengo colocado en ese rincón. Parece que nos estuviese hablando desde la selva. Ojalá.

—Ya me has oído —repongo, mientras cojo otra fotografía para seguir envolviendo.

—¿Te echó algo en la bebida o qué? —me pregunta, volviendo a entrar en la habitación con una bandeja entre las manos que coloca sobre la mesa—. No me digas que te fuiste a la cama con ese cabrón, Georgia. ¿Te acostaste con él? ¿Qué tal estuvo?

—Pero ¿tú estás loca?

—Y ¿qué si lo hizo, Violet? Es asunto suyo, joder. ¿Por qué no hablamos sobre los tíos que te has llevado tú a la cama sin conocerlos de nada?

—Y ¿qué hiciste con todo el cabreo que tenías? —pregunta de nuevo Violet.

—Ahí lo dejé.

—¿Lo dejaste dónde? —pregunta Violet.

—En el restaurante —se adelanta Wanda.

—¿Restaurante? ¿O sea que cenaste con él? —pregunta Violet. La cosa parece ponerse interesante a sus ojos.

—Sí.

—No sé cómo lo haces, pero tienes un don. Deberías sacarle pasta —propone Violet.

—No tienes que dar detalles, Georgia. A mí no me hacen falta —comenta Wanda con una mirada complaciente.

—Solo os voy a decir una cosa. Me alegro de haberlo querido. Me alegro de haberme casado con él. Pero también de que nos divorciáramos.

—¿Dónde mierda están escondidos los violines, Georgia? —pregunta Violet tras bajarse de un trago lo que parece un chupito doble.

—¿Por qué no te callas y envuelves algo? —pregunta Wanda, y le alarga una fotografía mía en blanco y negro de cuando tenía ocho meses (eso pone en el reverso). Yo no fui un bebé muy guapo y no tengo ni idea de por qué me pintaron los labios de rosa para esa foto.

—¿Se le ocurrió mencionar a su joven novia oriental?

—Es su hija, Violet.

—De acuerdo. Comprendo. Es la hija ilegítima.

—¿Podemos terminar con esta conversación? —ruego. Miro a una y a otra como en un partido de tenis. Las quiero con locura, pero a veces prefiero no escuchar según qué verdades. Otras veces me gustaría que me mintieran. O que me dieran la razón, sin más. O que se mostraran neutrales, aunque quizá eso sea pedir demasiado. En fin, son mis amigas del alma y eso no va a cambiar, así que las tengo que aceptar como son.

—Bueno, tú quizá hayas decidido dejar que el agua pasada sea agua pasada, pero eso no quiere decir que a mí ahora me vaya a caer bien. Yo hablé con él en la fiesta por pura educación.

—La gente comete errores —añado.

—Los errores pueden corregirse. La mayoría de los hombres saben exactamente lo que están haciendo cuando lo están haciendo. Se llama «intención».

—Vale, vamos a dejar el tema. De verdad —insisto.

Resuena en la habitación el principio de una canción que no tardamos en reconocer: es Lady Gaga. Deducimos, sin temor a equivocarnos, que es Velvet llamando a su madre. Violet saca a apresuradamente su móvil del bolso y frunce el ceño. «Por Dios, ¿qué quiere esta niña ahora?»

Wanda y yo sabemos que Velvet siempre quiere algo. Siempre.

—A ver, ¿en qué te puedo ayudar? —pregunta ella, mientras escucha y asiente con la cabeza, dando vueltas por la habitación, subida a sus ridículos tacones de aguja. Está convencida de que sigue teniendo treinta años.

Violet cuelga y deja caer de nuevo el teléfono en el interior de su bolso.

—No quiero ni saber qué le pasa —atajo yo.

—Yo tampoco —apostilla Wanda.

Y Violet se marcha, sin más. Estamos tan acostumbradas a este tipo de dramas que ni siquiera nos preocupamos.

—Bueno —dice Wanda, volviéndose hacia mí—. Tu ocurrencia parece que está dando resultados positivos. Me alegro. A mí Michael siempre me cayó bien.

Coge dos trozos de papel de embalar y empieza a envolver una fotografía de mis padres en sus bodas de oro.

—Por favor, Wanda, no me preguntes quién es el próximo, porque tengo otras muchas cosas en la cabeza. Creo que mi hija y su marido están atravesando problemas económicos.

—Como mucha otra gente, Georgia.

—Sí, es cierto. Pero creo que Estelle y Justin se enfrentan a un posible desahucio.

—¿Cómo? ¡Pero si Justin es ingeniero en la puñetera Hewlett-Packard! ¿Cómo es posible que un licenciado de Stanford que trabaja en Silicon Valley tenga problemas de dinero?

—Eso mismo me pregunto yo.

—¿Quién te lo ha dicho?

—Scarlett y Gabby.

—Me cago en la leche, qué listas son. ¿Por qué no le has preguntado a Estelle?

—No quiero que pase vergüenza.

—Ah, y entonces, ¿lo hablarás con ella cuando ya los hayan echado de su casa? Venga ya, Georgia. Te criaste en una ciudad pobre, Bakersfield, ¿recuerdas? A veces deberías recordarlo.

—Estoy dándole vueltas a cómo sacar el tema.

—Dile que a ese par de bocazas se les ha escapado y que o bien puede mandarlas a una plantación castigadas o alegrarse de poder contar con tu ayuda.

Dejamos pasar unos minutos de silencio, envolviendo y colocando cinta adhesiva.

—Este quizá no sea el mejor momento para decirte esto, Georgia, pero Nelson y yo estamos pensando en comprar un apartamento en Palm Springs. Quizá nos instalemos allí tras la jubilación.

—¿Qué? ¿Por qué?

—Nelson necesita un clima más seco para su artritis.

—No sabía que Nelson tenía artritis.

—No, es mentira. Es que nos gusta mucho Palm Springs y estamos hartos de este frío. Queremos poder jugar al golf en cualquier época del año

—Ahí abajo os vais a achicharrar. Palm Springs está en el desierto.

—Somos negros, ¿recuerdas? Aguantamos bien el calor.

—Pues vas a ver pocos negros por allí, aparte de a tu marido. Allí no hay más que gais y blancos ricos, y la mayoría son republicanos.

—Y a mí qué me importa.

—¿No te importa?

—Pues no. Me gustan los gais que no aborrecen a las mujeres y no me importa rodearme de blancos ricos. Aquí en San Francisco y alrededores hay muchos. A los republicanos sé muy bien cómo no hacerles caso.

—Vaya. Nos ha dado a todas por mudarnos, parece.

—Y ¿qué ocurrirá si tu casa se vende rápido? ¿Adónde te mudarás?

—Ni idea.

—Tienes que tener alguna idea.

—A Costa Rica.

—Sí, claro.

—A Dubái.

Wanda me mira entornando los ojos, como si hubiera tenido una gran idea.

—Y... ¿qué tal a Nueva York?

—Justamente le dije el otro día a Percy que quería mudarme a Nueva York, para incordiarlo, porque sé que es más de San Francisco que el Golden Gate. Nueva York me encanta, pero me siento mayor para vivir en esa ciudad. Un estudio costaría más de lo que pago ahora de hipoteca. Así que no. Seguiré yendo de visita. Además, me encanta dormir en hoteles.

—¿Y Miami?

—Florida es muy aburrido. Y hay demasiados acentos distintos. A la mitad de la gente no la entiendes o no te entienden ellos a ti. Odio esa humedad, y ya tengo sol y playas aquí. Y no olvidemos los huracanes. No, gracias.

—¿Arizona...?

—¿Tengo cara de querer vivir entre cactus?

—¿Denver?

—En Denver no puedo ni respirar. Esa altitud me mata. Y es un sitio que aburre hasta a las ovejas, a menos que te guste la montaña. A mí la montaña me da miedo. No entiendo por qué a la gente le gusta el senderismo, y ya no me acuerdo ni de cómo se esquía.

—Seattle es estupendo.

—Acabaría tomando antidepresivos. Esa lluvia es romántica y refrescante, para unos días. Pero es que en Seattle no para. Llueve durante semanas seguidas. Sí, es cierto que hay mucha gente culta y formada, y, además, tienen un café buenísimo. Aunque en San Francisco el café también es muy bueno.

—¿Se te ha ocurrido quedarte por aquí?

—Es una posibilidad. Aunque, ya sabes, quiero poder ir a ver a mi madre y a mis nietas en coche.

Miro alrededor y contemplo todas las cajas cerradas con cinta adhesiva. Hemos avanzado mucho.

—Bueno, pues yo ya he hecho mi parte del trabajo —anuncia Wanda.

Le doy las gracias con un abrazo, pero cuando va a salir de la casa me hace un mohín.

—Un momento…

—¿Qué pasa?

—Dos cosas. ¿Quieres quedarte con nosotros o en la casa de invitados mientras te redecoran la casa?

—No, pero gracias por la oferta, cariño.

—Estoy segura de que no querrás vivir en un hotel durante dos o tres semanas.

—No sé lo que voy a hacer. Pero quiero hacer algo que no he hecho nunca y, quizá, viajar a algún sitio que no conozca.

Wanda me mira con gesto preocupado y yo la empujo para que salga de mi casa.

Me despierta la lluvia. Y luego un rumor de gente hablando. Oigo ahora lo que me parece un revisor en un tren. Debo de haberme dormido sobre el mando a distancia, debí pulsar el botón de pausa sin querer y ahora he vuelto a pulsar el de reproducir. Me incorporo. Aparecen Ethan Hawke y Julie Delpy sentados a un lado y a otro de un pasillo de tren. Él es estadounidense; ella, francesa. Ambos son jóvenes e inteligentes. Vi esta película cuando la estrenaron, en 1995, y decidí volver a verla anoche no sé por qué razón. Se titula *Antes del amanecer*. Ya, ya lo sé. Me encantan las películas románticas inverosímiles que al final se hacen verosímiles. Esta en su día me pareció, más bien, una mirada indiscreta a las almas de dos personajes que tuvieron la oportunidad —una de esas entre un millón— de contrastar pensamientos y opiniones. No tenían nada que perder y no era más que un viaje en tren, pero, conforme avanzaba la conversación, iba haciéndose cada vez más evidente que a la vez que descubrían al otro se estaban descubriendo a sí mismos. No era la típica historia de amor de chico conoce a chica y ambos se enamoran. Es una película con mucho diálogo, y las cosas que se dicen me gustaron mucho. Lo que más disfruté, no obstante, fue el propio viaje en tren. El traqueteo y la velocidad sobre las vías. Lo que se veía por las ventanas. Lo que no se veía. El festival de colores. Los campos abiertos. Los caballos, las vacas, las ovejas. Las casas, las granjas, los edificios. Incluso las ciudades, aquí y allí.

Retrocedo la película hasta el punto en que el personaje de Ethan le dice al de Julie que lleva viajando en ese tren dos semanas y no sabe exactamente hacia dónde va. Que, al menos, está moviéndose. Ahora mismo estoy ahí, con él. Agarro un puñado de palomitas del cuenco que tengo sobre la mesita de noche y ayudo a pasarlo con un trago de gaseosa de jengibre tibia. Digo en voz alta: «¿Puede haber algo más guay?». ¿Un largo viaje en tren? ¿Por qué no? Dispongo de suficiente tiempo libre. Podría viajar hasta Vancouver y luego atravesar Canadá hasta Toronto y, desde ahí, bajar a Nueva York, pasar unos días con Frankie y volar de vuelta. Podría comprar uno de esos pases que te permiten subir y bajar del tren en distintas ciudades. ¡Podría viajar en coche cama! Podría leer. Podría reflexionar. Relajarme. Pensar en mi futuro y dejar que se proyecte sobre una pantalla en blanco hasta que quede bien enfocado. No esperaría ligar con un Ethan Hawke. Él sale en una película. Y esta también lo sería, quizá, pero protagonizada por mí. Me tapo con el edredón hasta la barbilla, decido hablar con un buen agente de viajes, pulso el botón de apagado y cierro los ojos.

¡Pasajeros al tren!

Por fin deja de llover. Antes de que me dé tiempo a lavarme los dientes, suena el teléfono. Adivino quién es.

—¡Buenos días, primera dama de Bakersfield!

(Así saludo a veces a mi madre.)

—Ojalá me pudiera meter en la piel de Michelle Obama durante un mes.

—Esa sí que va a pasar a los libros de historia. ¿Qué tal el crucero?

—Aburridísimo. He terminado harta de tanto viejo. No sabía qué hacer con el tiempo. Es el último crucero al que voy. Imagina viajar con gente que no quiere hacer nada, salvo rezar. Es para volverse loca. Dios escuchará tus oraciones en el mar y en tierra firme, por favor. Además, era como si fueran a ir directos al infierno solo por tocar la palanca de una tragaperras. Si no quieren pasarlo bien, deberían quedarse en casa. En fin, te llamaba para decirte que no quiero darme demasiada prisa en ir a tu casa y tampoco parece que me vaya a quedar ciega. Lo digo por lo de la prueba. ¿Cuándo terminarás con la remodelación?

—¿La qué?

—¿No estás remodelando la casa? ¿O es una historia que te has inventado porque no quieres que Dolly y sus hijos se queden a dormir?

—Sí y no.

—Podemos esperar a que esté terminada la obra.

—Lo que ocurre es que no sé cuánto tiempo va a llevar.

—¿Tienes que instalarte en otro lugar mientras?

—Sí, quizá. Podría.

—Bueno. Cuéntame, entonces, ¿qué hay de tu vida? ¿Algo emocionante?

—Pues sí. No te vas a creer lo que estoy planeando hacer, mamá.

—Estoy ya mayor para adivinanzas, Georgia. Y es muy temprano, además.

—Voy a hacer un viaje en tren.

—Me gustan los trenes. ¿Adónde?

—Adonde sea.

—Eso es como no decir nada. ¿No puedes especificar?

—A Vancouver —respondo sin pensar. Me sorprende escucharme decirlo.

—¿Como una especie de aventura?

—Sí. Exactamente. Así lo describiría yo.

—¿Puedo ir contigo? No me vendría mal una aventura.

—Esta vez no, mami.

—¿Por qué no?

—Porque no.

—No deberías viajar en tren sola. En los trenes matan a mucha gente.

—Eso es en las películas, mami.

—Por eso necesitas un marido.

—En cuanto cuelgue, voy a entrar en Amazon, a ver si encuentro alguno en el departamento de caballeros.

—Ja, ja, ja. ¿Qué te ha llevado a tomar esta decisión tan repentina?

—Voy a vender mi casa.

—Y ¿por qué no lo dices en lugar de andarte por las puñeteras ramas, jolines? ¡Ya era hora! No sé cómo has estado viviendo en una casa de tres plantas tú sola todo este tiempo, desde que Frankie se fue a la universidad. Ya sabes que, cuando se van, los hijos no vuelven. Cómprate un apartamento en San Francisco, cerca del mar y del Fisherman's Wharf.

—¿Mamá?

—¡No he colgado! ¡Sigo aquí!

—Estoy pensando también en vender mi parte de la consulta.

—Tu padre y yo nunca entendimos por qué elegiste esa profesión. No es que sea muy emocionante, pero bueno, es respetable. ¿Y a qué te vas a dedicar?

—No lo sé todavía.

—En fin. Nunca es demasiado tarde para cambiar. ¿Te he contado que voy a empezar un curso de cocina?

—No, no me lo has contado. ¿Cocina de qué tipo?

—¿Qué más da? Es gratis, y se imparte aquí mismo, en la urbanización. Deberías volver a la universidad y aprender a hacer algo que te interese. Y esta vez asegúrate de que sea también divertido. Te quiero, mi amor.

—Yo te quiero a ti más.

—Eso no es verdad. No quieres que te acompañe en tu aventura en tren.

—Adiós, mami.

Y ella me manda un besito telefónico.

Un tajante no pero quizás

¿Es eso el timbre? Miro el reloj. Es casi medianoche. Me asusto un poco. Alguien está tocando una y otra vez a la puerta como si se tratase de algún tipo de urgencia. Me pongo la bata, cruzo el dormitorio de puntillas y entreabro uno de los postigos: en la entrada de mi casa veo un taxi amarillo. Lo único que sé es que, sea quien sea, alguien ha venido a buscarme a mí en busca de ayuda, así que bajo corriendo y abro la puerta de la calle con tanta fuerza que casi pierdo el equilibrio. En el escalón de entrada, como si la acabaran de desahuciar, me encuentro a mi hija Frankie, llorando.

—¡¿Frankie?! ¿Mi amor, qué pasa? ¿Qué ha ocurrido? ¿Estás bien? —La agarro por los hombros para asegurarme de que no está herida y, luego, la obligo a levantar el mentón con el dedo para escudriñar su rostro y sus ojos. No sé qué es, pero ocurre algo. No se habría plantado en casa así, si no.

—Mamá, mudarme a Nueva York e inscribirme en esa universidad han sido los peores errores que he cometido en mi vida. Me ha llevado dos años darme cuenta de que me dan igual la historia y la teoría del cine. No tengo ni idea de qué quiero hacer con mi vida, y además he roto con Hunter porque me ha engañado y la tía con la que me ha engañado se ha quedado embarazada. Necesitaba alejarme de ellos, de él todo lo posible, así que he decidido volver a casa para intentar aclararme las ideas. Y necesito un abrazo.

Acto seguido se desploma entre mis brazos. La aprieto fuerte contra mi pecho y noto el alivio de que no se trate de una cuestión de vida o muerte, aunque para ella lo parezca. Parece una sin techo con ese abrigo marrón de terciopelo sintético y unas raídas botas color morado. Pero no, es mi hija. Su futuro ha cambiado de la noche a la mañana y el amor y la confusión le han pasado por encima. De tal palo, tal astilla.

—Todo va a salir bien, Frankie. Te lo prometo.

—Eso lo dicen mucho en la televisión. Y por eso no me lo creo.

—¿Por qué no se va el taxi?

De repente, sus lágrimas se evaporan.

—Ay, mami. ¿Me dejarías una tarjeta de crédito para pagarlo? Ya he superado el límite de la mía, pero te prometo que te pagaré en cuanto consiga un trabajo.

¿Acaba de decir «en cuanto consiga un trabajo»?

Noto entonces que mi hija me zarandea agarrándome del hombro izquierdo.

—¡Mamá!

Miro al suelo y veo una, dos, tres maletas con estampado de jirafa rosa y negro, una bolsa de lona azul marino y una, dos, tres, cuatro cajas. Parece que esto va en serio. Ha vuelto a casa sin siquiera avisar antes por teléfono.

Se da la vuelta y hace un gesto con el dedo índice al taxista, agitándolo como si tuviera un tic nervioso. Busco en mi monedero y le alargo a mi hija mi American Express.

—Gracias —dice, y regresa al taxi casi al trote.

Me dispongo a meter las maletas en casa a empujones. Frankie se acerca de nuevo a la entrada, también corriendo.

—No acepta American Express. Solo Visa, MasterCard o Discover.

Frankie tiene unos ojos grandes, como de ónice, y su pelo es hoy una aureola negra y frisada. Sus labios son gruesos y apretados y tienen forma de corazón, y sus dientes —gracias al aparato; más vale que se esté poniendo la férula por las noches— son blancos, brillantes y rectos. Le doy mi Visa. Frankie sabe imitar mi firma, parece. Segundos más tarde vuelve a estar en el umbral de la puerta, secándose el entrecejo perlado de sudor. Acto seguido, empieza a meter las cajas en casa empujándolas con el pie y yo intento, con poco éxito, echarme al hombro la bolsa de lona. Cuando terminamos de meter todas sus cosas, me siento en la escalera, apoyo el mentón en la palma de la mano y me quedo mirándola.

—No estarás embarazada, ¿no, Frankie?

—Ni loca. Los hijos están sobrevalorados.

—¿Por qué no has llamado para avisar de que venías?

—Porque no quería que intentases convencerme, mamá. Eres demasiado pragmática.

—No me conoces tan bien como crees, cariño. Si quieres dejar la universidad, ¿por qué iba yo a impedírtelo?

—¿Detecto cierto sarcasmo? De todos modos, voy a dejar la Universidad de Nueva York. No la universidad en general. Tengo que aclararme un poco las ideas.

La casa está a oscuras. Frankie ni se molesta en encender la luz. Desaparece por la puerta de la cocina y reaparece con una Coronita en la mano, de la que bebe la mitad en un solo trago.

—Mamá, ¿te importaría mucho si subo a mi habitación a morirme un rato? Estoy reventada. Con la diferencia horaria, para mí es ya mañana. Mañana subo mis cosas, ¿vale?

—No te preocupes —le digo, y ella se me acerca, me da un abrazo y corre escaleras arriba. Momentos después oigo la ducha. Parece que no se ha dado cuenta de ninguno de los cambios que se avecinan aquí. Y me alegro, porque en esta casa también es ya mañana.

Al día siguiente oigo un toc, toc en la puerta de mi dormitorio.

—¿Quién podrá ser?

Frankie lleva una camiseta de la Universidad de Nueva York y trae cara de desconcierto.

—Buenos días, mamá —me saluda, abrazándome a continuación, y se deja caer sobre la cama, a mis pies—. ¿Es que has vuelto a pintar?

—No, no.

—¿Qué me he perdido, entonces?

—Pasaste justo por delante del cartel, mi amor. Está delante del rosal.

—No estarás pensando en vender la casa...

Asiento con la cabeza.

—¿Por qué? ¿Adónde vamos a mudarnos? ¿Por qué no me lo has dicho? ¿Qué piensa Estelle?

—Eh, tranquila. Echa el freno, hija. Te dije este verano que me estaba planteando poner la casa en venta, y es lo que he hecho. Es demasiado grande para una sola persona.

—Pero ahora estoy yo. Somos dos. Por favor, no vendas la casa, mamá. Yo crecí aquí.

—Mira, Frankie... Anoche me diste un susto de muerte llegando sin avisar a medianoche. Lo siento, pero no estoy dispuesta a cambiar mis planes solo porque tú hayas cambiado los tuyos. No eres la única que tiene recuerdos. Estoy cansada de vivir aquí, sola.

—Guau. Esto es muy fuerte.

—Sí, es muy fuerte. De hecho, solo puedes quedarte aquí dos o tres semanas. Pero no te preocupes, ya se me ocurrirá algún sitio al que mandarte después.

—¿En serio? ¿Me vas a dejar en la cuneta? Uf. Esto es demasiado para mí.

—Es que yo me voy también.

—¿Qué? ¿Por qué? ¿Se ha vendido ya la casa?

—No. Voy a hacer obras. Bueno, es más bien una especie de redecoración especial, para que se venda antes, y hay que vaciar la casa. Puede llevar hasta tres semanas, y cuando hayan terminado la casa tendrá que estar impoluta hasta que se venda.

—Vas muy en serio con esto, ¿eh? Por cierto, yo ahora soy mucho más ordenada. —Reflexiona un instante, mirando alrededor, como recordando el tiempo vivido en esta casa—. ¿Qué va a hacer tú hasta que redecoren?

—Voy a hacer un viaje en tren.

—¿Qué?

—Un viaje en tren.

—¿Tres semanas enteras?

—Bueno, no estaré todo ese tiempo viajando.

—Pues me voy contigo.

—No, no puedes venir conmigo.

—¿Por qué no?

—Porque quiero ir sola y, además, ya he reservado el billete y no puedo cambiarlo —miento.

—O sea, ¿vas a estar durmiendo con personas desconocidas en el tren o algo así? Venga ya, mamá. ¡En los trenes matan a la gente! ¿No has leído la novela de Agatha Christie? ¡Me parece una locura!

—Creo que no tengo por qué darte explicaciones a ti, Frankie.

—Vale, tienes razón, pero soy tu hija y acabo de llegar a casa desorientada y confundida, con el corazón roto, hecha polvo, ¿y lo primero que me dices es *sayonara, baby*?

—No te estoy dando de lado, Frankie. Te ayudaré en todo lo que pueda hasta que veas las cosas más claras.

—Y ¿adónde es ese viaje en tren?

—Todavía no estoy segura.

—Pero, a ver, ¿cómo has podido reservar el billete si no sabes dónde vas?

(Esta niña está ya sacándome de mis casillas.)

—Tengo varias opciones. Desde aquí a Vancouver y luego a Toronto, Montreal, las cataratas del Niágara... Todavía no lo sé. Pero, para responder a tu pregunta sobre el billete, es una especie de abono para viajar en distintos trenes. En el resto del mundo, los universitarios los usan mucho. Puedes viajar a una ciudad, dormir un día o dos y luego coger otro tren.

—Vaya. Suena muy guay. Quizá pueda hacerte cambiar de opinión, pero, si no, supongo que podré quedarme con Estelle y Justin y echarles una mano con las enanas.

—No creo que eso sea factible tampoco.

—¿También se mudan o qué?

—Están pensando en cambiarse a una casa más pequeña. Hablando de eso, ¿has tenido noticias de tu padre últimamente?

—No. Pero creo que está enfadado conmigo. Llevo un tiempo sin escribirle.

—¿Te costaría mucho trabajo mandarle un mensajito de vez en cuando? Sigue siendo tu padre, Frankie, y ha hecho las cosas bien. Cometió un error estúpido, pero no tienes que castigarlo. Ya está pagando por ello.

Frankie me mira como si no pudiera asimilar todo lo que estoy diciendo de una vez. Se levanta y sale del dormitorio sin cerrar la puerta.

La oigo trastear en la cocina. Huelo el café desde la cama. Está intentando llamar mi atención haciendo ruido con los cacharros. Camino de puntillas por el parqué hasta el baño y cierro la puerta con suavidad. Abro el grifo, pero solo un poco, para que no haga ruido. Me lavo los dientes, apoyada en el lavabo con la palma de la otra mano. ¿Qué voy a hacer con ella? No puedo dejarla en la cuneta, tal y como ella ha dicho. Oigo otro toc, toc: «Mamá, he hecho una cafetera de café bastante fuerte, pan tostado y huevos pasados por agua. ¿Te apetece?».

Mi bebé. Cómo sabe lo que me gusta.

Al poco, entro en la cocina y ahí está mi hija color chocolate con su pelo amarrado en lo alto de la cabeza, formando un moño que parece una coliflor negra. Está sentada en uno de los taburetes de la isla, girando despacio a un lado y a otro.

—¿Has dormido bien? —le pregunto.

—Pues la verdad es que no, mamá. Ha sido un error venir sin siquiera avisar. He olvidado que los padres también tienen su vida, y en esa vida no siempre estamos incluidos los hijos. Así que… lo siento.

—No tienes que disculparte por nada —repongo, mientras me sirvo una taza de café y finjo no ver las grietas en la cáscara de los huevos.

—¿Qué puedo hacer? —inquiere.

—No he tenido tiempo para pensar sobre eso, Frankie. ¿Qué quieres hacer tú? Eso es lo importante.

Ella agita la cabeza de un lado a otro.

—No lo sé. No sé qué quiero para mi futuro.

—Bueno, déjame decirte una cosa. Yo voy a ayudarte todo lo posible para que encuentres un alojamiento temporal, hasta que las dos estemos seguras de que no vas a salir corriendo a los brazos de Hudson en cuanto yo firme un contrato de alquiler para ti.

—Se llama Hunter, mamá. Y no voy a salir corriendo a sus brazos ni voy a volver a Nueva York. De eso puedes estar segura. Gracias por adelantado por tu ayuda. De verdad. Espero que un día podamos decir que fue un dinero bien invertido. Y que estés orgullosa de mí.

—Ya estoy orgullosa de ti, Frankie. Pero no puedo arreglarte todos los problemas que te surjan en la vida.

—Lo sé. ¡Viajemos a París y cojamos el Eurostar para recorrer toda Europa! ¡Y volvamos luego a instalarnos en una casa nueva!

Me quedo mirándola en silencio.

—¿Has escuchado lo que te acabo de decir sobre lo de mi viaje en tren? Y, además, ¿te crees que soy la Reserva Federal?

—Mamá, eres demasiado estoica. En algún momento de tu vida tendrás que darte el lujo y derrochar un poco.

—Y ¿qué crees que estoy intentando hacer?

—Hablando de derroches... —continúa Frankie, levantándose, y se dirige a la puerta del garaje. Entra y, cuando sale, trae entre las manos el taburete que aún no he pintado—. ¿Qué es esto, mamá? Desde luego, no parece de tu gusto. No conjunta con nada.

—Voy a pintarlo.

—¿Por qué?

—Porque quiero.

—Pero ¿por qué?

—Porque me apetece. Se llama «pasarlo bien», Frankie.

—¿Como aquel mes y pico que te dedicaste a pasarlo bien haciendo cojines? ¿Por qué lo dejaste, por cierto? A todo el mundo le encantaban.

—Frankie, estamos hablando de lo desorientada que estás tú. No yo.

Me mira como si hubiera dicho algo feo.

—Mamá, la última vez que hablé contigo, eras una optometrista de éxito.

—Pues quizá deje de serlo. Y no sigas preguntando.

—¡Oh, Dios mío! ¡Oh, Dios mío! No me lo creo. Esto es ya demasiada información.

Cuando vuelvo a casa, Frankie está haciendo largos. Desnuda. Se desliza a través del agua oscura como una cría de delfín. Ojalá pudiera disolver su dolor y su confusión a base de hacer largos a mariposa y a espalda. Yo no me recuerdo a mí misma con el corazón roto a los veintidós años. Me recuerdo más bien decepcionada.

La observo subir por la escalera y salir de la piscina y me deja boquiabierta su cuerpo hermoso y esbelto. Sus pechos apuntan al cielo y tienen la misma forma que la corona de nata de los capuchinos con hielo y leche semi que siempre pido. ¿Fui yo alguna vez tan atractiva sin ropa?

Frankie se enrolla alrededor una colorida toalla de playa y la remete a la altura del pecho. En ese momento me descubre mirándola a través de la ventana de la cocina. Saluda con la mano y entra por la puerta del jardín.

—Hola, mamá —saluda, inclinándose sobre mí para besarme en la mejilla derecha. Es varios centímetros más alta que yo—. Voy a echar de menos la piscina. ¿Tú no?

—Yo voy a echar de menos muchas cosas. ¿Cómo te encuentras hoy?

—Renovada. Con las ideas más claras. —Se sienta en uno de los taburetes, en el otro extremo de la isla, y se apoya con los codos en la encimera—. ¿Sabes qué? He hablado con papá.

—Y ¿cómo has podido contactar con él?

—Lo han soltado.

—Creía que tenía para cinco años.

—Ya han pasado cinco años —aclara ella.

—No me lo puedo creer. Y ¿dónde está?

—Pues está viviendo a quince minutos de aquí, muy cerca de la tía Wanda y el tío Nelson.

—Estás de broma.

—Cerca de Skyline Boulevard.

—¿Tendría que dar saltos de alegría o qué?

—Me ha ofrecido vivir con él y su mujer.

—¿Qué mujer?

—¿Dónde has estado estos ocho años, mamá? Se casó otra vez. Mucho después de que os divorciarais.

—¿Cuánto es exactamente «mucho después»?

—Un año.

—Bueno, el caso es que no lo he tenido mucho en cuenta últimamente en mis planes. Pero no me hace gracia que te plantees irte a vivir con tu padre el exconvicto y su mujer.

—Mamá, fue un delito de guante blanco.

—Oh, lo siento —le espeto con intencionado sarcasmo de rapera.

—Que no te caiga bien no quiere decir que me deba caer mal a mí también.

—Jamás te he dicho que deba caerte mal, Frankie. Es tu padre. Es solo que no me imaginaba que hubieras mantenido tanto contacto con él.

—Estelle y yo nos dimos cuenta hace mucho de que era mejor no mencionar a nuestros respectivos padres, porque cuando lo hacíamos se te caía el alma a los pies.

—Bueno, pues gracias por pensar en mí, pero no tenías por qué mentir.

—Yo no mentí. Simplemente, me guardé la verdad. El caso es que me va a recoger esta tarde. Quiere presentarme a Allegra y enseñarme su casa. Tienen también una casita de invitados. Podría instalarme en ella un tiempo.

—¿Cuánto tiempo lleva en la calle?

—Casi un año.

—Pero ¿qué coño me estás contando? Y ¿por qué no me has preguntado si me parece bien que venga aquí?

—¿Cuál es el problema? Él vivió aquí, esta también fue su casa. No va a empezar a acosarte, mamá.

En este momento me alegro de tener solo dos exmaridos. Parece que se han puesto de acuerdo en volver de entre los muertos para torturarme.

—No quiero verlo. Al menos no hoy.

—Entonces, ¿qué quieres? ¿Que se quede fuera en el coche y toque el claxon? Creía que eras una persona adulta. Pero, nada, ¡el problema es mío! —exclama Frankie, pasando a toda prisa junto a mí y lanzándose escaleras arriba.

La sigo. Ella se mete en su habitación y da un portazo.

Uso la ganzúa que tengo guardada para estos casos y me salto la medida de seguridad. Ella tiene la caradura de ponerse en jarras y, al momento, se deja caer sobre el pie de su cama de plataforma.

—Vamos a ser claras, Frankie. Tienes que entender que, en cuestión de dos días, me has sorprendido con unas cuantas cosas importantes. Y ahora me estás diciendo que tu padre acaba de salir de la cárcel y que quizá te vayas a vivir con él y con su mujer. ¿Se supone que me debe parecer una idea encantadora, maravillosa? ¡Tú no eres la única que tiene problemas!

—Ya lo sé, mamá. Siento haberte importunado. No te enfades tanto.

—¡Imagino que eso es lo que hacéis los hijos, aunque tengáis veintidós años! En fin. Para tu información, la tía Wanda y el tío Nelson me han dicho que estás invitada a quedarte en su casa de invitados, si quieres.

—Gracias, pero no. No soy especialmente fan de la tía Wanda, ya sabes. Espera. Lo que acabo de decir no es cierto. Lo único que ocurre es que me parecen aburridísimos. Y ella, además, es una cotilla. Si fuera la tía Violet, sería otra cosa. Dormiría encantada en su garaje.

—Violet no tiene garaje, es una especie de marquesina. ¿Qué te hace pensar que podrías vivir bajo el ala de tu padre el desaparecido, después de seis años sin verlo?

—¿Y qué te hace pensar a ti que no lo he visto?

—Ajá. Otra cosa más que me has ocultado.

—Tú te divorciaste de él, mamá, no yo.

—¿O sea que has estado visitándolo en la cárcel?

—Sí.

—¿Cuándo? ¿Cómo? Y ¿por qué no me lo dijiste? No habría intentado impedirte que fueras a verlo, Frankie, por favor.

—¿Qué más da eso ahora, mamá? No ha matado a nadie. No robó un banco. Por lo que a mí concierne, terminó en la cárcel por su estupidez y su arrogancia. Eso no lo convierte en un criminal peligroso. Ha pagado por sus errores. Ojalá pudieras tú también olvidar todo eso y dejar de condenarlo de esa manera.

—Lo siento, lo mío viene de antes.

—Mamá.

—Qué.

—¿Tú estás intentando rehacer tu vida? O sea, ¿estás viendo a alguien ahora, por ejemplo?

—No.

—Ya me lo imaginaba. Ojalá encontrases a alguien. Te veo muy malhumorada. O quizá es que te sientes sola. Entiendo por qué no quieres vivir en esta casa ya. De verdad.

—No estoy vendiendo la casa porque me sienta sola.

Mi hija se me queda observando sin decir nada.

—Espero que no sea demasiado tarde y que puedas encontrar de nuevo el amor, mamá.

—¿Por qué piensas eso?

—Bueno, pues porque eres mayor. No te lo tomes a mal.

—¿A qué te refieres con «mayor»?

—A que tienes más de cincuenta años —me aclara, mirándome como si hubiera pisado alguna línea roja.

—Pues, verás, te voy a decir una cosa, señorita Veintidós Añitos. El amor no tiene edad y te puede ir a buscar en cualquier momento de la vida. Y, de la misma manera, te puede dar la patada y dejarte en la cuneta. Mira lo que te acaba de pasar a ti.

—Pero ¿cómo se conoce a hombres mayores, mamá? Espero que no estés usando uno de esos sitios de citas.

—En realidad, no me apetece tener esta conversación contigo ahora mismo, Frankie. Pero déjame que te diga otra cosa. Cualquier mujer puede ser feliz sin un hombre y sin amor. Por supuesto, la vida sabe mejor cuando la compartes con alguien. Pero no me siento sola. Bueno, eso no es del todo cierto. Estoy sola, pero no me siento desgraciada. Esa es otra de las razones por las que quiero salir de esta casa, dejar mi aburridísimo trabajo y hacer ese viaje en tren. Y a lo mejor vuelvo a estudiar.

Esta vez los ojos parece que se le vayan a salir de las órbitas, aunque ese gesto va acompañado de una sonrisa. Acto seguido, extiende el brazo en alto y abre la palma de la mano. Choco los cinco con ella.

—Eso me da esperanzas, mamá.

—¿El qué?

—Que cambiar el rumbo de mi vida no es tal locura. Si tú estás dispuesta a hacerlo a tu edad...

—Yo no soy ni mucho menos una vieja, Frankie. Bueno, ¿a qué hora va a venir a buscarte el exmeteorólogo? Para asegurarme de no estar.

—Venga ya, mami...

Pongo los brazos en jarras. Miro por la ventana y, de vuelta, a ella.

—A ver, Frankie... Me alegro mucho por él, muchísimo. No voy a correr a esconderme. Quizá en algún momento podría verlo y enterarme cómo le ha ido todos estos años. Que me cuente lo divertido que debe de haber sido pasar por la cárcel. ¿A qué hora esperamos al padre del año?

—Vendrá más o menos dentro de una hora —contesta ella—. No sabía que todavía le guardabas tanto rencor, mamá. Es triste.

—No estoy enfadada.

—Quizá podríais saludaros en la puerta, al menos.

—¡No, por Dios! Ahora quiero verlo. Y no te preocupes. Seré la exmujer más encantadora que haya tenido nunca —replico, bajando las escaleras.

Luz blanca, luz roja

Todo empezó en la butaca de la consulta. Niles había pedido cita para hacerse una revisión general, porque de repente había empezado a ver borroso. Yo siempre he sido profesional con los pacientes, incluso con los hombres guapos que no llevan alianza. Tengo que reconocer que él era guapo de una manera especial. Di por hecho que probablemente tenía mezcla de genes en lo referido a la raza, porque tenía la nariz ancha, los labios gruesos y piel oscura, pero ojos color avellana. No es que lo estudiase a fondo: solo quería saber en detalle a quién tenía delante.

—Buenos días, señor Boro —saludé, invitándolo a sentarse.

—Preferiría estar de pie, si no le importa —repuso, riéndose para sus adentros.

—Por favor, siéntese, señor Boro —le pedí, haciendo un esfuerzo por sonar afable pero a la vez profesional.

Hizo caso.

—Me puedes llamar Niles.

Lo miré fijamente, como preguntando «¿Quién se cree que es usted, tomándose esas confianzas en mi propia consulta? Esto no es una cita a ciegas». Niles sonrió y se cruzó de piernas. Iba vestido como si acabara de hacer un reportaje de fotos para GQ. Llevaba gemelos con sus iniciales, «NB», y sus zapatos resplandecían, como si nunca hubiera pisado un lugar sin barrer. Olía a chocolate. Aquello se estaba empezando a convertir en un problema.

—Entonces, señor Boro, le molestan los ojos y ve borroso, ¿es eso?

—Bueno, eso es decirlo suavemente. Pero es culpa mía. Llevo dos años sin hacerme revisiones.

—¿Por qué?

—Por pereza. Y, además, no me fío de los médicos. —Le replico con una mirada de superioridad—. Es broma.

—Así que ¿es usted meteorólogo?

—Sí. Pero no me verás dando el parte en la tele.

No se calló en todo el tiempo que dediqué a hacerle pruebas. Justo en el momento en que iba a dilatarle las pupilas, algo lo llevó a contarme la historia de su vida. Había crecido en Boston. Su padre era nigeriano y su madre noruega. Estudió un máster en la Universidad de Massachusetts, se divorció tras tres años de matrimonio y tenía un hijo de cinco años que vivía con su madre en la parte alta de Berkeley. Por algún motivo, creyó importante aclarar que había quedado en buenos términos con su exmujer, aunque luego yo descubriría que aquello no era cierto. Su hijo se llamaba Homer. Como Homer Simpson.

Le extendí una receta, le pedí que eligiera montura y le expliqué que un técnico se la ajustaría.

—¿Me podría usted ayudar a elegir?

—Yo no me ocupo de eso, lo siento —me disculpé.

En ese instante me dedicó una penetrante mirada.

—¿Alguna vez has salido con algún paciente?

La pregunta me descolocó totalmente.

—No. Nunca.

—¿Podría ser yo el primero?

—No. Nunca.

—La voy a tener que dejar por mentirosa, doctora Young —afirmó con demasiada seguridad en sí mismo. Debí haberme dado cuenta entonces. Fue en ese instante cuando me lanzó algún tipo de hechizo, porque, en cuanto salió por la puerta con su receta, escuché un rumor que provenía de mi pecho. Era un ronroneo.

Al día siguiente me envió una docena de peonías.

Había también una nota: «Estaba ciego y, gracias a ti, veo otra vez».

No tengo ni idea de cómo funciona todo este asunto del amor, pero ojalá existiera, además de la luz blanca y resplandeciente que todo lo ilumina, otra luz roja que nos avise de que el resplandor es temporal. Que el resplandor te ciega, y con razón. Cuando quedas deslumbrada, es demasiado tarde: habrás empezado a hundirte y no podrás ya pensar. Llega entonces el momento en que te das cuenta de que lo único que quieres hacer es gritar: «Oh, Señor, ¡otra vez no!». Ocurre a veces: cuando crees que has muerto por dentro, aparece un extraño tras cualquier esquina y te resucita. Un indicio: no puedes contener la risa entre dientes. No te ríes a carcajadas, sino para tus adentros. Te sientes más ligera, aunque pesas lo mismo. Sí. Has caído por un precipicio al océano de la lujuria, la prima hermana del amor: dos de las drogas más duras del mundo.

A las pocas semanas, iba cantando en el ascensor.

No podía caminar. Tenía que dar saltitos.

Era «Blackanieves».

Estelle, que entonces tenía diez años, decía:

—¡Mamá, sea lo que sea lo que estés bebiendo, no lo dejes!

Las dos nos reíamos.

—¿Cómo se llama? ¿Cuándo podré conocerlo? —preguntaba Wanda.

—Se llama Niles. Y no sé cuándo podrás conocerlo.

—Pregúntale si tiene hermanos —rogó Violet.

Al principio lo hacía todo bien.

Me llamaba «nena» y «mi amor».

«Buenos días, mi amor.»

«¿Cómo estás hoy, mi amor?»

«Buenas noches, mi amor.»

«Te quiero, mi amor.»

«¿Vas ser mi amor toda la vida, verdad?»

«Oh, nena.»

«Dámelo todo, nena.»

«Me haces sentir tan bien, nena.»

«Te echo de menos, mi amor.»

«¿Me echas de menos, mi amor?»

«Llevo todo el día pensando en ti, nena.»

«Necesito un abrazo, mi amor.»

«Te necesito, nena.»

«Ven con papi, nena.»

«Lo siento, nena.»

«No me gusta» fue el veredicto de mi madre cuando lo conoció. Más tarde, algunos almuerzos después, sentenció: «Si te casas con él, estarás cometiendo un error».

—¿Cómo puedes decir eso, mamá? Ha sido muy agradable contigo. Y es muy bueno conmigo y con Estelle.

—Es más falso que Judas. Demasiado perfecto. Ya te darás cuenta: él esperará lo mismo de ti.

—¿Por qué sobre Michael no me advertiste, en su día?

—Esto es distinto. A Niles le falta algo. Y me parece que tú no lo ves.

Escucha siempre a tu padre o a tu madre cuando te dicen que no les gusta la persona a la que amas. Son capaces de oler el error. Por supuesto, de eso no te das cuenta hasta que reparas en que el hombre de quien te enamoraste y el hombre con quien te casas son dos personas distintas. A algunos se les da bien el engaño.

Después de Michael, no tenía ninguna intención de volver a casarme. Le dije a Niles que si me engañaba lo mataría. A él le hacía gracia. También le dije que no quería tener más hijos. Me dijo que estaba de acuerdo, porque él ya tenía uno. Sin embargo, cambió de opinión. Cuando tu marido te dice que quiere tener hijos contigo, supuestamente, debes sentirte halagada. Acabábamos de terminar de hacer el amor (por llamarlo de alguna manera). Al principio, Niles participaba activamente durante media hora seguida, pero luego ese tiempo cayó hasta los veinte minutos y, después, hasta los quince. Y yo tenía que hacer, además, la mayor parte del trabajo. Niles me hablaba y yo fingía no oírlo.

—Dime algo, Georgia.

—No tengo nada que decirte.

—Yo quiero a Estelle, de verdad. La quiero. Pero quiero que tengamos un hijo juntos.

—Creí que habíamos acordado que éramos felices así.

—No recuerdo haber acordado nada sobre eso. No pongas en mi boca cosas que no he dicho.

—¿Qué es lo que te ha hecho cambiar de opinión?

—Tú. Yo. Quiero que nos convirtamos en un «nosotros». Más falso que un billete del Monopoly.

—Estelle forma parte de ese nosotros.

—En sentido metafórico, sí. Pero no lleva mi sangre.

Me habría gustado abofetearlo por ese comentario, pero en vez de eso decidí apostar por la sensatez, aunque me valiese una discusión.

—Habría tenido sentido hace cinco años, Niles.

—Hace cinco años no te conocía.

—Ya lo sé.

—Hay muchas mujeres que son madres con más de cuarenta. Te lo suplico, Georgia.

Mierda. Joder. Me cago en la puta. Niles no daba su brazo a torcer y, como yo estaba segura en un noventa por ciento de que íbamos a pasar el resto de nuestra vida juntos, me rendí.

Pero también aprendí cosas. No des jamás nada por hecho.

Decidió ponerle a nuestra hija Francine, como su abuela, que había muerto. Él empezó a tomar todas las decisiones de crianza y, antes de que la niña aprendiese a andar, me di cuenta de que Niles se había convertido en un hombre al que ya no conocía y que no me gustaba.

Era un loco del control.

Se obsesionó con la limpieza. (Más adelante, empecé a hacer cosas como tirar al suelo un papel adrede, para ver si lo recogía. Y sí, siempre lo recogía.)

El garaje tenía que estar enmoquetado.

Todo debía estar ordenado simétricamente.

No tenía amigos.

Estaba enganchado al trabajo.

Mis dos mejores amigas, Wanda y Violet, no le caían bien. Ellas fingían todo lo contrario con respecto de él.

Rara vez alababa a nadie.

En su opinión, todo el mundo tenía intenciones ocultas. Incluida su familia.

Sentía un especial odio por el fisco y trataba siempre de pagar lo menos posible. Acumulaba dinero y pagaba en efectivo todo lo que podía. Insistió incluso en presentar declaraciones de impuestos separadamente. Al final, eso fue lo que me salvó.

Tras ocho años de matrimonio con el señor Esto se Hace como Yo Digo, caí en la cuenta de que Niles no me gustaba porque era imposible que gustase a nadie. Perdió el resplandor y la fachada del señor Agradable se agrietó. Fue entonces cuando empecé a ver carteles luminosos en mi cabeza: «No deberías haberte casado». Era consciente, y me enervaba, de que aquel matrimonio no duraría mucho, a menos que hiciera todo lo que él quería, como él quería. Pero me era imposible. Su amor empezó a doler. Se había convertido en mi enemigo.

«Despiértate, Georgia.»

«¿Has recogido mi traje de la tintorería?»

«No puedo.»

«Esta casa siempre está sucia.»

«¿Estás sorda?»

«Estoy cansado.»

«No me apetece ir.»

«Con tus amigas me aburro.»

«¿Puedes echarte para allá, por favor?»

«¿Has pensado en lo poco atractivos que resultan esos kilos de más?»

«¿Por qué no te pones extensiones?»

«Creo que deberías vender tu Lexus y comprar un monovolumen.»

«No me interesa la política.»

«Lo que estás diciendo es una tontería.»

«Eres mucho más estrecha de miras de lo que crees.»

«No me cae bien tu madre y no tengo que pedir disculpas por ello.»

«No me gusta ese vestido.»

Una vez le tiré un rollo de papel de cocina. No: dos veces.

«No sabía que eras tan maleducado, Niles.»

«No sabía que no eras una buena persona.»

«No sabía que eras tan egoísta.»

«No sabía que pudieras llegar a ser tan aburrido.»

«Yo también me gano la vida con mi trabajo y también fui a la universidad, ¿sabes?», dije un día.

«No me lo tienes que recordar. A mí me cuesta mirarte a los ojos. No hay nada en ellos ya.»

«Estoy harta de estar casada con una persona que solo habla del puto tiempo. De aquí en adelante, cuando las nubes se pongan grises, pensaré siempre en ti.»

Ese comentario fue cruel. (A mí me llevo mucho tiempo ser tan cruel con él como él lo había sido conmigo.)

Una noche estaba secando los platos para asegurarse de que no quedaban marcas de cal.

—Tenemos que hablar —le dije.

—Eso es lo único que sabes hacer, ¿no, Georgia?

—Te has dejado una mancha —mentí. El vaso que ahora ponía a la luz estaba inmaculado.

—¿Esta relación ha terminado, entonces?

—Creo que sí.

Se marchó de casa al día siguiente. Me dio la sensación de que llevaba mucho tiempo esperando desenfundar. Por supuesto, insistió en que comprara su parte de la casa y eso hice. Lo único bueno que salió de nuestro matrimonio fue Frankie.

Salgo de la ducha y oigo varios golpes en la puerta del dormitorio.

—¡Mamá, abre!

Me envuelvo con una toalla (un atuendo ciertamente arriesgado), me la agarro bien y corro hasta la puerta a abrir.

—¿Qué pasa? ¿Ha llegado antes de tiempo o es que no va a venir?

—No va a venir.

—Y ¿por qué no?

—Su mujer no quiere que me quede en la casa de invitados.

—Estoy convencida de que a su mujer no le hará ningún caso después de todos estos años. Es una mujer.

Frankie se remueve nerviosa en medio del pasillo y se cruza de brazos.

—Al parecer él no tiene poder de decisión. Ella lo mantiene.

—Eso no lo sabes, Frankie.

—Bueno, al parecer ella ya había prometido a un nieto suyo que podría instalarse en la casa. Pero no se molestó en contárselo a papá.

—Y, entonces, ¿por qué estás molesta con él?

—Porque él dice que ella no tiene nietos.

—¿Cuándo vas a ir a verlo?

—No sé. Le colgué.

—Tómatelo con calma, Frankie. No es culpa suya. Él ha intentado ayudarte.

—Pues no me ha ayudado. Son demasiadas veces las que me ha decepcionado. Ya me voy haciendo a la idea de por qué te divorciaste de él.

Cartulina

En cuanto llego a casa del trabajo, oigo a Frankie gritándole al teléfono en la planta de arriba.

—¿Que lo sientes, dices?

A continuación, un breve silencio.

—¿Y esperas que me lo crea?

Está hablando con Niles, diría yo.

—¿Y qué? ¡Sigues siendo un mentiroso! Y no quiero querer a alguien en quien no puedo confiar.

No, no es Niles.

—¡No se te ocurra venir aquí!

Me tengo que morder la lengua para no gritar «¡Por favor, ven!».

Pausa.

—¿Hunter?

Pausa.

—Joder...

Oigo abrirse la puerta de su dormitorio y, como un resorte, emprendo el paso hacia la cocina. Finjo buscar algo en la despensa.

—Mamá, tengo buenas y malas noticias.

Salgo de la despensa y la miro a los ojos. Le brillan, pero no sé si ha llorado. Me cruzo de brazos y me apoyo en el frigorífico.

—Cuéntame.

—Me parece que Hunter está viniendo en mi busca.

—¿En tu busca...?

—Me dice que la chica le hizo una jugarreta.

(No me queda claro si esta es la buena o la mala noticia.)

—¿De verdad?

—Hunter se emborrachó en la residencia de un amigo suyo y durmió con esta chica. Al día siguiente, no se acordaba de nada y la chica le dijo que se había quedado embarazada. Pero resulta que es mentira. Y dice que me quiere y que quiere que vuelva.

—¿Que vuelvas con él o que vuelvas a Nueva York?

—No estoy segura.

—¿Dónde planea dormir?

—No lo sé. ¿Podría quedarse aquí unos días? Para que podamos pensar qué vamos a hacer.

—Todos los universitarios tienen clase estos días, Frankie.

—Hunter no.

—¿Cómo?

—Ya se sacó el título en Ingeniería Informática. Es un genio de las redes.

—Bueno, me alegra oír eso. Quiere decir que tiene buenas opciones de conseguir trabajo.

—Sí, es verdad. Aunque acaba de matricularse en un máster. Desarrollo de aplicaciones y diseño de software y bla, bla. ¿A quién le importa en este momento?

—¿Y ahora quieres que convierta tu habitación en una *suite* nupcial para poder reencontrar lo que me acabas de jurar que ha muerto para siempre?

—Te dije que estaba enfadada con él. No que haya dejado de quererlo.

—Dime una cosa, tú crees que lo sabes todo sobre el amor, ¿no?

—Sé lo mismo que tú a mi edad.

—O sea, nada de nada.

Sacudo la cabeza y salgo de la habitación pasando por delante de ella. Me dan ganas de darle un abrazo y también una bofetada. Sé muy bien cuál es el encantamiento que la tiene prisionera, pero aun así me inquieta no saber si estoy haciéndolo bien o no. Están ocurriendo tantas cosas a la vez. Me da la impresión de que es imposible saber qué es lo correcto. Bajo al garaje y me quedo observando el taburete que aún no he tocado. Saco un trapo limpio de un cajón y me dispongo a desempolvarlo, sin pensar en Percy ni en el decorado que planea montar en mi casa. Claro está, Frankie no tarda en aparecer.

—¿Qué quieres ahora, Frankie?

—¿Te puedo hacer una pregunta personal, mamá?

—¿Cómo de personal?

—¿Cuántas veces te has enamorado en tu vida?

—Cinco. Y otras dos veces, de las que estoy muy segura.

Nos reímos juntas. (Me alegra que aún nos riamos juntas.)

—¿Eso son muchos enamoramientos?

—No tengo ni idea. No he hecho encuestas por ahí.

Nos reímos otra vez.

—Para que lo sepas, Hunter es bastante mañoso y te podría ayudar a hacer cosas en la casa.

—Está bien saberlo. ¿Eso es lo que has venido a decirme?

—No. Tengo muchas cosas en las que pensar, así que... ¿Me prestarías tu coche?

—¿Para ir adónde?

—Al embalse. Me apetece correr un poco.

—Claro que sí. Pero, una cosa, ¿me das el número de teléfono de tu padre?

—¿Qué?

—Ya me has oído.

—¿Para qué lo quieres?

—Quiero hablar con él.

—Ya te he dicho que no voy a irme a vivir con ellos, por culpa de...

—No lo quiero llamar por ti. Es por mí, corazón.

—No entiendo.

—¿Puedes dejarme el número escrito en una notita adhesiva, por favor? Déjalo en la encimera de la cocina.

—Prométeme que no le contarás nada de lo de Hunter.

—Vete ya a correr —le ordeno, y me pongo a buscar lona.

Armo una de esas enormes cajas con perchas para guardar ropa que usan las empresas de mudanzas y que compré en unos grandes almacenes, desempolvo el taburete con una aspiradora portátil y lo coloco en el interior de la caja. Me pongo mascarilla y gafas y me meto yo también dentro. Me quedó ahí mirando el taburete como una presa dentro de su celda. Pero no puedo pintar. Ahora mismo me parece algo demasiado trivial. Ridículo. Además, se me hace una pérdida de tiempo porque ¿qué voy a hacer con este estúpido taburete, si alguna vez termino con él? Lo cubro con un paño beis y me salgo de la caja.

Entro de nuevo en casa y en ese momento suena el teléfono.

—Hola, Georgia —escucho al descolgar. Es una voz áspera que recuerda a la de Percy, inmediatamente seguida por un alud de toses.

Cuando consigue parar, le digo:

—Percy, estás fatal. ¿Por qué me llamas, si estás enfermo?

—Siento haberte tosido en el oído y siento no haberme puesto en contacto contigo antes. Llevo dos semanas con bronquitis. Tengo una tos horrible que no termina de irse, pero, en fin, ya me está viendo el médico. ¿Cómo estás tú, Georgia?

—Estoy bien, Percy, gracias. Lamento que te encuentres mal... La bronquitis hay que cuidarla. Me puedes eliminar de tu lista de preocupaciones, si es que me estás llamando por eso.

—Es por eso y a la vez no. Tenemos un pequeño problema. Nada grave. Poca cosa. ¿Podríamos vernos la semana que viene? Quiero explicarte y enseñarte por qué quizá tengamos que retrasar la fecha de inicio de los trabajos.

—¿Retrasar la fecha? ¿Hasta cuándo?

—Como máximo un mes.

—¿Un mes entero?

—Lo siento mucho, Georgia. Se me han amontonado varios asuntos. Te aseguro que este no es mi estilo.

—¿Estás bien?

—Lo estaré.

Le dejo a Frankie el coche. Voy a la consulta en tren. El trabajo no cambia. Nuevos pacientes, viejos pacientes: me paso el día nerviosa, temiendo lo que vaya a encontrar cuando llegue a casa. Lily se ha enamorado de otro extraño por internet. (Marina, ante la noticia, se limita a mover la cabeza de un lado a otro.) Es bueno que todavía viva con sus padres, porque de lo contrario nos preocuparía mucho su seguridad. Lo siento por ella, porque, aunque en los negocios sea un hacha, en lo que se refiere a los hombres es idiota. Tiene cuarenta y cuatro años y no se ha casado nunca y ella misma no entiende por qué.

No le he contado nada a Lily sobre mi plan de vender mi parte de la clínica, porque no tengo prisa y porque no tengo ni idea de cómo me ganaría la vida. Lily viene de una familia de médicos de origen filipino. Gracias a la ayuda de sus padres, se hizo con el sesenta por ciento de la empresa. El cuarenta restante es mío. Al morir, mi padre me dejó una herencia bastante sustanciosa, más de lo que habría imaginado jamás. Fue entonces cuando decidimos dejar el hospital en que éramos empleadas y unir nuestras fuerzas.

Durante la pausa del almuerzo, camino hasta Union Square y entro en una agencia de viajes de las de toda la vida. Le cuento a la agente que quiero hacer un viaje en tren, pero que no estoy segura de por cuánto tiempo —dos semanas, o tres, como máximo— y que me encantaría hacer paradas por el camino, conocer distintas ciudades y quizá pasar alguna noche en un hotel de lujo. Le digo que no estoy muy segura de cuándo podré viajar y ella me contesta que los horarios de tren son fijos, que no me preocupe. Le explico que quiero ver lugares bonitos, empezando por la costa de California. Le digo que mi prioridad es llegar a Vancouver y que, aunque no sea el país de mis sueños, Canadá debe de ser precioso; que no estaría mal llegar hasta Toronto y coger luego un avión para regresar a California. Cuando me pregunta si voy a viajar sola y le respondo que sí, en lugar de preguntar por qué, me choca los cinco.

Vuelvo a la oficina como flotando. Las citas de la tarde se van sucediendo plácidamente en la consulta cuando, de repente, Marina toca a mi puerta y asoma la cabeza.

—Ha venido un señor a verla. Dice que es un antiguo paciente suyo y que pasaba por aquí y quería saludarla.

—¿No te ha dicho cómo se llama?

Ella niega con la cabeza.

—Póngase un poco de pintalabios, doctora. No está nada mal para su edad —me explica, guiñando un ojo—. Le diré que va a salir en cinco minutos.

No me da tiempo a pedirle que pregunte al visitante su nombre, así que me repaso la boca con el pintalabios rojo fuego que llevo en el bolso. Me quito la bata y la cuelgo tras la puerta de mi despacho.

La decepción es mayúscula cuando me topo con una versión envejecida de un Niles que, no obstante, conserva su atractivo. Se está probando unas gafas. Lleva un traje negro que, según recuerdo, le regalé una Navidad. Al menos uno de los dos sigue cabiendo en la ropa de siempre. Marina, que se encarga de cerrar la oficina, parece no tener gana de irse a ningún sitio ahora mismo.

—No pasa nada si te vas a tu hora —digo a Marina, dedicándole una sonrisa falsa que básicamente quiere dar a entender «por favor, quédate un poco más». Sin embargo, Marina no capta el mensaje y se levanta, agarra su bolso negro y su paraguas negro (hoy llueve) y se despide de Niles con un gesto de cabeza. A mí me dice «nos vemos mañana» y sale por la puerta con una sonrisa burlona que significa «ya era hora».

Me giro y observo a Niles de pies a cabeza.

—¡Bueno, bueno! ¿Se puede saber qué haces aquí, Niles?

—Menudo recibimiento. Yo también me alegro de verte después de tantos años, Georgia.

—No has respondido a mi pregunta. ¿No sabes que, mientras estabas en la cárcel, Dios inventó el teléfono móvil?

Niles se sienta en la silla amarilla. Sostiene en la mano un iPhone negro.

—Me imaginé que si te llamaba me dirías que no viniese. Y quería saber cómo te está yendo, porque nuestra hija estuvo en mi casa y estaba muy alterada.

—No está alterada. Está enamorada.

—Lo mismo me da.

En ese momento nos miramos a los ojos sin saber muy bien qué decir. Me gustaría que se fuera y que volviese cuando tenga más claro de qué hablar con él y qué decirle.

—Frankie va a estar bien.

—Eso es fácil de decir para ti, Georgia. ¿No recuerdas ya cómo duele que te rompan el corazón?

(Sí, aunque él realmente no me rompió nada. Me decepcionó, es todo.)

—Claro que sí —respondo, no obstante. Y me siento en la silla gris, a tres sillas de él.

—Aquí es donde nos conocimos —recuerda—. Está muy cambiado. Has hecho algunas mejoras estupendas.

—Bueno, ¿cómo te ha ido en la cárcel? —pregunto, y al momento lamento haber soltado la pregunta así, como si tal cosa. No se me ocurría nada más que decir. Sé que ha sonado cruel—. Lo siento, Niles. No quería preguntártelo así.

—Para ser sincero, probablemente sea lo mejor que me haya pasado nunca, excepción hecha de ti y de Frankie. Fue una experiencia edificante y aleccionadora. Aprendí mucho.

—¿Qué has aprendido?

—Que era un gilipollas insoportable, por ejemplo. —Le doy la razón asintiendo con la cabeza. Esta conversación empieza a gustarme—. Que no siempre debo tener el control. —Intento contener una sonrisa nerviosa—. Que no siempre tengo razón.

Silencio. Y más silencio.

—¿Es todo?

—Bueno, creo que el resto podría entrar más o menos en estas tres categorías generales, ¿no crees?

—Yo no soy quién para juzgar.

—Pues la verdad es que es algo que no se te da mal, Georgia.

Giro la cabeza como Linda Blair en *El exorcista*.

—Si has venido aquí a condenarme como te condenaron a ti, puedes ir marchándote, Niles. Tengo muchos problemas que resolver con mi hija y no necesito que venga a descalificarme un exmarido al que hace años que no veo. ¿Hablabas tú de recibimientos?

—Lo siento —se excusa, con la mayor de las sinceridades—. He venido porque quiero saber qué tengo que hacer para que me borres de tu lista de los más odiados.

—Yo nunca te odié, Niles.

—Pues me convenciste totalmente de lo contrario.

—Dejaste de gustarme.

—¿Cuál es la diferencia?

—Vamos, Niles, que tú tienes estudios. Sabes que no es lo mismo.

—Ambas cosas significan que el otro es objeto de desdenes y eso al final puede ser muy tóxico. Eso es lo que yo percibía que sentías hacia mí.

—Tienes razón. Pero no al principio. Al principio me sentí engañada, nada más.

—¿Engañada?

—Me hiciste creer que eras una persona amable, dulce y atenta cuando en realidad buscabas a una mujer que pudieras controlar. Cuando me di cuenta de eso, ya era la madre de tu hija. Eso es algo que tampoco quería: no quería tener otro hijo, o al menos no tan pronto. Pero me convenciste. Pasaron los días y los meses, y empecé a darme cuenta de la cantidad de cosas que hacía para complacerte, de cómo tú ponías las reglas sobre cómo yo debía demostrarte mi amor. Y, sin embargo, jamás te preocupaste por saber cómo quería yo que me quisieras.

—Guau. ¿Le has dado a algún botón de «Reproducir» que tienes escondido?

—Quizá.

—Como te dije, era un gilipollas. No obstante, te diré que mucho de aquello lo aprendí de mi padre, que controlaba su casa y a su esposa con disciplina militar. La educación nigeriana… Aquello fue lo que conocí en mi niñez. Y lo lamento.

—Bueno, «lo lamento» es algo que no te había oído decir nunca.

—Lo he dicho muchas veces a lo largo de los años. Pero me ha llevado todo este tiempo dedicártelo a ti. Por eso decidí presentarme sin avisar.

—De acuerdo. Pues yo también lo lamento. Lamento que las cosas al final salieran como salieron.

—Ahora soy una persona más fácil de tratar. ¿Y tú? ¿Qué es de ti?

—Yo siempre fui fácil de tratar.

Él agita la cabeza.

—Teníamos en común más de lo que crees. Éramos como Darth Vader y la princesa Leia.

—¡Ah!, ¿eso crees?

—Esperaba que se te hubiese suavizado un poco el carácter, pero no lo parece.

—¿Sabes qué? Tienes mucho valor: presentarte en mi oficina después de un siglo, sin avisar y con el único objetivo de criticar mi forma de ser... No has cambiado tanto como crees.

—Yo nunca he criticado tu forma de ser, Georgia. Simplemente, pensé que lo que tenía que ver conmigo era más importante. Tú luchabas por ser tú misma sin saber muy bien cómo defender tu posición, así que era fácil hacerte ceder. Pero veo que te has endurecido.

—No me he endurecido, Niles. No reavivemos nuestra guerra civil particular, ¿te parece?

—Primero quiero que me digas todo lo que me tengas que decir, de una vez por todas.

—De acuerdo —contesto, dejando escapar un largo suspiro—. Cuando me di cuenta de que era imposible complacerte y que por intentarlo estaba anulándome, me vi obligada a elegir. Y me elegí a mí misma. Eso es lo que te tengo que decir.

—Ahora soy mucho menos egocéntrico —justifica él—. Y no espero convertirme en tu amigo del alma porque nuestra hija esté viviendo un episodio angustioso, pero estoy dispuesto a hacer lo que sea necesario para ayudarla. No estaría mal enterrar el hacha de guerra.

—Considérala enterrada —le digo, golpeándole suavemente en la nuca con la mano.

Él no puede reprimir la carcajada.

Y yo río con él.

—¿Eres feliz, entonces? —pregunta.

Odio cuando alguien me pregunta eso. Es una pregunta tan jodidamente capciosa. ¿Se refiere la gente a la vida en general? ¿No depende del día o del momento? ¿O hay que pensar en los últimos meses o años?

—Me siento esperanzada. ¿Y tú?

—Bueno, estoy intentando darme cuenta de que lo soy.

—Te has vuelto a casar.

—Sí. Con una persona maravillosa. Lo único es que me recuerda un poco al yo de antes.

—He oído que está forrada.

—No sabes nada de ella.

—Un momento, espera. ¿Puedo preguntarte una cosa que no tiene nada que ver con esta conversación?

Él asiente.

—¿Por qué defraudaste al fisco?

—¿Perdón?

—Me has oído perfectamente.

—Es una larga historia, Georgia.

—Tengo unos pocos minutos, antes de que te eche a patadas.

—No era mi intención defraudar. Cometí dos errores estúpidos. Oculté información importante y, por otro lado, no presenté declaración dos años seguidos.

—Pero ¿por qué, Niles? Entre los dos ganábamos un buen sueldo.

—¿Quieres que te sea sincero?

—No, por favor, miénteme otra vez, después de todos estos años...

—Porque tú ganabas al menos cuatro veces más que yo y no lo llevaba nada bien. Así que me quedé con mi sueldo bruto con la intención de pagar impuestos más adelante. Una estupidez.

—¿De verdad creíste que no te pillarían?

—No me lo planteé, la verdad.

—¿Qué dijeron tus padres?

—Mi padre no me habla desde que me condenaron. Mi madre me escribía, pero lo hacía discretamente, para que él no se enterara. De hecho, fue mi madre la que me ayudó a pagar la deuda con el fisco.

—¿No debes nada ya, entonces?

—Ni un centavo.

—Me alegro por ti, Niles. Y ¿qué vas a hacer ahora?

—Gran pregunta. No voy a volver a la meteorología, eso seguro. Los cazatalentos no se fijan demasiado en los candidatos con antecedentes penales, ya sabes.

—De ahí lo de mi comentario anterior: tu mujer tiene que estar forrada.

—No le va mal.

—¿A qué se dedica?

—Es interiorista.

—¿En serio? —exclamo con entusiasmo fingido. Esperaba que fuese médico o se dedicase a alguna otra profesión árida o poco interesante. ¿Cómo se las habrá arreglado Niles para terminar junto a una persona con inquietudes artísticas?

—Tengo varios proyectos empresariales en marcha. Pero, por favor, no se lo cuentes a nadie.

—Si quieres que te sea sincera, me dan igual tus proyectos. Bueno. Veamos, no quería ser cruel. Lo que quería decir es que no despiertan mi curiosidad. Espero, eso sí, que te vaya bien y seas feliz. Por lo que me cuentas, de momento, lo eres.

—Gracias. Tú también pareces feliz. Has ganado un poco de peso, pero ya sabes: esos kilos de más son parte de ti.

—Lo que tú digas, Niles...

—Bueno, ¿estás viendo a alguien? Sí sé que no te has vuelto a casar.

—Sí, estoy viendo a alguien.

—¿Es serio?

—El tiempo lo dirá.

Me pongo de pie. Él me imita.

—¿Quieres ir a comer algo? —pregunta.

—Quizá en otra ocasión.

—¿En serio?

—No. Pero ha sonado bien, ¿eh?

—Ojalá no olvides que hubo un tiempo en el que me quisiste, Georgia.

—Supongo que sí, Niles, pero, por desgracia, no es lo que mejor recuerdo de nuestra relación.

No quiero que me abrace, pero lo hace igualmente. Siento su cuerpo como cartón.

Turistas

Voy caminando por la calle 4, en Berkeley. Manzana tras manzana se suceden increíbles restaurantes, tiendas con un toque artístico y modernas *boutiques* que ofrecen todo lo necesario para la mente, el cuerpo y el hogar. Por las puertas emanan aromas de velas y jabón artesano, pero yo paso de largo y no me detengo hasta mi sueño húmedo: la librería Builders Booksource. Me dirijo directamente a mi sección favorita: estanterías completas de los libros y las revistas más actuales sobre interiorismo y diseño de mobiliario. Mis amigas saben que puedo permanecer horas aquí dentro, que normalmente se me pasan volando.

No busco nada en concreto. Me limito a curiosear y a dejar que algo llame mi atención, algo que nunca ha dejado de pasar (así lo prueban los estantes llenos de libros de mi casa). Saco un enorme volumen sobre restauración de muebles antiguos y, en cuanto lo abro, noto una punzada de emoción. Me siento en el suelo, en un rincón, y lo hojeo como si fuera una jugosa novela romántica. Después de comprarlo, continúo calle abajo, hasta mi restaurante favorito, donde tengo que hacer cola en la acera durante otros treinta minutos.

Me vibra el móvil en el bolsillo. Espero que sea Frankie, a quien me gustaría estrangular ahora mismo, porque me ha enviado un mensaje que decía, sin más: «Buenas noticias para usted, señora», y me ha dejado con ganas de saber.

Pero no. Eso sería demasiado bueno. Quien llama es mi madre.

—Hola, mami —saludo, tratando de conjurar algún entusiasmo.

—Llegamos en unas cinco horas, Georgia. Depende de cuántas veces tengamos que parar. Ya sabes que Dolly se hace pis cada dos por tres y yo me niego a superar en más de ocho kilómetros por hora el límite de velocidad.

—Un momento, mamá. ¿De qué estás hablando? ¡No llegamos a concretar fechas y yo no te confirmé nada!

—Te he dejado dos o tres mensajes en el contestador de tu fijo, que es como llamáis ahora a los teléfonos de toda la vida, como me ha explicado amablemente tu hija. ¿No los escuchas o qué?

—Sí que lo hago, mamá, pero hay días que estoy muy ocupada y ni atiendo a mensajes del contestador. ¿Habéis salido ya?

—Estamos echando gasolina. Vamos Dolly y yo solamente. Los chicos al final encontraron trabajo, ¿te lo puedes creer? En una empresa de transportes. No me preguntes transportes de qué. Lo único que quiere Dolly es que ganen lo suficiente como para independizarse.

—Mamá, tengo que buscarte un hueco en la agenda, porque no puedo meteros directamente a ti y a Dolly en la consulta para haceros la revisión.

—Y ¿por qué no? Eres la jefa.

—Soy una de las dos jefas que hay, mamá.

—Bueno, no me voy a quedar ciega este fin de semana. Y siempre me quedará la óptica del centro comercial de tu barrio. Para serte sincera, solo quería salir de Bakersfield unos días. Hemos pensado que podíamos quedarnos el fin de semana y algún día más, para disfrutar del tiempo juntas como es debido, ya que, al parecer, tú nunca tienes tiempo de venir a ver a tu familia.

—Mamá, había planeado ir por tu cumpleaños…

—Ya lo sé. ¿Y qué, ha pasado algo y no puedes venir? ¿De qué se trata?

—No ha pasado nada de nada —explico, tratando de no reír. La quiero.

—¿Sigues adelante con tu plan de viajar en tren, entonces?

—Sí. Aunque no sé exactamente cuándo.

—Y ¿aún piensas ir sola?

—Pues sí.

—Qué triste. Por cierto, no he podido callármelo y se lo he contado a Dolly. Ni me atrevo a contarte lo que le parece a ella.

—Pues no me lo cuentes, entonces. Escucha, mamá: yo esta noche tengo una cita. Voy a salir a cenar, así que quizá lleguéis a mi casa antes que yo.

Por supuesto, estoy mintiendo como una bellaca. No recuerdo la última vez que tuve una cita, pero suena bien cuando lo digo. Quiero que mi madre crea que tengo una vida social en la que participan personas del otro sexo.

—De acuerdo. ¿Cuánto vas a tardar? Ya sé que el sexo ha desaparecido de tu vida.

—No tienes ni idea, mamá.

—Lo que tú digas. Si hubiera alguien especial en tu vida, te lo habría notado en la voz. Pero no, no tienes esa cadencia que se te pone.

—No has escuchado ni una palabra de lo que te acabo de decir, ¿no?

—A ver, ¿cuál es el gran problema? Cuéntame.

—Tengo mucho lío aquí, mami.

—¿A qué te refieres exactamente?

—Es posible que se alojen en casa Frankie y su novio.

—¿Y qué tiene eso que ver con nosotras? No he visto a mi nieta desde las pasadas Pascuas. Me encantaría coincidir con ella. Estelle ya me ha contado las últimas noticias. No pasa nada. Es joven y está enamorada, eso es todo.

—De acuerdo, pero me tienes que hacer un gran favor. Habla un poquito con Dolly y pídele que se guarde sus opiniones para ella mientras esté en esta casa, si no quiere terminar en un motel de carretera.

—Ay, hija mía. Tiene celos de tu éxito y no lo puede evitar. En fin. Yo quiero la habitación de invitados, por cierto. Dolly que duerma en la habitación de Estelle. Cuando duermo en esa habitación me parece que estoy en una discoteca. O que Dolly duerma contigo, en esa cama gigantesca y medio vacía que tienes. Tengo que colgar. Ya viene tu prima. Espero que no sea cerveza eso que trae en una bolsa...

—¡Mamá!

—¿Qué quieres ahora?

—Ten en cuenta que tendréis que volveros a Bakersfield el martes como muy tarde, porque quizá vengan de una compañía de mudanzas para ayudarme a empaquetar algunas cosas que voy a mandar a un trastero. Si llegáis a mi casa antes que yo, dile a Dolly que no se ponga a cotillearme el armario para pedirme cosas, o se queda sin gafas gratis.

—No problemo.

—Adiós, mamá. Id con cuidado. Tengo muchas ganas de verte.

En cuanto cuelgo, caigo en que este fin de semana planeaba hacer más búsquedas en internet y que encima de mi escritorio he dejado una lista con nombres y apellidos de ex escritos con rotulador rojo. Mi madre es una cotilla y de Dolly no me fío un pelo.

Llamo a mi madre.

—Mamá, olvidé decirte una cosa. Por favor, no entréis en mi despacho, porque tengo algunas cosas muy personales y no quiero que las veáis ni tú ni Dolly.

—¿Es mi regalo?

—Sí. —Suspiro.

—Vas a tener que compensarme haciéndome otro regalo más. Y ya sabes cuál, así que no preguntes.

—Sí, ya lo sé. Macarrones con langosta y mucho queso.

—Y no te preocupes. Me aseguraré de que nadie entre en tu despacho y vigilaré a Dolly con ojo de águila. Quiero que me sorprendas. Bueno, ¡adiós por última vez!

El Cadillac blanco de mamá está aparcado en la entrada, junto a mi Prius. Probablemente, me llamó cuando estaban ya en la autopista y solo quería comprobar si intentaba disuadirla de venir. Salgo del taxi que he cogido en la estación del tren de cercanías, me dirijo hacia la puerta y toco al timbre solo para asustarlas. Estoy a punto de tocar otra vez cuando Dolly abre la puerta. ¡Lleva puestas mi bata y mis zapatillas rojas de andar por casa!

—¡Hey, primita! —me saluda, envolviéndome en unos noventa kilos de carne que casi me hacen perder el equilibrio. Me coge de la mano y me mete en casa de un tirón.

—Antes de que me preguntes por qué llevo puesto todo esto que es tuyo, te voy a contar una cosa que no te vas a creer. Estaba tan agobiada intentando asegurarme de que los chicos tenían todo lo necesario para pasar el fin de semana solos que me olvidé de meter la maleta en el coche. Espero que no te importe. Te lavaré todo antes de irnos. A menos que quieras llevar a tu prima la pobretona al centro comercial...

Y se ríe.

—Esta mujer nunca tiene dinero —lamenta mi madre. Ella está sentada en el sofá, leyendo un libro, y aun así oigo la televisión a todo volumen en la habitación de invitados de la planta baja.

—Habéis venido a toda pastilla, ¿no?

—Bueno, hemos llegado hace poco menos de una hora, porque la señorita Dolly Parton ha querido parar en Eagle Mountain para jugar a las tragaperras.

—¿Has ganado algo? —pregunto, intentando que parezca que me importa.

—Por supuesto que no. Nunca gana nada —se adelanta mamá.

—Eso no es verdad, no sé por qué dices que nunca gano, tía Earlene. Como si jugase todos los días. Yo no ahorro ni guardo dinero para jugar.

—¿Ha llegado Frankie?

—Creo que no. Al principio hemos pensado que tú ya estabas aquí, al ver tu coche.

Sonrío sin decir nada y me acerco a mi madre.

—Hola, guapa —saludo mientras bajo los escalones del salón. Me inclino sobre ella y la rodeo con mis brazos. Mi madre sigue siendo hermosa. Tiene el pelo blanco y brillante, y la piel del color de los pecanes maduros, y aún suave, por increíble que parezca. Hasta tiene los pómulos aún prominentes: parece estar constantemente a punto de sonreír.

—Espero que no haya dejado la universidad por ese chico.

—No, se está tomando un descanso.

—Siempre ocurre lo mismo con los hombres —dice Dolly—. Hasta los más inteligentes terminan jodiéndolo todo, y perdonad la grosería.

—¿Por qué no te has llevado el coche al trabajo? —pregunta Dolly.

Le dedico una mirada displicente.

—Ve a ver si Frankie está en su habitación —me dice mamá—. Y comprueba también los muchos mensajes que debes de tener en el contestador. Dudo que haya llegado, de todos modos.

Por supuesto, Frankie no está. Subo a su habitación igualmente, para comprobar si su equipaje de diseño continúa en su sitio. Por desgracia, ahí sigue. Rebusco en mi bolso hasta que doy con el teléfono: pese a mis suspicacias, tengo un mensaje suyo, un mensaje de voz: «Hola, mamá. Hunter y yo hemos hecho las paces y nos hemos dado cuenta de que tenemos que estar juntos en esto. Estamos yendo al lago Tahoe. Vamos a pasar una semana o así en un hotelito, para decidir qué hacer a continuación. Te quiero».

¿Una semana entera? ¿Tanto tiempo lleva decidir algo así? Y ¿qué tipo de ropa va a llevar a la montaña?

Llamo a Estelle para comprobar si ella sabe algo de la supuesta reconciliación.

—Solo comparte las buenas noticias conmigo para restregármelas por la cara, así que para responder a tu pregunta, no, no sé nada de ella.

—Está aquí tu abuela. Con tu prima tercera favorita.

—Ya lo sé. Espero poder verlas antes de que vuelvan.

—Estelle, estoy preocupada por tu hermana.

—Descuida, mamá. Todo el mundo se preocupa siempre por ella. Dejadla que resuelva esto a su modo.

—Para serte muy franca, ahora mismo querría estar en la parte de arriba de uno de esos trenes de dos pisos, atravesando Canadá. Acabo de recibir un mensaje de texto de Amen diciéndome que tienen una oferta por la casa y que tengo un mes y medio para salir.

—¿Es a Canadá adonde quieres hacer tu viaje en tren?

—Quizá.

—Suena bien. Yo me montaría ahora mismo en cualquier tren, adonde fuera.

—¿No se arreglan las cosas?

—No. Aunque pinta mejor. He estado haciendo papeleos para meter a las niñas en un colegio y planeando mis horas de trabajo. He terminado agotada.

—¿Cómo está Justin?

—Pues hasta el cuello. Ha conseguido algunos encargos como *freelance* hasta que encuentre algo más permanente. Trabaja hasta tarde. A las niñas les gusta el cole, pero no entienden por qué no hay más niños negros en su clase.

—¿Tú qué les dices?

—Que eso las hace especiales.

—¿Y se creen ese rollo?

—Ni de broma. Me preguntan que a qué colegio iba Beyoncé cuando era pequeña.

No puedo dejar escapar una risa.

—No tiene gracia, mamá —me replica.

—No me río porque sea gracioso. Me parece triste que te hayan tenido que llamar la atención ellas sobre eso. No creo que para un niño negro sea muy sano ir a un colegio en el que todos o casi todos los niños son blancos.

—No lo elegí yo, mamá. Esa es una de las razones por las que quise que estudiaran en casa. Pero las cosas cambian.

—Esperemos que cambien, sí.

—¿Cómo hemos terminado hablando de esto?

—Lo único que digo es que es importante que no crezcan confundidos al respecto de su identidad.

—Frankie y yo salimos bastante bien, y siempre estuvimos en colegios donde éramos minoría. Pero en fin. Mira, mamá, tengo que entregar una cosa en cuatro horas y me estoy desconcentrando con esta conversación.

—Entonces, te mando abrazos para todos. Hablamos pronto.

Corro escaleras abajo.

—Y ¿cuál es el veredicto, hija? —me pregunta mi madre—. Cuéntame cómo fue esa cita.

—Frankie no está, en efecto. Y la cita fue bien.

—Seguro que fue muy bien —repone mamá.

—Apuesto lo que queráis a que Frankie se ha fugado con el novio —asevera Dolly—. Es la moda entre las chavalas negras ricas. Como las blancas.

Algunas veces me gustaría que alguien inventara una píldora de la inteligencia para echársela a mi prima en la bebida.

—Vigila lo que dices, Dolly —le ordena mamá—. ¿No hemos hablado de esto cuando veníamos en el coche?

—Lo siento. No quería ofender. ¿Qué vamos a hacer mañana, por cierto? Había pensado que podríamos ir a Fisherman's Wharf, pasear por el muelle, comer marisco y algodón de azúcar y quizá coger uno de esos barcos, cualquiera menos el de Alcatraz, porque no me apetece ver cárceles, aunque no haya gente dentro. ¿Qué os parece?

—¿Me va a preguntar alguien qué me apetece hacer a mí? —dice mi madre.

—¿Qué te apetece hacer a ti, mamá?

—Buscar un vestido bonito para mi fiesta. Cruzar el Golden Gate para ir a punta Vista y hacer unas cuantas fotos con mi nuevo iPhone. Tiene una cámara muy buena, ¿sabes? Quiero enviárselas a Grover.

—¿Quién es Grover? —le pregunto, sentándome al lado de ella.

—Mi novio.

Estoy por soltar la carcajada cuando me doy cuenta de que está hablando totalmente en serio.

—Está diciendo la verdad. Deberías verlos juntos: tan monos. Y los dos pueden todavía andar. Y, de hecho, van mucho a andar —tercia mi prima.

—Por eso estoy en mejor forma que tú, Dolly.

—¿Dónde lo conociste?

—Vive en mi urbanización.

—¡Qué bien! Y ¿desde cuándo sois novios?

—Otro día te lo cuento. Dolly sabe ya bastante sobre mi vida y tú eres incapaz de mantener la boca cerrada.

—Las mentes curiosas siempre quieren saber, tita. De todos modos, no es que lo que Grover y tú hagáis lo vaya a sacar en primera plana la prensa del corazón.

—Bueno, mami, me alegro de que hayas hecho un amigo.

—No es mi amigo, es mi novio. No voy a decirlo más veces.

Me levanto de un respingo.

—¡Bueno! Estoy cansada. Si queréis ir mañana a dar una vuelta, será mejor que nos acostemos pronto. ¿Necesitáis algo alguna de las dos?

—¿Puedo pedirte prestado un camisón?

—Yo no uso camisón, Dolly. Y te juro por lo que más quieras que mis pijamas no te entran.

—Qué borde eres, prima. ¿Tienes unos pantalones y una camiseta que me estén bien?

Asiento.

—Me alegro de veros a las dos —me despido.

—Mentirosa —zanja Dolly.

Pasamos el día entero sobre el agua o en sus proximidades. Mamá hace un montón de fotografías y le enseño cómo enviarlas. Dolly lleva los pantalones de pana marrón que traía puestos ayer y mi camiseta de *hockey* de los Flyers de Filadelfia. «No, no puedes quedártela», le anticipo cuando me dice que le encanta.

—Ya he disfrutado bastante —dice mamá después de horas dando vueltas en torno a la bahía de San Francisco en busca de tesoros. Ha encontrado un vestido negro y largo en Macy's y yo le he comprado a Dolly un par de vaqueros decentes y una gran blusa blanca, porque me ha dado la gana.

Dolly se vuelve hacia el asiento de atrás. Mamá se ha quedado frita.

—Prima, tengo que pedirte un gran favor.

—¿Qué tipo de favor?

—No le dejes dinero —salta mamá desde atrás—. No lo recuperarás jamás. Te lo dice una que ha pasado por ahí. A continuación, vuelve a cerrar los ojos y a fingir que duerme. Hasta que la oigo roncar.

—No hagas caso a tu madre. El asunto es que estoy metida en un pequeño problema, prima. Sabes que no me gusta pedir ayuda, a menos que la necesite de verdad.

—Bueno, eso es bastante lógico —apunto con sarcasmo, aunque la señorita Crucigramas, obviamente, no lo coge—. ¿Cuánto necesitas, Dolly?

—¿Cuánto necesito? —Rebusca en su bolso de polipiel, saca un chicle y se lo mete en la boca, pero no lo mastica—. Si te lo dijera tendríamos que ir a robar un banco. Quinientos me ayudarían, sin duda. Aunque setecientos cincuenta me servirían para arreglar gran parte de los problemas que estoy teniendo ahora. Es que estoy a la espera de un…

—No me lo digas. De un cheque.

—¡Exacto! ¿No te ha contado tu madre que el año pasado un tipo que conducía borracho chocó conmigo por detrás?

—Sí, me lo contó. También me dijo que no llevaba seguro.

—No, no llevaba. Pero no estoy hablando de ese accidente. Me chocó otra tipa que tenía seguro de responsabilidad civil y por colisiones. Así que con el accidente salí ganando.

—¿Tú te hiciste algo?

—Sí, claro. Voy al fisio y todo.

—Te voy a firmar un cheque por quinientos dólares. Y no es un préstamo. Pero no me pidas un centavo más en el resto del fin de semana, Dolly. Y no curiosees en mi armario ni me pidas nada más de ropa, ¿de acuerdo?

—De acuerdo. Muchas gracias también por las cosas que me has comprado hoy, son muy bonitas. Gracias otra vez, prima.

El domingo por la tarde vamos al valle de Napa pero no entramos en ninguna bodega: a mamá no le interesan y Dolly dice que no bebe nada que tenga menos de cuarenta y cinco grados porque le parece una pérdida de tiempo. Almorzamos alcachofas al horno con mantequilla clarificada y unas costillas con ensalada de col y pan de maíz a la miel. Mamá se compra otro vestido de cumpleaños por cautela (más del estilo de Wanda), un par de pendientes baratos de diamantes de imitación y unas zapatillas de senderismo Merrell.

El domingo por la noche mamá se acuesta temprano y nos deja a Dolly y a mí en otra sesuda conversación.

—¿Por qué no estás con un hombre? —me pregunta. Estamos en la cocina comiendo palomitas. Yo me he servido un vino y ella un *gin tonic* en un vaso de agua con dos cubitos de hielo.

—Pues porque no.

—¿Te has hecho lesbiana? O sea, no pasa nada. A mí me parece genial.

—No, no me he *hecho* lesbiana, Dolly.

—Eso me parecía. Ya me he encontrado en el armario de tu baño con tu amiguito. El oscurito. Y los otros también.

—Pero ¿qué estabas haciendo...? En fin, da igual. Por favor, Dolly: deja de husmear entre mis cosas cuando vienes a mi casa, ¿de acuerdo?

—Lo siento. Estaba buscando unos rulos, pero supongo que tú no los usas con todas esas pelucas que tienes. Lo siento, prima.

—No pasa nada.

—Volviendo un poco al planteamiento de antes. ¿Por qué no tienes un hombre al lado?

—Porque no he conocido últimamente a nadie que me guste.

—Según tu madre, llevas unos cuantos años de sequía. Eres demasiado quisquillosa. Eso es lo que me parece a mí.

—¿Acaso he pedido tu opinión?

—No, y por eso te la estoy dando. Tienes miedo por haberte casado con dos capullos, uno detrás del otro, pero tienes que pasar de eso. Dejarlo atrás de una puta vez. Tienes que ser un poco menos arrogante y un poco menos seria. Tienes que relajarte o vas a terminar hecha una solterona. Y morirás más sola que la una. Hasta tu madre se ha echado novio y tiene más años que el sol.

—¿Algo más?

—No. No era mi intención ofender, prima.

—¿No? Bueno, gracias por el consejo entonces. Venga, vamos a dormir.

Lunes por la mañana. Voy a trabajar. A media tarde decido llamar a casa para ver qué tal están las dos y me percato de que tengo un mensaje de voz: «Georgia, soy tu madre. Hemos decidido volver a casa porque ya hemos tenido bastante actividad por estos días. Te enviaré un mensaje cuando lleguemos. De Frankie no hemos sabido nada. Dolly me pide que te dé las gracias por todo. ¡Nos vemos en mi cumpleaños! ¡Prepárate para una buena fiesta!».

Percy va vestido como para ir a jugar al polo. Solo le faltan el fedora y un julepe de menta en la mano. Falso como Judas, me da un beso en cada mejilla y se dirige directamente a la cocina, como si la casa fuera suya.

Le ofrezco café.

Lo rechaza.

Le ofrezco una copa de vino.

La rechaza.

Le ofrezco una botella de agua mineral.

Y la rechaza.

—Muy bien, Percy. Queda claro que no tienes sed. ¿Me explicas qué ocurre?

—No sé por dónde empezar... —Suspira. Se dirige al otro extremo de la cocina y comienza a dar vueltas alrededor de la mesa de acero batido—. Mi pareja desde hace quince años murió hace dos semanas. Con el corazón en la mano: he sido incapaz de hacer nada en todos estos días.

Me siento en una de las sillas que hay ante la mesa y Percy hace lo propio. Lo miro a los ojos, que son un mar de tristeza.

—Lamento mucho oír esto, Percy. De veras.

—Gracias. Lo siento, voy muy retrasado y no he pedido aún algunas de las cosas que más falta nos hacen. Hay retrasos también en varios otros aspectos, demasiados para detallarlos ahora. Pero quería verte cara a cara, igualmente. No quería contártelo por teléfono y que pensaras que te estaba tomando el pelo. Esta bronquitis no está ayudando tampoco, y no pretendo incomodarte más de lo que ya te he incomodado. Pero no quiero que Amen contrate a otro profesional para este proyecto, porque me gusta trabajar contigo.

Y rompe a llorar.

Me acerco a él e intento reconfortarlo frotándole la espalda. Sé que servirá de poco. Quince años es mucho tiempo.

—La redecoración puede esperar, Percy.

—¿Estás segura? Te di ya una fecha para empezar a trabajar y, según creo recordar, Amen dijo que estabas planeando hacer un viaje. Espero no habértelo fastidiado.

—Todavía estoy planeándolo, en efecto. Otro mes más no cambiará demasiado las cosas. ¿Crees que te bastará con un mes?

—¿Sinceramente?

—Sinceramente, Percy.

—Sería perfecto después de las vacaciones de Navidad.

—¡Bueno, no es que me vayan a desahuciar! —exclamo, tratando de quitarle hierro al asunto. Percy, sin embargo, está totalmente hundido.

—Gracias por entenderlo, Georgia.

—No pasa nada, Percy.

—Eres muy buena persona. Siempre me pareciste alguien comprensivo e indulgente, y no me equivocaba. Gracias.

—No soy ni tan buena persona ni tan comprensiva e indulgente como crees. Pero lo intento.

No todo es blanco y negro

—¿A que no sabes quién está embarazada? —pregunta Violet, sorbiendo un *gin tonic*. Apenas es mediodía.

No tengo que darle muchas vueltas. Me sorprende que haya tardado tanto. Estamos sentadas en la cubierta superior de su barco-casa, a la que ella —y los otros cuatrocientos idiotas que viven en la zona— llama «casa flotante». Más que el embarazo de Velvet me sorprende el pelo de Violet. Se ha quitado las extensiones, lo cual, sin duda, presagia algo trágico. Pero no creo que sea solo el embarazo.

—La voy a matar.

—Un momento, Violet. ¿Por qué te has quitado las extensiones?

—Me cansé de ellas. No me apetece hablar de pelos.

—Bueno, a mí me gustas así. Se te ve la cara. Me había olvidado de que eres guapa.

—Vete a la mierda, Georgia, gracias.

—De nada. Volviendo a lo otro, a ver, tener un bebé no es ninguna tragedia —comento, tomando un largo trago de agua con gas.

—Sí lo es cuando no tienes muy claro quién es el padre.

—Venga ya, Violet.

—Supuestamente hay dos candidatos posibles, pero no me sorprendería que aparecieran más, porque Velvet se acuesta prácticamente con todo el mundo.

No voy siquiera a molestarme en preguntar por qué Velvet no usa protección, porque la respuesta es evidente.

—¿De cuánto está?

—De demasiado. Ya no hay vuelta atrás. Ya sabía yo que la señorita Yo lo Valgo había dejado el *running* y el gimnasio por algo...

—Las mujeres embarazadas pueden seguir haciendo ejercicio. Por si no lo sabías.

Violet chasquea la lengua y aparta la mirada con desdén.

—Y ¿dónde van a vivir?

Otra mirada de desdén, hacia el otro lado.

—¿Tú crees que me puedo fiar de ella y dejarla sola con un bebé?

—¿Qué estás intentando decir, Violet?

—Voy a vender esta puñetera casa flotante y tendré que alquilar una casa de verdad en vuestro lado de la bahía. Me llevo a Velvet a vivir conmigo. Pero va a dejar de hacer el idiota y volver a la universidad, como me llamo Violet.

—¿Tiene alguna relación con alguno de esos chicos? Y no me vuelvas a chasquear la lengua.

—¿Cómo quieres que lo sepa? Sale mucho. No creo que ninguno de esos tíos quiera nada serio con ella. Se me parte el corazón, de verdad.

—Bueno, al menos le ha dado tiempo a sacarse unas cuantas asignaturas de la carrera...

Violet se termina el *gin tonic* y se dispone a ponerse otro. Yo contemplo las lentas olas verdiazules batir contra los pilotes de madera. Casi entiendo por qué lleva viviendo en este barco cinco años. Cuando sus hijos se independizaron, pensó que volvía a ser libre y, por supuesto, cuando Velvet dejó los estudios universitarios por segunda o tercera vez, tuvo que convertir su despacho de casa de nuevo en dormitorio. ¿Qué iba a hacer, si no? Quizá lo mío sea echarle morro, pero llega un momento de la vida en que no puedes cambiar tus planes y tu mundo por acomodarte a tus hijos adultos.

—Ahora sí que me voy a tomar algo —digo, levantándome para coger del frigorífico una cerveza, bebida que raramente consumo. La casa es muy mona y, de no ser por el agua que la rodea, no te darías cuenta de que estás en un barco. Gracias a Dios, el gusto de Violet decorando es la mitad de rijoso que vistiendo.

Regreso a la cubierta, pero me quedo en el umbral de la puerta.

—Una curiosidad, Violet. ¿Estás viendo a alguien? Hace tiempo que no nos hablas de ello.

—Estoy a dieta de tíos.

—¿Por qué?

—Porque sí. No necesito más drama en mi vida ahora mismo. ¿Y tú?

—No, no estoy viendo a nadie. Quién sabe, quizá me caiga del cielo.

—La única compañía que necesito por el momento está en el cajón de arriba de mi cómoda. Y se está quedando sin pilas, por cierto.

—Yo por eso los compro recargables.

Nos reímos. Y luego observamos las gaviotas y nos quedamos escuchándolas. (De verdad.)

—Y ¿cómo va la búsqueda de tus éxitos del pasado?

—Me lo estoy tomando con calma. ¿Alguna vez te has tirado desde esta puñetera cubierta al mar para nadar?

—¿Estás loca o es que no sabes leer, Georgia? Aquí hay tiburones. ¡Mira, ahí hay uno ahora!

Me acerco a la baranda corriendo como si la orca Willy fuera a saltar por encima de la cubierta. Caigo enseguida en la broma y la palmeo en el muslo. Nos reímos juntas y me vuelvo a sentar en mi silla, con los pies apoyados sobre la baranda. No decimos nada más. Nos quedamos ahí sentadas. Nos relajamos. Dejo que la brisa me seduzca. La inhalo.

—¿Sabes algo de Frankie y ese como se llame?

—No. Y se llama Hunter.

—Siempre me ha gustado ese nombre. Yo le habría puesto a Landon ese nombre, pero su padre no quiso.

—A mí me da igual cómo se llamen. Espero que sea bueno con mi hija y ejerza una influencia positiva sobre ella, si es que de verdad van a intentar arreglar las cosas.

—¿Cómo están Estelle y Justin?

—Según Estelle, bien.

—Todo el mundo miente. No sé por qué. Al final, la verdad sale a la luz y hay que enfrentarse a ella.

—Yo intento no preocuparme, pero no lo consigo.

—Bueno, yo he decidido que no voy a desperdiciar energía preocupándome por mi vida. He tomado una decisión y voy a dar el siguiente paso y ver qué ocurre. No podemos hacer más.

—Es más fácil decirlo que hacerlo.

—¿Puedo preguntarte una cosa? ¿Y me prometes que no te enfadas?

—Te escucho —repongo, apurando la cerveza. No siento ni la mínima embriaguez.

—¿Por qué te tienes que ir de viaje en tren? No lo entiendo.

—No es que tenga que irme. Es que quiero.

—¿Para qué?

—Por la misma razón por la que la gente se va de vacaciones, Violet.

—Pero ¿qué sentido tiene viajar sola?

—Ya estoy harta de explicarlo, de verdad. Por última vez: porque me apetece. A lo mejor ligo con algún desconocido.

—Curioso.

—Deja entonces de hacerme preguntas de las que ya sabes la respuesta.

—Pero tu situación ha cambiado, Georgia.

—¿De qué hablas?

—Frankie. La tienes de vuelta en casa. ¿Por qué no puede ir contigo?

—Te ha contado que me preguntó si podía acompañarme, ¿no?

—Pues claro.

—Es su situación la que ha cambiado, y ahora hay que sumar a su noviecito a la ecuación. ¿Qué propones tú? ¿Compro el abono familiar y me los llevo a los dos de paseo?

—Estaba preguntando. Quizá él la arrastre consigo de vuelta a Nueva York.

—Eso sería un sueño.

—Ojalá tuviera tres niños. Las niñas son un coñazo.

—Y que lo digas, cari.

Antes de salir en dirección al trabajo, Frankie me envía un mensaje de texto diciendo que estarán de vuelta a las seis de la tarde. Solo tengo dos pacientes, así que me tomo la tarde libre. Voy caminando a Neiman y a Nordstrom a mirar ropa y zapatos, luego a Saks y otra vez de vuelta a Nordstrom, en busca de algo bonito y favorecedor para la fiesta de cumpleaños de mi madre. Así mato dos horas.

Ahora estoy en el despacho de mi casa, comprando por internet unos cuantos libros que espero leer este siglo. Miro por la ventana y veo a lo lejos una cierva y su cervatillo. Me pregunto si los ciervos tendrán problemas de pareja. Salen ambos corriendo colina arriba. Devuelvo la atención a mi lista de antiguos amores, que sigue exactamente en el mismo lugar en que la dejé, pero no estoy de humor para retomar la búsqueda ahora mismo. Quizá sería mejor no estar cuando lleguen Frankie y Hunter; quizá debería dejar que se relajen, se acomoden y decidan qué me van a decir y cómo. Espero que regresen a Nueva York y que Frankie cambie de carrera y elija algo que, caramba, por lo menos le guste. Algo que deje emerger su personalidad. Es posible, por el contrario, que Hunter decida pasar el verano aquí y buscar trabajo, y cuando llegue el otoño conducir de vuelta solo por la emoción del viaje. Hunter llegaría justo a tiempo para sus clases y Frankie me llamaría desde algún lugar del Medio Oeste para decirme: «¿Sabes qué, mamá? Ya sé cómo quiero pasar el resto de mi vida». Yo no tendría más que oídos para escucharla y me daría igual lo que me dijese: la aplaudiría como cuando era pequeña, como cuando la aceptaron en la Universidad de Nueva York o como cuando decidió especializarse en comunicación y medios en su segundo año (aunque yo jamás entendí del todo qué sentido tenían esos estudios o qué le atraía de ellos).

Cambio de opinión al respecto de cenar fuera y al final corro al supermercado eco. Me da la impresión de que una cena en casa podría ayudar a relajar la tensión, independientemente de las noticias que la pareja quiera compartir conmigo. Es de esperar que hayan alcanzado algún acuerdo amistoso después de pasarse una semana encerrados juntos. Pero son jóvenes. Nunca se sabe. Me pregunto si Hunter será vegetariano. Compraré marisco. Me encantaría preparar un salteado de gambones con especias y chile, pero ¿y si es alérgico? ¿O judío? Bueno, lo decidiré cuando esté en el supermercado. Que, por cierto, es mi manera favorita de decidir menú: ver qué me llama la atención e improvisar a partir de ahí. Dejo una nota en el suelo, justo frente a la puerta de entrada: «Chicos, espero que tengáis hambre. He ido al Whole Foods. Voy a preparar cena. Sin carne ni marisco. ¡Vuelvo enseguida!».

Al final, me decido por un róbalo chileno porque me encanta su textura carnosa y su grasa. Absorbe muy bien las salsas o las especias que le pongas. Y espárragos verdes: salteados con ajo, jengibre y salsa de soja coreana. Patatas rojas, moradas y de la variedad *Yukon gold,* bañadas en aceite de oliva y romero, al horno. *Pak choi* con mi vinagreta de albahaca secreta. Compro un poco de masa madre, pero no la pienso ni probar. Compro *crème brûlée* y un surtido de galletitas francesas, que no recuerdo cómo se llaman y tampoco voy ni a oler.

Son casi las siete y estoy en la cocina. Tengo la isla atestada de cacharros y estoy viendo a Rachel Maddow despedir su programa en MSNBC cuando oigo la puerta abrirse.

—¡Mamá! ¡Ya estamos aquí! ¿Dónde estás?

—¡En la cocina! —grito, accionando el escurridor de verdura. Alargo el brazo, como si se hubiera disparado un resorte, para cerrar el grifo que había abierto con la intención de enjuagar las patatas y los espárragos, y cambio el wok de placa.

—¡Has llegado antes que nosotros! Me ha encantado tu nota —dice Frankie desde el pasillo. Les oigo quitarse los zapatos y dirigirse a la cocina. Estoy limpiándome los dedos llenos de especias en el delantal amarillo y, en ese preciso instante, aparecen en el umbral de la puerta mi hija y Hunter: un chico de piel marrón como el chocolate. Intento no parecer sorprendida por que sea negro, pero es obvio que no me lo esperaba. Me limito a saludar: «¡Hola, Hunter! ¡He oído hablar mucho sobre ti! ¡Bienvenido!».

Lo abrazo poniéndome de puntillas y doy otro abrazo a Frankie. Él lleva un pelo afro salvaje y desaliñado que me recuerda a alguien, pero no caigo en a quién. Es guapo, pero de una belleza extraña.

Tras el abrazo, me doy cuenta de que están cogidos de la mano, como los muñequitos de una tarta nupcial. Dirijo entonces la mirada al suelo y distingo lo que parece un tirador de lata de cerveza en el anular izquierdo del novio de mi hija.

—Me alegro mucho de conocerla por fin, doctora Young.

—Hunter, creo que puedes llamarla suegra —dice Frankie, alzando la mano izquierda para que se vea lo que definitivamente es un alianza de mentira.

Me dan ganas de tirarme directamente al suelo, pero no merece la pena, así que me limito a decir:

—¡Vaya! ¡Felicidades a los recién casados, entonces! Los padres somos siempre los últimos en enterarnos, supongo.

—Era el momento perfecto, doctora Young. Quiero decir, suegra. Fuimos a Reno. La única manera de conseguir que Frankie entendiese cuánto la quiero y lo mucho que lamento mi error fue ofrecerle un compromiso duradero. Fue culpa mía, no suya.

—¿Qué culpa? —pregunta Frankie, volviéndose hacia él—. ¿Estás de broma?

—Sé lo que quieres decir, Hunter. No pasa nada. A los niños se les da bien sorprender a sus padres, pero vosotros dos ya sois mayorcitos. Estoy segura de que lo tenéis todo pensado. Especialmente, vuestro próximo movimiento. Corregidme si estoy equivocada.

—Mamá, ¿estás haciendo la cena? ¡Qué buena eres! Mi madre es una cocinera increíble —dice Frankie, volviéndose hacia Hunter.

Hunter dirige su atención de nuevo hacia mí.

—Ya imagino, huele muy bien. Gracias, doctora Young. Eh... suegra, perdón.

—Para contestar a tu pregunta, mamá, ya hemos decidido lo que vamos a hacer... y a la vez no lo hemos decidido —dice Frankie. Está guapísima y parece feliz. Como si tuviera otra vez dieciséis años.

—Bueno, Hunter. Estoy segura de que Frankie te ha contado lo que ocurre con la casa, así que no vais a poder celebrar aquí vuestra luna de miel —digo casi sin pensar, para arrepentirme al instante.

—Oh, no, doctora Young. Suegra. No se nos ocurriría.

—¿Me podéis dar un ejemplo de alguno de vuestros cuidadosamente confeccionados planes? —inquiero, mirando fijamente a la hija que me gustaría mandar al banquillo un año entero.

—Bueno, lo más importante es que estamos barajando quedarnos aquí en California a terminar nuestros estudios. Tendría muchas ventajas. Por supuesto, yo buscaría un trabajo —explica Hunter.

—¿De verdad?

—Mis padres se han ofrecido a ayudarme a pagar un máster si me decido a estudiarlo. Aunque ahora mismo no lo veo demasiado urgente, la verdad.

—¿De verdad?

—Sus padres son lo más —dice Frankie.

(Que sean dos años de banquillo.)

—¿Y usted, señorita? —le pregunto a ella.

—No estoy segura. Podría ir a la Estatal de San Francisco y matricularme en Escritura Creativa.

—En… ¿qué?

—¿No has leído sus relatos, suegra?

—¿Qué relatos? Nunca en la vida te he visto escribir nada que no fueran trabajos para la escuela. ¿Relatos?

—Y poemas. ¿Por qué no se los has enseñado, Frankie?

—No lo sé.

—Son muy buenos. Algún día la publicarán y no lo digo porque la quiera. Yo sé lo que es bueno.

—¿De verdad? —insisto. Esto se está poniendo cada vez mejor.

—Tengo que corregirlos…

—¿Y qué? Me encantaría leer alguno, Frankie. Y, por cierto, eres una mentirosa —le espeto.

—¿Mentirosa? ¿En qué te he mentido?

—Me mentiste cuando me dijiste que no sabías lo que te gustaba.

—Bueno, no te mentí. Simplemente, me dio miedo reconocerlo. Pensé que sonaría estúpido.

Le doy una colleja cariñosa.

—Lo que os decía. Los padres son siempre los últimos en enterarse.

Y ahí se quedan los dos en silencio, desesperadamente enamorados y sin un techo bajo el que guarecerse.

—¿Y qué hay de mañana, y de la semana que viene? —pregunto. Se miran el uno al otro en busca de una respuesta que ninguno de los dos tiene—. ¿Dónde están tus cosas, Hunter?

—En el coche.

—¿Por qué no vas por ellas?

—¿De verdad, mamá? —pregunta Frankie.

—De verdad.

Compartimos una cena estupenda. Hunter me cuenta que es de Seattle. Su padre ocupa en Microsoft un cargo de nombre que yo sería incapaz de repetir y su madre es pintora. Es hijo único. Decido dejar que se queden en la *suite* nupcial las siguientes tres semanas porque ¿para qué están los padres si no, maldita sea?

Me aseguro de que la puerta de mi dormitorio está bien cerrada y llamo a Wanda.

—¿Que se han casado? Por favor, no me digas que también ella está embarazada.

—¿Cómo coño voy a saberlo? Nunca lo cuentan todo, ya sabes.

—Pues no, no lo sé.

—Bueno, desde luego, Velvet lo está —apunto.

—Yo ya lo sabía. Sé guardar bien un secreto cuando quiero. ¡No me creo que Hunter sea negro! ¿Qué puñetera ironía, no te parece?

—Sí, es una manera de decirlo.

—En fin. Por cierto, para que lo sepas, Nelson y yo no podremos ir a la fiesta de mamá Early porque coincide con el evento de recaudación de fondos que vamos a celebrar para albergues de gente sin hogar en West Oakland. Pero le enviaré mi cariño y una tarjeta regalo.

—Ya sabes que le encantan las tarjetas regalo. Y, por supuesto, haré una donación.

—Por supuesto, y te damos las gracias. Una última cosa, cuando eches a tu hija y a su nuevo marido negro de casa, diles que pueden quedarse en nuestra casa de invitados. Y no te lo voy a repetir.

—Me voy a casar, Georgia —me cuenta Michael al teléfono. Yo estoy en Bakersfield, ayudando a decorar el centro cívico para la fiesta de mamá. Ella flirtea con todos sus amigos sénior, como una *stripper* de la tercera edad.

—¿Es contagioso esto de casarse? —le pregunto.

—¿Es que tú también te casas?

—¡No! Pero Frankie se fue de viaje con su novio y ha vuelto casada.

—Bueno, ¿y qué hay de malo en eso?

—Nada. En fin, ¿por qué me llamas para contarme algo así?

—Quería que lo supieras.

—¿Necesitas una chica que eche flores por el pasillo o algo parecido, Michael?

Ríe.

Desde que lo vi no ha pasado un mes sin que me deje un mensaje de voz o de texto preguntando «Hola, ¿cómo estás? Pensaba en ti». Pocas veces he dado acuse de recibo, salvo en una ocasión en que sabía que era su cumpleaños y quise dejarle un mensaje de felicitación y cogió el teléfono antes de que me diera tiempo a pronunciar la eme de Michael.

Engancho una guirnalda de papel crepé blanco y negro por encima de una viga. No sé por qué la gente celebra fiestas con códigos de color en la vestimenta. ¿Qué sentido tiene? Esto va a parecer un recinto de pingüinos de la tercera edad. Yo incluida.

—Ojalá pudieras venir —dice.

Antes de que se me escape una risotada o de soltar algún sarcasmo, me doy cuenta de que Michael habla más en serio que un mafioso traicionado. No es una buena analogía, pero no se me ocurre nada mejor desde el quinto escalón de esta escalera.

—Y ¿para qué quieres que esté, si puede saberse?

—Porque quiero que veas por ti misma que es posible encontrar el amor a nuestra edad.

—¿Te refieres a que todavía te puedes reciclar? —No he debido decir eso. Pero ya está, ya lo he soltado.

—Creí que te alegrarías por mí, Georgia.

—Y me alegro por ti, Michael.

—Creo recordar que dijiste que éramos amigos.

—Dije que podíamos comportarnos amistosamente, pero eso no quiere decir que fuera a ser tu amiga del alma, Michael.

—Ya lo sé. Pero pensé que las viejas heridas estaban curadas, ¿o no es así?

—Sí.

—Pues no lo parece. ¿Queda cicatriz?

—No, ni rastro. ¿Cómo se llama ella?

—Sandra.

—Bueno, mira. Me alegro mucho por ti, Michael. De verdad. Pero estoy en Bakersfield ayudando a decorar la fiesta de mi madre y...

—Ya lo sé. Ochenta y dos añitos. Le he comprado un nuevo par de gafas.

—¿Que has hecho qué?

—Tranquilícese, señorita. La llamé para preguntarle qué quería y me dijo que acababa de llegar de LensCrafters, así que me envió una fotografía de unas gafas de sol muy elegantes que había visto. Son chulas.

—Bueno, muy considerado por tu parte.

—Una última pregunta. No, dos. ¿Estás viendo a alguien?

—Sí.

—Me alegro, Georgia. ¿Va en serio?

—Es demasiado pronto para decirlo. Oye, Michael, tengo que seguir decorando.

—Vale. Para que lo sepas, por cierto: Estelle vendrá a la boda. Y sería estupendo si tú pudieras venir también. Trae a tu novio.

Se me han dormido las plantas de los pies de estar tanto tiempo de pie sobre esta escalera. Bajo y camino hasta que empiezo a sentir de nuevo el suelo. Miro alrededor y contemplo la gran sala cuadrada. Todas estas guirnaldas y toda esta decoración de plástico. Es entrañable porque es para mi madre.

Regreso al hotel a vestirme y me doy cuenta de que no puedo creer que Michael se vaya a volver a casar y que me haya invitado. Desde luego, no tengo ninguna intención de ir a su boda. Con haber ido a una es más que suficiente.

Generaciones

—Estoy deseando que conozcas a mi prometido —me anuncia mamá. Estamos en su apartamento, ayudándole a decidir qué vestido negro ponerse: el de manga corta que compró en Lane Bryant o el de manga bombacha que compró en Macy's. Los dos terminan tirados por el suelo. Mamá insiste también en tocarse con una diadema la peluca gris, como escarchada.

—¿Acabas de decir «prometido», mamá? —Juro por Dios que se pone roja como un tomate. Sus pómulos parecen dos bolas de helado de chocolate negro—. Hablas de Grover, supongo.

—¿De quién voy a hablar, si no? Soy mujer de un solo hombre.

—Creí que era tu novio.

—Era. Pero la relación ha evolucionado hacia algo mucho más profundo.

—¿Desde cuándo?

—Desde que ocurrió. Desde ese momento.

—No entiendo. ¿Desde que ocurrió el qué?

—¡Desde que nos enamoramos! ¿Te lo tengo que deletrear?

—¿Cómo te vas a casar con ochenta y dos años, mamá?

—¿Sabes qué? Para ser tan lista como eres haces muchas preguntas estúpidas.

—No pretendía ofenderte, mamá. Lo siento.

—Mira, voy a dejarte una cosa clara desde ya. Una puede enamorarse a cualquier edad, pero hay que dar permiso al corazón para que deje entrar al amor. Espero que tú te des cuenta algún día. Y, ahora, súbeme la cremallera.

Mi madre mete barriga y aguanta la respiración, y yo tiro hacia arriba. En ese momento, concluyo que, sí, yo también querría volver a enamorarme. Doy un paso atrás. No me gustan las mangas abombadas. Parece un hada madrina, pero es mi madre, así que voy a cerrar la boca y dejarla decidir qué se quiere poner.

—Y ¿dónde está él?

—Llegará en media hora para llevarme al centro cívico.

—Pero si el centro se ve desde aquí.

—Grover es un caballero.

—¿Cuánto hace que lo conoces, mamá?

—Cincuenta y dos años.

—¿Cómo? Pero ¿dónde ha estado escondido todo este tiempo?

—En Alaska. Trabajaba en un oleoducto y ha vivido allí hasta que se tuvo que jubilar, por la artritis. A los setenta y seis.

—¿Tiene hijos?

—Tres. Dos de ellos son mayores que tú. De Bakersfield. Y, antes de que preguntes, su esposa murió de cáncer de pulmón hace diez años. Y eso que no fumaba.

—Eso ocurre con cierta frecuencia, parece. Y, entonces, ¿solo tiene setenta y seis años? —pregunto, sonriéndome.

—Sí. Eso me convierte en una asaltacunas, ¿verdad? —contesta, dejando escapar una carcajada.

—¿Papá lo conoció?

—Pues claro. Eran buenos amigos.

—¿En serio? Pero a papá nunca lo engañaste, ¿verdad, mamá?

—Pues claro que no. Por cierto, nos casaremos en Reno. Cuando Grover se haya recuperado de la cirugía de cadera.

—Vas en serio, entonces.

—Pues claro que voy en serio.

—No sé si esto me hace sentir muy cómoda, mamá.

—Voy para el siglo de edad, Georgia, y no necesito tu aprobación. Tenemos una larga historia y, probablemente, un futuro breve, así que vamos a aprovechar la vida al máximo. Hasta que la muerte nos separe.

Reconozco que lo que acaba de decir me ha conmovido. Tanto que casi quiero hacer pucheros.

—Y ¿dónde vivía Grover, me dijiste? —pregunto, intentando reponerme.

—En el edificio de al lado.

—¿Y va a venir en coche a recogerte?

—Te lo acabo de decir. Algunos hombres todavía entienden lo importante que es la cortesía para una mujer.

—Pero ¿por qué tienes que casarte?

—Me gusta más el otro vestido. ¿Puedes, por favor, bajarme la cremallera y dejar de preguntar tonterías?

—¿Puedes contestarme, por favor?

—Me caso porque quiero.

Resulta que Estelle ya conocía a Grover. A ella le parece bien. No sé por qué no se ha molestado en contármelo. Ella ha visto a su abuela más que yo en los últimos ocho meses. Me abochorna haber pospuesto visita tras visita. Ahora temo que parezca que solo he venido por su cumpleaños. Lo cual no deja de ser cierto. Debería darme vergüenza. Estoy actuando como si mi madre fuera a estar siempre. Me prometo a mí misma ser una buena hija.

—Toc, toc.

Oigo una voz profunda y áspera a través de la ventana de la cocina.

Mi madre, una princesa Tiana de la tercera edad, está escondida en su dormitorio, esperando hacer su gran entrada.

—¡Ábrele la puerta! —me ordena desde el umbral, tratando de no levantar la voz—. ¡Este vestido es la bomba!

Camino hasta la puerta de entrada y escudriño por la mirilla. Ante mí, el futuro marido de mi madre. Aunque su sombrero hongo le hace sombra sobre el rostro, puedo ver que es un hombre altísimo, guapo, de cabello plateado y ¡lleva un frac! Saluda con la mano y sonríe: tiene una bonita colección de fundas. Abro la puerta y, antes de que me dé tiempo a estrecharle la mano, se quita el sombrero, hace una reverencia y me abraza.

—Buenos días, Georgia. Me alegro mucho de que por fin nos conozcamos. Mi reina estará casi lista, supongo.

—¡Salgo en un minuto, Grover! —grita mi madre desde el baño. Debe de creer que está en una película o algo así. He de decir que estoy disfrutando mucho de toda esta puesta en escena. Tengo que reconocerlo: mi madre tiene una vida bastante más movida que la mía.

—Quiero que sepas una cosa, Georgia: tu señora madre está en buenas manos. Prometo amarla y protegerla hasta que nos vayamos flotando a algún lugar mejor que este. Lo cual no va a ocurrir pronto. Hasta entonces, disfrutemos de esta fiesta.

No me da tiempo a responder. Mi madre aparece en la puerta del cuarto de baño, viviendo ya una muy merecida fantasía, luciendo su traje de gala, de mangas sencillas. Lleva la diadema delicadamente posada sobre la peluca.

—Hola, Grover —saluda, sonrojándose de nuevo. Si no lo veo, no lo creo.

Miro a Grover, que la contempla con ojos encendidos, como si le hubiera tocado el premio gordo del amor. Él camina hacia ella, la toma de la mano, que se lleva a los labios para besarla, la besa también en la mejilla y le dice:

—Qué guapa estás, Earlene. Feliz cumpleaños. Llevo mi regalo en el bolsillo, por si te lo estás preguntando. ¿Vamos? Nos espera mi calesa.

—¿No es gracioso? —me pregunta. Yo asiento con la cabeza—. Tienes que darte prisa, Georgia. Aunque, en realidad, al centro cívico solo se tarda cinco minutos. Grover y yo vamos por el camino largo.

A diferencia de los jóvenes, los mayores llegan a las fiestas puntuales. La sala está ya llena. Los invitados superan holgadamente el centenar: son joviales señores y señoras de la tercera edad y algunas personas de mediana edad que deben de ser los hijos de los amigos de mi madre. Gente que creció en Bakersfield y que, probablemente, sigue viviendo en la ciudad. Yo no podía respirar en esta ciudad. Por eso hui en busca del aire frío y claro de la bahía de San Francisco.

Localizo a mis hijas y a mi nuevo yerno y los saludo con la mano desde lejos. Están sentados en la mesa marcada con un número 1 gigante, que sobresale de un centro hecho con globos blancos y negros. Me dirijo hacia ellos. Frankie y Hunter han venido en coche con Estelle. Mi hija mayor puntúa a su nuevo cuñado Hunter con cuatro estrellas de cinco. Ella se ha alojado en un hotel de tres estrellas y, gracias a Dios, ha dejado a las gemelas en casa con un extraño, a saber, su padre, porque, al parecer, Justin lleva bastante tiempo desaparecido en combate y no quiere someterse a interrogatorios familiares. Estelle ha terminado reconociéndome que sospecha de él y que le ha preguntado si la estaba engañando. Justin lo niega vehementemente.

El pinchadiscos, que debe de rondar ya los setenta años, está probando los altavoces. Viste un esmoquin y lleva el pelo peinado hacia atrás y engominado hasta la nuca. Estoy deseando ver qué música pone y quién va a bailar, porque son muchos los que han acudido en silla de ruedas. (La mayoría, no obstante, parece tener bastantes ganas de fiesta.)

Me inclino para besar a mis hijas. Estelle viste de negro, y Frankie, de blanco.

—Estáis las dos guapísimas —elogio.

—Gracias, mami —responde Estelle sin ponerse de pie y estirando el cuello para besarme. Dios santo, es una versión femenina de su padre cuando era joven. Se ha puesto un vestido que le regalé por Navidad hace unos años y un fular de seda que flota en torno a su cuello como una nube.

—Hola, suegra —saluda Hunter, muy elegante con traje negro y camisa blanca—. Estás muy guapa.

—Gracias. ¡Tú vas hecho un pincel!

Me responde con una amplia sonrisa.

—Mamá —interviene Frankie—, estás muy sexi. Ese vestido te lo voy a pedir prestado en cuanto te canses de él. ¿Estás lista para una buena fiesta?

—Por supuesto. Me imaginaré que esto es Studio 54.

—¿Qué es eso?

—Nada, nada.

—Qué entrañable —tercia Estelle, contemplando alrededor a todos los señores y señoras mayores, llenos de ilusión por verse tan arreglados y deseando tomarse un ponche y comer un trozo de tarta. Grover se ha ocupado del *catering*. Hay jamón cocido y pollo frito, berza, ensalada de patata y pan de maíz y ni una sola botella con un tanto por ciento de graduación en la etiqueta. (Claro está, yo he traído los macarrones que prometí: están en una fuente, dentro del frigorífico de mi madre, con un lacito pegado al papel de aluminio.)

—¿Alguien sabe algo de Dolly? Debería haber llegado ya, ¿no creéis? —pregunto a las niñas.

—No va a venir —dice Estelle, conteniendo la risa.

—¿Y por qué no?

—Está enferma.

—¿Qué tipo de enfermedad la aqueja esta vez? —inquiero.

—La abuela dice que ha cogido una culebrilla. Que le da mucha pena perderse la fiesta.

Dos tipos altos calcados a Grover se acercan a nuestra mesa. Desde luego, estamos en una celebración intergeneracional.

—Hola —saluda el que más se me acerca en edad, inclinándose y estrechándome la mano. Lo único que puedo pensar es que, definitivamente, huele de maravilla y tiene unos ojos bastante bonitos. Pero ahí echo el freno.

—Hola —correspondemos todas a su saludo.

—Yo soy Grover hijo y este es mi hijo, Grover tercero —presenta con una sonrisa en los labios.

—Yo soy Georgia, y estas son mis niñas: Estelle —presento a mi vez, y ella saluda con un gesto de cabeza— y Frankie, que se llamaría como su padre si su padre se hubiera llamado Frank. Y este es mi estupendo nuevo yerno, Hunter.

Nos sorprende en mitad de las risas la entrada en la sala de la cumpleañera y su futuro marido tomados del brazo. Empieza a sonar *Isn't She Lovely,* la canción de Stevie Wonder, y juro que si *miss* Early no fuera mi madre yo ya estaría muerta de la risa, pero es mi madre y me parece que está encantadora y muy feliz.

Todo el mundo se levanta y aplaude, y, en ese momento, el señor Grover la deja ir y mi madre avanza lentamente hacia el centro de la sala y se coloca justo bajo el ramo de flores blancas y negras de papel crepé que cuelga de la araña de cristal. Saluda a todo el mundo y lanza besos al aire, como si estuviera en una carroza de un desfile. Grover la sigue hasta la pista de baile, la hace dar un giro sobre sí misma y la acompaña hasta nuestra mesa.

—Menuda pareja hacen, ¿verdad? —pregunta Grover hijo retóricamente.

Yo sonrío y asiento, y mis hijas también. Su hijo parece no compartir el sentimiento. Obviamente, está aquí por mero respeto. Unos minutos después, se excusa para ir al baño y regresa con un humor radicalmente nuevo, como si estuviese dispuesto a bailar toda la noche.

En cuanto abandona la pista de baile, rodean a mi madre sus amigos y amigas para felicitarla. Acto seguido, nos sentamos y se empieza a servir la cena. Empieza a sonar *See You When I Get There,* de Lou Rawls, y yo tarareo la letra. En ese momento, Grover hijo se dirige a mí:

—No te acuerdas de mí, ¿verdad?

—¿Debería?

Él ríe entre dientes. Mis hijas se remueven en las incómodas sillas plegables, esperando escuchar algo interesante. Somos tres a la escucha; Hunter está distraído con los viejos éxitos musicales.

—Fuimos a la misma escuela. Estábamos juntos en la clase de Ciencias Naturales de la profesora Hill y en la de Música del profesor O'Connor. Te gustaba diseccionar, pero tenías un oído enfrente del otro.

El recuerdo hace gracia a todo el mundo, incluida yo.

—Necesito detalles.

—Yo era el único de octavo curso que estaba en el equipo de baloncesto universitario júnior.

Lo cierto es que no quiero, pero al final le dedico una larga mirada de pocos amigos. Lo único que veo es al apuesto hombre en que se ha convertido y los hombros que debe de haber heredado de su padre, por no hablar de su voz de barítono a lo Barry White. No lleva alianza, pero no tengo de qué preocuparme, porque va a ser mi hermanastro.

—A mí no me gustaba el baloncesto por aquel entonces —replico—. ¿Qué otras razones te harían memorable?

—Una vez te di un beso.

A todo el mundo se le enciende la mirada y Grover tercero choca los cinco con su padre. Mis hijas se miran entre sí, y luego me miran a mí, y después a Grover, y por fin se miran de nuevo entre sí. Todo el mundo se sonríe. Hunter se levanta para traer una fuente de ponche.

—Sería a otra, porque yo no besé a ningún chico hasta la secundaria.

—¿En la escuela solo besabas a chicas? —ataja su hijo, con una mirada soñadora en los ojos.

Grover hijo coloca una mano sobre la de su hijo.

—¿Qué comentario es ese, hijo?

—Lo siento, señora. No lo he dicho en ese sentido.

—No pasa nada.

Y entonces empieza la fiesta.

Disfrutamos de la cena. Sobredosis de ponche. Los jóvenes observan cómo los mayores bailan al son de Barry White, Sam Cooke, Al Green, Nancy Wilson y Aretha, y cuando suena *Midnight Train to Georgia,* de Gladys Knight, antes de que me dé tiempo a seguir el ritmo con la cabeza, Grover hijo se levanta, rodea la mesa hasta mi silla y me ofrece su mano.

—Tenemos que bailar esta canción o nunca nos lo perdonaremos. ¿Puedo?

Me levanto de la silla y bailo con mi nuevo hermano.

Cantamos la tradicional canción de cumpleaños y aplaudimos cuando mami sopla el ocho, el dos y una velita blanca extra, para la buena suerte. Cuando hojea los álbumes de fotografías que por fin conseguí escanear e imprimir, no puede reprimir las lágrimas. Los palpa y palmea suavemente la cubierta con las manos. Por supuesto, hay cajas y cajas de bombones See's, que espero que no se le ocurra comer, y por lo menos cinco *thrillers* de Lee Child, porque le encanta Jack Reacher. Y también dinero en efectivo, porque avisó a todo el mundo de que no le gustaban las tarjetas regalo. Grover le ha regalado un pequeño anillo con un diamante que ella sostiene a la luz, llevándose la otra mano al pecho.

La fiesta termina supuestamente a las diez, pero mis hijas y Hunter se marchan sobre las nueve y media, porque Estelle tiene que levantarse a las seis de la mañana al día siguiente. Mamá y Grover padre están despidiéndose y yo sigo sentada en la mesa tratando de no enamorarme de Grover hijo cada vez que sonríe, lo cual ocurre bastante a menudo. Me sorprende notar que me late el pecho cuando me cuenta que vive en Nueva York, que trabajó en bolsa durante casi treinta años y que se prejubiló porque estaba quemado.

—¿Cuándo te diste cuenta de que te estaba haciendo mal?

—Bueno, quizá «quemado» no sea la palabra exacta. Me harté de estar pensando continuamente en dinero. Me cansé de que el dinero manejase mi vida. De preocuparme por él. Especialmente, de perder dinero.

—¿Quiere eso decir que no te queda nada? —pregunto con un tono que busca arrancarle una sonrisa. Lo consigo. Espero que esto no cuente como flirteo. No lo hago con esa intención, o eso creo, al menos.

—No soy tan idiota como pueda parecer —se defiende—. Sigo invirtiendo, pero estoy buscando una nueva vida. ¿Y tú? Mi padre me ha contado que eres optometrista.

—Exacto.

—Bien. Es una profesión muy respetable y me imagino que con menos grados en la escala de Richter del estrés.

—Muy cierto. Quizá demasiado poco estresante. Yo no estoy quemada, pero me he terminado aburriendo. Espero poder poner en marcha algo nuevo el año que viene.

—¿Algo como qué?

—Eso mismo me pregunto yo.

—Bueno, si pudieras elegir, ¿qué te gustaría hacer?

—No sé qué sería lo más acertado.

—¿Por qué tiene que ser «lo más acertado»?

—Pues, veamos, no soy rica. Sería una insensatez dejarlo todo por pintar acuarelas, por ejemplo. Y ¿qué hay de ti?

—Yo he de reconocer que me encuentro bastante desorientado. No sé qué hacer con mi vida, aunque también sé que tengo aún tiempo por delante para descubrirlo.

—Esa es una actitud muy sana.

—No tengo muchas otras opciones. No estoy dispuesto a quedarme sentado en una mecedora. De tal palo, tal astilla. —Me río de buena gana—. Ahora en serio, ¿tienes aficiones?

—No, ninguna que practique regularmente.

—No es eso lo que he preguntado.

—¿No es eso una afición, algo que uno hace por costumbre?

—En mi opinión, no. Me refiero a algo que disfrutes mucho haciendo. Que no sea el sexo.

Ahí compartimos carcajada.

—¿Y tú? ¿Qué aficiones tienes? —pregunto yo.

Grover se separa un poco de la mesa arrastrando la endeble silla blanca. Nos damos cuenta de que queda ya poca gente, casi toda reunida en torno a mi madre y Grover, junto a la puerta de salida.

—De acuerdo, te contaré las mías. Así te doy tiempo para pensar en las tuyas.

—Soy toda oídos.

Él tamborilea con los dedos sobre la mesa. Sonríe. Y, súbitamente, se detiene.

—En mis tiempos me encantaba entrenar a gente joven. Baloncesto. Lo hacía todos los sábados por la mañana, sin falta. Pero tuve un accidente de tráfico bastante feo y me rompí el fémur y la tibia. Llegué a pensar que me quedaría cojo. Como ves no fue así, pero lo cierto es que no volví a ver a esos chicos.

—¿Por qué no?

—No lo sé. Estaba demasiado absorbido por mis propios problemas y supongo que perdí la ilusión, por desgracia.

—Quién lo diría.

Agita la mano como queriendo quitar peso a mi comentario.

—Piensa por un momento en algo que hacías antiguamente a menudo o que te gustaría hacer más frecuentemente si tuvieras tiempo o si pudieras despreocuparte de tener que trabajar para ganar dinero.

—¿Quién puede despreocuparse del dinero?

—Vale. Intenta imaginar que el dinero no es un problema para ti.

—Decididamente, me gustaría dedicarme a pintar muebles, a hacer cojines y a decorar.

—¿Cuándo hiciste alguna de esas cosas por última vez?

—No preguntes.

—Acabo de preguntar.

—Hace bastante, quédate con eso. En mi vida pasan muchas cosas.

—No eres la única.

—Si tuviera todo el tiempo del mundo haría todas esas cosas o incluso me aventuraría con otras nuevas. Pero no me puedo ganar la vida dedicándome a ello.

—Eso no lo sabes. ¿O sí?

—No, no lo sé. Pero, aunque estoy en la flor de la vida, no me queda mucho.

Grover sacude la cabeza por todo comentario.

—Parece que deberíamos los dos ir a uno de esos lugares en Santa Fe con Deepak Chopra o hacer uno de esos viajes al estilo *Come, reza, ama,* hasta que nos encontremos a nosotros mismos.

Yo dejo escapar una risita.

—¿Os vais a quedar ahí sentados toda la noche, vosotros dos? —oigo preguntar a mamá. Grover y ella se acercan a la mesa de la mano—. No sé si os habéis dado cuenta, pero la fiesta ha terminado.

—Parece que no para todo el mundo. ¿Lo has pasado bien, hijo? —pregunta Grover padre.

El joven Grover asiente con la cabeza.

—¿Te acordabas de él, Georgia? —me pregunta el padre.

—No, no se acordaba —ataja el hijo.

—Bueno, si se parece en algo a su madre, tendrás que darle una buena razón para que no te olvide. Buenas noches, muchachos.

—Buenas noches, mamá, y feliz cumpleaños de nuevo —le deseo—. Te veo después.

Me levanto para darle un beso y me lanza una mirada que interpreto como un «¿de verdad?».

—Papá, nos vemos mañana.

Y nuestros respectivos padres salen de la sala a paso lento.

—¿Estás alojado en casa de tu padre?

—No, no hay sitio para dos chicos de estas dimensiones. —Me ahorro cualquier comentario picante—. Estoy alojado en el Four Points. ¿Tú estás quedándote con tu madre?

—No. También estoy en el Four Points.

—¡Estupendo! ¿Te apetece tomar algo?

—¿Dónde?

—Allí.

—¿Esto no es un poco ilegal o poco ético o poco moral? Es decir, ¿no vas a ser mi hermanastro o algo por el estilo?

Grover hijo se levanta, se acerca a mi silla y la retira mientras yo hago lo propio. Cuando me incorporo, me tiemblan las piernas. Estoy mayor para estas cosas, y lo sé. Llevo años sin ponerme juguetona y lo cierto es que sienta muy bien. No sé si recuerdo cómo es el sexo con un hombre de verdad, y desde luego, no le voy a dejar verme con las luces encendidas. Al girarme, el tipo que tengo frente a mí, todo un hombretón, está esperándome con mi *clutch* negro en la mano. Ni se me ocurre concebir si entre estos dos gruesos muslos que gasto cabrá algo. Pero lo haré lo mejor que pueda.

—Solo te he propuesto tomar una copa. ¿En qué estás pensando, muchacha?

—¿Muchacha?

—Eso he dicho.

Lo sigo hasta el hotel. Nos tomamos una copa y debe de creer que sufro síndrome de Tourette, porque, simplemente, no soy capaz de callarme. Es probable que sepa perfectamente qué es lo que me pasa por la cabeza cuando dice «Relájate, Georgia. No quiero nada de ti más que amistad. Soy un hombre felizmente casado. Tu madre se va a casar con mi padre, así que somos casi familia».

¿Qué? ¿Cómo? Pero ¿por dónde coño me sale ahora?

Me cierro como una ostra.

No es su culpa, de todos modos. ¿Cómo va a saber que soy una mujer calenturienta y desesperada que lleva años sin sentarse junto a un hombre en un bar?

Rechazo la segunda copa y me excuso diciendo que estoy agotada, pero que fue muy agradable conocer a mi futuro hermanastro.

—Igualmente —dice, mientras me acompaña al ascensor—. ¿Te veré en la boda, supongo?

Entro en el ascensor, sonrío y me despido con la mano.

Bienvenido a la puñetera familia.

Y pulso el diez.

«¿Qué opinas de tu futuro padrastro?», me pregunta mamá mientras compartimos una taza de café a modo de despedida. Se está comiendo los macarrones con queso y langosta para desayunar. «¡Esto está buenísimo! ¡Voy a tener que escondérselo a Grover!»

—Parece un tipo muy agradable. Y se nota que se preocupa mucho por ti, mami.

—¿Que se preocupa? ¿Estás loca? Ese hombre me ama, entérate bien. Y el sentimiento es mutuo. Me pone la carne de gallina. De hecho, y, por favor, no te rías, me hace sentir quince años más joven.

Sonrío y dejo escapar una risita por ella, con ella.

—La verdad es que es un alivio saber que ya no vas a vivir sola.

—¿De qué estás hablando? Grover no se va a instalar aquí y yo desde luego que no me voy a mudar a su bloque. Nos gusta hacernos visitas.

—No lo sabía.

—Vivimos muy cerca el uno del otro.

—Sí, ya sé. Bueno, si no es demasiado preguntar, ¿dormís juntos alguna vez?

—Si la pregunta es si mantenemos relaciones sexuales, la respuesta es «como podemos». Me gusta sentir la calidez de su cuerpo junto al mío. Me gusta cuando me besa. Eso es todo lo que necesito. ¿Es suficiente respuesta para su pregunta, señorita?

—Sí. Hablando de otra cosa, su hijo es muy agradable. No tenía ni idea de que habíamos ido juntos a la escuela.

—Es un buen tipo. Lástima que esté cogido. ¡Podríamos haber celebrado una doble boda! Habría sido la bomba.

—Sí, claro que sí, mamá… Voy a tener que ir marchándome, por cierto.

—¿Qué prisa tienes?

—Tengo muchas cosas que hacer.

—¿Como qué?

En ese preciso instante caigo en la cuenta de que, en realidad, no tengo nada urgente que hacer en casa. Me he habituado demasiado a decirlo.

—Quizá vaya a ver algunas casas.

—Todavía no has vendido la tuya, ¿por qué tanta prisa?

—Hace mucho que no veo ninguna casa en venta. Creo que sería buena idea, para ver cómo están los precios.

—¿Es que no ves la tele ni lees los periódicos? ¿No sabes el tiempo que podrías estar esperando a que te compren la casa, especialmente una casa grande como la tuya?

—Sí, claro que lo sé.

—¿Por qué quieres comprar otra casa, si estás sola?

—He dicho que estaba empezando a mirar. Y quizá no esté sola cuando llegue el momento de mudarme.

—No me digas que estás saliendo con alguien.

—He tenido alguna que otra cita.

—Deja de mentirme, Georgia. No tienes cara de haber tenido ninguna cita. A ver, ¿cuándo fue la última vez que se acostó usted con un hombre, señorita?

—Eso no es asunto tuyo, mamá.

—¿Cuántos años?

—¿Qué te hace pensar que son años?

—Porque tienes esa mirada de insatisfacción en la cara, y llevas con ella cuatro años. Los he contado.

—No llevo tanto tiempo sin sexo.

—No es sano pasar tanto tiempo sin amor, Georgia.

—Bueno, no es que pueda colgarme un cartel de «Se vende» al cuello, ¿no te parece?

—Tienes que hacer algo al respecto.

—Lo estoy intentando, mamá.

—No, no lo estás intentando. Pero, está bien, caramba, quizá me esté equivocando. Algunas mujeres lo olvidan todo sobre el amor cuando llevan mucho sin sentir nada. Creo que las llaman solteronas. ¿Es eso lo que buscas, convertirte en una solterona amargada?

Niego con la cabeza.

—Pues entonces tienes que explicarle a alguien qué es lo que quieres.

—¿Por qué no montas un consultorio sentimental, tipo Oprah?

—Los tiempos han cambiado. Se te pondrá el pelo como a mí si te quedas sentada esperando que algún príncipe te elija de entre todas sus candidatas y te vuelva el corazón del revés. Los hombres son estúpidos, ¿sabes? Los árboles no les dejan ver el bosque. ¿Cómo crees que les eché el guante a tu padre y ahora a Grover?

—No sabía que tenías ese tipo de destrezas.

—En serio, Georgia. No hay nada malo en invitar a un hombre a salir. Lo peor que te puede decir es que no o que no le interesa. No será el fin del mundo. Los hombres están habituados al rechazo, pero eso no les impide preguntar. Aprende de ellos.

Mi madre se acerca a mí, me besa la frente y me da un fuerte abrazo.

—¿Vas a ir a la boda de Michael?

—¿Te dijo que iba a invitarme?

—Michael se ha divorciado de ti, no de mí. Y sí, me lo dijo. Espero que vayas. Siempre me cayó bien, aunque sé que te hizo daño. Pero has sobrevivido, porque eres fuerte e inteligente. Necesitas un poco de alegría en tu vida, Georgia.

—¿Y crees que voy a encontrarla en la boda de Michael?

—Si puedes sentirte feliz por él, la respuesta es «sí». Venga, lárgate de aquí ya. ¡Grover me va a llevar a Victoria's Secret! Es broma. Vamos a J. C. Penney, están de rebajas. Quiero gastar un poco de todo este dinero que me han regalado. Llámame cuando llegues a casa.

Así fueron las cosas

—Antes de que digas que no, di que sí —insiste Wanda—. Un momento, por favor. Me está llamando Nelson para hacerme una pregunta estúpida de la que ya sabe la respuesta...

Estoy en el centro de Oakland, dando vueltas en coche en torno al lago Merritt. Busco un nuevo restaurante de carne a la brasa que se supone que está cerca de la peluquería donde me arreglo el pelo (cuando me lo hago). No sé por qué llaman a esto lago cuando, en realidad, es una albufera. Preciosa, de casi cinco kilómetros de circunferencia, con forma de corazón y, curiosamente, en pleno corazón de Oakland. Yo venía mucho a correr por aquí cuando iba a la universidad. Berkeley está a apenas diez minutos en coche. En este instante, el sol está poniéndose y la superficie del agua resplandece como un cristal anaranjado. Adelanto a corredores y ciclistas y de nuevo me sobreviene un vertiginoso malestar: soy una perezosa de cuidado. No hay razón plausible por la que no hacer ningún tipo de ejercicio. Muchas personas mayores que yo hacen yoga. A mí me queda un kilo y medio para estar gorda y lo cierto es que no quiero estar gorda, pero también sé que desde que llegó la menopausia me cuesta más perder peso. Así que a partir de hoy voy a dejar de ponerme las típicas excusas baratas y voy a empezar a cuidarme. Y punto.

—Georgia, ¿estás ahí?

—Sí. Pero la respuesta a tu propuesta sigue siendo no —respondo, y rompo a reír—. ¿Me quieres meter en otra cita a ciegas?

—La que está ciega eres tú, cariño. De todos modos, he visto fotos suyas y lo cierto es que se ajusta perfectamente a tus gustos: alto, guapo y de piel oscura.

—En realidad, sois tú y Nelson los que deberíais venir por la consulta un día a que os mire los ojos. Vistos los *sex-symbols* que me habéis querido endilgar últimamente, está claro que tenéis algún problema de visión.

—Tienes que dejar de creerte una conejita de Playboy, porque tus días de romper cuellos por la calle se terminaron hace mucho, señorita Yo lo Valgo.

—Algunos siguen levantando el pie del acelerador cuando pasan por delante de mí porque, por si no lo sabías, las chicas contundentes gustan. Así que cállate la boca —le espeto, con más sarcasmo que otra cosa—. De todos modos, ¿cómo se llama este y cuál es el defecto que tiene?

—Se llama Richard. Richard Cardosa.

—¿Es puertorriqueño o cubano o algo así?

—¿Por qué? ¿Tienes algo en contra de ellos? Es puertorriqueño, ¿qué pasa?

—Bueno, si se parece a Ricky Martin iría a recogerlo al mismo aeropuerto. Cuéntame su historia.

—Déjate de cinismos, Georgia. Por favor.

—Vale. Pero ¿sabes cuántas veces he pasado por esto, Wanda? No te imaginas la energía que requiere. Ponte en mi piel: una mujer de mi edad, yendo a citas a ciegas, esperando conocer a alguien maravilloso y topándose siempre con el mismo callejón sin salida. Es agotador.

—Mira, deja de quejarte, ¿quieres? ¿Alguna vez se te ha ocurrido pensar que a lo mejor tienes algún que otro problema por resolver? No eres doña Perfecta, ¿sabes?

—Ya sé que no soy perfecta y estoy intentando mejorar en algunos de mis defectos. Esa es otra de las razones por las que quería volver a contactar con los hombres de mi pasado y ver si quizá ellos supieron entonces lo que yo estoy descubriendo ahora, o si heredé de ellos alguno de estos misteriosos problemas que me aquejan. Así que, por favor, dame un poco de carrete, ¿vale?

—De acuerdo. Lo siento. Yo estoy contigo, nena. Richard, de todos modos, es un tipo interesante y decente, en serio. Es todo lo que tengo que decir. Busca su nombre en Google cuando llegues a casa. Por cierto, vienen unos amigos a cenar a casa para darle la bienvenida por su inminente llegada a San Francisco. Trabajó con Nelson hace tiempo.

—Todos los hombres que me presentas son antiguos compañeros de trabajo de Nelson.

—¿Ves? ¡A este tipo de cosas me refiero! ¡Ojalá pudiera darte una bofetada a través del teléfono! Es el sábado que viene, a la hora de siempre. Y arréglate un poco, que parezca que le pones interés. Adiós.

—¡Espera! ¡No cuelgues, Wanda! Necesito hablar contigo. Contigo o con un cura.

—¿Es sobre una hija, un exmarido, un examante o una casa?

—Creo que sobre todas esas cosas a la vez. ¿Estás de casualidad cerca del lago?

—¿Por qué?

—Estoy buscando un restaurante de carne a la brasa que ha abierto hace poco, pero creo que he cambiado de opinión y ahora no sé dónde almorzar.

—No me puedo creer que no te apetezca barbacoa. Bueno, podemos comer en el Sushi House, en Grand Street. Nos vemos en diez minutos. Ve pidiéndome un sake, por favor.

Me siento orgullosa por haber sido capaz de dar la espalda a esas tiernas y suculentas costillas a la brasa con boniatos glaseados y ensalada de patata, berza y pan de maíz, que luego remataría con un *crumble* de melocotón. Ahí os quedáis. Voy a comer pescado crudo.

Me detengo ante un semáforo. Empieza a llover. Echo un vistazo a la fachada del Grand Lake Theatre, un precioso cine *art déco*, mi favorito de la ciudad. Sobre el edificio resplandece un gigantesco neón que dice «Grand Lake», porque es viernes. Los viernes lo dejan encendido hasta el último pase del domingo. Me alegro de que no se pierdan algunas cosas de antaño.

La suerte me sonríe y encuentro un sitio para aparcar justo en la puerta del restaurante. No me molesto en coger el paraguas, porque el pelo que llevo es sintético y traigo puesta la gabardina. Hace un par de horas había veinte grados de temperatura, pero ha bajado por lo menos a la mitad. Esta es una de las cosas que me gustan de vivir en la bahía de San Francisco. No te hartas. Aprendes a vestirte por capas y nunca se te olvida echar una chaqueta o un jersey en la parte de atrás del coche. Es el comienzo de la temporada lluviosa, que los aficionados al esquí disfrutan mucho, porque, a escasas tres horas al norte, las carreteras ascienden hasta los dos mil metros de altitud y solo tienes que bajarte del coche para hacer ángeles en la nieve.

Entro en el restaurante. El ambiente es sereno y, por supuesto, suena música japonesa (con la música japonesa siempre me da la impresión de que a la persona que canta le duele algo). La camarera me saluda con una reverencia: sí, seremos dos, y no, no me quiero sentar en el suelo, porque si me siento en el suelo, probablemente, no me pueda levantar ya más.

Pido una jarra de sake y saco los palillos de su fundita de papel. Me dispongo a hojear la carta, a la espera de Wanda, cuando oigo una voz de hombre:

—¿Georgia Young?

Alzo la mirada y veo a un hombre negro alto y bien parecido, con traje oscuro y unas bonitas gafas de montura negra. Su cara me suena vagamente, pero cuando me sorprenden con la guardia bajada, no sé reaccionar.

—Sí, soy yo —me limito a responder, con tono algo escéptico.

—¿No me recuerdas, verdad?

—Lo estoy intentando, pero no. Perdóname.

Odio que la gente me pregunte eso. Con Grover hijo ya jugué a este juego de las adivinanzas. Estoy mayor y no me acuerdo de todas las personas a las que traté o conocí en algún momento, especialmente, a mis pacientes. Finjo rebuscar en la memoria, pero, en realidad, estoy rezando por que no me lo follase hace mil años una noche de borrachera. Pero no. Sea quien sea, no está en mi lista.

—Soy James Harvey. Estudiamos juntos en la universidad. Tú saliste con un viejo amigo mío durante un par de semanas. Y luego tú y yo nos acostamos.

Intento no estallar en risotadas de pura vergüenza. Apenas puedo hablar.

Acto seguido, es él el que rompe a reír.

—Es broma. No fuimos a la universidad juntos. ¿Recuerdas que una vez te rompiste el tobillo en la estación de esquí de Vail? Yo también estaba en el club negro de esquí[3].

—Sí, lo recuerdo. Alguien me empujó.

—No lo niego. Lo que sí sé es que yo te recogí y me quedé contigo hasta que llegó el rescate. ¿Cómo va esa pierna?

---

[3] Tipo de clubes de deportes de invierno con enfoque para personas de razas distinta a la blanca, populares en los Estados Unidos. Por ejemplo, el Nubian Ski Club, la National Brotherhood of Skiers o Black Ski Inc. (*N. del T.*)

Ahora sí me acuerdo. Michael no había querido ir. Decía que el esquí era para pijos (aunque él jugaba al golf desde antes de que Tiger Woods entrara en primaria).

—Bueno, aguanta bien este peso que le he puesto encima.

Él no hace ningún comentario. De verdad, necesito dejar de tirar piedras sobre mi propio tejado.

—¿Sigues esquiando?

—No. Lo dejé hace años.

—Ajá. Yo te he visto por ahí alguna que otra vez a lo largo de estos años, con una pareja o quizá dos. Nunca tuve el valor de decirte nada. Algunos maridos se muestran inseguros ante hombres que conocieron a sus parejas en su vida anterior.

—Bueno, esos dos maridos han causado baja. O quizá la baja haya sido yo. Ah, disculpa, aquí llega mi amiga. Hemos quedado para comer. ¿Tienes una tarjeta de visita?

—Sí, tengo. Sé que tú eres optometrista. Llevo tiempo queriendo hacerme una revisión, pero no he tenido valor. Este encuentro, no obstante, me hace pensar que nada de esto es accidental.

—Es posible —respondo. ¿Qué más puedo decir?

Leo su tarjeta. Es cardiólogo en una clínica privada. ¿Es que toda la gente de nuestra edad estudió derecho o medicina, o qué? Me encantaría conocer a un fontanero, un electricista o un constructor. Alguien que haga cosas normales para ganarse la vida. No puedo evitar fijarme, por otro lado, en que James no lleva anillo en la mano izquierda.

—Hola, ¿qué tal? —saluda Wanda, escaneando al tipo de pies a cabeza mientras se quita el poncho de lluvia rojo (ese que a mí me da un poco de vergüenza ajena)—. Soy Wanda, la mejor amiga de Georgia y su confidente. Supongo que debería conocerte, pero no. ¿Eres pariente o parte interesada?

Yo la agarro del brazo.

James se ríe.

Yo no.

—No, no soy pariente, de eso estoy seguro. Somos viejos conocidos, y le estaba diciendo a Georgia que me gustaría retomar la relación. Si fuera posible.

Él me dirige una mirada desde su metro ochenta y tantos. Si yo fuera blanca, me habría puesto roja.

—¿Quieres comer con nosotros? —invita Wanda.

—Me encantaría, pero no puedo. ¿Ves ese chico con cara de aburrido que está ahí sentado? Es mi hijo. Ha dejado la universidad. La biología no es lo suyo. Pero estamos aquí para celebrar que lo han aceptado en Berklee, la escuela de música. Es bastante buen pianista.

—Joder —suelto, y al instante—: Lo siento. Qué fantástico, quería decir.

—Enhorabuena —dice Wanda, tratando de mostrarse solemne por una vez.

Él sonríe y guiña un ojo.

—En cualquier caso, ¿te importaría si te llamo un día de estos, Georgia? —pregunta, dándose una palmada con esas grandes manos de cardiólogo sobre la solapa de su traje negro—. Soy inofensivo.

—No, no le importaría —se apresura a responder Wanda. Le propino un puntapié bajo la mesa—. ¿Me das a mí una tarjeta también?

—Cómo no —responde él, echándose la mano al bolsillo.

Wanda no está especialmente hábil hoy, eso es evidente.

—Pues sí, no estaría mal quedar un día —apunto yo finalmente—. ¿Vives aquí, en Oakland?

—Sí. En Piedmont Avenue.

—¿Con tu familia? —salta Wanda.

La vuelvo a patear.

—Mi familia es él —argumenta, sonriendo—. Que disfrutéis del sake y del *sushi* —dice, ya marchándose.

—Un momento, una última pregunta muy personal —le atajo—. ¿Quién te hace las gafas?

James se ríe.

—No tengo ni idea. Son para leer. La montura me costó veintinueve dólares por internet. Luego les puse cristales graduados. ¿Qué te parece?

—Muy listo —sentencio, mientras él se dirige a sentarse con su hijo.

—Joder. Una vieja gloria de la que no me habías dicho ni palabra. ¿O es que tu estrategia de madurita es ligar con extraños? En fin, la verdad es que el tío no está nada mal.

—Cállate ya, Wanda. No es mi tipo. Además, lo conocí hace años pero ni me acordaba de él.

—Ya hemos pasado por esto antes. No creo que sepas cuál es tu tipo y, si tienes alguno, deberías olvidarlo. No hay una cola de hombres esperando para asaltar tu castillo, princesita.

—Hazme un favor, tira a la basura ese impermeable horrible.

Tras un par más de chupitos de sake, con el estómago aún vacío, Wanda añade:

—Quizá consigas que dos hombres se peleen por ti, quién sabe. En fin. Te lo voy a decir y ya está. Richard Cardosa es contable, pero no ejerce. Se dedica al derecho matrimonial. Vive en Los Ángeles, pero se muda aquí, como te he dicho antes.

—Ay, Dios, ¿otro puñetero motivado? ¿Es de Los Ángeles, de la ciudad? Porque si lo es, no me interesa.

—Pero qué zorra te puedes poner a veces. No, no es de Los Ángeles. Creció en Nueva York, pero su familia vive en San Francisco.

—Y, entonces, Wanda, sé sincera: ¿qué defecto tiene?

—Está solo. Como tú, justamente.

—Que te follen, Wanda.

—No, no. Eso lo tengo cubierto, gracias. Nelson se toma la pildorita azul. Eres tú la que necesita una buena vara mágica.

—¿Sabes qué? A lo mejor debería conformarme con un fracasado o con alguien que no traiga ningún tipo de credencial. O, mejor aún, quizá debería buscarme un revolucionario. Alguien que crea en algo más que en sí mismo. En una causa o algo así. Alguien que defienda algo, que vea la necesidad de cambiar las cosas, que me quite el sueño y me ayude a tratar de averiguar cómo puedo cambiar yo también el mundo.

—Quieres ser Michelle Obama.

—Para ser sincera, probablemente, esté mejor sola, porque, cuando alguien me saca de quicio, lo único que tengo que hacer es cambiar de canal.

—¿De qué estás hablando? —pregunta Wanda.

—No lo sé, pero este sake pega más que el vino peleón.

—Desde luego, el alcohol desinhibe. Y te hace decir estupideces como acabas de hacer tú. Vamos a pedir dos capuchinos dobles antes de que se nos ocurra montarnos en el puto coche.

—Tienes razón, hostia puta. Oye, ¿tú crees que decimos muchos tacos?

—¿A quién cojones le importa? Solo podemos hablar así cuando estamos juntas, me cago en la puta, joder.

—Tienes razón. ¡Vamos a seguir diciendo tacos toda la puta vida, cojones!

—¡Sí! —grita ella. Chocamos las manos.

—¿Cuándo es esa puñetera cena que estás organizando?

—El sábado que viene. Y, por favor, no te pongas esa peluca tan chunga. Yo sé muy bien que tienes la cabeza llena de pelos gruesos y rizados. El mundo debería conocerlos.

—Cállate la boca, Wanda. Tú no tienes que cepillarlos.

—¡Pues córtatelo! Dios creó las peluquerías para eso.

—¿Alguna otra sugerencia?

—Sí. Haz una puta tarta. Me da igual de qué. Espera. No, no me da igual. Espera. No me acuerdo. Ah, sí. Ese bizcocho de nuez negra. Haz ese.

Me doy cuenta de que se me ha olvidado comerme el *sushi*. Solo me he comido el arroz con salsa teriyaki y no he tocado el salmón. Llamo a la camarera con la mano y la chica se acerca como deslizándose sobre el suelo, con las manos en posición de rezar y los dedos entrelazados. Me pregunto si en la cama será así de tímida también.

—Queríamos dos capuchinos dobles, por favor.

—¿No más sake?

—¿Tenemos cara de necesitar más sake? —pregunta Wanda, volviéndose a continuación hacia mí—. Un segundo, cari. Quiero que me cuentes la tragedia de Niles y cualquier otra cosa interesante que esté ocurriendo en esta vida a cámara lenta que llevas. Ya puedes ir largando.

—Bueno, empezaré por lo de la casa.

—Ay, joder, ya me estoy hartando de oír hablar de esa jodida casa. ¡Véndela de una puta vez! ¿Qué hay de tus hijas?

—Se han quedado las dos embarazadas, la madre que las parió a las dos, coño. Huy, un momento, de mis hijas no quiero hablar así. Están las dos embarazadas.

—¿Qué? ¡Pero si Frankie lleva casada un cuarto de hora y su marido negro ni tiene trabajo! Y ¿qué es lo que quiere demostrar Estelle? ¿Que ocho son multitud?

—Eso mismo pienso yo. Por favor, deja de decir que Hunter es negro, ¿vale?

—Vale. ¿Cómo de embarazados están?

—No lo sé. Se guardan tantos secretos y mienten sobre tantas cosas que lo único que me queda es esperar a que me cuenten ellos cuándo saldrá el bollo del horno.

—Por eso me alegro de no haber tenido hijos.

—Cállate, Wanda. No los cambiaría por nada del mundo, aunque de vez en cuando me saquen de mis putas casillas.

—Y ¿qué hay de Niles?

—Vino a la oficina.

—¡Estás de coña! ¿Y?

—Le di un bofetón que le volví la cara.

—¡¡Estás de coña!!

—Pues claro que estoy de coña.

Trato de pasar por encima de los detalles, pero ella no se conforma, así que nos terminamos el café y nos pedimos otro.

—En fin, una cosa sí te voy a decir: considérate afortunada de tener solo dos putos maridos —sentencia, mientras me alarga la puta cuenta.

Entro en el camino de entrada de la casa de Wanda y Nelson. Aquí arriba hace aún más frío: su casa está sobre la colina más alta de todas. Desde ella se divisan los cinco puentes. Me detengo un instante a contemplar la celestial masa de niebla que amenaza con tragarse la bahía.

No me molesto en tocar a la puerta. Nelson me ve por la ventana antes incluso que Wanda. Me recuerda a un Sidney Poitier envejecido. Tiene el pelo completamente blanco, aunque no ha cumplido los sesenta años. Él es dos o tres centímetros más alto que yo y Wanda es tres o cuatro centímetros más alta que él, razón por la cual apenas se pone tacones. A Nelson, sin embargo, parece no importarle en absoluto que su mujer le saque medio palmo.

—Hola, cariño —me saluda, tras abrazarme y darme un beso en la frente—. Pensé que quizá no te sentaría bien que hiciésemos de celestinas. Puedo entenderlo, pero te queremos emparejada y felizmente casada, y si esto funciona para ti y para él, mejor que mejor. Richard llegará en cinco o diez minutos. Ponte una copa. Wanda va hacer un *striptease* después.

Le doy una colleja en broma. Nelson es como un hermano, y un buen hombre. Es muy reconfortante ver a una pareja que se conoce desde la juventud. Ambos son conscientes de haber encontrado hace mucho la horma de su zapato.

No veo a Violet y me pregunto por qué. Normalmente, es la primera en llegar. Wanda aparece por el salón con aire especialmente relajado. Está guapísima y muy elegante, ataviada con un vestido de encaje que, no obstante, se nota a leguas que es del *outlet* de Neiman Marcus.

Abrazos.

—¿Y la tarta?

Me llevo la palma a la boca.

—¿Se te ha olvidado?

—Bueno. Sí y no. La puse en el techo del coche. Seguro que ahora mismo alguna ardilla se está poniendo las botas en la entrada de mi casa. Lo siento, amiga.

—Ya veo que estás con la cabeza en otra cosa. Y también que con un poco de gel para el pelo y un coletero eres capaz de hacer maravillas. Y había olvidado que tienes pómulos. El vestido da a entender al menos que podrías estar disponible. Estás guapa.

—Tú también, cari.

—En cualquier caso, conoces a casi todos los invitados. Y con los que no conozcas, por favor, sé encantadora.

—¿Dónde están tus perritos adorables? —pregunto. Sabe perfectamente que estoy siendo sarcástica.

—Los he mandado al hotel para perros el fin de semana.

—¿Estás tramando algo?

—Nada especial. Nelson y yo volamos mañana a Palm Springs para ver más apartamentos. Vamos también a ver cantar a Gladys Knight. ¿Quieres venir? Tenemos una entrada extra.

—Me encanta Gladys Knight, pero no, gracias. ¿Dónde está Violet?

—No la he invitado. A veces con los grupos no muy grandes no se desenvuelve bien. Es que no se calla ni debajo del agua. Por favor, no metas la pata y no le digas nada.

—Soy una tumba. Pero no es un gesto muy bonito, Wanda. No es culpa suya ser tan guapa y que esas señoronas que tienes por amigas se pongan celosas y a sus maridos se les vayan los ojos detrás de su cuerpo felino. Bueno, ¿dónde está mi amante de ensueño, entonces?

—Ahí lo tienes, está llegando en este preciso instante. Sé agradable, Georgia. Preséntate tú misma, aunque Nelson ya le ha contado todo lo que necesita saber de ti. Sobre el resto puedes mentir.

No quiero ni mirar, porque detesto sentirme decepcionada. Decido hacer un recorrido por la casa de tonos madera y topacio, entre la muchedumbre, deteniéndome aquí y allí a saludar. La mayoría son parejas que conozco desde hace tiempo, pero con las que no tengo mucho de lo que hablar, salvo los proverbiales «Cuánto tiempo sin verte», «Qué bien te veo», «Acabas de llegar de Dubái o Hawái o Ciudad del Cabo, ¿verdad?» o «Un día deberíamos...» o «Sí, este año he decidido comprar la leña un poco antes» o «Por supuesto que voy a ver el Mundial de fútbol» y «Por supuesto, trabajaré en la campaña del presidente Obama si vuelve a presentarse, y estoy segura de que lo hará. Ah, de acuerdo, eres republicano. Vaya, quién lo habría dicho, pero bueno, cada cual con sus opiniones. Me alegro de verte yo también».

Salgo a una de las terrazas porque estoy nerviosa por conocer al famoso Richard. Al momento oigo la puerta abrirse tras de mí y escucho una voz profunda que pregunta: «¿Qué haces aquí sola con el frío que hace?».

Antes de volverme, me imagino que estoy en una película y contesto:

—Porque dentro hacía tanto calor que ahora mismo el frío ni se nota. Y una mujer necesita un soplo de aire fresco de vez en cuando. —Intento dejar claro que estoy de guasa y solo trato de pasarlo bien, pero me giro y me topo con un hombre negro alto, guapo, que no deja de reír y enseñar unos dientes maravillosos, tiene el bigote más resplandeciente que haya visto nunca. Decido en ese instante rematar mi parlamento—: Encantada de conocerte, Richard. Me llamo Georgia y soy tu futura esposa.

—Un placer conocerte, Georgia. Sabía que esto iba a ser amor a primera vista.

Acto seguido, me recompongo y extiendo la mano para estrechar la suya, pero él la toma sobre la suya, acaricia el dorso y continúa diciendo:

—Es la mejor presentación que he escuchado en mi vida. Es un gran placer conocerte, Georgia. De verdad.

—Era una broma, para romper el hielo. Ya sabes. Un placer, Richard.

—Nos han tendido una trampa, entonces.

—Y menuda trampa. Lo bueno es que no funcionan nunca.

—No nos apresuremos —matiza—. Aún no nos hemos casado. Soy abogado y estoy especializado en divorcios, así que sé exactamente cómo tenemos que hacer las cosas para que no tengamos que terminar ante el juez.

—¿A ti cómo te ha ido a ese respecto?

—Bueno, aprendo rápido. Solo me ha ocurrido una vez.

Yo, por mi parte, le muestro la mano con dos dedos extendidos.

—Parece que yo necesito algunas clases de refuerzo.

—¿Quieres tomar algo?

—No estoy segura. Creo que ya he cogido el punto.

—Somos dos, entonces.

De vuelta a casa, me noto en el rostro una sonrisa que soy incapaz de borrar. No puedo creer que en menos de una semana haya conocido a dos hombres que me hayan resultado interesantes. Por supuesto, no quiero empezar a pensar en
fugarme con ninguno de ellos y siquiera en tener una aventura, por sencilla e íntima que sea. No todos los orgasmos fueron creados iguales, como he aprendido con el paso de los
años, así que debería esperar al menos a meterme en la cama
con los dos para investir a uno de ellos como mi hombre
amado.

Fortunas

Papá Noel viene esta noche a la ciudad, y a mí me han invitado mis hijas a pasar el día de Navidad con ellas, sus maridos y sus hijos, nacidos y no nacidos, en la casa de Estelle, en Palo Alto. Yo no tengo ni árbol. Tengo estrellas, eso sí. De papel troquelado, plateadas, rojas y blancas. Las he colgado de dos varitas metálicas, también de color blanco, para alegrar las ventanas. He comprado una especie de aromatizador con olor a abeto, para crear un poco de ambiente y quizá por nostalgia. Sé que la Navidad celebra el nacimiento del niño Jesús, pero en mi casa también tenía que ver con hacer galletas y ponche de huevo. Veíamos *Rudolph y Frosty* y *El Grinch* y escuchábamos a Nat King Cole cantar sobre las castañas asadas, y su aterciopelada voz reverberaba en los dormitorios de mis hijas. Me encantaba verlas colocar los regalos horriblemente envueltos bajo el árbol y el día de Navidad oírlas galopar escalera abajo con sus pijamas enterizos navideños de bastones de caramelo rojos y blancos. Se lanzaban bocabajo para deslizarse por el suelo y se incorporaban sin saber qué caja abrir primero. Su euforia era contagiosa.

Pasaron los años y empezamos a no dejar galletas para Papá Noel y llegó el momento en que les comenzaron a aburrirles los juguetes y pedían ropa que, además, querían elegir ellas mismas. Y después pidieron tarjetas regalo, de manera que la alfombrilla sobre la que colocábamos el abeto cada año aparecía más despoblada. Perdieron el interés en Papá Noel, y de repente querían pasar parte del día de Nochebuena con sus novios y, a veces, no se presentaban en casa hasta la noche. Los niños crecen.

Ya he enviado a las gemelas dos de esos vinilos gigantes para poner en su dormitorio: uno de Tiana, la primera princesa negra, la de *Tiana y el sapo,* y otro de *Cars,* porque les encanta jugar a conducir y tienen versiones eléctricas en miniatura de los coches de la película en el garaje. Además, les he comprado dos vestidos de princesa, uno morado y otro verde pistacho, aunque no tengo ni idea de si son de algún personaje de cuento o de película.

Estelle y Frankie han insistido en cocinar y yo voy a aportar solo el pastel de melocotón, un ramo de flores, tarjetas de regalo de Nordstrom y Macy's para ellas, otra de Sports Authority para Hunter —que al parecer es muy aficionado a las actividades al aire libre— y una camisa para Justin de su marca favorita, Robert Graham. Entre partido de baloncesto y partido de baloncesto, haré las veces de «Mamá Noel», de abuelita y de mamá a secas, y me dedicaré a poner la mesa, a escuchar, a charlar y a ponerme al día con todos, intentando no estorbar cuando me quede embobada con lo hermosa que es mi familia y lo afortunada que soy yo.

—¿Entonces, qué vas a hacer esta tarde de Nochebuena? Hace mucho más frío que otros años —me pregunta Wanda.

El aburrimiento es difícil de describir, pero ahí va mi intento:

—Estoy viendo *Celtic Woman: Believe.*

—No te creo.

—Bueno, estoy viéndolo sin verlo.

No puedo evitar reírme cuando las tres chicas del grupo de música celta salen caminando majestuosamente a un escenario vacío vistiendo trajes de gala como de los ochenta y, tras un par de meneos de cadera, rompen a cantar con voz de soprano. Me pregunto por qué a tanta gente le gusta este tipo de música.

—No, en serio, ¿qué estás haciendo?

—Estoy a punto de abrir quince bolsas de melocotones congelados para luego hervirlos en dos litros de agua. Después, añadiré azúcar, mantequilla, vainilla, extracto de almendra, canela y nuez moscada, y los voy a dejar macerando hasta mañana.

—Si quisiera saber cómo haces el *crumble,* te habría preguntado hace mucho. ¿Te acordarás de incluir uno extra, pequeñito, para Nelson y para mí?

—¿Cuánto estás dispuesta a pagar?

—Déjamelo encima del buzón y esta vez ponte una notita adhesiva en la puerta del coche para que no se te olvide en el techo. Hablando de otra cosa: Nelson y yo estamos teniendo muchos problemas para elegir apartamento. Son todos preciosos.

—¿Para esto me has llamado el día de Nochebuena?

—Eres tú la que está viendo *Celtic Woman,* así que cállate.

—¿Os estáis planteando vivir en el desierto? ¿De verdad?

—¿Qué crees tú que significa la palabra «jubilación», Georgia? Se te olvida que yo soy dos años mayor que tú. Yo no me salté ningún curso y Nelson, además, me lleva otros dos años, y...

—Un segundo, Wanda. Me están llamando. Ay, Dios mío, ¡es Richard!

—No digas ninguna estupidez. ¡Podrías quedar con él para Año Nuevo! Llámame cuando termines con él. Espero que sea dentro de un buen rato. ¡Adiós!

El corazón se me sale por la boca. Estoy nerviosa como una adolescente. Pulso el botón de llamada en espera.

—¿Diga? —respondo, para que crea que no tengo su número memorizado en el teléfono.

—¡Feliz Navidad, Georgia! Soy Richard. ¿Te pillo mal?

—Feliz Navidad, Richard. Estoy haciendo un *crumble* de melocotón y envolviendo unos cuantos regalos. ¿Cómo estás?

—Agotado, pero muy bien, por lo demás. Ya soy oficialmente un vecino más de la bahía de San Francisco.

—Estupendo. ¿Dónde estás viviendo?

—Ahora mismo estoy alojado en casa de mis padres, en la ciudad, hasta que encuentre algo para comprar.

(¿Con sus padres?)

—Hay mucha oferta, eso tenlo por seguro.

—Lo sé, pero no tengo demasiada prisa. Mis padres viven en una casa victoriana increíble. Y casi nunca suben a la planta de arriba, están ya mayores.

¿Me está hablando en serio?

—Y ¿cuándo llegaste?

—Hace un par de meses. Tenía que cerrar bastantes asuntos antes de dejar Los Ángeles y, cómo no, todo lleva al final más tiempo del planeado.

—Desde luego. Las cosas tienen su ritmo. Yo voy a sacar mi casa al mercado en unas semanas.

—¿Cómo? ¿Por qué vas a hacer esa tontería?

—¿Perdón?

—Discúlpame, no quería decir eso. Lo siento. Lo que quería decir es que, con el mercado como está, sería más inteligente no vender en este momento.

—No tengo prisa por vender, así que… Hablando de cosas más mundanas: bienvenido a la bahía. Podríamos quedar para cenar con Wanda y Nelson un día, para darte la bienvenida.

—Si he de serte sincero, preferiría que no supieran que estoy aquí.

—¿Qué? Creí que Nelson y tú os conocíais desde hace mucho.

—Sí, y eso es parte del problema. Nos conocemos desde hace demasiado, de hecho. Él es muy buen tipo, de verdad, pero ya no tenemos mucho en común, así que prefiero mantener las distancias.

¿Este cabrón habla en serio?

—Pensé que erais amigos.

—Lo éramos. Pero algunas amistades decaen.

Estoy a punto de colgar. ¿Quién se cree este tío? ¿Un híbrido entre el abogado Johnnie Cochran y el actor Jimmy Smits? Desde luego, no me recuerda en nada al hombre divertido y sexi que conocí en la fiesta. Menudo tipo falso.

—Sí, eso es verdad —replico—. Pero, dime una cosa, ¿por qué viniste a la cena que él y Wanda dieron en tu honor? Los dos te presentaron como un amigo de toda la vida.

—Él insistió cuando se enteró de que iba a venir a vivir aquí. Quizá algún día me ponga en contacto con ellos.

¿En contacto?

—Vale.

—Bueno, Georgia, te llamo porque quería saber si te apetecería cenar conmigo algún día.

—¿Este año? ¿El año que viene? ¿Podrías ser más específico?

—¿Detecto una nota de sarcasmo?

—Sí, en efecto, Richard. Me estás pareciendo una persona totalmente distinta a la que conocí.

—¿Y qué tipo de persona era esa?

—Pues un hombre divertido. Rápido. Cálido. Inteligente. Y alegre.

—Vaya, siento decepcionarte. Me alegro de haber hablado contigo. Quizá nos crucemos este año en algún lugar. O el próximo.

Y el muy mamón cuelga.

No le devuelvo a Wanda la llamada. Estoy muy cabreada y decepcionada. Este tipo de cosas son las que hacen tan complicado encontrar un hombre decente. Cuando por fin conoces a uno que te despierta las mariposas de la emoción y ese sentimiento parece mutuo, antes de que dé tiempo a pensar siquiera que la historia podría prosperar y convertirse en una relación, el tipo hace alguna estupidez, se pone arrogante, te insulta, suelta alguna tontería o comentario completamente inapropiado, demuestra ser un ignorante, te falta al respeto o todo lo anterior a la vez. Queda así expuesta su verdadera personalidad, en realidad tan poco atractiva y tan decepcionante que no habrá vuelta atrás, por mucho que el tipo se esfuerce. Richard es el ejemplo perfecto. Tras años así, una termina escarmentada.

Por supuesto, Wanda me llama a mí al rato. Yo ya me he puesto el pijama y me he servido una copa de vino.

—Y ¿entonces? ¿Tienes plan para Año Nuevo o qué?

—No, no tengo plan para Año Nuevo.

—¿Qué? ¿Has vuelto a meter la pata? En la cena que di en mi casa tuve la impresión de que os caísteis muy bien…

—Es más falso que Judas. Y un arrogante. No es en absoluto como me quiso hacer creer. No sé por qué Nelson lo considera su amigo.

—Si quieres que te diga la verdad, a Nelson no le cae demasiado bien. Por lo visto, durante los años que compartieron en la escuela de negocios, se comportaba a veces como un estúpido. Ambos se doctoraron juntos, pero Nelson siempre pensó que era un listillo.

—Y, entonces, ¿por qué diablos queríais que lo conociera?

—Pensábamos que quizá hubiera madurado.

—No, parece que no. Solo ha cumplido años, nada más.

—¿Te dijo por casualidad si pensaba ponerse en contacto con Nelson o conmigo?

—No.

—Bueno. Espero que no nos topemos con él por ahí. A ver si tenemos esa suerte.

—Cambiando de tema, ¿qué vais a hacer vosotros para Año Nuevo?

—Probablemente, ver la cuenta atrás desde Times Square. Aunque lo cierto es que la mayoría de las veces lo vemos al día siguiente en la televisión a la carta porque nos quedamos dormidos.

—¿Te acuerdas de cuando salíamos de fiesta en fiesta y no volvíamos a casa hasta el día siguiente, asombradas de que fuera un nuevo año?

—Claro que me acuerdo.

—Bailábamos toda la noche y nos dolían tanto los pies que volvíamos caminando descalzas con los tacones en la mano.

—Esos recuerdos son de mis preferidos, corazón.

—Siempre acabábamos en alguna cafetería 24 horas, nos tomábamos la última copa para bajar el desayuno y después vomitábamos.

Wanda suspira.

—Ah, los viejos tiempos.

—Bueno, creo que yo me pondré el pijama, haré palomitas, abriré una botella de champán, me liaré un porro y bailaré con los chavales de la gala de Nochevieja.

—¿Acabas de decir que te liarás un porro?

—Es broma. Pero ha sonado guay, ¿eh?

—En realidad, no.

—Bueno, en cualquier caso. Me gustaría hacerte una promesa, Wanda.

—Te escucho.

—Esta es la última Nochevieja que duermo sola.

—Perdona que te lo diga, Georgia, pero ¿no dijiste lo mismo el año pasado?

Jou, jou, jou. Ni en Navidad puede mi amiga dejar a un lado el sarcasmo.

La mañana del día de Navidad meto en el horno los dos *crumbles* de melocotón y salgo temprano en dirección a Palo Alto, previa parada técnica para dejar uno de los pasteles en el buzón de Wanda y Nelson. La calle de Estelle y Justin es tan perfecta que parece sacada de la película *Pleasantville*. Solo falta el cartel de «Negros no». Los árboles parecen vigilar los coches que pasan. Las hojas están tan quietas que da la sensación de que esté a punto de producirse un terremoto. La casa es una de las más pequeñas de la manzana (y no es en absoluto pequeña). El garaje está abierto. Aparco detrás de sus dos monovolúmenes y junto al RAV4 rojo de segunda mano de Frankie y Hunter.

Las gemelas tienen un oído de gato, porque la puerta se abre de golpe y las princesas morada y verde salen corriendo al garaje y me abrazan con sus bracitos envueltos en mangas de poliéster.

—¡Feliz Navidad, abuelita! ¡Gracias por los pósteres y por estos preciosos disfraces de princesa! ¡Nos encantan!

Las dos me agarran del mismo brazo para hacerme entrar en la casa, pero todavía no he cerrado la puerta del coche; tengo que coger las flores, que dejé en el asiento del copiloto. Cuando entramos, mis dos hijas, que por fin empiezan a parecer mujeres embarazadas, se han colocado sendos gorros de Papá Noel y visten vaqueros y camisetas ajustadas. Nos abrazamos una y otra vez, y Hunter, que estaba enfrascado en un partido de baloncesto televisado, se levanta y me da también un achuchón. Por fin, Justin baja a toda prisa por la escalera y hace lo propio. Somos una puñetera gran familia feliz.

—¡Feliz Navidad a todo el mundo!

Mis hijas fingen estar atareadas en la cocina. Tienen como cuatro o cinco libros de cocina abiertos y repartidos por la mesa y la encimera.

—¿Qué ha sido del *crumble* de melocotón? —pregunta Justin.

—Me lo he dejado en el coche. Ve a por él si quieres, está en el asiento de atrás. Pero pon cuidado, pesa una tonelada y debe de estar todavía caliente.

—Suegra, espero que se derrame un poco de juguito —responde.

—¿Puedo ayudar en algo? —pregunto a las cocineras.

—No te preocupes, está todo bajo control, mamá —contesta Estelle.

—Hemos estado cocinando toda la noche —dice Frankie.

—¿Toda la noche? ¿Habéis dormido aquí Hunter y tú?

—¿Te sorprende, mamá?

—No, no me sorprende. Estoy preguntando.

—Siéntate, anda. Relájate, voy a servirte una copa de vino. ¿Quieres ver el partido con Hunter?

A mí el baloncesto no me gusta, pero Hunter me cae bien, así que me siento a su lado y las gemelas se acurrucan sobre mi regazo. Intento no reírme al ver cómo asoman sus Ugg color beis por debajo del dobladillo de sus faldas de princesa.

Huele a Navidad. La de mi hija parece por dentro una casita de caramelo. Ella es muy clásica y le encantan los colores blanco, morado, azul y rubí, el vidrio de colores, los sofás grandes y mullidos y los objetos de cobre y latón. Sobre la encimera de la cocina, veo un pavo dorado y un jamón asado a la miel. Hay también patatas al horno con queso gratinado, esas judías verdes de textura mantecosa que no terminan de convencerme y varios panecillos listos para hornear.

La cena resulta maravillosa.

—¡Qué rico estaba todo! —sentencio.

—¡Todo esto habrá que quemarlo! —observa Frankie.

—Desde luego. Gracias, mamá, por tu ayuda —dice Estelle, con tono algo preocupado. Imagino que será hormonal.

—¿Cómo os encontráis, chicas? —les pregunto.

—Embarazada —responde Estelle.

—Yo me siento gorda —añade Frankie, con una sonrisa pintada en la cara.

—Eso es porque estás engordando —justifica Estelle.

—No, no, eso no es verdad —interviene Hunter desde el sofá—. Está más llenita, eso es todo. Está guapísima.

Frankie nos devuelve una mirada que dice «¿Qué os parece mi marido?» y Estelle devuelve una sonrisa sarcástica a su cuñado, que se levanta de un salto del sillón para celebrar un triple.

Yo decido no probar siquiera el *crumble* de melocotón, pero me apunto al café. Me ordenan que me quede sentada y me lo tome tranquilamente, y me prohíben limpiar. Suena mi teléfono móvil. No me imagino quién podrá ser. Respondo sin mirar la pantalla.

—¿Diga?

—Feliz Navidad, Georgia. Soy James. Harvey.

Me pongo de pie y mis hijas parecen preguntarse por quién se me ha puesto cara de tonta al teléfono.

—Feliz Navidad, James. ¿Cómo estás?

—Bien, bien, bien. Esquiando en Tahoe hasta después de Año Nuevo. Me preguntaba si querrías cenar uno de estos días. Más antes que después. Yo invito.

—Me gusta el plan. Hazte un par de pistas negras a mi salud.

Risas.

—Eso haré. Que tengas un feliz año nuevo.

Cuelgo y dirijo una mirada a mis hijas. Las dos me miran con los brazos en jarras y, en la cara, una sonrisa traviesa e inquisitiva.

—¿Y bien? —pregunta Estelle.

—Es un amigo.

Y las dos chocan la mano.

Estoy sacando el coche del camino de entrada de la casa y Estelle y Frankie me despiden con la mano como si me marchase a la isla de Gilligan. Conozco esas miradas de incertidumbre: ojalá pudiera darles alegría a puñados. No parecen entender que un bebé no es la solución para un problema por resolver. Sé que no tengo derecho a enfadarme, pero no lo puedo evitar. Me enfada que las dos hayan decidido tener un hijo en las circunstancias que atraviesan. Por otro lado, no obstante, estoy decidida a ocuparme de mis propios asuntos y a no ofrecer consejo a menos que me lo pidan. Siento curiosidad por ver cómo van a cubrir todos los gastos que supone un niño y, en el caso de Frankie, estoy deseando saber dónde van a vivir. No se puede criar un niño en la casa de invitados de unos amigos. Estoy empezando a sospechar que Frankie posiblemente estuviera embarazada cuando llegó a casa desde Nueva York. Qué más da, en realidad. Yo hice las cosas a mi manera, y ellas las harán a la suya.

Olvidé sacar el ramo de flores, que sigue en el asiento del copiloto, volcado. Bajo la calle y me da la impresión de que las hojas de los árboles se mueven a cámara lenta. Parecen querer decirme que debería haberme quedado más rato.

Llego a casa en menos tiempo del que me llevó ir. Olvidé desenchufar las estrellas luminosas del exterior, y me alegro. Siguen brillando. Me dan la bienvenida a mi casa.

En Nochevieja pido comida china. *Chow fun* combinado, porque me encantan los suaves y anchos fideos y la ligera salsa de carne. Pido también rollitos de primavera con mostaza picante: adoro y odio a un tiempo cómo me quema la lengua y me despeja la nariz. Gambones a la plancha con sal y pimienta, porque su aroma me hace la boca agua: combinan lo mejor de dos mundos gastronómicos. Y espinacas salteadas con ajitos, porque necesito verdura. No soy un cerdo. Eso sí, soy muy aficionada a las sobras.

Enciendo dos de mis velas favoritas, con aroma a grosella; me doy una ducha y me masajeo con un exfoliante nuevo de citronela y bambú. Ya seca, me enfundo mi pijama de terciopelo. Descorcho una botella de champán francés y me sirvo una copa. Me siento ante el portátil y abro Facebook. Enciendo también la televisión y espero a que empiece la gala de Nochevieja de Dick Clark para, justo después, cuando den las doce, ver bajar la bola de Times Square. Oigo decir a alguien en la televisión, tras las felicitaciones, que su propósito para el nuevo año es sonreír más. Me giro para mirar, pero el hombre que hablaba desaparece del plano y comienza un anuncio de la ASPCA, la Asociación Contra el Maltrato Animal, en el que Sarah McLachlan canta esa preciosa pero deprimente canción que no tengo ninguna gana de oír en Nochevieja. Dono dinero suficiente para rescatar veinte perros al mes y ya he comprado muchas camisetas de la asociación, así que cambio de canal.

Yo no creo en los propósitos de año nuevo y he leído en *Forbes* que solo el ocho por ciento de las personas son capaces de mantenerlos. Me pregunto de dónde sacan ese dato. Yo creo que los propósitos son más bien recordatorios de cosas que te gustaría haber hecho, pero a las que aún no has dedicado tiempo suficiente. O como debilidades secretas que queremos convertir en fortalezas. No veo nada malo en proponerse cosas a principios del nuevo año, aunque es cierto que nadie escoge hacer cambios realmente importantes: la mayoría somos conscientes de nuestras múltiples imperfecciones. Por eso mismo, la lista de defectos que somos capaces de reconocer es tan larga, porque, en realidad, lo que queremos es convertirnos en otra persona. Además, es como prometer que no vas a volver a beber nunca más y recordar más tarde que cuando hiciste esa promesa estabas borracha.

La comida china llega antes de que me dé tiempo a terminar la segunda copa de champán, el cual, por cierto, bien vale todos y cada uno de los dólares que he pagado por la botella. Como de pie y dejo las sobras en el frigo. Coloco las cuatro galletitas de la fortuna, que nunca me como, sobre el escritorio y las rompo una a una. La primera dice: «Alguien te enviará buenas noticias desde la distancia». La segunda dice: «Está en camino un mensaje alegre». La tercera: «Te esperan novedades en tu profesión». La cuarta: «Siempre hemos de guardar viejos recuerdos y alimentar jóvenes esperanzas».

Sería una sorpresa fabulosa que al menos una de las cuatro galletitas diera en el clavo. Me como la cuarta. Decido en un instante que un poco de música dará aún más sabor y energía a esta velada, así que abro iTunes y busco *Green Light,* la canción de John Legend, en la que aparece también André 3000, el ex de OutKast, que me parece un tipo de lo más sexi. Subo el volumen para que todos los vecinos se enteren, si es que están en casa, y empiezo a dar saltos y a bailar como si tuviera treinta años —no, veinticinco—. Termina la canción y empieza Tina Turner, preguntando *What's Love Got to Do With It*[4]. Hago el paso que en mis tiempos llamábamos el «chachá» y chasqueo los dedos, moviendo las cade-

---

[4] En inglés, el título de este tema cantado por Tina Turner sería, literalmente, «¿Qué tiene que ver el amor con eso?» *(N. del T.)*

ras de lado a lado y respondiéndole a Tina a voces: «¡Tiene que verlo todo y no tiene que ver nada!».

Me dispongo a servirme otra copa y me sorprendo intentando sacar champán de la botella vacía. No me noto borracha, pero supongo que ya he bebido lo suficiente.

Abro de nuevo Facebook y decido que esta noche es tan buena como cualquier otra para comprobar si puedo dar con alguno de los Cinco Magníficos.

Pruebo primero con Carter. Carter me salvó la vida, pero en ese tiempo nunca fui consciente de que su valentía volvió mi corazón una esponja húmeda y cálida. Mira esas montañas tan verdes a su espalda... Menudo telón de fondo. Carter parece que se ha convertido, en efecto, en un auténtico patriarca: tiene ocho hijos, veintidós nietos y cinco bisnietos, lo cual explica quizá el pelo blanco y la piel como de cuero viejo. ¡Fue comisario de policía en Charlotte, en Carolina del Norte! Se ha jubilado y sigue casado con la que ya era su mujer cuando lo conocí.

Oh, Oliver. ¿Pastor? ¿Ves lo que conseguís dejando las drogas? ¡No lo hagáis! Como dicen los jóvenes, «LOL». En serio. Oliver era todo un filósofo. Yo aprendí mucho sobre la vida con él, aunque creo que la mayor parte lo terminé olvidando. O nunca lo apliqué. Quiero decir, estoy aquí medio borracha y ¿celebrando qué? Un año nuevo. Él me diría que encontrase una razón mejor para hacer una fiesta. Señor, hasta dónde me tenía con el asunto de la oración. Definitivamente, estaba enamorada de su mente, porque en la cama no era precisamente celestial. Las pasaba canutas para llegar al orgasmo. ¡Mira! ¡Se casó! No tiene hijos. Y ¿vive en Chicago? Era de Chicago, sí, lo había olvidado.

Lance no está en Facebook, así que lo más probable es que esté entre rejas. Era un engatusador que consiguió engañarme —a mí y quién sabe a cuántas chicas más— y que me enamorase de él. ¿Cómo lo hizo? Con esa sonrisa. Era más listo que el hambre y se hacía con la última palabra casi en cualquier tema de conversación. Eso por no hablar del sexo increíble. O quizá debería especificar que aquello que hacía con la lengua habría hecho caer bajo su influjo a cualquier mujer o a cualquier hombre. Yo, sin embargo, fingía no sentir nada por él. Le empujaba a pensar que no lo tomaba en serio y que hacía lo mismo que él: usarlo como juguete sexual. Fracasé en el intento de engañarlo. Lo último que supe de él fue que lo habían pillado vendiendo coca. A mí me había dicho que iba a las casas a hacer encuestas para su posgrado en Sociología.

Y luego estaba David, ese amor tan maravilloso que no podía ser real. Después de varios meses dejándolo y volviendo, llamó un día sin venir a cuento para anunciarme que se mudaba a Nueva York para trabajar en teatro, y que no quería mantener el contacto conmigo porque me encontraba sosa y poco interesante. Pero que me deseaba lo mejor (y luego colgó). No era exactamente el tipo más emocionante del mundo y en la cama no daba demasiado juego. Pero socialmente era un tipo fascinante e impredecible, y por eso nunca me cansaba de estar con él. Unos meses más tarde me llamó desde Nueva York para pedir disculpas por sus groseros comentarios. Alegó que cuando habló conmigo por teléfono se encontraba en un «episodio» y que había empezado a medicarse. Bien, parece que pasó el bache y encontró su verdadera vocación: ahora es productor de televisión en Toronto. Casado desde 2005. Con una canadiense.

Y, por fin, Eric. El hombre que me devolvió a la vida tras la temporada en dique seco posterior al divorcio de Michael. Su estatus está en blanco. ¡Un momento! ¡En esta foto está en la puerta de uno de mis restaurantes favoritos!: ¡el Toulouse Petit! ¡No me lo creo! Ese restaurante está aquí, en San Francisco, a pocos minutos a pie de la clínica. He comido en él al menos diez veces desde que abrió, hace unos años, pero a él nunca lo he visto allí. Creo que voy a pasar a Eric al primer puesto de la lista.

Pero esto es lo que realmente quiero averiguar: ¿dónde coño está Wally, alias Abraham?

Ay, Dios.

Caigo en la cuenta de que es posible que esté borracha, así que cierro la tapa del portátil de golpe con un estruendo, como si la máquina hubiese dejado escapar todo el aire de su alma digital. Me río. Miro por la ventana; está lloviendo otra vez. Apoyo el mentón en la palma de la mano y apuesto a que todos y cada uno de esos hombres está probablemente saludando al año nuevo junto a su persona amada.

Tiempo y dinero

—Tengo la casa invadida por el moho y me tengo que mudar lo antes posible, porque puede ser perjudicial para los pulmones y, en especial, para el bebé. Encima, estoy teniendo problemas en el trabajo. Estoy tomando algo muy cerca de tu clínica, en el Waterbar. ¿Podríamos vernos y tomar algo cuando termines con tu último paciente? ¿Por favor?

Me quedo prácticamente sin palabras.

Pero le devuelvo la llamada y le digo:

—Dame una hora, Violet. ¿Estás bien?

—He tenido días mejores. No tengas prisa. Y gracias, amiga.

¿Moho?

En cuanto termino con el último paciente, Marina toca a mi puerta. La invito a pasar y se queda en mitad de la habitación con los brazos cruzados. Lleva el pelo negro amontonado en un moño altísimo.

—Adivina quién acaba de dejar su puesto.

—Jamie. Me sorprende que haya durado tanto. ¿Ha dado explicaciones?

—No quiera usted saberlas, doctora.

—Tal y como me lo pones, sí qué quiero.

—Se va a instalar en Hollywood. Quiere ser actriz.

Intento no reír, pero no puedo evitarlo.

—Bueno, al menos no tendremos que recomendarla. Bueno, ya sabes lo que tienes que hacer. A ver si encuentras a alguien para el puesto, con un poco de personalidad esta vez.

—De acuerdo. De todos modos, Jamie no caía bien a nadie. En Hollywood se va a morir de hambre. Buenas noches, doctora.

Marina sale por la puerta, pero no llega a cerrarla: al segundo, aparece asomando la cabeza de Lily.

—¿Tienes un segundo?

—Sí. He quedado con una amiga para cenar como en una hora. Pero si es importante, pasa. Siéntate.

—Podemos hablarlo mañana —añade ella. Su mirada sombría me incita a sospechar que, en realidad, deberíamos hablarlo ya.

—Cuéntame, Lily. ¿Qué ocurre?

Lily se sienta y cruza las piernas. Bajo la bata abierta, un top de encaje color cobalto y mallas estampadas con flores ribeteadas con falsos brillantes. Los tacones color anaranjado van a juego con algunas de las flores. Se inclina hacia delante y posa la mano izquierda sobre la mesa.

—Pues verás. A mis padres no les está yendo muy bien.

—Siento oír eso, Lily.

—Lo sé. Mi madre tiene setenta y siete años y su demencia está tan avanzada que ya no puedo cuidar de ella en casa. Mi padre, por otro lado, tiene que operarse la cadera, aunque se niega en redondo. El caso es que voy a tener que tomarme un mes libre para ocuparme de todos estos asuntos, porque no tengo a nadie que me eche una mano.

—Haz todo lo que necesites hacer para cuidar de tus padres, Lily.

—Lo único que quiero es encontrar una buena residencia para mi madre. Y no sé qué va a hacer mi padre sin ella en la casa. No tengo ni idea. Él, además, lleva tanto tiempo aplazando la operación de cadera que es incapaz de dar el paso.

—¿Cuánto tiempo necesitarás, cariño?

—Bueno, de eso no estoy segura aún. Creo que a mi padre lo citarán en unas dos semanas. Yo, por otro lado, quiero visitar unas cuantas residencias antes de decidir cuál es la mejor para mi madre. También creo que debería contratar a un eventual para que ayude a Marina a informar a todos mis pacientes y reprogramar sus citas. ¿Qué opinas tú?

—No te preocupes en absoluto por tu consulta. Marina y yo nos encargaremos. La familia es lo primero, Lily. Si se tratase de mi madre, yo no me lo pensaría dos veces. Tómate el tiempo que te haga falta.

—¿Tenías planes para el próximo mes? Porque podría esperar una semana más.

—No, no tengo nada urgente en la agenda —respondo.

Lily se pone en pie y se vuelve hacia mí.

—¿Puedo hacerte una pregunta? ¿Y me respondes con sinceridad?

—Yo siempre soy sincera, Lily.

—¿Alguna vez has pensado en dejar la clínica?

La pregunta me coge con la guardia baja. Sin detenerme a reflexionar, respondo:

—Sí. Lo he pensado.

—Yo también. ¿A qué te gustaría dedicarte, si la dejaras?

—Pues no estoy muy segura. ¿Por qué lo preguntas?

—Por curiosidad. Dependiendo de cómo evolucionen los problemas de salud de mis padres a lo largo del próximo año, es posible que quiera vender mi parte de la sociedad.

—¿De verdad? ¿Tan a largo plazo estás pensando?

—¿Tú no?

—Pues, de hecho, sí. Pero, bueno, quizá sea mejor que hablemos de ello cuando regreses.

Me pongo en pie, le doy un abrazo y, cuando sale, veo mi móvil arrastrarse con un zumbido por encima de mi escritorio. Lo cojo.

—¡Ya casi salgo, Violet!

—Georgia, soy yo, Percy. ¡Feliz año nuevo!

—Feliz año nuevo, Percy.

—¿Te cojo en mal momento?

—No. Dime.

—Bueno, ante todo quería darte las gracias por aceptar el presupuesto. Normalmente, es bastante complicado convencer a los propietarios de lo importante que es conseguir que la casa luzca increíble para los compradores potenciales.

—Sí. Yo tengo mucha fe, Percy.

Percy se ríe.

—¡Ya! Pero, escucha, ¿no has visto el correo que te he enviado?

Me siento al ordenador, echo un vistazo a mi buzón de correo electrónico y ahí está.

—Lo siento, he estado muy ocupada hoy. Hazme un resumen, Percy. Tengo que salir en diez minutos.

—¡Tengo buenas noticias! Ya están localizados todos los materiales y he contratado a un nuevo asistente que es una bendición. Podríamos ponernos manos a la obra en cuestión de tres o cuatro días.

—¿Qué?

—¡Ya sabía yo que te haría ilusión! No tienes que hacer nada, salvo las maletas. Nosotros nos organizaremos con los de la mudanza. Ya sabemos qué es lo que hay que mandar a almacenaje. La otra noticia es aún mejor: como las cosas se están alineando así de bien, creo que podrías regresar a tu nueva casa, completamente redecorada y lista para vender, en una semana o semana y media.

—¿Completamente redecorada y lista para vender?

—Sí. ¿No estás emocionada?

—Estoy fuera de mí —aseguro, tratando de mostrar entusiasmo—. Pero Percy, creo que voy a necesitar al menos una semana para arreglar unas cuantas cosas.

—Lo entiendo perfectamente. De todos modos, léete bien el correo y mañana me cuentas. Que pases una buena noche y muchísimas gracias por tu paciencia, Georgia. ¡Estoy deseando empezar a trabajar!

Bueno. De acuerdo.

Me quedo como paralizada en mi silla. Estoy intentando procesar lo que acaba de ocurrir en un lapso de apenas diez minutos. Si Lily va a estar un mes sin venir por la consulta, pero no se va a marchar antes de dos semanas, quiere decir que Percy podría terminar para cuando ella ya no esté. Y también quiere decir que tendré que buscarme un sitio para vivir mientras tanto, y que tendré que posponer mi viaje en tren.

Mierda.

Caen del cielo goterones como balas de nueve milímetros. No sé si tiene mucho sentido quedar con Violet, pero si le digo que no voy porque está lloviendo le va a dar un ataque. Llego en coche y se lo dejo al aparcacoches. Veo a Violet en el interior. Parece en trance. Mira fijamente los peces tropicales del acuario de dos plantas.

—Tierra llamando a Violet —saludo. Violet se gira. Es difícil de creer que esas puitas de pelo tan monas, como de puercoespín, sean realmente suyas. Un día pienso quemar todas mis pelucas.

—Qué sorpresa que hayas venido, con la que está cayendo —observa, haciendo un gesto como de azafata de *La ruleta de la fortuna*—. Creía que ibas a cancelar.

—Es solo lluvia —repongo—. Además, me encanta este sitio. Es posible que esta tarde me quede por el centro. No me apetece conducir con tanta agua. Bueno, cuéntame, Violet.

Ella suspira.

—Te he pedido un cóctel y van a traer unas ostras. Aunque no te apetezcan. Siéntate.

Me siento.

—Bueno, dime, ¿qué ocurre? Estoy segura de que no estás así solo por el moho de tu casa.

—Pues no ocurre nada y ocurre todo.

—Mira, Vi. No he venido para acá en coche bajo este puto aguacero para jugar a las adivinanzas. Cuéntame lo que te pasa.

—Las paredes y el suelo de la casa están invadidas por el moho. Ya sabes que puede ser mortal, así que tengo que sacar a Velvet y a mi futuro nieto de ahí cuanto antes.

—¡Pues vamos a buscarles un sitio! —Me lanza una mirada tan dura que parece que se le vayan a salir los globos oculares—. ¿Cuál es el problema?

—Estoy teniendo dificultades económicas.

—¿Qué tipo de dificultades económicas?

—¿Qué importa? ¿Cuántos tipos de dificultades económicas existen?

—Mira, Violet. Me estoy perdiendo.

—Necesito un préstamo.

—¿De cuánto?

—De diez mil.

No me corto con la valva de la ostra por poco. Esto está casi a la altura de cuando me pidió que figurase como copropietaria de su Range Rover porque no le daban ya crédito.

—Pues resulta que acabo de gastar un montón de dinero en arreglar mi casa para venderla, Violet.

—Eso es tirar el dinero.

—Ah, ¿debería quizá haber preguntado a mi amiga la abogada de deportistas profesionales si prefería que se lo diera a ella?

—He dicho que sería un préstamo.

—¿Qué es lo que haces con el dinero, Violet? ¿Me lo puedes explicar?

—¿Tú sabes lo que cuesta la universidad de los hijos?

—Y tú, ¿sabes que los hijos también tienen un padre?

—Y tú, ¿sabes lo que es no poder pagar el préstamo universitario, retrasarse con la hipoteca y que te dé tanta vergüenza que no te atrevas ni a contarlo a tus amigas, porque te van a interrogar sobre qué has hecho para fastidiar tu calificación de crédito? No tengo a nadie a quien recurrir más que a vosotras.

—¿Te has planteado alguna vez pedirle a tu hija que se vaya a vivir por su cuenta y que haga esa cosa que llaman «trabajar»? ¿Has pensado en dejar de comprarle coches de lujo y el último modelo de casi cualquier cosa?

—Es mi hija.

—Y tiene veinticinco años. —Me termino el mojito de un trago—. No lo entiendo, Violet. ¡Eres abogada de jugadores de fútbol profesional, joder!

—Ya no.

—¿Cómo?

—El colegio de abogados me está investigando por, supuestamente, infringir dos normas del código de conducta.

—¿Hablas en serio?

Violet asiente sin mirarme. Tiene la mirada perdida en las conchas vacías de las ostras.

—Sí, hablo en serio.

—Pero ¿qué has hecho?

—No he hecho nada. Es todo mentira.

—Responde a mi pregunta, Violet.

—Supuestamente, por aceptar regalos de un cliente o dos y por conducta sexual inapropiada. No quiero entrar en detalles. Voy a recurrirlo.

—¿De verdad? ¿O sea, me estás diciendo que no hiciste nada de eso?

—Todo el mundo lo hace, pero a mí han decidido echarme a los perros.

—Ajá, o sea que les caes mal a los del colegio.

—Mira, no necesito sermones, Georgia. Estoy intentando decidir cuál será mi próximo paso. Quiero hacer lo que estás haciendo tú.

—¿A qué te refieres?

—Quiero reinventarme.

—¿Quién ha dicho que yo me estoy reinventando?

—Eres una mujer madura que está intentando vender su bonita casa por puro aburrimiento, y que quiere cambiar de profesión cuando la que tiene es perfectamente válida. Para rematar, estás intentando contactar con todos tus ex para ver si repescas a alguno, porque parece que no eres capaz de encontrar un novio aquí en San Francisco.

—¿Cuántas copas te has tomado?

—No las suficientes.

—Mira, no voy a comentar nada sobre lo que acabas de decir. Al respecto de tu petición, ahora mismo no puedo prestarte diez mil dólares, Violet, porque mi futuro económico tampoco se perfila muy boyante. —Ella me mira con desdén—. ¿Cuándo crees que me podrías devolver el dinero si te lo prestara?

—¿Cómo coño voy a saberlo?

—Podría prestarte cinco mil.

—Con esa cantidad no voy a ningún lado.

—De verdad, me estás asustando, Violet. Me acabas de plantear algunas cuestiones bastante duras y hace un rato mi socia ha hecho exactamente lo mismo. Voy a tener que posponer esa reinvención mía de la que hablas. Pero bueno, a ti eso te da igual. ¿Qué hiciste, por cierto, con los diez mil que te prestó Wanda?

—¡Le dije que no te lo contase!

—Bueno, pues me lo contó. ¿Y qué vas a hacer al respecto? Mira, eres muy tonta a veces, pero te queremos. Puedes aceptar mi oferta o rechazarla. Tú misma.

—Wanda, qué estúpida bocazas… ¿Sabes qué? Estoy harta de vosotras dos. Me tenéis hasta no te voy a decir dónde.

Después de ese comentario, decido levantarme.

—No tengo hambre. Y no creo que debas conducir hasta tu casa con esta lluvia.

—Tengo un puto Range Rover —me dice, levantándose ella también. Yo me dejo caer de nuevo en la silla.

—Mira. Te he dicho que te puedo dejar cinco mil dólares.

—No voy a suplicar tu ayuda. Desde este momento, esta amistad está oficialmente acabada.

Y sale del bar hecha una furia.

No he tenido apenas oportunidad de digerir lo que me acaban de decir Lily y Percy, y ahora, menos de una hora más tarde, una de mis mejores amigas me plantea otro problemón de aúpa y se agarra una rabieta digna de mis nietas. Esta chica tiene la cara muy dura. Lleva años haciendo numeritos de este corte. Cree que el mundo gira en torno a ella y sus necesidades y nunca se pregunta si los demás necesitan algo. Y no está borracha: está comportándose como una histérica. Yo me voy a quedar aquí tomando algo hasta que lo haya asimilado todo. Es demasiado para procesar de una sola vez.

Me tomo otro mojito, llamo al hotel Hyatt y pido un taxi. Mando un mensaje de texto a Frankie para ponerle al día sobre lo de la redecoración y para decirle que hable con Wanda. Le cuento también que no me encuentro muy bien, que creo que estoy incubando algo y que voy a pasar la noche en un hotel.

Por la mañana no me siento con fuerzas para ir a trabajar, así que llamo y digo que estoy enferma. Tampoco quiero volver a mi casa, así que me quedo en la ciudad. Podría llamar a esto día libre, pero realmente es una baja.

Le cuento a Marina la verdad: que necesito un poco de aire.

—Yo también he pasado por ahí. A veces uno necesita una pausa, sin más. Tus pacientes no es que estén enfermos. Tráeme sobrecitos de edulcorante si te vas a tomar cafés por ahí.

Me pongo el albornoz y me tiro en la cama. Me quedo mirando el techo fijamente. Por alguna estúpida razón, mis ojos vierten lágrimas. Me las seco con el ceñidor del albornoz. Vienen más, parece, así que las dejo correr. Necesito sentir lo que siento y dejar de fingir que no es real.

Hace unos meses me sentía plena de esperanzas. Emocionada. Iba a hacer un viaje en tren. Iba a vender mi casa. Estaba intentando decidir cuándo sería el mejor momento para decir a Lily que quería vender mi parte de la clínica. Me planteaba cuándo y cómo comenzar una nueva carrera profesional. Me había propuesto incluso tomar clases, aunque no sirvieran para nada. Iba a empezar a hacer ejercicio. Había empezado a contactar a antiguos amores solo por descubrir cómo les iba en la vida, para hacer las paces, para hacerles saber que no los había olvidado. Quizá para dar gracias por lo que había aprendido con ellos.

Y aquí estoy ahora, escondida en una habitación de hotel, actuando como si mi mundo me estuviera pasando por encima o como si estuviera llegando a su fin, cuando no es así en ninguno de los dos casos.

El tercer día resucito. El festival de autocompasión ha sido divertido, pero se acabó.

Limpio la bañera y me doy un baño de una hora con sales de lavanda. Me pongo una bata limpia. Tiro la peluca a la basura y me lavo el pelo. Me dejo el acondicionador un buen rato. Cuelgo del tirador el cartel de «No molestar» y me doy cuenta de que tengo hambre. Miro la bolsa de patatas fritas del minibar y la bolsa me mira a mí, pero al final cojo una gran manzana verde. Para mi sorpresa, está muy rica. Abro una botella de agua con gas que debe de costar como mil dólares y me siento en el escritorio. Abro mi portátil y me quedo alucinada al comprobar que tengo cuatro comentarios en mi muro de Facebook.

El primero es de Saundra Lee Jones, una niña que estuvo en mis escuelas de primaria y secundaria en Bakersfield. Tiene peor aspecto que yo. A mí no me caía bien porque tenía un carácter bastante turbio. Me sonreía, pero luego me dejaba a la altura de las colillas a mis espaldas, normalmente, ante otras chicas a las que ella tampoco caía bien y que siempre venían a contármelo. Siempre se quejaba de que yo iba de inteligente. Pero es que lo era. También criticaba que mis padres me comprasen ropa bonita. No era culpa mía que no fuésemos pobres. Y odiaba que yo gustara a tantos niños, incluso a algunos mexicanos y blancos, lo que al parecer le daban ganas de arañar la pizarra, algo que hacía, de hecho, de vez en cuando. Yo tenía un pelo espeso y largo y el suyo era alambrado y quebradizo, y por eso decía que las colas de caballo estaban sobrevaloradas. Yo, además, bailaba muy bien y Saundra tenía ciertos problemas con el ritmo, por lo que siempre pisaba a sus parejas de baile y prefería no bailar agarrada. A Saundra no le gustaba ser negra:

¡Hola, Georgia! ¡Por fin doy contigo! Solo quería saludarte y preguntarte si vas a venir a la 40.ª reunión de la secundaria. Va a ser finales de agosto. Si no recuerdo mal, creo que te las has perdido todas menos la décima. Espero que las dos hayamos perdido unos kilitos para la fecha (lo digo por tu fotografía). Sería genial vernos y contarnos la vida. Yo vivo en Nueva Orleans. No he tenido hijos y estuve casada cinco años, pero mi marido murió el día de Navidad de 2008. Fue un amor de madurez, pero era mi compañero del alma. Veo que eres oculista. Yo no fui a la universidad, pero me gusta vender coches. Jamás imaginé que tú te harías médica, aunque es una profesión muy honrosa. Siempre pensé que tendrías un trabajo más vistoso. ¡A ver si te veo en Bakersfield! Estamos en contacto, aunque dudo mucho que respondas a este mensaje, porque hace cuarenta años no te caía bien. Quizá ahora que somos viejas haya cambiado tu opinión sobre mí.

La que nace una desgraciada se muere una desgraciada. Yo, como no estoy muerta, me siento obligada a responder.

Me alegro de leerte, Saundra. Gracias por ponerte en contacto conmigo. Espero verte en la reunión.

Avanzo en la lista de comentarios. El siguiente es de alguien a quien no reconozco en la foto: mi hija Frankie.

Mami, ¿qué pasó? ¡Di algo! ¡Deja que el mundo sepa que existes! ¿En qué piensas? ¿Qué te molesta? ¿Qué cosas te parecen fascinantes? ¿Qué es eso que te pica y que te mueres por rascar? ¿A quién quieres?

¿Estará hablando en serio? ¿Por qué diablos iba a poner yo todo ese tipo de cosas en Facebook? ¿Por qué le va a interesar a gente a la que no conozco de nada? Hago clic en «Responder».

Si quisiera compartir cómo me siento sobre cualquier asunto, definitivamente, no lo haría en las redes sociales, para que la gente lo vea y opine. ¿A quién le importa lo que yo piense y lo que me preocupa? Pero bueno, voy a pensar en lo que me dices y ver qué es lo que me pica. A ti te quiero, y si quiero o no a alguna otra persona, no es asunto de nadie. Por favor, no me escribas más por aquí. La próxima vez me llamas o me mandas un mensaje al móvil. Te quiero.

El siguiente comentario es de Mona Kwon. ¿Qué hará esta mujer en Facebook, por Dios?

¿Qué tal, doctora Young? ¡No puedo creer que por fin se haya abierto un perfil en Facebook! Es emocionante y maravilloso interactuar con amigos y también con desconocidos que pueden convertirse en amigos. Quién sabe, ¡tal vez encuentre aquí a su tercer marido! ☺ Quería darle las gracias porque usted me cuida los ojos. ¡Y me encantan todas las monturas que venden, especialmente mis nuevas Tom Ford! ☺ ¡Nos vemos pronto!

¿Cuándo se ha comprado Mona unas Tom Ford? ¿Desde cuándo es moderna? Y ¿cómo sabe cuántos maridos he tenido? Estoy segura de que Marina no se lo ha dicho. Esta es otra de las razones por las que no me fío de las redes sociales. Y ni siquiera de Google. Es como si la gente pudiera mirar a través de la ventana de tu casa incluso con las cortinas echadas.

Concluyo que quizá sea mejor no contestar a Mona. Su mensaje y el de Frankie son de hace meses y Mona no ha hecho referencia a él desde entonces. Si algún día comenta algo, me haré la loca.

Tras el comentario de Mona aparece otro de un hombre bien conservado llamado Warren Flowers. No tengo ni idea de quién es. Quizá haya escrito a la Georgia Young equivocada.

Hace siglos que perdimos el contacto, Georgia, pero por tu foto veo que no te va mal. No sé si te acordarás de mí: soy uno de los farmacéuticos del hospital en el que trabajaste hace un tiempo. Siempre te saludaba cuando sacabas el coche del aparcamiento. En cualquier caso, veo que sigues viviendo en San Francisco. Yo también. Estoy trabajando en una farmacia Walgreens, en Walnut Creek.

No caigo en quién es este Warren, aun tras estudiar concienzudamente su fotografía, intentando obviar las arrugas y el pelo gris. Borro el mensaje, porque, si no recuerdo ni quién es, ¿por qué habría de retomar el contacto?

Hemos contratado a un nuevo técnico. Ninguno de los anteriores fue negro, no sé por qué. Este mide algo más de metro ochenta y pesa lo mismo que yo. Viste casi siempre camisa y tirantes de todos los colores del espectro, pantalones de cuadros o raya diplomática, calcetines blancos y mocasines caros. Agréguense unas rastas brillantes y muy cuidadas que, recogidas, hacen pensar en un paquete extragrande de patatas fritas del McDonald's, solo que de color negro. Usa unas gafas de Prada de montura blanca que le dan un aire muy británico. Su primer comentario se me hace medio raro: «Me gustan las chicas». Yo replico: «Me parece muy bien». Se llama Mercury Jones. Sí, me confirma que es su nombre real. Marina está encantada con él. Además, estudia en la Escuela de Artes a tiempo parcial. Especialidad: Ilustración Digital.

Durante la entrevista de trabajo, que duró cinco minutos, le pregunté por qué quería trabajar con nosotras. «Porque necesito un empleo», respondió con una sonrisa. Me contó, a continuación, que se tomó un año para titularse como técnico optometrista más que nada porque quería conseguir un empleo respetable y más o menos interesante que le permitiese trabajar cara al público en un entorno estéticamente agradable y, en este caso, en un lugar desde el que pudiera ir caminando a la escuela, donde terminaría sus estudios en un par de años, que es el tiempo que esperaba poder trabajar con nosotras.

Me cayó bien desde el primer momento. Ante todo por su sinceridad. Me encanta también como viste, y es que ser técnico es cincuenta por ciento relaciones públicas, veinticinco por ciento ventas y veinticinco por ciento todo lo demás. Paradójicamente, para ser técnico en una clínica como la nuestra no hacen falta muchas habilidades técnicas. En cualquier caso, me alivia pensar que somos de nuevo una feliz familia de optometristas profesionales.

Todo riesgo y terceros

Frankie y Hunter se instalan en la casa de invitados de Wanda y Nelson dos días antes de que Percy se ponga manos a la obra. Decido quedarme en el Hyatt, porque me han ofrecido tarifa empresarial. Vuelvo a casa y hago maletas como para una semana, sin olvidar mi *dildo* de chocolate. Echo una última mirada para que se me quede grabado cuál era el aspecto de mi casa antes de que le borren mi estilo. Violet, por su lado, se cobró el cheque del préstamo con un simple «gracias». Wanda no ha oído ni media palabra de ella. Estoy enfadada, pero ojalá le esté yendo bien.

Una semana después estoy ya harta del hotel. Llamo a Wanda.

—¿Quieres quedar en la ciudad para cenar?

—¿Por qué y dónde?

—En el Toulouse Petit. Pues porque no nos vemos desde la fiesta en tu casa.

—Esa no es la verdadera razón. ¿Qué es lo que pasa?

—No te lo voy a decir.

—Vamos, Georgia. Dímelo. ¿Qué celebramos?

—¿No decías que te acordabas de Eric?

—Claro que sí. Es uno de los Cinco Magníficos. De ese grupo, es el único que perdiste de vista totalmente. ¿Por qué lo preguntas?

—Es el dueño del Toulouse Petit.

—¡No me lo creo! ¿Cómo te has enterado?

—A ver si adivinas.

—Facebook. Tiene buen gusto, eso está claro. ¿Coges el chiste?

—No, no lo cojo.

—¿Cómo tienes pensado acorralarlo?

—Wanda, ya en serio. No tengo ni idea de lo que voy a decirle. La cosa es que no recuerdo siquiera haberlo visto cuando hemos comido ahí.

—Quizá estaba en la cocina. Yo hago la reserva, si quieres. No le cuentes nada a nadie. ¿A las siete te va bien?

—Sí, me va bien. Quizá tenga también alguna potencial buena noticia que darte. Y no preguntes ahora. Nos vemos en Toulouse Petit.

No sé qué es lo que me ha dado con esto, pero no me voy a echar atrás ni a ponerme nerviosa. No había pensado demasiado en la probabilidad de encontrarme cara a cara con ninguno de los hombres de mi lista. Decido escribir a Eric un mensaje en papel, porque no quiero hablar de cosas tan personales en su muro de Facebook. Elijo un tipo de letra de contornos suaves. Se llama Georgia, qué ironía.

¡Hola, Eric! ¡Me acabo de enterar de que eres el propietario de un restaurante increíble que está entre mis favoritos desde que abrió!… Nunca te he visto por allí y hoy voy a cenar en él. Si lees esta nota es porque no estabas. Quería decirte que estoy orgullosa de ti y que me alegro mucho de que te vaya tan bien. También quería decirte que no te he olvidado, ni a ti ni el breve pero maravilloso tiempo que compartimos. Sobre todo me acuerdo de las alegrías que compartimos, de lo jóvenes que éramos, aunque luego me dieses la patada cuando te fuiste a estudiar cocina a París y yo no pude por eso que llaman «empleo», pero, bueno, parece que tomaste la decisión correcta. Te he buscado en Facebook, pero no das muchos datos personales. Todavía tienes buen aspecto, saludable. Espero que eso quiera decir que eres feliz. ¡Me encantaría que nos viéramos! ¡Yo he cumplido años, eh! Estelle tiene casi treinta, y mi hija pequeña, veintidós. Me he divorciado dos veces. Así que esa es mi historia y sigo adelante con ella. Te dejo mi tarjeta de visita. Yo trabajo a cinco minutos andando del restaurante. Quizá un día podríamos tomar un café o igual me podrías invitar a comer. Si no recibo noticias tuyas, entenderé que es por una buena razón. En cualquier caso, quería que supieras que me alegro por ti y de que tus sueños se hayan hecho realidad. Te mando un abrazo de oso por los viejos tiempos.

Un beso, Georgia Young

P. D.: ¡Nadie me ha llamado nunca «nena» como lo hacías tú!

Vale, no es una nota, sino una carta en toda regla. Si resulta que al final lo veo en el restaurante, le haré un resumen cara a cara. Si no, se la dejaré a la metre. La meto en un sobre blanco, lo cierro y escribo en él su nombre: Eric François.

Me esfuerzo en ponerme guapa. Elijo un vestido azul celeste y tacones negros. Ahora llevo el pelo corto y rizado. Por supuesto, ahí Wanda me gana. Cuando nos encontramos, me saluda con la mano como si lleváramos años sin vernos.

El restaurante es espectacular. Madera, mimbre, lámparas de pie y ventanales oscurecidos. Las cortinas de terciopelo rojo dan intimidad a algunas mesas. Nos sentamos, no obstante, en una de las que están al descubierto.

—No está —aventura Wanda.

—¿Has preguntado?

—Sí, a esa camarera guapísima del pelo afro rubio.

Me giro para mirar. La chica es increíble.

—Quizá debiera teñirme así —me planteo. Wanda chasquea la lengua—. ¿No va a venir luego tampoco?

—No. Al parecer corre maratones y está en no sé qué país haciendo el Forrest Gump.

Yo dejo escapar un suspiro de alivio.

—Por cierto, hoy no voy a beber.

—Yo también.

Pedimos. Wanda: una ensalada de remolacha amarilla. Crema de coliflor, espárragos y trufa con buey de mar del Pacífico.

Yo: ensalada de tomates de huerta y langostinos a la brasa con gachas de nixtamal. Compartimos, además, un pato al horno.

—¿Te hace ilusión entonces que por fin tu casa se vaya a vender?

—Sí y no.

—Ya sé que se te fastidia tu viaje en tren, pero por eso Dios inventó las vacaciones, Georgia. Todavía puedes coger ese tren de medianoche cuando te dé la gana y adonde sea que estés planeando ir. ¡Chu, chu!

—Estoy planeando ir a Vancouver. Y luego atravesar Canadá, hasta Toronto.

—¿Canadá? ¿Qué se te ha perdido en Canadá?

—Me apetece ir a Canadá. Ya hemos hablado sobre esto, así que, por favor, no me preguntes más.

—Bueno, quizá obtuvieras el mismo resultado después de cinco días de playa en Baja California. Lo digo por dar ideas.

—Yo lanzo al techo una mirada de desesperación. Al instante, llegan nuestros «no-cócteles»—. Bueno, voy a obviar este asunto. Entonces, ahora que tu casa va a salir al mercado, ¿qué harás si alguien te ofrece comprarla, digamos, el mes que viene?

—Pues tendría que mudarme.

—Y ¿adónde?

—Ya hemos hablado de esto también.

—Pero no recuerdo dónde me dijiste que querrías instalarte. ¿Era Dubái?

—Ja, ja.

—Responde a la pregunta, Georgia.

—Ya tomaré la decisión cuando toque.

—Creo que deberías dejarte de tonterías y quedarte aquí en Oakland, porque no solo es un sitio muy bonito para vivir, como ya sabes, sino que es étnicamente diverso y tiene mucha vida cultural. Y está lleno de gente inteligente y culta. Con el número justo de locos para que no parezca un parque temático.

—¿Y por qué os vais Nelson y tú?

—Ya te lo he explicado. Queremos tomarnos las cosas con más calma. Jugar al golf todos los días y respirar aire cálido.

Cuando llegan los platos, dejamos de hablar y nos dedicamos a comer. Está todo tan delicioso que devoraríamos hasta la vajilla. Ojalá Eric estuviera para poder decírselo a la cara.

—¿Has pensado cuándo vas a vender tu parte del negocio? ¿Has hablado ya con Lily?

—Hemos sacado el tema, pero poco más. Ahora tiene mucho de lo que ocuparse con sus padres. Quizá cuando regrese.

—Esa chiquita tiene algún problema, ¿no crees? ¿Por qué no se ha casado?

—No lo sé.

—Se viste como una zorra, pero apuesto lo que quieras a que no folla.

—Bueno, pasa mucho tiempo conectada.

—El cibersexo no es sexo de verdad.

—Dejemos de hablar de Lily. Me he apuntado a un curso de tapicería.

—¿Un curso de qué?

—De tapicería.

—¿Por qué?

—¿Por qué no?

—¿Cuándo es la última vez que tapizaste algo?

—Nunca. Por eso me he apuntado a un curso. Wanda, ¿qué te pasa?

—Eso de tapizar suena aún más aburrido que lo de graduar la vista.

—¡La cuenta, por favor! —pido al camarero.

—¡Alto ahí! Por cierto, ¿has pintado ya el taburete?

—Ahora no puedo desordenar el garaje.

—Por fin una razón de verdad y no otra de tus típicas excusas. De acuerdo. A ver. Esto que te voy a proponer puede parecerte una tontería, pero te lo voy a proponer igualmente. ¿Por qué no arreglas esa máquina de coser del siglo diecinueve y haces unos cuantos cojines, maldita sea? Eso es lo que deberías hacer. Coser, bordar. Estoy segura de que venderías cosas.

—Coser es también un lío.

Wanda agita la cabeza, como si le importara.

—Estaba todo increíblemente bueno. Díselo de mi parte cuando te pongas en contacto con él. Si es que te pones en contacto con él.

De repente, cuando salimos del restaurante, ¿a quién nos topamos entrando, con al menos cinco bufandas enrolladas al cuello, gafas color morado y el brazo sobre los hombros de una chica con sus mismas pintas? Por supuesto, a Mercury, que al verme esboza una sonrisa gigantesca y me saluda con los brazos abiertos.

—¡Doctora! ¡Qué bueno verla de paisano! Esta es mi hermana, Neptune. Sí, ya sé lo que está pensando, mis padres se habían tomado algo cuando nos pusieron nombre. ¿Cómo está? —me pregunta tras dejarme ir de su abrazo.

—Encantada de conocerte, Neptune. Me alegro de verte, Mercury. Esta es mi mejor amiga, Wanda.

—Encantado de conocerla, Wanda. Bueno, mañana la veré a la luz de los fluorescentes, doctora —se despide, para ir a sentarse a la barra junto a su hermana. Wanda sale a por el coche y yo espero un momento para entregar el sobre a la metre. Le pregunto si sería tan amable de entregárselo a Eric de mi parte.

—¿Sabe él quién es usted? —pregunta ella.

—Sí. Creo que sí.

Eric me chocó por detrás por accidente.

Se acababa de mudar al edificio en que yo había vivido durante años con Michael y Estelle, que entonces tenía cuatro años.

Los dos salimos del coche para comprobar los daños.

—Espero que tenga seguro —dijo—. Me llamo Eric. Encantado.

—Yo espero que el seguro lo tenga usted. Yo me llamo Georgia. Y no creo que esta sea una ocasión como para estar encantado, la verdad.

—Bueno, la voy a dejar, no veo ningún rasguño.

—Yo tampoco, la verdad.

—Debe de ser cosa del destino. Si me dejas tutearte, ¿no eres tú la que vive en el cuarto? ¿La madre de esa niña preciosa?

—¿Cómo sabes tanto?

—Porque soy el típico cotilla del quinto. Te veo llevarla al colegio y sé que estás divorciada desde hace un año y pico. Bienvenida al club.

—Lo de cotilla no era broma, ¿eh?

—No, unos vecinos me pusieron al día del estatus del resto de inquilinos del bloque. ¿Te gustaría que comiéramos algo juntos un día?

—Pero ¿tú quién eres, a ver?

—Soy un hombre que te quiere hacer la cena.

Y así empezó todo.

Era un caballero del sur.

Nacido y criado en Nueva Orleans.

Cuatro años casado, sin hijos.

Me dijo que ella le había dejado tirado por otro hombre.

Sufrió.

Se recuperó.

La perdonó.

Dijo que la ira era una carcoma para el corazón.

Se convirtió en mi insecticida personal.

Me enseñó a recordar que debía olvidar el dolor.

Fue sincero.

Me ofreció ternura.

Me acarició el pelo.

Me ayudó a vivir en el presente.

Me hizo reír a carcajadas.

Admiró mi inteligencia.

Era muy considerado con mi hija.

No dormía en mi cama, a menos que Estelle no estuviera en casa.

Hablábamos sobre mis esperanzas.

Hablábamos sobre las suyas. Que le gustaría abrir su propio restaurante algún día.

A Michael no le caía bien. Y a él no le caía bien Michael.

A mami le gustó desde el primer momento. «A este te lo tienes que quedar», me dijo.

Pasaron rápido nueve meses.

Me dijo que me quería.

Yo le dije que yo le quería también.

Pero entonces lo admitieron en una famosa escuela de cocina en París y supe que tendría que marcharse.

Y él sabía que yo no podría acompañarlo.

Tuvimos una maravillosa despedida.

Me sentí más liviana.

Los dos dejamos claro lo mucho que nos alegrábamos de que me hubiera chocado por detrás. Que hubiéramos sido capaces de separarnos sin haber dejado ni una abolladura, ni un rasguño.

«Doctora, hay aquí una chica que quiere verla. Dice que será solo un minuto.»

—¿Quién es?

—Parece una estrella de cine. Lleva un pelo afro corto rubio platino y unos pendientes de fábula. ¿Qué le digo?

De repente me inquieto: es la metre del Toulouse Petit. ¿Cómo ha averiguado dónde trabajo?

Ay, Dios, si está aquí es porque ha abierto la carta y la ha leído. Maldita sea. Ahora estoy a la vez enfadada y preocupada por si he metido en algún problema a Eric. Quizá la chica haya venido con una pistola para pegarme un tiro. Aunque, la verdad, no tenía pinta de loca.

—Dile que pase —pido a mi secretaria.

A los pocos instantes entra en mi despacho la reina de los bailes universitarios de los ochenta. Me levanto para saludarla.

—Hola —le digo—. Siéntese. Nos conocimos en el Toulouse Petit, claro. ¿Ocurre algo?

—Me quedaré de pie, si no le importa. —Y, tras rebuscar en su gran bolso negro, saca el sobre sin abrir que le había entregado para Eric.

—¿Ocurre algo? —repito.

—Pues no estoy muy segura. Eric es mi marido. Llevamos felizmente casados veintidós años y, simplemente, siento curiosidad. Me gustaría saber qué contiene este sobre y si es algo que deba saber.

Yo agito la cabeza.

—No, en absoluto. Siéntese, por favor.

La mujer se sienta. Y yo le explico cómo conocí a su marido y le cuento lo que estoy haciendo. Le aseguro que su presencia en el restaurante ayer y ante mí en ese momento responde a la más importante de mis preguntas.

—¿Y qué pregunta es esa?

—Me preguntaba si Eric es feliz y, en efecto, compruebo que está felizmente casado con una mujer muy hermosa.

—Gracias, doctora Young. Mi nombre es Sophie. Creo que lo que está haciendo es admirable. Para serle sincera, yo también tengo algunos cadáveres en el armario que no me vendría mal revisitar.

—Bueno, a mí me quedan unos pocos. No era mi intención causar ningún problema y le pido disculpas si mi gesto la ha ofendido de alguna manera o la ha hecho sentir incómoda.

—En absoluto. Despertó mi curiosidad, es todo. Quise saber por qué una mujer hermosa como usted me entregaba un sobre confidencial para mi marido. Yo respeto, en cualquier caso, la intimidad de Eric. De no ser por ese chico que acababa de entrar en el restaurante, jamás habría sabido quién era usted o dónde encontrarla.

—Mercury, claro.

—Conozco muy bien a Mercury. De todos modos, tras oír sus explicaciones, déjeme decirle de nuevo que no me parece mal lo que ha hecho. En cuanto Eric llegue de Suiza —Eric viaja por todo el mundo—, le daré la carta y espero que algún día puedan cenar juntos o algo así. Pero no en el Toulouse Petit, por favor.

La mujer se pone de pie.

—Gracias, Sophie. Y, por favor, llámame Georgia.

—Adiós, Georgia. Que tengas un día estupendo.

Y se marcha. Yo me siento mucho mejor.

Unos minutos más tarde oigo un toc, toc en la puerta de mi consulta.

—Doctora Young, tengo algo para usted —anuncia Marina.

—Entra, entonces.

Se acerca a mi mesa y me entrega el sobre.

Las restricciones aplicadas anteriormente ya no son válidas

—No me puedo creer que por fin hayas aceptado —dice James.

—Tenía buenas razones para negarme, en cualquier caso —me excuso.

—Bueno, espero no darte más razones de ese tipo. Salud —repone él, entrechocando su copa de vino con la mía.

Tiene mejor aspecto del que recordaba. Incluso a plena luz del día. Hemos reservado en un restaurante de marisco situado en la plaza Jack London. Hay todo tipo de embarcaciones bamboleándose en sus atraques y los pelícanos desfilan por el muelle.

—Bueno —continúa James, cruzándose de brazos. Viste un polo color rosado, que le hace sexi y seguro de sí mismo. Es difícil no fijar la vista en esas bonitas y anchas espaldas y sus sólidos músculos—. ¿Tienes muchas citas?

—No. ¿Y tú?

—Depende del mes o del año —dice, conteniendo una risita—. Yo mantenía, supuestamente, una relación seria, pero tras las vacaciones de Navidad me di cuenta de que el concepto de «seriedad» de ella difería del mío.

—Siento escuchar eso.

—No hay por qué. Ahora soy un jugador sin equipo buscando plantilla, si me permites la horrible analogía.

—No es nada fácil encontrar una «plantilla» adecuada a nuestra edad.

Él alza las espesas cejas como preguntando «¿Eso crees?».

Sonreímos. Picoteamos de los bollitos de pan mientras esperamos nuestros grandes tazones de sopa de pescado.

—¿Cómo está tu hijo?

—Vaya, gracias por preguntar. Está muy bien. Le gusta la escuela de música. Dice que por fin ha encontrado su sitio.

Realmente, no sé de qué hablar sin entrar en cosas demasiado personales. Aunque James es ciertamente agradable, por el momento no está siendo capaz de despertar vivamente mi curiosidad. Y tampoco ha hecho ningún intento de subirme la falda.

—¿Te gusta hacer *camping?* —me pregunta.

—¿Te refieres en tienda de campaña? ¿O en un bungaló?

—¿Qué prefieres?

—Prefiero los hoteles. Me dan miedo los bichos que merodean por el bosque de noche.

—¿Y qué hay del agua? —me pregunta señalando al muelle—. ¿Qué te parecería recorrer la costa en un velero, dejándote llevar por la marea?

—Me parece un buen plan. ¿Por qué? ¿Tienes un barco?

—Sí, un barquito de recreo con un camarote. Es pequeño, pero me hace mucho bien. Operar corazones exige mucho y salir de paseo en el barco es una de las cosas que más tranquilidad me dan.

—Yo te acompañaría encantada algún día.

—¿En serio?

—Pero no muy lejos. Que se vea la costa.

—¿Te gustaría entonces tener otra cita conmigo? —pregunta.

—Esta todavía no ha terminado —replico.

—¿Y? —pregunta Wanda cuando le digo que he tenido una cita hecha y derecha.

—Fue agradable.

—¿Agradable? ¿Qué carajo quieres decir con «agradable»?

—Pues que estuve muy bien con él. No sentí ningún chispazo, pero disfrutamos de una muy buena charla.

—¿De qué hablasteis?

—De la vida.

—Bueno, vale, me lo dejas bastante claro. Y ¿de qué más?

—Le conté a los cinco minutos que iba a vender mi casa, pero no me pareció apropiado hablarle sobre mis planes de dejar la profesión.

—Bien. No lo habría entendido, de todos modos. ¿Quieres follártelo o no?

—Quizá. Cuando vayamos a dar el paseo en su barco.

—Bueno, el barco ya se mueve de por sí. Eso ayudará.

James me ayuda a subir al barco, que, en realidad, es un yate. Él viste de blanco de pies a cabeza, incluida una gorra de béisbol con una gran «A». No me atrevo a preguntar de qué equipo.

—Bienvenida a bordo —saluda—. Estás muy guapa de amarillo.

—Gracias. ¿No es muy chillón?

—Te hace falta algo para la cabeza —dice, y acto seguido saca una gorra exacta a la suya de un compartimento situado bajo los cojines alargados de la zona de estar. Me la pone. Huele bien.

—Qué barco tan grande —digo, porque no se me ocurre otra cosa más inteligente.

—Yo soy un tipo grande —dice, riéndose—. Duermo a bordo de vez en cuando. Baja y echa un vistazo. Tienes que ponerte, además, el salvavidas, te lo he dejado encima de la mesa.

—A sus órdenes, mi capitán —replico, bajando por la escalerilla. El interior es moderno y elegante y está decorado con madera de color suave. Está equipado con todo lo que uno podría necesitar, pero en miniatura. Salvo la cama. La cama es tamaño *queen*. Me coloco el chaleco salvavidas naranja, cojo una nectarina y una botella de agua con gas y subo a cubierta. Oigo el rugido del motor.

—¿Cuánto tiempo tienes? —me pregunta.

—¿Cuánto tiempo necesitamos?

—Depende. A mí me gusta salir a la bahía, salir por el estrecho de Carquines y subir por el río Sacramento, así que serían unas tres o cuatro horas. Si te parece bien.

—De acuerdo. Y ¿qué hacemos si nos entra hambre?

—Ya me he encargado de eso.

Y zarpamos.

Navegar es maravilloso, de eso no hay duda. Surcan el mar junto a nosotros otros barcos, especialmente veleros, y todo el mundo saluda. Las olas son gruesas y espumosas. Tras una hora de travesía, James saca sandwichitos, pepinillos dulces, queso y uvas y ciruelas pasas, y nos servimos una copa de vino.

—Me han dado una muy buena noticia, aunque a ti no te resulte tan emocionante como a mí —anuncia James.

—Te escucho. Me encantan las buenas noticias.

—Acabo de obtener una beca de investigación y voy a pasar cuatro meses en la India.

—¿En la India?

Él asiente. El barco cabecea de un lado a otro.

—Sí. Estoy muy ilusionado.

—Vaya. Parece una oportunidad estupenda. ¿Cuándo te marchas?

—He de ver todavía las fechas. Yo tengo mi propia consulta, pero cuento con colegas de profesión en los que confío y que me cubrirían las espaldas.

—Qué bien —digo, intentando levantarme.

—¿Quieres llevar el timón?

—Creo que no.

—Venga, sube. Es divertido. Como conducir un coche.

Me da la mano y me acompaña amablemente hasta el timón. Se queda detrás de mí, me rodea con sus largos brazos, cubre mis manos con las suyas y las coloca sobre el aro metálico. Permanecemos así unos instantes. Noto su cuerpo cálido y me siento bien. Sí, todo esto me hace sentir muy bien.

—¿Ves qué fácil?

Se inclina sobre mí y me besa en la mejilla, y, acto seguido, en el cuello. Esto me hace sentir aún mejor.

—No quiero perder el control.

—A mí no me importaría.

Durante los siguientes diez minutos trato de mantener la mirada fija en el agua, en los barcos que nos rodean y en las colinas que desfilan por nuestra derecha; de repente, noto algo raro en el estómago. Estoy a punto de decir «Me estoy mareando» cuando me sobreviene el vómito. Mancho todo el timón y tengo que soltarlo.

—Es el oleaje —dice James, buscando una toalla—. No te preocupes, estas cosas pasan. Marearse es un horror. Regresaremos a tierra lo antes posible.

Así que eso hacemos.

«Georgia, ¡buenas noticias! Tenemos unos compradores muy interesados que ya han visitado la casa dos veces. Quieren pasar hoy sobre las once para echar otro vistazo a la parte de atrás. Creo que les gustaría cambiar el jardín. Si ven que se adapta a sus necesidades, están dispuestos a hacer una oferta hoy mismo.»

Reproduzco de nuevo el primero de dos mensajes de audio de Amen.

Mi corazón redobla como un tambor de orquesta.

Amen dice «hoy» queriendo decir «hoy», ¿verdad? Echo un vistazo a la hora en el teléfono. Son las 12:19, ¡mierda! Escucho el segundo mensaje.

«Georgia, no he recibido noticias tuyas, así que esta mañana me he tomado la libertad de enseñar la casa a esta pareja, ya que no hacía falta entrar dentro. Espero que no te importe. La buena noticia es que han hecho una oferta.»

Devuelvo la llamada a Amen, no sin cierta suspicacia, porque no me lo termino de creer del todo. Ha sido demasiado fácil.

—¡Bueno, Georgia, por fin! —saluda Amen al descolgar—. Estaba esperando que llamases de un momento a otro. Siento haber entrado en la propiedad sin tu permiso, pero sé que esta pareja va en serio y tenían que coger el avión de regreso a Seattle. ¿No te parece increíble haber recibido una oferta tan rápido, tal y como están las cosas? ¡A mí, desde luego, me parece una noticia buenísima!

—Bueno, entonces, ¿empiezo a hacer cajas? —pregunto, obviamente con cierto tono de sarcasmo.

—Todavía no. Sí tengo que decirte que ofrecen menos de lo que pides. Les he explicado que tendría que discutirlo contigo y que tú no tienes ninguna prisa por vender, ni ningún tipo de problema financiero.

—¿Cuánto ofrecen?

—Unos sesenta mil dólares menos. Por supuesto, los compradores siempre hacen ofertas muy a la baja.

—Eso no es una oferta a la baja, eso es un insulto.

—Sí, tienes razón. Pero por algo se empieza. En cuanto reciba los papeles, empezaremos a negociar.

—¿Viven en Seattle?

—Sí.

—¿Y por qué se mudan?

—Por un divorcio.

—Pero son una pareja, ¿no?

—Son pareja, pero no se han casado aún. Cada uno de ellos tiene un hijo de un matrimonio anterior.

—¿Cuántos años tienen?

—¿Quiénes? ¿Los niños o la pareja?

—Bueno, si tienen hijos pequeños, me hago una idea de la edad de los padres. No es que me importe demasiado, pero, sin son pequeños, este sitio con tantas cuestas no es el mejor lugar para jugar.

—Los niños tienen siete y nueve años. Los padres tendrán cuarenta y tantos. Probablemente, reciba más noticias a lo largo de mañana. Pero estas negociaciones a veces se alargan un poco. Cruza los dedos para que salga adelante.

—Cruzados los tengo —digo, pero los descruzo en cuanto cuelgo. Cierro la puerta del garaje y entro en la casa dando gracias por no tener que limpiar a toda velocidad para la supuesta visita.

Supongo que debería sentirme feliz. Atravieso el vestíbulo y me siento en las escaleras metálicas. Miro alrededor. ¿De verdad tengo que dejar la casa en que llevo viviendo trece años? ¿En serio? ¿Dónde voy a ir? Y ¿me tendré que mudar de forma inminente? ¿Quiénes son estas personas que quieren vivir en mi casa? ¿Dormir en mi dormitorio? ¿Nadar en mi piscina? ¿Aparcar en mi garaje? ¿Usar mi baño? Joder, apenas me estaba haciendo a la idea de que había decidido venderla.

Y es que, aunque no parezca ya mi casa, sigue siéndolo. Tiene historia. He vivido aquí con mis hijos y mi marido, aunque todos se hayan marchado ya. Hay miles de recuerdos que pueblan, como espectros color chocolate, todas y cada una de las habitaciones. Empiezo a dudar de si realmente quiero mudarme. Era una especie de ensoñación, pero esto ya va tomando visos de realidad. ¿Así se siente una cuando le dan lo que pide?

Pasan tres días sin que reciba ninguna otra noticia de Amen.

El cuarto día lo llamo yo.

—¿Qué pasa, Amen? Sigo esperando tu llamada.

—Tienes razón, lo siento. Estaba a punto de llamarte. Por fin me llamó la pareja de Seattle y resulta que al final no van a comprar.

—¿Cómo?

—Han cambiado de opinión.

—Pero ¿por qué?

—Tienen un agente que les ha encontrado otra casa en la misma zona que, al parecer, se ajusta mejor a sus necesidades.

—Ajá. ¿Así, tal cual?

—Tal cual.

—Vaya. Imagino que así es como se debe de sentir una novia cuando la plantan en el altar.

—Lo siento mucho, Georgia. Los agentes no tenemos control sobre con qué casa decide casarse al final el comprador…

—Bueno, llamaré a los de la mudanza para decirles que cancelamos —y remato la frase con una risita.

—No pareces muy decepcionada.

—La decepción y yo somos viejas conocidas.

Estoy conduciendo por la interestatal 5, camino de Bakersfield. Necesito alejarme un poco de esa casa que no sé si es realmente para mí, y también quiero ver a mami y a Grover. Al parecer, han decidido aplazar la boda hasta que este se recupere de la operación y han estado bastante encerrados porque no se le podía dejar solo. Mami me dice que no están compartiendo cama porque él está un poco frágil. Han colocado una camilla de hospital junto a la suya. «Dios lo comprenderá», dice ella.

Oigo en el teléfono los primeros acordes de *Slave Driver*, de Taj Mahal. Es el tono que tengo asignado a Frankie. Espero que el bebé no se haya adelantado. Si es eso, daré la vuelta en mitad de la autopista.

—¿Estás en el hospital o yendo al hospital?

—¡No, mamá! El bebé sigue en el horno. ¡Pero tengo una noticia estupenda que darte!

—¡Pues suéltala! ¡No hay nada como una buena noticia, mi amor!

—¡Hunter ha conseguido un trabajo en una *start-up* en San Francisco y va a empezar a ganar una millonada, mamá! Y ¿sabes qué más?

—¡Qué emoción! No sé, no puedo pensar ahora mismo. ¿Qué más?

—Acabamos de encontrar un pequeño bungaló de alquiler en Bernal Heights. Es precioso y está bastante cerca de su empresa. ¿Mola o no?

—¡Mola mucho, hija! ¡Estoy tan contenta por vosotros que me dan ganas de ponerme a gritar! ¡Sí, sí, sí!

—No quería que pensaras que nos hemos quedado todo este tiempo tirados en el sofá haciendo manitas teniendo un bebé en camino. Hunter es muy responsable. Pero queríamos esperar a tener algo sólido y concreto para contártelo. ¡Creo que esto cumple con las condiciones!

—Desde luego que las cumple. Entonces, ¿podréis mudaros antes de que llegue mi nieto o nieta?

—¿Qué tal la semana que viene?

—¿Tan pronto?

—¡Sí, señora! ¿Dónde estás tú ahora? Te he llamado al fijo.

—En la I-5. Voy a ver a tu abuela y a su novio.

—¡Muy bien! Mándales un saludo y diles que los quiero a los dos. ¡Un abrazo!

Este es el tipo de noticia que me hace no necesitar música.

Tras una hora más de embotellamiento imposible, me llega un mensaje de texto de Wanda: «Nelson no puede respirar bien y tiene una opresión en el pecho. Vamos en una ambulancia. Te llamo en cuanto sepa algo».

Me quedo mirando el mensaje unos instantes, anonadada, hasta que oigo las bocinas de los camiones detrás de mí. Me salgo al arcén de la autopista y llamo a Wanda.

—¿Cómo está Nelson?

—¡Te dije que te llamaría yo, Georgia! Sí y no. Al parecer, ha podido sufrir un ataque leve al corazón. Pero se va a recuperar.

—¿Cómo lo sabéis?

—El enfermero de la ambulancia dijo que era leve.

—Pero ¡un enfermero no es un médico!

—Tienen los equipos necesarios y saben cómo usarlos. No me voy a poner a discutir sobre esto ahora, Georgia.

—Lo siento. ¿Puedo hacer algo por ayudaros?

—Ten cuidado al volante, por favor. Te llamaré más tarde o mañana. Siento haberte asustado. Se va a poner bien.

Pero entonces la oigo sollozar.

—Te veo en unas horas, Wanda.

Qué hacer cuando no hay vocación

—Ojalá tuviera alguna vocación —le digo a Wanda. Estamos sentadas en un banco en Petaluma, frente a un *outlet* de Nordstrom, una de sus cadenas favoritas, al que me ha arrastrado en un intento de levantarme el ánimo. Amen me ha convencido de bajar el precio de la casa en cuarenta mil dólares, porque llevamos cuatro meses sin recibir ofertas. Pero no todo son malas noticias: Nelson se ha recuperado totalmente. Al parecer tenía la tensión por las nubes y va a tener que hacer más ejercicio que el mero *swing* del golf. Quizá tenga que tomarse media pildorita azul solamente y no empeñarse en seguir siendo un portento sexual.

—¿Has oído lo que acabo de decir, Wanda?

—No. Repítelo, por favor. Estaba pensando en el vestido que vi en esta tienda la semana pasada, y que no compré. Me cabrea, porque no tienen de mi talla y ya debería saber que las cosas bonitas tienden a desaparecer en segundos cuando están a buen precio. ¿Qué estabas diciendo, perdona?

—Ojalá tuviera una vocación.

—Ah, Georgia, por favor, ¿puedes dejar de quejarte? Me estás poniendo nerviosa ya con este rollo tuyo —dice alegremente.

—¿Qué rollo?

—A ver, ¿por qué has dejado tu cursito de tapicería, eh?

—Pues porque no me lo pasaba bien. Era bastante aburrido. Lo único que me gustaba era la grapadora automática.

—¿Qué esperabas entonces, doña Martha Stewart? Se trata de forrar con tela nueva una silla o un sofá viejos. ¿Qué creías? Te dije que debía de ser tan emocionante como un programa de televisión norcoreano, pero nunca haces caso a tu mejor amiga, que es muy lista. No te voy a decir ni pío ya nunca más sobre ninguna de tus brillantes ideas.

—No te culpo. Últimamente, no me aguanto ni yo. Todos estos cambios están siendo difíciles. A veces pienso que debería darme a las drogas, pasarme el día colocada y no preocuparme por nada más ya nunca.

—Claro, vamos a pillar unas papelas de *crack* de camino a casa, ¿te hace?

—Déjame en paz, Wanda. No entiendes lo que es sentirse insatisfecha con una misma. No saber si hay algo que de verdad se te dé bien.

—¿Sabes qué, Georgia? Somos millones las personas que no tenemos una puñetera vocación. Y algunos se limitan a dedicarse a lo que se dedican, hasta que se jubilan. Y no se preocupan por ello. Hay gente que no sabe qué coño significa la palabra «vocación».

—Ya lo sé, Wanda.

—O sea, o naces con algún tipo de talento especial o no. Hay algunos que tienen la suerte de descubrir su verdadera pasión por accidente. También sé, porque lo he visto, que algunos terminan convirtiendo sus aficiones en carreras profesionales.

—A mi edad no.

—¡Mira a Martha Stewart! Empezó trabajando en Wall Street y después le dio por decorar el viejo granero de su casa. Quizá la culpa fuera de ese jodido granero. El caso es que fue entonces cuando empezó a hacer galletas y todo ese rollo.

Siendo ya cuarentona, Martha hacía más galletas que la fábrica de Oreo, y publicó aquel libro sobre entrantes y aperitivos, y llegó el *Navidades con Martha* y bla, bla, y se hizo rica. Y sí, tuvo ese asuntillo que la llevó un tiempo a la cárcel: usar información privilegiada para vender acciones, algo por lo que los hombres se van siempre de rositas. El resto es historia. Así que no me digas que no puede ser.

Wanda concluye su discurso con una palma en alto, como si fuera a jurar.

—Vale. Me he enterado. Pero ¿quién contrataría a una persona de mi edad?

—Mira, a veces da la sensación de que ni siquiera has pasado por la universidad. Acabas de decir la chorrada de la semana. Yo no imaginaba que estuvieras pensando en ponerte a buscar trabajo.

—No me refiero exactamente a «buscar trabajo».

—Mira, cari, con lo que saques de la venta de la casa y de tu parte de la clínica podrás vivir tranquila un tiempo, ¿no crees?

—Si las cosas siguen así, a la casa quizá no le pueda sacar nada. Pero, bueno, si recupero la mayor parte de lo invertido en la clínica, podría disponer de algún tiempo de tranquilidad, sí.

—No sabes la suerte que tienes. Mucha gente mataría por estar en tu lugar. Y a falta de un ejemplo mejor: Roma no se construyó en un día. No entiendo las prisas. Lo que tienes que hacer son cosas con las que disfrutes. Y luego ver qué pasa.

—Voy a hacer otro curso.

—Por favor, no me digas que es un curso de bisutería hortera ni de cerámica rara ni de esos teñidos psicodélicos que ya solo se usan para ropa de bebé ni de jabón con hierbajos que no hace espuma ni de esas velas de aromaterapia que te dejan la casa oliendo a rayos. Si te apuntas a un curso de esos, yo te juro que me meto a macramé o a soplar cristal.

—Y ¿qué pasa con tu punto de cruz?

—Eso es una afición. No quiero pasar de ahí. Además, sé perfectamente que la mayoría de mis bordados son horribles y que no sirven para nada, y por eso se los doy a los perros para que se acuesten encima o los regalo a amigas como tú, que los cuelgan para no herir mi sensibilidad, aunque sea en el rincón más escondido de la casa. No tienes ni idea de cuántos regalo.

—Y ¿por qué no te buscas otra afición?

—Porque el punto de cruz me gusta. No exige mucha imaginación. Es relajante y eso para mí tiene mucho valor, si quieres que te diga la verdad.

—Pues esa no es razón suficiente, si quieres que te diga la verdad yo a ti.

—Me dan igual en este preciso instante las verdades que me digas, sinceramente. Georgia: todo lo que hagas no tiene por qué conducirte a algo mayor. En fin. ¿A qué curso te vas a apuntar, entonces?

—A uno de restauración de muebles.

—¿De verdad? Eso debe de ensuciar mucho y hacer mucho ruido. Y debe de ser trabajoso. Y suena a que da cáncer. Y las herramientas tienen que pesar lo suyo. ¿Has pensado en tus uñas? —La miro a ella. Me miro las uñas—. ¿Qué pasó con el taburete que ibas a pintar? —insiste.

—Está guardado en un armario del garaje. No puedo ponerme a pintar hasta que sepa dónde voy a vivir en un futuro, sea próximo o lejano.

—¿Por qué no te buscas un estudio para trabajar en él?

Ahora soy yo la que mira incrédula.

—Vamos a ponernos serias, Wanda. ¿Cuántos taburetes puede pintar una mujer como yo?

—¡Pues pinta también otras cosas! Joder. Eres tan estrecha de miras, Georgia… Yo creía que tenías visión, pero estoy perdiendo la fe en tu capacidad para mirar más allá.

—Necesito un *latte* —digo por toda respuesta.

—Creo que yo prefiero una ginebra doble.

Wanda se compra otro conjunto de *running* de Golden Girls y un par de Reebok del año pasado. Necesita también un vestido para una cena y entrega de premios a la que está invitada, pero no encuentra ninguno que le guste. Yo no compro nada.

De camino a casa paramos en un puesto de frutas.

—¿Has hablado con Violet últimamente? —me pregunta Wanda mientras curioseamos entre las frutas, las nueces, las aceitunas y el queso.

—No. No me devuelve las llamadas.

—¿Sabes que Velvet parió el mes pasado?

—Me lo suponía. ¿Qué ha sido?

—Un niño. Y era muy pequeño. Solo ha pesado dos kilos trescientos gramos.

—¿No nos lo piensa contar?

—Tú sigues en su lista negra.

—Sin comentarios. ¿Cómo le han puesto al niño?

—No me acuerdo. Creo que tiene nombre de desastre natural o de planeta o de planta o algo así. Ya sabes que la gente joven pone a sus hijos nombre de lo que sea.

—¿Violet está trabajando?

—No estoy segura. Y tampoco tengo muy claro a qué podría dedicarse si no puede ejercer como abogada.

—¿Te sabes su dirección?

—Sí.

—Quiero enviarle algo al bebé.

—Ya me encargué yo, de parte de las dos.

Wanda entra en un Starbucks con *drive-in* y pide lo de siempre.

—Hablemos de algo menos serio, por favor —le pido.

—No te he oído mencionar a ninguno de los Cuatro Magníficos en meses. ¿Qué ha pasado, has cambiado de opinión?

—No estoy tan entusiasmada como antes.

—¿Por qué no?

—Creo que no fue muy buena idea.

—Eso no ha sido razón para ti en otras ocasiones. Y a mí nunca me ha parecido una mala idea. Creo que es algo importante.

—Quizá. Pero tengo otras cosas más urgentes de las que ocuparme, como muy bien sabes.

—¿Y eso te hace especial?

—Son relaciones que terminaron hace mucho. Es agua pasada.

—Vaya sorpresa.

—Y yo estoy intentando centrarme en mi futuro.

—Bueno, pensaba que era usted, señorita *Psychology Today,* la que afirmaba que no estaba intentando volver con ninguno de esos hombres, sino averiguar cómo les ha ido, y hacerles saber que no los había olvidado y que se alegraba de haber formado parte de su vida. O algún rollo por el estilo.

—Pero es que sí los he olvidado. Y al parecer ellos también a mí.

—¿Cómo lo sabes?

—Porque a mí es fácil localizarme.

—Mira, vete a paseo, ¿quieres? De verdad, hoy me estás poniendo de los nervios. Lo único que quiero es animarte un poco.

—Bueno, tú has preguntado.

—Quizá debas pensar en nuestro señor Jesucristo y en lo que él tuvo que soportar para que te des cuenta de lo que es el verdadero sufrimiento y del papel que el pasado desempeña en nuestro presente. Busca al resto de hombres de la lista, Georgia. Termina lo que empezaste.

—En fin. Es posible que tengas algo de razón.

—Con el corazón en la mano, me da igual que hagas una cosa u otra. Pero, joder, fuiste tú la de la brillante idea. Nelson ha dejado de estar quejándose todo el día y ha vuelto a salir a la calle, y yo tengo tiempo libre de nuevo, así que, si no los buscas tú, quizá trate yo de localizar a esos cabronazos. Les voy a enviar un cuestionario. Les voy a preguntar cosas del tipo «¿Te acuerdas de Georgia Young?» «¿Era buena en la cama?» «¿Estaba loca?» «¿Tenía muchos problemas personales sin resolver?» «¿La quisiste?» «En su caso, ¿por qué la dejaste de querer?» «¿Era muy hija de puta?» «¿Qué cojones es de tu vida?» «¿Cómo estás ahora?» «¿Has triunfado o eres un fracasado?» «¿Aprendiste algo de ella?» «¿Has pensado alguna vez en ella a lo largo de estos años?» «¿Te has vuelto a acordar de aquella mamita rica en algún momento, aunque sea puntualmente?» «Si te acordaste, por qué no hiciste el esfuerzo de localizarla y le dijiste "Oye, ¿cómo te va? Espero que seas feliz, que hayas dado con tu lugar en el mundo y que tengas un hombre o una mujer a la que amar y que te trate como mereces; espero que disfrutes de buena salud; fue estupendo que formaras parte de mi vida durante ese tiempo que compartimos; que Dios te bendiga, Georgia"».

—¡Vale, vale! ¡Joder!

La clínica está en silencio. Todo el mundo ha terminado la jornada, salvo Marina y yo. A veces declaramos hora feliz en mi consulta. Vino blanco.

Marina se puso hace poco unas mechas color azul medianoche de las que estoy enamorada y que ahora ella se retuerce entre los dedos. La boca le brilla de rojo. Da un sorbo a su copa de vino y suspira.

—Doctora, ¿le puedo contar un secreto?

—Claro.

—Mercury tiene que dejar el puesto. Le da miedo contárselo por si se enfada.

—No me voy a enfadar por algo así. ¿Cuándo?

—Pues ya.

—Sé un poco más específica, Marina.

— Ya de ya. Le han ofrecido un puesto en el Departamento de Caballero de Neiman. Al parecer, presentó su candidatura hace mucho tiempo y lo han aceptado.

—Me alegro por él. Tendremos que buscar un sustituto. Lo voy a echar de menos, ya lo sabes. Tú también, ¿verdad?

—Hemos intimado bastante.

—¿Cuánto? —Ella aparta la mirada simulando incomodidad—. ¿Te has acostado con él?

Ella asiente, se gira, se termina el vino, me guiña un ojo y me da las buenas noches.

A mí no me apetece irme aún.

Tengo hambre. Pido comida china.

Hojeo mientras tanto un folleto amarillo que he cogido en la puerta del supermercado del barrio:

Aprendizaje vital. Enriquecimiento personal. Se acerca ya el tiempo primaveral y es el momento perfecto para ti. Diversos estudios han demostrado que mantenerse activo física y mentalmente es beneficioso para cuerpo y mente, a cualquier edad. Prueba uno de nuestros cursos. Miles de vecinos y amigos han pasado por nuestra escuela. Inscríbete y abre una puerta al conocimiento.

El folleto es más bien un cuadernillo de algo más de cincuenta páginas. El conocimiento es barato: el curso más económico cuesta treinta y nueve dólares, y el más caro, doscientos. He de reconocer que quedo impresionada: el primer curso de la categoría «Desarrollo profesional» ofrece una certificación en redes sociales y tecnologías de la información y promete ayudarte a decidir si quieres dedicarte profesionalmente a ello: lo imparten profesionales de la empresa Cisco, nada menos. En la categoría «Enriquecimiento personal» hay cursos para coser, hacer jabón y velas, teñir ropa con colores psicodélicos, cocinar, hacer pan e incluso pintar. También puedes convertirte en el próximo Ansel Adams con un curso de fotografía de naturaleza. Los hay, además, para aprender a entender los sueños, a limpiar la casa e incluso a dejar de posponerlo todo siempre. Ofrecen un curso de escritura creativa que quizá interese a Frankie, ¡e incluso danza del vientre y claqué para principiantes! ¡Opciones y más opciones! Como poco, tendré algo interesante que hacer los sábados por la mañana.

De repente, escucho a la vez dos sonidos distintos: el timbre de la puerta y la notificación de un correo entrante en mi ordenador. Abro el mensaje. Es una notificación de Facebook; tengo un nuevo comentario sin leer. Hago clic para comprobar de quién es y no creo lo que veo.

Abraham:

¿Dónde has estado la mayor parte de mi vida? Este es mi número: (415) 555-1155. Por favor, no tardes mucho en llamarme.

De nuevo el timbre.

Pero ¿no ven que está cerrado?

Creo que estoy hiperventilando.

Empiezo a abanicarme como cuando tenía acaloramientos pero, como entonces, no sirve de mucho, así que me acerco a la recepción para subir el aire acondicionado. Veo a través del ventanal a un señor chino con un mandil blanco que agita una bolsa de plástico en el aire. Doy un respingo y me apresuro a abrir.

—Lo siento. Estaba al teléfono y no oí el timbre.

—No pasa nada, doctora Young. Debe usted de estar ocupada esta tarde. No tendrá más pacientes, espero.

El señor ríe alegremente y me entrega la bolsa y una carpetita con el recibo del pago con tarjeta. Añado una pequeña propina y él me da las gracias dos veces y se despide con un «Buenas noches, y no olvide echar el seguro», señalando a la puerta. Le hago caso. Suelo comer en nuestro diminuto *office,* pero ahora mismo estoy tan nerviosa que el olor de *chow fun* de ternera y las gambas a la plancha con sal y pimienta me da náuseas.

Vuelvo a toda prisa a mi despacho y me siento, pero me pongo de pie de nuevo como un resorte y corro a la cocina, saco un tazón del armario y un bote de helado italiano de vainilla y otro de sorbete de sanguina del congelador y me pongo un par de cucharadas de cada. Regreso a mi despacho, pero esta vez casi de puntillas. Me poso con suavidad en mi silla y hago clic en la fotografía de Abraham. Me echo un poco hacia atrás. Se abre su perfil de Facebook y ahí está: en mitad de mi pantalla, más real que la vida. Un Abraham entrado en años pero atractivo como él solo, como siempre lo fue. No sé qué hacer, francamente. Así que llamo a la cazafantasmas.

—¡Está en Facebook!

—Hablas de Abraham, ¿verdad? —responde Wanda.

—Sigue siendo muy atractivo y tiene un aspecto bastante saludable. ¡Y me ha mandado un mensaje, amiga!

—¿Y qué más?

—¡No lo sé! ¡Me ha dado su número de teléfono y me dice que lo llame!

—¿Y qué mierda haces llamándome a mí, entonces?

—Bueno, es que no he mirado aún su página o su perfil o como se llame. ¡Todavía no sé nada sobre su vida!

—Estás hablando con la persona equivocada, te digo. Prueba a llamarlo. Y déjame en paz un rato. La media pastillita de Nelson está a punto de hacer efecto.

Me meto en la boca una gran cucharada de eso que mis amigas y yo llamamos «sexo de congelador». No me importa el helor en la boca: yo me derrito mirando a Abraham a los ojos. Siguen siendo de un negro y un blanco inmaculados, sin señales de haber bebido, de consumir drogas, de dormir poco o de tener demasiadas preocupaciones. Su piel sigue pareciendo terciopelo marrón oscuro. Sigue llevando el pelo a lo afro, aunque más corto y entreverado de gris. Y esos labios —que Dios se apiade de mí— aún firmes y suaves, como por estrenar. Durante una fracción de segundo, me parece volver a percibir el perfume Aramis que siempre usaba.

Dirijo la mirada a la parte izquierda de la pantalla y hago clic en su perfil para ver qué ha elegido revelar al mundo. Estudió en la Universidad de California en Davis: Horticultura. Luego hizo un máster en Cornell en Ingeniería Agrónoma. Trabajo: biólogo especialista en horticultura (¿qué diablos será eso exactamente?). Vive en Lafayette, estado de Luisiana. Estado sentimental: preguntar. (No sé si quiero. O si debería.) No tiene más fotografías. No cuenta nada sobre su familia ni sobre otros acontecimientos vitales. No hay información en la sección «Contactar» ni ningún otro dato.

—¡Bueno, Abraham! —le digo en voz alta—. Parece que por fin terminaste lo que habías empezado. Me alegro por ti. Sí, me alegro.

Y me quedo ahí sentada esperando que él salte a través de la pantalla o algo así solo para contestar: «No te preocupes. Relájate. Sigo siendo el mismo de siempre». Pero no, la foto no se mueve. Sé que suena estúpido y absurdo, pero, después de todos estos meses esperando encontrarlo, es él quien me ha encontrado a mí y no tengo ni idea de qué contarle. Es un idiota por poner su número de teléfono en internet. Espero que no siga fumando marihuana. Tomo aire y lo dejo escapar lentamente. A continuación, marco su número.

Responde al primer tono.

—¿Sí?

Esa voz. Todavía su voz.

—Hola, Abraham —le digo, intentando que no me tiemble a mí la mía.

—Vaya, vaya, vaya. Cuánto tiempo sin oírte, Georgia. Doctora Georgia Young, perdón, a menos que hayas mentido en tu perfil de Facebook. ¿Cómo estás, corazón? —(¿Cómo que corazón? No, por favor, no. Pretendo responder «Estoy bien», pero no me sale nada por la boca)—. ¿Georgia?

Me aclaro la garganta.

—Perdona, Abraham, creo que me estoy poniendo mala. ¿Cómo estás tú?

—Estoy bien. En San Francisco.

Intento deshacer el nudo que me impide tragar.

—¿En serio?

—Intento volver dos o tres veces al año, porque mi madre sigue aquí. Está en el hospital ahora. Tiene los riñones bastante mal y la diálisis no está sirviendo de mucho. Ella dice que está bien, pero no es cierto.

—Me alegra saber que aún vive. Y que sigues siendo un buen hijo. ¿Cuánto tiempo te quedas?

—Cinco o seis días más. ¿Por qué lo quieres saber?

—Curiosidad.

—Cuéntame, entonces, ¿eres mujer casada o divorciada?

—¿No miraste mi perfil en Facebook?

—Yo soy un recién llegado a esto, pero, sí, te tengo que confesar que sí. Lo creas o no, fuiste la primera persona a la que busqué. Lo único que dice tu perfil, de todos modos, es que eres optometrista. Nada sobre tu vida personal.

—Claro, por razones obvias. Para evitar a los cotillas como tú. Aunque ya que lo preguntas, te diré que estoy divorciada. Dos veces.

—Ya somos dos, entonces. ¿Hijos?

—Adultos ya.

—¿Cuántos?

—Dos. Dos niñas. Una ya con la vida hecha. La otra casi, aunque ha dejado la universidad.

—¿Cómo estás tú, después de todos estos años? En una palabra.

—Tendría que pensármelo.

—Vale. Que sean dos entonces.

—Reinventándome.

—¿Qué tiene de malo la Georgia que yo conocí?

—Da igual. Cuéntame sobre ti, Abraham.

—Yo estoy bien. ¿Dónde estás ahora mismo?

—En mi clínica.

—¿Y dónde está tu clínica?

—En el Embarcadero.

—¿Has cenado?

—Pues justamente iba a cenar con unas amigas.

No sé por qué acabo de mentir. Sí, sí lo sé, porque estoy nerviosísima y no me puedo creer que esté escuchando la voz de Abraham después de tantos años.

—Di que no vas.

—¿Cómo?

—Di que no vas. Explícales que uno de tus ex está en la ciudad y que tienes que ponerte al día, porque le rompiste el corazón cuando él esperaba que algún día te convirtieses en su esposa y tienes que verlo para compensarlo. ¿Qué te parece?

Lo único que soy capaz de responder es «Vale».

Uf

Si de joven hubiera sido más lista, habría sabido (o debería) que las rupturas son inevitables. Las rupturas suaves, que son poco habituales, implican no odiarse mutuamente una vez lo mandas todo al infierno. Los dos integrantes de la pareja son conscientes de que han dado lo mejor o lo peor de sí mismos y, aunque desean todo lo mejor a la otra persona, lo que quieren es que se marche. Pero ¿y si le has roto el corazón? ¿Y, tras despedirlo, él sube a un tranvía y no vuelves a verlo en treinta y cuatro años? No sé si yo estaba realmente enamorada de Abraham, pero debo reconocer que jamás llegué a sentir algo tan elevado por nadie. He estado cerca, eso sí. Pero ¿cómo se comparan los distintos grados de amor? Sí es verdad que parecen suceder a distintas temperaturas, por decirlo así. Abraham encendía dentro de mí un alto horno y su fuerza me asustaba, porque al principio solo veía en él a un negro alto y guapo, fumador de marihuana y dador de orgasmos múltiples, que, probablemente, no tenía ningún futuro en la vida. Antes de hundirme hasta la barbilla en el mar de su corazón —o, mejor dicho, antes de dejarlo a él hundirse en el mío—, salí corriendo. ¿Quería casarse conmigo, de verdad?

Ahora mismo se encuentra a quince minutos de aquí. He quedado con él en la clínica porque es el lugar que menos me inspira siquiera a rozarle. No es que esté pensando en eso ni nada parecido. (Mentira.) En cualquier caso, jamás verá el interior de mi casa ni una habitación de hotel a mi nombre o el suyo. Si se me metiera entre las piernas, probablemente, terminaría rompiéndole la espalda porque no querría dejar de moverme ni un segundo. Mi aspecto no es ni de cerca parecido al que tenía entonces, y la mayoría de tíos lo que quiere, en realidad, es una chica de calendario. Esta es otra de las cosas que me fastidian de casi todos los hombres, especialmente de los negros: no engordan. Además, no parecen envejecer al mismo ritmo que nosotras. No dan a luz, no les hacen cesáreas, no les quedan estrías. Bueno, esto no es del todo cierto, porque mi padre sí que engordó y mamá decía que después le quedaron más estrías de las que tuvo ella tras el embarazo. En fin, ¿qué más da? No me voy a desnudar ni voy a acostarme con un hombre al que no he visto en treinta y cuatro años.

Pero luego lo vuelvo a pensar. ¿Por qué no, joder?

En la entrada huele a comida china, así que echo un poco de ambientador, pero el olor no desaparece del todo. Vuelvo a meter la comida en su bolsa y meto esta en otra bolsa de plástico que cojo de debajo del fregadero. La cierro con un nudo bien fuerte; lo aprieto tanto que se me enrojecen los dedos. Atravieso apresuradamente el vestíbulo para entrar en nuestro baño privado y cojo otro ambientador que tenemos allí, más bien un neutralizador de olores. Vacío el bote por la puerta de entrada, el vestíbulo, la recepción, las salas de exploración y mi consulta. Inhalo. No sé si reconozco el aroma de la nada.

Regreso al baño y me lavo los dientes. Me paso el hilo dental y me doy una fina capa de base de maquillaje con un poco de colorete, pero no demasiado, para que él no lo note. Me quito el pintalabios rojo mate, me vuelvo a pintar y añado un poco de brillo. Me ordeno el pelo con los dedos, reviso el bolso y saco mi crema de manos favorita. Me hidrato cuello y brazos. Gracias a Dios llevo un jersey de punto negro. Cuando vuelvo a la consulta para colocarme el abrigo también negro, suena el teléfono. Es él. Probablemente haya cambiado de opinión. Me desinflo.

—Hola, Abraham.

—Georgia, siento mucho tener que decirte esto, pero ¿podemos dejar la cita para otro día? Mi madre se encuentra muy mal esta noche. Una de las razones por las que he vuelto a San Francisco esta vez es para cerciorarme de que tiene a alguien que la cuide en casa, porque el resto de la familia no es de mucha ayuda.

—No pasa nada, Abraham. Lo siento mucho. Lo entiendo perfectamente.

—Quizá me quede más tiempo en la ciudad —continúa—. ¿Vas a estar por aquí toda la semana?

—Sí. ¿Qué edad tiene tu madre, por cierto?

—Ochenta y seis.

—La mía tiene ochenta y dos.

—¿Y cómo está?

—Pues se va a casar.

Abraham deja escapar una risita.

—¡Vaya, qué bonito! ¿Puedo hacerte una pregunta inadecuada en un momento inadecuado? ¿Has pensado en volver a casarte?

—Solo me casaría si estuviera segura de que sería la última vez.

—Me alegra oír eso. Te vuelvo a llamar en un par de días, ¿de acuerdo?

—De acuerdo. Cuida de tu madre.

Guau.

Me enjugo el sudor del entrecejo y apoyo la cabeza entre los brazos extendidos sobre la mesa. Me levanto y saco la comida china de la bolsa de basura. No me molesto siquiera en leer los mensajes de las galletitas de la fortuna.

—Al infierno el resto, amiga, cásate con Abraham y acaba ya con este asunto.

—Lo primero que voy a hacer mañana por la mañana es buscar mi vestido, Wanda.

—Por favor, fóllatelo, Georgia. Aunque sea por los viejos tiempos. Llevas demasiado tiempo con esa horrorosa lista. Te vendría muy bien una buena lubricación de todo el sistema, y lo sabes. Aunque me pregunto si el motor siquiera te arrancará, para empezar.

—Creo que me gustaría dar el pistoletazo de salida con una buena mamada de las de toda la vida.

—¿Te acuerdas de cómo se hacen?

—Algunas cosas no se olvidan nunca, Wanda. En fin. Ya en serio. No estoy pensando en sexo.

—Entonces hay algo que no marcha bien. Pensaba que estabas tomando hormonas.

—Sí. Pero dosis pequeñas.

—Lo que tienes que hacer es ir ya a comprar algo para hacerle más fácil meterse en tu cuevita.

—Podría estar casado.

—¿Y qué? Si lo está, probablemente ella no haya venido a San Francisco.

—No sé. El caso es que me podría meter en un montón de problemas si me acuesto con él y lo disfruto tanto como en su día.

—Venga, cari, por favor. Actúa como lo que eres: una mujer madura que lleva años sin follar. Disfrútalo, de la manera que sea.

—Cada vez te pareces más a Violet.

—No te ofendas, Georgia. Pero tampoco seas tan señorona. Los hombres hacen este tipo de cosas todo el tiempo.

—¿Qué tipo de cosas?

—Hacérselo con quien sea, cuando sea. Deberíamos aprender de ellos. En este momento, tú más que nadie.

—Me hace ilusión verlo después de tanto tiempo. Creo que sería feliz simplemente abrazándolo.

—¿Abrazarlo? Es un hombre, joder, no un hijo que ha vuelto de la guerra.

Estoy tan emocionada que no soy capaz de dormirme, así que me tomo algo que me ayude. Me despierta la voz del detective Goren. Ya no me resulta tan sexi. Es demasiado predecible. Va a resolver el asesinato y, después, humillará al culpable. Cojo el mando y pulso el botón para acceder al menú de programas grabados. Borro los cinco episodios que me quedan por ver y, a continuación, pulso el botón dos veces para dejar de grabar la serie. Estoy cansada de series policiacas. Y estoy harta de buscar entretenimientos. Apago la tele.

Por la mañana decido ir a caminar al embalse. Quizá lo esté haciendo por la razón equivocada: me da la impresión de estar simplemente matando el tiempo hasta el momento en que me llamen por teléfono Abraham o Amen. Rezo por que hoy sea Abraham. Ahora mismo me da igual si la casa se vende o no. Cuando voy por la mitad del camino, suena mi móvil. Es él. Espero dos tonos antes de descolgar.

—¿Tienes planes para almorzar? —pregunta.

—Quizá. ¿Cómo está tu madre?

—Mejor, dadas las circunstancias. Mis hermanas están con ella. Así que todo en orden. No me creo que esté hablando de nuevo contigo, Georgia. Tu voz suena igual que entonces.

—La tuya también.

—¿Hay algún restaurante que te guste especialmente?

—¿Te importaría acercarte al lado este de la bahía?

—En absoluto. ¿Es ahí donde vives?

—Sí. Justo a las espaldas del hotel Claremont.

—Es una zona muy bonita. Verde, tranquila. Mucha naturaleza. ¿Quieres comer, entonces?

—Sí, me parece un plan estupendo. Podemos vernos en el Claremont.

—¿A qué hora te viene bien?

Miro el teléfono. Son ya las once.

—¿Qué tal a la una?

—A la una allí.

En cuanto pulso el botón de «Finalizar llamada» me doy cuenta de que debería haberlo advertido de lo mucho que he cambiado. A lo largo de mi último kilómetro y medio de paseo me doy cuenta, sin embargo, de que no tengo pretextos para nada.

Una vez en casa, busco algo favorecedor en el armario y, en ese momento, se cae la caja de pelucas al suelo. Como en piloto automático, recojo las nueve pelucas y las llevo en brazos, como si fueran ropa sucia, hasta la cocina. Saco una bolsa de basura y las tiro dentro. Salgo al aire frío de la mañana y tiro la bolsa al cubo de la basura. De vuelta al interior, me doy cuenta de que tres pavos salvajes me miran desde la ladera.

—Son pelucas —les aclaro—. Estoy harta de ellas.

Cuando llego, Abraham ya está ahí.

Me espera sentado en un gran sofá de cuero. Viste una chaqueta *sport* color vino, camiseta del mismo tono y vaqueros. Cuando me ve, se pone de pie como un rey y extiende los brazos para que yo me deje envolver por ellos, lo cual hago sin pensar. De hecho, creo que me habría pegado a él todo lo que hubiese pedido, de no batir mi corazón tan fuerte. «Hola, Abraham», saludo, intentando no suspirar. Tiene ahora mejor aspecto que hace treinta y cuatro años. Me besa en ambas mejillas. Ni siquiera recordaba que tenía dos mejillas, yo.

—Georgia —me llama por mi nombre, y sí, él sí se permite suspirar—. El tiempo está de tu lado, nena. Qué guapa estás. Como siempre —halaga, y yo intento no actuar como si supiera que miente.

(¿Nena? Por favor, no. O no. Sí. Por favor.)

—Gracias.

—Aquí estamos de nuevo, y mejor que nunca.

—Yo sé que no estoy igual.

—¿Y yo sí?

—Bueno, yo he ganado mucho. De todo.

—¿Y? Como si fuera algo malo. Llevamos en este mundo medio siglo y no hay nada por lo que disculparse. Mira esto —dice él, abriéndose la chaqueta y apretándome la palma contra su estómago. Firme, cálido. Retiro la mano como si quemara.

—Por favor, Abraham.

Ahora soy yo la que suspira.

—Es tan agradable verte, Georgia. No me puedo creer que estemos aquí juntos ahora mismo, para serte sincero.

—¿Tú no te lo crees?

—¿Has pensado alguna vez en mí, en todo este tiempo?

—Antes de nada, sentémonos.

—Responde a la pregunta primero.

—Por supuesto. Cada vez que leo la Biblia —contesto entre risas. Él me toma de la mano, como solía hacer tantos años atrás, y seguimos al camarero hasta una de las mesas de la terraza. Fuera hace fresco, pero me crece un calor por dentro que me invita a no ponerme la chaqueta. Abraham me retira la silla. Juro por Dios que a nadie le sientan unos vaqueros como a este hombre, con esas piernas interminables. Se sienta y me mira y yo aparto la mirada para contemplar el puente de la Bahía.

—¡La señorita Georgia! —suspira de nuevo.

—Por favor, no me mires tan fijamente, Abraham. Me pones nerviosa.

—¿Y qué quieres que mire?

—De acuerdo, entonces. Mírame.

—Sigues siendo una peleona.

Nos traen el agua. Bebo demasiado rápido y me atraganto. Él se levanta y se acerca a mí para palmearme la espalda. A continuación, me alza entre sus brazos, me incorpora y me aúpa como si fuera una niña pequeña, y continúa palmeándome la espalda.

Yo estoy a punto de llorar.

—Gracias por salvarme —digo con tono jovial.

—Si alguna vez necesitas que te salven de verdad, cuenta conmigo.

—¿Por qué te has ido a vivir al sur profundo? —pregunto.

—¿Y por qué no?

—No era una pregunta retórica, Abraham.

—Me gusta el suelo de por allí. Soy agricultor, ya sabes.

—¿Agricultor de verdad, quieres decir? ¿De los que viven en el campo?

Asiente.

—¿Te sorprende?

—Pues la verdad es que sí. Teniendo en cuenta que te criaste en San Francisco…

—Si todos nos quedásemos donde crecimos, no nos brotarían ramas ni nuestras raíces llegarían muy lejos.

—¿Las tuyas han crecido mucho?

—Bueno, tengo tres hijos. Uno vive en Seattle, es profesor de biología en secundaria. El otro vive en Atlanta, es interiorista, y sí, es gay, y me siento muy orgulloso de él. Por si te lo preguntabas. El más joven vive todavía conmigo. Tiene una discapacidad física, pero me ayuda mucho. Como a mí, le encanta plantar y cultivar cosas que se puedan comer.

—Vaya. Increíble. ¿Y qué hay de tu mujer?

—¿Cuál de ellas?

—¿Te has divorciado dos veces, no?

—Sí. Pero ahora estoy comprometido con una mujer maravillosa que me recuerda a ti.

Bien. Hasta aquí llegaron entonces mis fantasías.

—Qué halago.

—¿Qué hay de ti? Sé que tienes dos hijas y dos exmaridos, y que eres una optometrista de éxito en San Francisco. ¿Estás viendo a alguien?

¿«Viendo»? Intento no echarle una mirada asesina, porque lo dice con buena intención.

—Hace un tiempo sí, pero ahora mismo no.

—¿Cuánto hace?

—¿Por qué?

—Porque quiero saber cuánto tiempo hace que no quieres a alguien o alguien te quiere.

Oh, Señor, ayúdame. No merece la pena mentir, porque entonces tendré que seguir mintiendo para sostener la mentira anterior.

—¿Qué más te da a ti eso, Abraham?

—Quiero saber si eres feliz.

—Pues no lo soy, no.

No puedo creer lo que acabo de decir.

Abraham no parece sorprendido.

—Es lo que sospechaba.

—¿Y por qué lo sospechabas?

—No hay luz en tus ojos.

—Quizá necesite gafas.

El comentario no le hace gracia.

—Cuéntame.

—Te estoy contando.

—Ya sabes a qué me refiero. Yo no muerdo, Georgia. Y nuestra historia en común es demasiado antigua como para andarnos con juegos y simulaciones. No quiero nada de ti. No voy a entrar en Facebook para contar al mundo lo que hablemos aquí. Entre otras cosas, por eso tardé tanto en abrirme un perfil. Me obligaron mis hijos.

—A mí, la mía —repongo yo, señalándome el pecho con el dedo.

—¿Te sientes sola, entonces?

—No me siento tan cómoda como para responder a esa pregunta. Llevo años sin verte, Abraham, y aquí estás, salido de la nada, tratando de meterte dentro de mi mente como si no hubiera pasado el tiempo.

—No es algo de lo que debas avergonzarte.

—¿No deberíamos pedir?

—No tengo tanta hambre, en realidad —responde él—. ¿Y tú?

Niego con la cabeza. Siento como si me hundiera. Tengo ganas de dejarme caer, de desaparecer bajo la mesa, acurrucarme y no salir de ahí nunca más.

—¿Está cerca tu casa? —pregunta.

—¿Por qué?

—Porque quiero saberlo.

Señalo con el dedo.

—Me encantaría ver dónde vives y cómo vives.

—No sé si es buena idea, Abraham.

—Yo creo que es muy buena idea, Georgia —replica, tomándome de la mano e invitándome a levantarme. Deja a continuación un billete de veinte sobre la mesa.

El camarero ni se molesta en preguntar.

Cómo escuchar a tu mente

Después de pedir disculpas por lo desangelada que está mi casa y contar que la estoy vendiendo y que todavía no he decidido qué hacer con el resto de mi vida, Abraham me dice:

—No tienes que darme tantas explicaciones, Georgia.

Oh, Señor.

—Déjame hacerte olvidar las preocupaciones, al menos por hoy.

Oh, Señor.

—Creo que no podrías.

—Yo creo que sí —insiste él—. He prestado mucha atención a lo que me acabas de decir. Estás intentando averiguar cómo quieres vivir el resto de tu vida. Da la impresión de que tienes un conflicto interior y, aun así, te crees segura de estar haciendo lo correcto. Como cuando me echaste de tu vida: eso también te pareció lo correcto. Aunque yo supiera perfectamente que estabas enamorada de mí.

—No, no lo estaba.

—Déjame que discrepe, corazón. Me querías tanto que no podías arriesgarte a tener un hijo conmigo, porque temías que yo no estuviera a la altura. Te daba miedo que aquello cambiase tu vida de arriba abajo. Estabas aterrorizada. Ahora ya puedes reconocerlo.

—Está bien. Lo reconozco.

—No puedo creer que te haya llevado más de treinta años estar por fin de acuerdo conmigo en algo.

—Para serte sincera, aquello me preocupaba. Aunque también creo que lo nuestro era más sexo que amor.

—Da igual, llámalo como quieras. Yo me quedé bastante jodido durante casi un año. No veía a nadie. Me masturbé tanto que casi me termino luxando las muñecas.

Los dos rompemos a reír.

—Yo te quise mucho, muchacha, y también aprendí mucho de ti.

Me sorprende tanto oírle decir algo así.

—¿Ah, sí? ¿Cómo qué?

—Que hay que escuchar a la mente y no solo al corazón. Aunque duela. Al principio, quería hacerte el amor hasta que se rompiera la cama. Fue pasando el tiempo y a mí me llevó dos años volver a estudiar. Cuando me saqué el título, me di cuenta de que tú eras mucho más inteligente que yo. Nuestro futuro habría sido difícil y tú supiste verlo. Así que me ayudaste a madurar y por eso debo darle las gracias, señorita Georgia.

—Ojalá pudiera decirte «de nada», pero creo que veo una pequeña diferencia. A mí me daba miedo el poder que ejercías sobre mí. Me hacía sentir débil y vulnerable y no quería eso. Me hiciste entender cómo se puede perder la cabeza cuando alguien te hace sentir como si fueras mantequilla. Además, eras increíblemente bueno en la cama.

—La culpa era tuya, nena.

—No me llames «nena», Abraham.

—Lo siento. ¿Tienes algo de comer? Estoy muerto de hambre.

Nos dirigimos a la cocina. Comemos galletas saladas, queso Gouda y pepinillos dulces, y tomamos una sopa de tomate a la albahaca mientras contemplamos la piscina.

—Qué casa tan bonita tienes, Georgia. No sé por qué crees que tienes que mudarte por no tener un marido.

—Yo no he dicho que sea por eso.

—Ya, pero resulta bastante evidente. Probablemente, viviste aquí con el último, ¿me equivoco?

—¿Y qué tiene que ver eso?

—Y tuviste que comprar su parte de la casa, ¿verdad?

Muevo la cabeza lentamente arriba y abajo, preguntándome adónde querrá ir a parar.

—Y ahora tus hijas se han independizado y tú te has quedado en esta casa y no soportas la idea de vivir sola aquí.

Vuelvo a decir que sí con la cabeza.

—Pues eso es una gilipollez.

—¿Por qué dices eso? Un momento, ¿quieres una copa de vino?

—No, estoy bien así, gracias. ¿Tienes té frío?

—Sí, sí tengo.

—Gracias por interrumpirme e intentar cambiar de tema. Pero no te va a funcionar, cariño. Me voy a meter en temas personales.

(Cariño. Nena. Corazón. Por favor, para.)

Abraham me mira y eleva sus pobladas cejas. Como si estuviera preguntando.

Yo lo imito. ¡Di ya lo que tengas que decir!

—¿Cuántos años te quedan de hipoteca?

—Cinco.

—¡Venga ya, Georgia! ¡Para entonces ni siquiera podrás optar a la cobertura de Medicare! En serio, te voy a decir una cosa. Esta casa no es demasiado grande para ti y, además, tienes nietos. Y yo estoy convencidísimo de que conocerás al hombre apropiado cuando tengas que conocerlo. Lo más probable es que los dos seáis felices y comáis perdices, y esta casa no tendrá nada que ver con ello.

—No me estoy mudando por no tener una relación.

—Yo no he dicho eso. No pongas en mi boca palabras que no son mías, cariño. Sinceramente: yo que tú terminaría de pagar este puñetero sitio y me quedaría quietecita hasta que el mercado mejore. Y, después, se la daría a alguna de tus hijas. Vas a perder un montón de dinero si la vendes ahora. Eso es lo que yo pienso.

—Reflexionaré sobre ello, Abraham.

—Deja que te diga otra cosa. Cuando estábamos en la universidad me parecía que tenías muy buen gusto. Si decides de verdad vender, encárgate tú misma de decorar la casa para los compradores. Aquel pequeño estudio tuyo tenía más encanto y energía que esto.

Miro alrededor y me alegro de que alguien vea lo mismo que yo.

—Y ¿qué me cuentas de ti, Abraham?

—Mira estas manos —me dice, extendiéndolas. Parecen dos guantes de béisbol de color negro—. Soy agricultor. Tengo doscientas hectáreas de la tierra más bonita que puedas imaginar. Cultivo soja, arroz y boniatos para Whole Foods y otras cadenas de alimentación ecológica. Tengo unos cuarenta empleados a los que pago bien y lucho por los derechos de los agricultores negros. Viajo mucho a Washington D. C. por eso. Me encanta mi vida. Y amo a mi prometida, aunque no es el tipo de amor salvaje y loco de cuando tienes veinte años.

—Me alegro por ti, Abraham —le digo con toda sinceridad—. Esto es justo lo que esperaba de ti. Y, por supuesto, entiendo lo que dices sobre los viejos tiempos, aunque me encantaría que me explicaras por qué amar a alguien a nuestra edad es diferente. Podría ser incluso mejor.

—Bueno —replica él, tomando un sorbo de té y mirando a la lejanía—. Conocemos los hábitos y manías del otro. Sabemos hasta dónde hemos llegado en nuestras vidas respectivas. Hemos estudiado nuestros defectos y debilidades y no nos chantajeamos mutuamente a cuenta de ellos. No hay que pedir disculpas por no ser perfectos. Y damos al otro lo que sabemos que necesita. No tenemos que preguntar y no nos tenemos que recordar las cosas. Sabemos que esto va para largo. Tenemos clara nuestra trayectoria futura. Ya no hay dramas. Es todo como un vals. A veces, un chachachá. No puedo pedir más: es todo lo que siempre he querido. ¿Responde eso a tu pregunta?

—Pues sí. Me he emocionado. Debe de ser una mujer maravillosa.

—La mayoría de mujeres sois maravillosas. Solo necesitáis a alguien que os lo ponga fácil, que os deje expresaros. Creo que para eso hace falta respeto.

—Bueno, hay muchas esperando encontrar algo así.

—Yo solo quería contarte la verdad de las cosas para que sepas lo que te espera. No te rindas.

—No me he rendido.

—Ahora mismo, sin embargo, a menos que no quieras abrir el baúl de los recuerdos, me encantaría pasar las próximas veinticuatro horas contigo para que podamos hacer un homenaje a lo que una vez compartimos. ¿Te apetece?

—Creo que sí —contesto.

—No tenemos que hacerlo si no te sientes cómoda. Pero ¿cada cuánto tenemos la oportunidad de vivir una fantasía como esta?

—Quiero hacerlo —me oigo decir a mí misma—. Pero no quiero que me mires.

—¿Hablas en serio?

—Sí.

—Eso no va a pasar. Y no nos vamos a esconder debajo de las mantas. No vamos a apagar las luces ni a echar las cortinas. Eres una mujer de cincuenta y cuatro años que ha tenido dos hijas, así que quizá no tengas el mismo aspecto que con veinte años. Pero eso no quita que resultes atractiva, ¿de acuerdo?

—De acuerdo.

Traigo otro té frío para él. Y otro más para mí.

—¿Quieres ver una película? —pregunto.

—Claro. Ya que voy a ser tu marido durante veinticuatro horas, juguemos a las casitas. ¿Qué película quieres ver?

—*Antes del amanecer*.

—Veamos si llegamos al amanecer, sí...

Subimos a mi dormitorio. Nos sentamos en el suelo, nos apoyamos en la cama y vemos la película de principio a fin.

Con la ropa puesta.

Desde donde yo estoy sentada, no me puede tocar. A mí me da miedo intentarlo, pero no quiero que se me note. Así que hablo. Eso es lo que siempre hago cuando estoy nerviosa. Le cuento a Abraham mis planes de hacer un viaje en tren, que he tenido que aplazar.

—Independientemente de si vas a cerrar tu consulta o de cuándo tengas pensado hacerlo, vendas la casa o no la vendas..., haz ese puñetero viaje, Georgia. No es que quieras imitar a Amelia Earhart, precisamente. A mí me parece un merecido regalo que deberías hacerte a ti misma.

—Sí, sí, lo voy a hacer —respondo yo.

—Ve a todos esos lugares a los que siempre quisiste ir.

—Parece que estoy escuchando a mi padre.

—¿Sabes qué? —me pregunta, cerniéndose sobre mí—. Me da miedo tocarte.

—Y a mí me da miedo lo que pueda ocurrir si lo haces —respondo.

—Los dos estamos en una encrucijada vital, ¿no crees?

Me limito a asentir con la cabeza.

—Voy a empezar yo y lo voy a hacer por mí —dice él, rodeándome con sus brazos y apretándome contra su cuerpo.

Me frota como cuando se intenta aliviar el dolor de una caída—. No me puedo creer que te encontrase en Facebook.

—Bueno, la primera vez que busqué no estabas, Abraham.

—¿Por qué me buscaste?

Le cuento que él no ha sido el único. E intento explicar por qué.

—Así que te encontré yo.

—Exacto.

—¿Qué esperabas que ocurriese cuando retomásemos contacto?

—Solo quería saber si seguías vivo, si eras feliz y tenías buena salud. Y parece que así es. Y me alegro.

—Pero quiero saber por qué todo eso te pareció importante de repente, tras tantos años.

—¿Sinceramente? —Él me mira fijamente, sin decir palabra—. El año pasado me enteré de que había muerto una persona que en el pasado había sido importante para mí. Jamás le dije lo que de verdad sentía por él en tiempos.

—Lo siento. A mí tampoco me lo dijiste.

—No, no te lo dije. Es cierto.

—¿A qué esperas, entonces?

Abraham se cruza de brazos y me dirige una mirada expectante. Reúno todo el coraje de que soy capaz para mirarlo a los ojos y decir:

—Me gustaría darte las gracias por el tiempo que pasamos juntos, porque, aunque fuese breve, me hiciste sentir bien y fui feliz, y te quise, y deseé que existiera un modo de poder arreglar las cosas. Te quiero dar las gracias también por ser el primer hombre que me produjo un orgasmo múltiple. Luego aprendí que no son tan fáciles de conseguir. —Él rompe a reír. Yo me inclino hacia delante, sentada aún en el suelo, como para decir algo en voz baja—. También quiero pedirte disculpas.

—¿Por cómo me diste la patada al final?

—Por eso y por no decirte que no podía tener un hijo contigo.

—No tienes que pedir disculpas por eso. ¿Crees que no lo sabía? Habría sido un desastre. Éramos demasiado jóvenes. Me alegré de que no dieses el paso, la verdad.

—¿En serio?

—En serio.

Nos quedamos sentados en el suelo unos minutos más. El silencio casi da miedo.

—Y ¿a cuántos ex más has vuelto a ver? Si no es demasiado preguntar.

—A los padres de mis hijas. Y ahora a ti.

—¿Cuántos te quedan en la lista? Y no respondas si no quieres.

—Cuatro. Quizá tres.

—¡Guau! ¿Los tienes clasificados por puntos?

—¡No!

—Joder, me alegro mucho de estar ahí arriba, justo después de los exmaridos.

—Estás en un segundo puesto, casi a la par con ellos.

—¿Qué pasará cuando ya los hayas visto a todos?

—Nada.

—¿De verdad?

—Bueno, algunas de esas relaciones terminaron mal y algunas no quedaron cerradas. En el caso de alguien a quien amamos, cuando la relación termina es como si ese alguien desapareciera o se muriera. Solo quería que tú y los demás supieseis que no os he olvidado.

—Supongo que hay unas cuantas mujeres a las que yo podría intentar localizar. E incluso pedir disculpas. Algunas de ellas, no obstante, eran bastante chungas.

Los dos estallamos en carcajadas.

—Bueno, yo no voy a perder el tiempo buscando a los que me trataron mal o a los grandes errores o a los fracasados o a los ligues de una noche. Y no me preguntes cuántos fueron.

—Yo me he reencontrado con unos pocos familiares y viejos amigos también.

—Yo no he llegado a eso aún. Pero quizá todavía me quede tiempo.

—¿Puedo ser muy sincero contigo?

—No preguntes tonterías, Abraham.

—Estoy muy orgulloso de lo que has hecho con tu vida y de lo que sigues intentando hacer. Me alegra que no seas una de esas mujeres que a los cincuenta se amargan porque sus relaciones pasadas o sus matrimonios no funcionaron. No has tirado la toalla ni te has rendido con los hombres ni has cerrado las puertas al amor. Me emociona ver que sigues siendo tan audaz como cuando estábamos en la universidad. Estas pensando en dejar una profesión que te da dinero para saltar al vacío. Para probar un camino totalmente distinto. Como dice mi hijo pequeño, tú sí que molas.

—Gracias, Abraham. Veamos, mi testimonio es este: me alegro mucho de que dejaras de fumar tanta marihuana y de que te tomaras lo de la horticultura en serio. Respeto y admiro lo que haces por los agricultores negros, porque sé que el Gobierno les hace la vida imposible. Me emociona, sobre todo, que estés luchando por algo. Podría parecer que hicimos las cosas mal, que perdimos una oportunidad, pero creo que no es así. No creo que debamos volver al pasado. Y me alegra mucho que hayas encontrado a una mujer que te haga feliz.

—Gracias, cariño.

—Por favor, para ya con el «cariño», Abraham.

—De acuerdo, Georgia. ¿Qué más ibas a decir?

—Que me encantaría acostarme contigo, pero temo que si lo hago quiera fingir que tenemos diecinueve años y estamos en mi cama nido y que voy a tener cuatro orgasmos. No puedo creer que vaya a decir esto, pero me parece que no deberíamos quitarnos la ropa.

—¿Ves lo que digo? Sigues sabiendo usar esa cabeza prodigiosa. Y yo sigo pensando con la entrepierna. Aunque, en realidad, estaba a punto de decirte que probablemente no sea buena idea, porque yo todavía te quiero y te querré siempre. Y sería muy egoísta por mi parte hacer daño a Maya.

—Qué bien suena eso. Un hombre con conciencia. Yo por mi parte, y esto me emociona mucho decirlo, tengo que reconocer, a mí misma y ante ti, que te llevo queriendo treinta y cuatro años. Para que lo sepas.

Abraham me ayuda a incorporarme y yo lo acompaño hasta la puerta.

—Eso sí —me dice, acercándose a mí—, ¿no me regalarías uno de esos besos profundos y jugosos que tanto me gustaban, por los viejos tiempos?

Y acto seguido se inclina sobre mí, yo me pongo de puntillas y unimos nuestras bocas. Sus labios dulces, cálidos y suaves. En cuanto el beso se convierte en catarata, lo aparto suavemente de mí y él da un paso atrás como cuando salió de aquel restaurante, hace tantos años, tan guapo y tan fuerte.

—Me ha gustado mucho verte, Abraham.

—Ha sido maravilloso, Georgia. Gracias por no olvidar.

Observo cómo sube a su coche y desaparece colina abajo.

Cierro la puerta de la casa.

Me apoyo contra ella.

Debería haberme casado con él.

Cuando las malas noticias son buenas

—¿Y bien?

—¿Y bien qué, Wanda? —pregunto a mi vez. Por fin estoy haciendo la colada. Casi se me había olvidado cómo se lavaba la ropa.

—No te hagas la tonta conmigo, Georgia. ¿Te quitó las telarañas o no? ¿Te entregaste? ¿Te has vuelto a enamorar? ¿Cómo está después de estos mil años: igual, mejor, peor?

—Nos abrazamos. Y está mejor.

—¿Que os abrazasteis? ¿Con ropa o sin ropa?

—Con ropa.

—No se te ocurra decirme que Abraham es gay.

—No. Está comprometido.

—¿Y? No es lo mismo que estar casado.

—Te dije que no estaba intentando llevármelo al huerto, Wanda. Por Dios.

—¿Él quería o no quería?

—Él quería, claro. Los dos queríamos. Pero habría sido una metedura de pata para ambos.

—¿Sabes qué? Ni te molestes en explicármelo. No conozco a ningún hombre en su sano juicio que rechace un polvo en bandeja.

—De verdad, a veces eres una ordinaria.

—Sí, bueno, qué más da. No nos oye nadie. Pero a ver, ¿qué aspecto tenía? ¿Y qué es de su vida?

—Está incluso más guapo que entonces. Es agricultor.

—¿Que es qué?

—Tiene tierras. Cultiva soja, arroz y boniatos. Y lucha en el Congreso por los derechos de los agricultores negros. Vive cerca de Nueva Orleans.

—¿Estás segura de que no cultiva más cosas?

—Te voy a decir solo esto: ha sido una catarsis para los dos.

—Bueno, eso está muy bien. Y es la hostia de aburrido. Estoy muy decepcionada de que de todo esto no haya salido nada. Ni un triste orgasmo. Qué pérdida de tiempo.

Estelle no tenía mejor cosa que hacer que parir otra niña. Y Frankie dio a luz a un niño tres semanas después. Entiendo que las gemelas no adoren a Dove[5]. De hecho, bromean deseando que algún día se vaya volando por la ventana. Con esas dos diablillas corriendo de aquí para allá, la benjamina va a tener que demostrar una paciencia de santa.

Me he ofrecido a tomarme unos cuantos días libres para ayudar a Estelle, pero ella insiste en que no es necesario. Le pregunté cómo se está adaptando Justin a su nueva hija y ella respondió, sin más, que muy bien, que está cambiando muchas cosas, y me pidió que le diera unas semanas para hacerse a la idea de ser otra vez madre. ¿Qué otra cosa podía hacer yo?

Levi, mi nuevo nieto, parece que ha nacido con treinta años de edad. Es negro, pero tiene pinta de chino. Huele a nuevo. Sus ojos son como pequeñas canicas negras.

---

[5] En inglés, *Dove* significa «paloma». *(N. del T.)*

Llevo media hora acunándolo, envuelto en su toquillita color verde menta, y se acaba de quedar dormido. Me gusta notar su peso en mis brazos, así que decido no devolverlo a la cuna de momento. Frankie ha decidido aprovechar que está la abuela y se ha ido directa al Target a comprar unas cosas. Luego irá a tomar un café al Starbucks.

Echo un vistazo general a su casita de Hansel y Gretel. Es imposible que en el pasillo se crucen sin chocarse.

Oh, ¡Dios mío! ¡Este niñito está roncando!

Intento no reír para no despertarlo y levantarme con cuidado de esta ruidosa silla de mimbre. Primer intento fallido: me logro poner en pie a la segunda. Levi ni se inmuta. Entro al dormitorio de sus padres y lo acuesto en su cuna. Entre esta y la cama de matrimonio hay apenas un palmo. La habitación es del tamaño de mi vestidor, pero muy colorida: de tal palo, tal astilla. Las paredes son turquesa, pero el techo es de un tono anaranjado pálido. Han pintado la puerta de un color amarillo dorado: no le veo mucho sentido, pero no soy yo la que tiene que vivir en esta caja de zapatos que ellos llaman hogar.

No debería juzgar.

El niño duerme y yo decido ir a la cocina a por algo de beber. Sobre la monísima mesita de IKEA encuentro una pila de papeles escritos a máquina. Es uno de los relatos de Frankie. No tiene título. En cuanto empiezo a leer me doy cuenta de que habla la voz de una anciana que tiene poderes mágicos y puede hacer desaparecer el dolor de las vidas de quienes no lo merecen. Esa es mi hija. Voy por la página 10 cuando oigo su coche aparcando. Rápidamente, coloco las hojas en su sitio, ordeno la pila y me dirijo a sentarme al salón.

Espero que vuelva a cambiar de carrera.

Hunter tenía razón.

Le abro la puerta.

—¿Te ayudo?

—No, puedo. Gracias.

—¿Segura? No deberías levantar mucho peso todavía, Frankie.

—Estos pañales no pesan nada y mi *caffè latte* tampoco. ¿Cómo está mi hombrecito?

—Está muy bien. ¿Frankie?

—Dime, mamá.

—He leído parte de tu maravilloso relato. He sido una cotilla, pero quiero decirte que estoy impresionada. Si lo que he leído es indicativo de lo bien que se te da, hazme un favor y no dejes de escribir.

Frankie abre los ojos desmesuradamente, casi incrédula. Al momento, no obstante, percibe la franqueza de mi mirada y se relaja.

—Esto que me acabas de decir significa mucho para mí, mamá —repone, y a continuación me da un fuerte abrazo.

Vuelvo al dormitorio de mi hija para ver cómo está el niño. Tiene los chispeantes ojos negros abiertos de par en par y juraría que me está sonriendo. Estoy bastante segura de que el dulce Levi ya sabe quién es su abuela.

—Me temo que no traigo buenas noticias —me dice Marina mientras cerramos, único momento del día en que podemos charlar. Debería haber sospechado que ocurría algo, porque por primera vez en casi cinco años no va de negro.

—Entra. Siéntate —la invito. La puerta de la consulta está abierta. Me reclino en mi silla y quiero cruzarme de brazos, pero no quiero parecer enfadada, porque no lo estoy. Sabía que este día iba a llegar. Me sorprende que haya tardado tanto.

—Me mudo a Nueva York —anuncia, acomodándose en la silla y echándose hacia atrás para que sus largas piernas no choquen contra la mesa.

—Vaya. Qué buena noticia, ¿no?

—Necesito un cambio. ¿No te has sentido nunca así?

—Creo que sí.

—No, en serio. Cuando los días empiezan a parecerse demasiado el uno al otro…

—Esa es la razón por la que me he divorciado dos veces.

—He oído hablar de ello, sí.

—¿Quieres una copa de vino?

—Voy a descorchar una botella.

Marina se levanta, se acerca a mi minibar y saca una botella de algo que tiene pinta de estar muy rico.

—Sí, creo mucho en la rotación de inventario —añade, entre risas—. A veces, cuando todo el mundo se ha ido, me quedo aquí sentada un rato y luego bajo al Pandora, y dejo solo un par de luces encendidas. He de confesarte una cosa: me he subido a unos cuantos novios y lo hemos hecho en el *office*, en el suelo, tras el mostrador de recepción e incluso en las sillas de las salas de exploración. Y es increíble, debo decir.

—¿Crees que me sorprende? —pregunto divertida.

Marina corre al *office* y vuelve con dos vasos de plástico, aunque yo tengo copas de cristal en uno de los armarios de mi consulta. Ella descorcha la botella y sirve el *sauvignon* blanco.

—Tiene usted clase para el vino, doctora.

—Me alegro de que te guste, reina —contesto, tratando de borrar la sonrisa sarcástica, aunque en el último instante decido que quiero que se me note. Doy un trago larguísimo y me cruzo de piernas como esperando que me relate las verdaderas razones por las que piensa dejar San Francisco.

—Quiero que me cuentes qué vas a hacer en Nueva York. Allí es todo carísimo, más aún que en San Francisco. No es que quiera disuadirte de que marches, no te lo tomes por ahí.

—No, claro que no. ¿Sabe dónde he estado viviendo todos estos años?

—¿Con tus padres?

Ella asiente con la cabeza.

—Me da vergüenza admitirlo, pero he disfrutado de mucha libertad y he podido entrar y salir a mi antojo. Además, he podido ahorrar mucho. Tengo un primo en Nueva York que vive en la isla Roosevelt. Voy a intentar encontrar un trabajo en el mundo de la moda. Es mi pasión, desde siempre. He estado tomando clases de Marketing y Diseño en la Escuela de Artes los fines de semana y por las noches, así que algo de rodaje llevo ya.

—¿Por qué nunca me has hablado de ello?

—Porque no quería que pensara que tenía un plan B. Como algún tipo estupendo del que prefiero no hablar.

—¿Te parece que Mercury era estupendo?

—Vaya si lo era.

—Me alegro de que tengas un plan B, Marina. Soy consciente de que querías muchas otras cosas para tu vida. Me alegro mucho de que por fin estés arriesgando y tomando decisiones por ti misma.

—¿Has hecho tú alguna vez algo parecido? Espera, no me lo cuentes todavía —dice, y de un salto se acerca de nuevo al refrigerador—. ¿No te importa, verdad? ¿Y que te tutee? ¿Por hoy? Estamos de celebración, ¿verdad?

—Bebe lo que quieras. Si terminas mareándote, te meto en un taxi y listo.

Marina se vuelve a llenar el vaso y yo apuro el resto del mío y alargo el brazo. Ella sirve, vuelve a sentarse y apoya los codos en mi escritorio, lista para escuchar.

—Estamos hablando sobre ti, Marina.

—De acuerdo, olvidémonos entonces del rollo del riesgo. ¿Cómo hace uno cambios cuando se hace viejo? Ay, lo siento, Georgia. Quería decir «mayor». ¿Me perdonas?

—Perdonada. Te voy a decir una cosa. Cuando cumples años, empiezas a entender que sería una estupidez cambiar lo que te ha funcionado desde siempre. A veces, no obstante, entras en razón y te das cuenta de que no eres feliz, de que estás aburrida y sola, de que llevas años sin echar un polvo. Y encima tienes que reconocer que tu trabajo es aburrido y no te llena y, entonces, decides que vas a romper con la monotonía y vender tu pedazo de casa y apuntarte a unas clases de algo que te guste mucho. Que vas a vender tu parte de la empresa y que ya luego te pararás a pensar qué coño vas a hacer.

—¿En serio? —Marina extiende la palma para chocar los cinco—. ¿Cuántos años?

—¿Cuántos años qué?

—¿Cuántos años hace que no te acuestas con un hombre? Cuento cuatro dedos.

—¡Tienes que estar de coña!

Me doy cuenta en ese instante de que estoy casi borracha y de que no debería haber dado ese detalle, especialmente, a una chica japonesa de treinta años, alta, atractiva y sexualmente activa. Demasiado tarde.

—Ojalá. Pero no te preocupes, no te mueres de eso. Aunque dé la sensación. De hecho, me estoy planteando meterme a puta.

Las dos damos sendas palmadas, un poco fuertes de más, sobre la mesa. No estamos lo suficientemente borrachas, porque a las dos nos pican las palmas, y, a la vez, no podemos parar de reír. Hasta que paramos. En ese momento una especie de tristeza reemplaza a la carcajada.

—Entonces, ¿te estás planteando realmente dejar la optometría?

—Sí.

—Me parece bien. Porque esta profesión es un puto aburrimiento.

—Lo es.

—¿Cuándo?

—El año que viene, espero.

—¿Y qué vas a hacer?

—Pintar cosas. Hacer cosas. Vender mi cuerpo.

—¡Ja, ja! Y ¿qué tipo de cosas quieres pintar y hacer?

—Todavía no lo sé.

—Pinta algo guay, pero, por favor, no te pongas a hacer cortinas y mierdas de esas.

—No te preocupes.

—Es probable que esta sea nuestra última fiesta juntas, así que me gustaría preguntarte algo que quizá te suene cursi, ya que eres mayor y sabia.

Voy a dejarlo estar y adoptar el papel de persona mayor esta noche.

—Lo cursi no existe, Marina.

—De acuerdo. A ver. ¿Qué te gustaría haber hecho de otra manera cuando eras joven?

—¿Cómo? Vaya. ¿Por qué preguntas eso?

—Solo quiero saber si cuando me haga vieja, bueno, mayor, tendré una puta lista de cosas de las que me arrepienta. No sé por qué estoy diciendo tantos tacos, espero que no te moleste.

Agito la cabeza.

—Bueno, yo creo que podemos arrepentirnos de cosas a cualquier edad. ¿Podrías ser un poco más específica?

—No, no puedo. Di lo que se te pase por la cabeza.

—Tengo que pensar en ello un momento.

—¡Un segundo! Tengo que mear. Perdón, ir al baño.

—Por cierto, supongo que nos darás el preaviso de dos semanas, ¿no?

—Será un preaviso de tres meses. Soy japonesa. Tengo mi vida muy bien planeada. Además, no os haría algo así ni a ti ni a la doctora L.

Y sale corriendo en dirección al baño.

No sé si puedo responder a la pregunta de Marina en estas circunstancias. Yo también me siento un poco achispada, pero doy otro sorbo. Lo estoy pasando bien. Y ¡ahí está de vuelta Marina! Debe de hacer pis como un pajarito.

Se desploma sobre la silla, se apoya sobre los codos y clava sus ojos vidriosos en los míos.

—Estoy escuchando.

—No lo sé. Ojalá hubiera leído más, para saber más cosas.

—¿Me estás hablando en serio? ¿Eso es lo primero que se te ocurre? Vamos, doctora, escupe las cosas, dale un poco de caña al asunto. Como si tuvieras Tourette, y que me perdonen los que tengan Tourette, por favor.

—Probablemente no habría estudiado biología y tampoco optometría. Habría viajado más, aunque eso lo sigo queriendo hacer. Me gustaría haber vivido en otro país un tiempo y quizá tener parejas de otras razas y aprender a hablar francés e italiano. Y quizá no me habría casado con mi segundo marido.

—¿Nunca has salido con hombres que no sean negros?

—No.

—No son muy distintos a los demás. Créeme. Me he follado a todas las razas conocidas de la especie humana.

—Una vez me acosté con un chico blanco, cuando estaba en la universidad.

—¿Y?

—Estuvo muy bien. Pero no quería que me gustara, me daba miedo.

—Bah. Estamos en los Estados Unidos. Estás muy chapada a la antigua. Yo salgo con cualquier persona que me parezca interesante. No creo en la discriminación.

—¿Cómo que bah? Estoy hablando de los años setenta, señorita. Las cosas eran más complicadas entonces.

—Vale. Uf. Estoy agotada. Y un poco borracha. Pero, a ver, ¿qué habrías elegido hacer si no hubieras recorrido el camino del cinismo? —Quiero responder, pero creo que no voy a ser capaz de explicar nada más, así que me quedo en silencio—. Oh, pues al infierno con ello, doctora. Te apuesto, de todas maneras, una gafas de Prada a que serías la peor presentadora de *talk show* del mundo.

Y reímos las dos. Ella se termina el último culo de vino de su vaso y, cuando va a colocar este de nuevo sobre la mesa, calcula mal y se le cae al suelo. Ahora entiendo por qué no cogió las copas de cristal.

Por qué he llamado

—¿Sigue usted aquí? —pregunta el mismo repartidor de pizza cuando abro la puerta.

No solo parece tres o cuatro centímetros más alto, sino que le ha crecido pelusa en el bigote y la perilla.

—¿Y tú? ¿Sigues repartiendo pizzas? —pregunto con tono desenfadado.

—Sí. Pero me he matriculado en la universidad a tiempo completo. Laney College. ¿Se va usted a mudar, entonces, o no? El cartel de «Se vende» lleva meses ahí fuera y se me ha ocurrido pasar un momento a saludarla y ofrecerle unos *grissini* gratis. ¿Cómo le va, doctora Young?

—Me va bien. Y parece que a ti también, ¿no, Free?

—¡Se acuerda de mi nombre!

—¡Como para no acordarse!

—¿Ha dejado de comer pizza o ha encontrado otra que le gusta más que la nuestra?

—La verdad es que no me ha apetecido mucho últimamente.

—Bueno, me alegro de verla. Por cierto, nadie me ha dado una propina tan guapa, bueno, quiero decir, tan generosa como la que me dio usted aquel día. ¡Hey! ¿Es que han robado en su casa o algo así?

—No, pero he tenido que meter la mayoría de mis cosas en un trastero.

—¿Por qué?

—Para que la casa resulte más atractiva a los potenciales compradores.

—Se refiere a los potenciales compradores blancos, ¿no? No diga más. No se lo tome a mal, pero está feísimo. Yo, si veo esta queli así decorada, no la compro ni de coña. Ni de broma, perdón. Es como todas las demás casas a las que reparto. Salvo la de las chicas de al lado. Su casa es superguay. En fin. A mí me gustaba cómo estaba decorada antes. ¿La redecoración es suya?

—No. Se encargó otra persona.

—Espero que no le cobrara.

—Sí, me cobró.

—¿Y la decoración original también se la encargó a alguien?

—No.

—Entonces es que se le da bien, doctora Young. ¿Adónde quiere mudarse, si no es mucho preguntar?

—Todavía no lo sé, Free.

—¿Cómo que no lo sabe? Usted es ya mayor, tiene que saber adónde va. No se lo tome a mal. Hasta yo sé adónde quiero ir. Usted tiene que tener alguna idea.

—No estoy muy segura de qué quiero hacer con mi vida en el futuro.

—Bueno, al menos usted tiene opciones. Hay mucha peña que no. Tenga, una pizza por cuenta de la casa. Por haber sido tan agradable conmigo la otra vez.

—No, no tienes por qué.

—Ya lo sé, pero quiero hacerlo. No tarde en comérsela; la pizza fría es un asco. Y, si la recalienta en el microondas, ponga media taza de agua caliente también o se le quedarán los dientes pegados a la masa. Si tiene dentadura postiza, puede ser un problema tocho.

Y se parte de risa.

—Gracias, Free —le digo.

—De nada. Y ¿sabe qué? En año y medio podré trasladar mi expediente a la Universidad Estatal de Sacramento, que es donde vive mi padre. En fin, doctora. Espero que venda la queli pronto y que averigüe dónde quiere ir.

—Eso haré. Buena suerte en la universidad, Free.

—La suerte es para los idiotas. Yo me estoy quemando las pestañas, porque en el futuro me gustaría poder contar con más de una opción entre las que elegir. Como usted. ¿Puedo darle un abrazo?

—Claro —respondo, y me aprieta contra su pecho como si nadie le hubiera dado un abrazo en mucho tiempo.

Somos dos en esa situación, en realidad.

Me como solo dos porciones, porque está grasienta y, en realidad, no sabe a pizza. De hecho, se me atraganta. Aplasto la caja con el resto de la pizza dentro y la meto a empujones en el cubo de la basura. Luego, sorprendentemente, rebusco en el frigorífico unas cuantas cosas para preparar una ensalada. No solo me parece sabrosa, sino que termina de saciarme. Cojo una botella de agua con gas, me pongo mi nuevo pijama de estampado dálmata rosa y negro y me siento ante el ordenador. Busco en Google todos los cursos y títulos universitarios imaginables y me leo al detalle todas las descripciones. Llego a la conclusión de que lo que quiero es crear cosas que a la gente le guste tocar, que resulten chulas o interesantes y, por qué no, útiles. Quiero crear objetos únicos, que quizá no se encuentren en una tienda de muebles convencional. Y no quiero que sean considerados muebles. Me gustaría que la gente viera arte en ello.

Me siento cinco kilos más liviana.

Suena el teléfono de mi casa y me levanto de un respingo. Estoy disfrutando mucho de este espacio de despreocupación y libertad y ¿quién lo echa a perder? Mi madre. ¿Quién si no?

—Hola, mamá. ¿Qué haces llamándome a las nueve de la noche? ¿Dónde está tu prometido?

—Querrás decir mi marido —dice ella, riendo entre dientes.

—¿Cómo? ¿Os habéis casado a escondidas?

—Pues sí. Grover se está encontrando mejor, así que hemos bajado a los juzgados. Ya es legal.

—Bueno, felicidades entonces. ¿Cuál es tu nuevo apellido?

—Si cree por un minuto que voy a cambiar de apellido después de cincuenta y tres años, va usted muy desencaminada, señorita. Es Young y siempre lo será. Grover se apellida Range. Y no hagas ningún chiste fácil.

Intento no reírme cuando pronuncio nombre y apellido en voz baja, pero soy incapaz.

—Grover Range. Range, Grover. El tipo es todoterreno, desde luego.

—En cualquier caso, ha sido un gran regalo de la vida.

—Me alegro muchísimo, mamá. De verdad.

—Ya no tengo que preocuparme de morir sola.

—No digas eso.

—A su hijo también le pareciste mona.

—Él me resultó bastante interesante. Pero no para mí.

—Grover me contó ayer que su exnuera había dejado a Grover hijo por un hombre al que dobla en edad.

—Vaya. Pensaba que eran felices.

—Él lo era. Ahora un poco menos. ¿Qué estabas haciendo cuando he llamado?

—Buscando mi futuro en internet.

—Buena suerte. Dicen que ahí se encuentra cualquier cosa. Adiós, corazón.

Yo la correspondo dando un sonoro beso al auricular.

Al instante, el teléfono vuelve a sonar, dándome un susto de muerte. Me tienta la idea de no cogerlo, pero, cuando miro y compruebo que es Michael, descuelgo sin pensar. Hablando de no ser capaz de librarse del pasado...

—¿Se ha cancelado la boda? —pregunto en broma.

—Pues el caso es que sí. Se ha cancelado la boda, Georgia. Hostia...

Tengo que aprender a no decir cualquier cosa que se me pase por la cabeza solo porque se me pase por la cabeza. Muchas veces meto la pata en el momento menos adecuado y con la persona menos adecuada. Parece que voy a tener que seguir aprendiendo de mis errores.

—Lo siento, Michael. Siento la falta de tacto. No tenía ni idea.

—No pasa nada. Me la han colado, como diría Ashton Kushner. Era todo por dinero.

Es Kutcher. Pero, en fin, no es momento de corregir a nadie.

—¿Qué ha pasado?

—No le gustó el anillo que elegí. Quería vivir en una casa con vigilancia e insistía en ir a Dubái y a Bora Bora de luna de miel.

—¿Y qué hay de malo en todo eso?

—No soy rico, Georgia.

—¿Ella tiene dinero?

—No. A menos que lo esconda bajo el colchón.

—Bueno, al menos alguien sí ha conseguido casarse.

—¿Quién?

—Mi madre. —Michael se ríe entre dientes—. ¿Puedo hacer algo por ti, Michael?

—¿Lo dices en serio?

—En serio.

—¿Quieres acostarte conmigo?

—No, Michael.

—Era broma. Bueno, no, pero suponía que declinarías.

—Si tanta falta te hace, ya sabes que puedes tirar de tarjeta de crédito para pasarlo bien un rato.

—Acabo de perder de vista a una extraña y creo que no me apetece ir a buscar a otra.

Hoy parece que toca maratón de llamadas. En cuanto cuelgo, recibo una llamada de un número desconocido. Es Violet. Casi me da miedo hablar con ella desde que le puse precio a nuestra amistad. La echo de menos y he estado muy preocupada por su situación, pero el caso es que no nos ha devuelto las llamadas ni a Wanda ni a mí.

—Vaya, la que no quiere saber nada de nadie —saludo.

—Hola —responde ella—. ¿Cómo estás?

—Yo estoy bien. ¿Y tú?

—Bueno, he tenido un bulto.

—¿Un qué? Repite. Creo que no te he entendido bien.

—Digo que he tenido un bulto.

—Violet, ¿te refieres a un bulto tipo cáncer de mama?

—Sí. Pero ya me lo han quitado. Y también el pecho derecho. Pero me lo han reconstruido. —Apenas puedo respirar—. ¿Georgia?

—Aquí estoy. No sé si debería estar contenta o cabreada de cojones. ¿Por qué no nos has contado nada, Violet? ¿Cuándo ha ocurrido todo esto?

—Al poco de mudarme.

—¿Estás bien ya?

—Sí. Me he recuperado casi del todo.

—¿Lo sabe Wanda?

—No.

—¿Por qué no nos lo has contado, joder?

—Porque no me apetecía, ya está.

—¿Para qué coño crees que sirven las amigas?

—Bueno, por eso estoy llamando.

—¿Necesitas ayuda?

—No.

—¿Seguro?

—Seguro.

—¿Y Velvet? ¿Cómo está?

—Sigue perdiendo el tiempo en tonterías y sin trabajo.

—¿Y el bebé?

—Está bien, ya va por los cuatro kilos y medio.

—Gracias a Dios. Pero, Violet, dime, ¿qué puedo hacer por ti?

—Ser mi amiga otra vez.

Wanda y yo estamos en Tahoe. La nieve hace mucho que desapareció, pero conducimos hasta aquí para jugar y para contemplar las montañas coronadas de nieve, para buscar osos y, por supuesto, para parar en un *outlet* de Vacaville en el camino de vuelta. Hemos invitado a Violet, pero se ha excusado diciendo que tenía que cuidar del nieto. No la hemos creído. Nos hemos empollado todo lo que hemos podido encontrar sobre la convalecencia de mastectomías y aumentos de pecho, y hemos llegado a la conclusión de que Violet, probablemente, esté deprimida. Hemos hecho todo los esfuerzos posibles por estar cerca de ella y le hemos repetido una y otra vez que entendemos cómo debe de sentirse (aunque no sea cierto) y que puede contar con nosotras, pero ella hace caso omiso. Wanda y yo hemos decidido que vamos a pasar por su casa cuando regresemos. Nos da igual que proteste.

—Hagamos la marcha de senderismo por el cáncer de mama —le propongo a Wanda mientras descargamos su coche.

—A Violet eso se le trae al pairo. Yo la hice el año pasado, ya sabes. A ti te pudo la pereza.

—Bueno, ya. Ahora no me siento nada perezosa y a Violet le gustará. Y tendrá que acompañarnos, aunque sea para dar ánimos con dos pompones.

—Son sesenta kilómetros en total, pero podemos hacer la mitad.

—Yo quiero hacerlo entero.

—Pues hagámoslo.

Tocamos al timbre de la casa de Violet una y otra vez, hasta que contesta.

—¿Qué queréis de mí?

—Vamos a hacer la marcha de senderismo por el cáncer de mama. Si tú no puedes, queremos que vengas a animarnos.

Violet rompe a llorar. Lloramos las tres juntas y nos abrazamos. Wanda y yo nos embarcamos en las que serán las ocho semanas más duras de mi vida. Violet no está todavía lo suficientemente fuerte, pero nos acompaña en bici. Hemos diseñado un programa de entrenamiento. Me levanto cuando aún es de noche y quedo con ellas en un sendero bastante transitado. El primer día hacemos ocho kilómetros. Al día siguiente toca una marcha cortita, de recuperación, de solo quince minutos. Al siguiente, cuatro kilómetros. Luego, hago el esfuerzo sobrehumano de volver al gimnasio y gastar un bono que tenía por ahí de entrenamiento personal. Me sorprende lo mucho que me gusta hacer ejercicio, lo bien que me hace sentir. Tengo más energía y me sube la moral. Concluida la octava semana, cuando entro en mi vestidor para ponerme un vestido de los que uso muy a menudo, me doy cuenta de que me queda grande. No me había parado a pensar en lo bien que me iba a venir para la línea toda esta historia de la marcha.

Por supuesto, el gran día nos reunimos miles de personas. Hace un tiempo perfecto y doce grados de temperatura. Caminamos cuarenta y dos kilómetros justos y, al siguiente, veintiuno. No me puedo creer que lo hayamos conseguido. No sé cómo lo hemos hecho, la verdad. A Wanda no le sorprende, pero yo jamás he llegado tan lejos en mi vida, y tampoco he visto tantos tonos de rosa, púrpura y azul en un mismo sitio ni he tomado parte en algo tan significativo, con tantas personas compartiendo tanto. Todas reunidas por la misma razón.

Conocemos a otras mujeres que se están recuperando, que caminan con el cáncer aún vivo dentro de su cuerpo. Habíamos esperado que Violet viniera, pero dijo que no se sentía con fuerzas para caminar tanta distancia. Conocemos a muchos hombres también: hijos, hermanos, padres y maridos de mujeres que sobrevivieron o no.

Prometo volver a caminar el año que viene.

Prometo seguir haciendo ejercicio.

Wanda también promete. Tras la marcha, mientras nos dirigimos al aparcamiento, me dice que ella y Nelson han hecho una oferta por un apartamento que les gusta en Palm Desert. Probablemente se muden para siempre el año entrante.

No tengo ninguna intención de perder a mi amiga. ¿Qué se supone que voy a hacer sin ella?

La reunión temida

Se me ha olvidado la reunión de la escuela secundaria.

Mamá me dice que vaya de todos modos, antes de que se muera todo el mundo. Ha sido bastante reconfortante. Miro el programa de actividades y me parece ridículo que hagan falta dos jornadas completas para tan poca cosa. Mamá quiere que me quede con ella, pero no me apetece. Me dicen que Grover hijo ha vuelto a la ciudad, pero ¿a quién le apetece pasar el día con un hombre al que acaba de dejar su mujer? Además, ¡ahora es mi puñetero medio hermano!

—¡Qué bien que hayas perdido todo ese peso! —me dice mamá. He pasado por su casa un rato antes del cóctel de inauguración.

—He adelgazado seis kilos —informo.

—Pues parece que sean doce. Sigue haciendo lo que estés haciendo, porque te favorece mucho tener menos cuerpo —sentencia con una risita—. Parece, por cierto, que el pequeño Levi se está poniendo guapo —continúa, cambiando de tema.

—A los bebés les lleva un tiempo coger su verdadero aspecto físico.

—A algunos sí y a otros no. Bueno, ¿cuáles son las últimas noticias sobre Estelle y Justin?

—¿A qué te refieres?

—He oído que la relación no pasa por su mejor momento. Y que podrían estar haciendo terapia de pareja. Les ha llevado un montón de tiempo tener otro hijo. ¿Qué crees que ocurre, Georgia?

—No lo sé —respondo, aunque en mi fuero interno crece la sospecha de que él la esté engañando. Cuando tienen una aventura, los hombres dejan de portarse bien con sus parejas—. ¿Dónde está tu marido?

—En su casa. No me preguntes por qué: nos gusta cómo lo tenemos organizado. Vendrá más tarde para ver *Iron Man 4*. O quizá sea la cinco, no lo sé.

—Iron Man no tiene todavía cuarta parte ni tercera, mamá.

—Qué importa. Nos quedamos siempre dormidos en los créditos. ¿Qué más da cuál sea? No me gustan los robots, de todos modos.

—Bueno, quizá pase por la fiesta después del cóctel y antes de que alguien se caiga del escenario del karaoke.

—Un momento. No irás a esa fiesta tú sola, espero.

—Sí, voy sola. ¿Cuál es el problema?

—Tienes que llevar un acompañante. Alguien, por Dios. No es muy buena idea acudir a la reunión por el cuadragésimo aniversario de tu promoción más sola que la una. Hazme caso en eso.

—¿Por qué no?

—Estarás dando un mensaje erróneo.

—¿Y qué mensaje es ese?

—Que no tienes a nadie con quién ir.

—Me da igual lo que piense la gente.

—Pues no debería. ¿Por qué no vas con Grover hijo? Su agenda social está en blanco. Créeme.

—No quiero ir con nadie, mamá. Y no me da ninguna vergüenza ir sola.

—¿Con quién vas a bailar?

—¿Bailar? ¿Quién ha hablado de bailar?

—Tienes que bailar, Georgia.

—¡Qué pesada te pones a veces, mamá! ¡Venga, dame su número!

—Puedes hablar con él directamente. Está en el apartamento de Grover, al otro lado del aparcamiento.

—¿Cuánto tiempo se va a quedar?

—No estoy segura. Dice que le gusta la ciudad.

—Ay, Dios mío…

—Y, por cierto, me alegro mucho de volver a ver tu propio pelo. Corto y rizadito te favorece mucho más. Es como si todos estos años hubieras llevado en lo alto un gorro de pieles ruso.

—¿Y por qué no me dijiste nunca nada?

—Me imaginé que, cuando te hartaras del *look* de mamut lanudo, entrarías en razón.

—Siempre tienes la palabra justa, mamá.

—¿Puedes llamar a Grover hijo, por favor? —insiste, alargándome su propio teléfono móvil, en cuyo protector de pantalla aparecen una composición fotográfica con retratos de sus cuatro nietos.

—Qué bonito —halago, mirándola.

—Lo hice en un sitio web de internet. Te daré la dirección, si quieres.

Asiento con la cabeza y en ese instante oigo un clic y escucho la voz profunda de Grover hijo diciendo «¿Diga?».

—Hola, Grover. Soy tu nueva hermana, Georgia. ¿Cómo estás?

Dice que bien. Mentira, claro.

—Mira, estoy aquí en casa de mi madre haciendo tiempo para ir a una de esas aburridísimas reuniones de colegio, y me acaban de decir que tengo que llevar un acompañante.

Mamá me está mirando fijamente la boca.

—Ah, ¿la tuya fue en junio?... ¡Ajá! Sí... ¿Podrás? Todo el día, de acuerdo. ¡Genial, entonces!

Mamá me hace como que juega a las películas: se señala el corazón y hace el gesto como de conducir con un volante invisible.

—¿Qué tal si te recojo a las seis? El cóctel durará hasta las nueve o las diez como muy tarde. Ya hablaremos sobre la segunda jornada.

Los ojos de mi madre hacen chiribitas.

—¿Te gusta jugar al golf?... Sí, a mí también. Habrá una larga cena y luego, tras el postre, el temido discurso. Después se darán los premios al mejor esto y al mejor aquello y luego un *powerpoint* con las caras de los que ya no están entre nosotros y luego, para terminar la velada por todo lo alto, un baile de pacotilla. Va a ser una noche larga... ¿En serio? ¿Los últimos cinco...? Yo no digo nada, entonces... Te veo en un rato, Grover. ¡Gracias!

—Busca en ese armario lo más sexi que puedas encontrar —ordena Michelle Obama.

—Mamá, por favor.

—No es tu hermano de verdad, Georgia. Tenlo en cuenta. Y, si se parece en algo a su padre, no te decepcionará.

Sin comentarios.

Grover hijo tiene mejor aspecto ahora que cuando lo vi en el cumpleaños de mamá. Quizá sea esa camisa color verde oliva con esos largos tirantes negros. Bajo la chaqueta deportiva, lleva cinturón también verde oliva, más oscuro. Los zapatos son negros, de punta algo afilada, pero no demasiado. Podría parecer gay si tenemos en cuenta lo arreglado que va, aunque en ocasiones olvido que los hombres hetero también tienen buen gusto.

Yo visto con colores mandarina y turquesa, porque no me da la gana de llevar pinta de conservadora. Yo no soy conservadora y no quiero esconderme tras ninguna fachada para personas de las que, probablemente, ni siquiera me voy a acordar. Chaqueta. Falda recta. Camisa de seda. Talla 44. Todo nuevo, porque la cuarenta y seis se me ha quedado grande.

—Guau, estás guapísima —me saluda Grover cuando bajo del coche. Abrazo. Abrazo.

—Tú también —respondo, devolviendo el elogio. Abrazo y abrazo.

Él sube al asiento del copiloto.

—Vaya, un Prius. ¿Cómo estás?

—Estoy bien. Siento lo que te ha ocurrido.

—Me han dejado, sí. Estoy dolido, pero no la odio por ello.

—¿De verdad?

—No. Me ha roto el corazón, y, bueno, no me sorprende que mi matrimonio haya terminado así. Pero uno se recupera, ¿verdad?

—Te puede ocurrir hasta dos veces.

—Bueno —concluye él, palmeándose con ambas manos esos muslos hermosos y apretados—. Es hora de viajar cuarenta años en el tiempo.

—Sí, creo que es lo que toca. Y voy a decirte algo al respecto: si en algún momento nos da la sensación de ser los únicos que no están aún bordeando el coma etílico, nos guiñamos un ojo y salimos corriendo a buscar un bar divertido.

—Trato hecho.

El local donde se celebra el cóctel está ya hasta arriba. En su mayoría, de gente blanca. Hay unas cincuenta o sesenta personas dentro y también bastantes fuera. Me prenden en la blusa una chapita con mi nombre. No conjunta con los colores que llevo, pero me la dejo puesta. Solo había cuarenta y dos estudiantes negros en nuestra promoción, de un total de trescientos. Por el momento, no veo a ninguno.

Pedimos algo de beber.

No reconozco a nadie. Súbitamente, oigo una voz masculina que dice: «¡Georgia Young!». Y ahí está: Thomas, el imbécil que me dejó tirada en el baile del último curso y se marchó con otra chica. Me hace pensar en Bill Cosby, tiene el pelo completamente gris y gafas bifocales. Se las ha quitado para que lo mire mejor y está sonriendo. Es entonces cuando me acerco a él de una zancada y le doy una fuerte palmada en el brazo.

—¡Hola, Thomas! ¡Madre mía, cuánto tiempo!

—Sí, es cierto. Y me merezco ese manotazo. ¿Te sientes mejor ahora?

—Sí. ¿Cómo estás?

—Bueno, estoy. ¿Este hermano negro es tu marido?

—No. Justamente, es mi hermano.

—Mentira. A tu hermano lo conozco.

—Es mi medio hermano. Su padre se ha casado con mi madre.

—Eso no lo convierte siquiera en pariente. Yo soy Thomas, encantado. ¿Y tú?

—Grover. ¿Qué tal, Thomas? Debiste de hacerle algo imperdonable a esta chica si te ha zumbado así después de tantos años.

—Que te lo cuente luego. Me aquejaban entonces algunos trastornos que no me habían diagnosticado aún. ¿Vamos a beber esta noche?

—Sí, supongo que sí —respondo yo.

Durante la hora siguiente me dedico a pasear y a chocarme con gente a la que no reconozco. Intento recordar a duras penas por qué no conozco a tal persona o por qué me sentaba en la última fila o en la primera en tal o cual clase, y me repiten una y otra vez si me acuerdo de esto o cómo he podido olvidar aquello. Al rato, está todo el mundo borracho y cantando karaoke. La mayor parte de las canciones son *rock* y *country* de los setenta y no me emocionan demasiado, la verdad. No quiero imitar a los Carpenters, ni a Olivia Newton-John, ni tampoco a Cher ni a Judy Collins. Sin embargo, cuando suena *Proud Mary,* de Tina Turner, Grover me mira y yo lo miro a él y de un salto nos subimos al escenario. Por supuesto, damos la campanada, porque los dos tenemos *soul.* Ojalá me hubiese puesto la peluca. Cuando terminamos, nos dedican un gran aplauso. Cuando la tropa de alcohólicos empieza a tirar las bebidas y a resbalarse de los taburetes, le guiño el ojo a Grover.

Y lo dejo en casa sin más incidentes.

La mañana siguiente acudo a la visita a la escuela secundaria, esta vez sin Grover (quiero que me acompañe por la noche a la cena). Somos unos setenta en total. Salvo por los golfistas radicales, todo el mundo tiene resaca. Caminamos por el campo de fútbol americano. Se me hace muy extraño. Me pongo un poco nostálgica contemplando la grada vacía. Tenemos la opción de participar en las actividades que queramos, porque el autobús va y viene de un sitio a otro durante todo el día. Estoy disfrutando mucho del mero hecho de viajar en el autobús: me maravilla lo mucho que hay para ver y hacer en Bakersfield. Está el Museo de Arte, el teatro Fox, el Palacio de Cristal Buck Owens y muchas cosas más. Muchas más de las que yo recordaba, al menos.

Para la cena, Grover se pone un traje negro muy serio con una camisa amarilla y una corbata morada y amarilla. Vamos accidentalmente a juego, porque yo he me puesto mis tacones Manolo Blahnik de gamuza púrpura y un vestido verde limón. Me queda ajustado. Y me alegro.

Vamos a cenar en una gran sala, situada a unas cuantas puertas (todas pintadas de blanco y dorado) de la original, porque esta se llenó tras unas cuantas reservas de última hora. Las filas de mesas numeradas hacen pensar en un orfanato. Se me hace raro. Localizo mi mesa y me topo con una foto mía, tamaño retrato, pinchada en un palito de madera. No me gusta. Tengo cara de pensar demasiado y de estar intentando resolver demasiadas cosas a la vez sin éxito. Mis labios parecen fruncidos hacia abajo, y el pelo, la cola de un pavo. En la foto, tengo un cuello largo y delgado que no parece suficientemente fuerte como para sostener el peso de esa cabeza. Quizá habría estado mejor en color. Una lástima que entonces no existiera Photoshop.

Y ¿qué fotografía encuentro junto a la mía? Cómo no, la de la señorita Walkie-Talkie: Saundra Lee Jones, nada menos. Pido a Dios que se haya puesto enferma o algo así. No me apetece nada resucitar viejos tiempos con ella, pues no compartimos demasiados buenos recuerdos. No tengo ganas tampoco de mentir sobre lo bien que lo pasábamos juntas: básicamente, no la aguantaba. Nos han sentado juntas porque somos las dos negras, de eso estoy segura.

Además, espero que el discurso posterior a la cena sea corto, aunque yo aplaudiré y reiré cuando corresponda. Espero que la entrega de premios sea breve. Y que el *powerpoint* en homenaje a quienes ya se han marchado sea más breve aún. Mi objetivo es bailar toda la noche y escabullirme con un chachachá al aparcamiento, sin que nadie se entere. A Grover le parece todo bien.

—¡Hola, Georgia! —saluda una voz familiar a mis espaldas. Es mi amiguita, Saundra Lee. Me giro, alzo la mirada y no puedo creer lo que veo. ¡Está guapísima! Debería cambiar esa fotografía horrible que tiene puesta en Facebook.

—¿Saundra? —pregunto, levantándome para abrazarla.

—Soy yo. He cambiado de imagen. Tú estás también muy elegante, muchacha. ¡Tienes que cambiarte la fotografía de perfil de Facebook! Mira, esto es para ti —me dice, alargándome una bolsa de regalo con una flor amarilla pegada.

La abro. Es una fotografía de las dos cuando éramos delgadas y nos gustaba meternos en líos. Creo que de segundo curso. Antes de que empezase a caerme mal. Y ahora la tengo delante de mis narices. Y está siendo agradable. Voy a dejar lo feo a un lado, donde siempre debería estar.

—¡Vaya, Saundra, muchas gracias! ¡Menudos bichos éramos!, ¿eh?

—Me alegro mucho de verte. Pedí que nos sentaran juntas, porque, bueno, ya sabes, éramos pocos. Y parece que han venido menos todavía. ¿Quién es tu acompañante, por cierto? —pregunta, intentando manifiestamente no poner cara de boba, aunque sin conseguirlo. Grover se levanta y la mira de arriba abajo como si acabase de hacer un gran descubrimiento. Qué zorras son también los tíos.

—Este caballero es mi medio hermano, aunque hemos decidido quitarle el «medio».

Saundra le estrecha la mano con mucha intención, sin dejar de mirarlo a los ojos. Ella siempre fue muy coqueta y parece que la edad no la ha cambiado a ese respecto. Algo me dice que aquí va a haber tomate.

Y, por fin, la reunión se inaugura de forma oficial.

Se forman corros.

Las rubias antaño guapas y delgaditas exanimadoras siguen delgadas y rubias, pero no tan guapas, ni de lejos. Han trabajado demasiado. Están todas apiñadas en un apretado corro, abrazándose la cintura y dejando escapar risitas nerviosas, atrapadas en el tiempo.

Veo a los esnobs de entonces susurrándose cosas al oído y dando paseos por el salón. Entonces se creían los reyes del mambo y se han quedado en avejentados juglares de la canción ligera. Lo sé, estoy siendo muy malévola. Todos fingen acordarse de mí, pero mienten. Estoy segura de que han leído las breves biografías del programa para ponerse al día. Me pregunto cuándo se enterarán los blancos de que los negros podemos ser tan inteligentes y cultos como ellos y que, en algunos casos, somos más inteligentes y cultos que ellos. Que no tenemos que pedir disculpas por eso. Y que deben aceptarlo y respetarnos, porque somos iguales y lo hemos sido siempre. Así que sí, soy médico, joder, y ¿sabéis qué? ¡Quiero dejar de serlo! Me trago la pastillita de fingir yo también, intento tomármelo con calma.

La gente se entremezcla.

«¿En serio? ¿Fuiste militar profesional?»

«¿Todavía haces de animadora?»

«¿Tienes un McDonald's?»

«¿Eres taxidermista? ¡Impresionante!»

«Siento que lleves quince años sin acostarte con nadie. Sí, la economía es un desastre. Da miedo. En tu opinión, ¿es todo culpa de Obama?»

«Sí, claro, mis hijos ya se independizaron.»

«Sí, estudié en la universidad. Dos carreras.»

«¿Tienes cáncer de próstata?»

«¿Tienes el colesterol alto y la tensión alta?»

«Siento que tus padres hayan fallecido.»

«¿Estás jubilada?»

«¿Un hijo tuyo murió en Afganistán?»

«¿Una hija tuya murió en Irak?»

«¿Así es como conociste a tu tercer marido?»

«¿Nunca te marchaste de Bakersfield?»

«¿Por qué querrías hacer algo así?»

«¿Tienes dieciséis nietos?»

«¿Este es solo el segundo *lifting* que te haces?»

«No, no he estado en Grecia, pero está en mi lista.»

La cena está muy rica. Han gastado bien el dinero que aportamos para la celebración.

Presento mis excusas y me levanto para ir al baño. Lo único que hago es empolvarme la nariz: lo que necesito realmente es respirar. Cuesta trabajo mantener la atención continuamente. De vuelta al salón, oigo una voz de hombre que saluda:

—Hola, Georgia.

Me giro y casi me choco con Bruce Gardner. Bruce estuvo en mi clase de Lengua tres años seguidos. Entonces era mono. Se ha convertido en un hombre guapo.

—¡Bruce Gardner!

—No me puedo creer que te acuerdes de mí.

—Pues claro que me acuerdo de ti. No hablabas en clase, y yo sí. Nos sentábamos juntos. Creo que una vez hiciste trampas en un examen.

—Yo nunca he hecho trampas en nada.

Yo sonrío y él también.

—¡Estás fantástica! —exclama, y continúa hablando sin hacer pausa alguna—. He oído hablar de ti, Georgia. Te lo has montado muy bien tú solita y no me sorprende. Espero que no te moleste, pero hay algo que me gustaría decirte, después de todo este tiempo.

—Adelante.

—Cuando estábamos en secundaria me gustabas mucho. —Casi instantáneamente, se me forma un nudo grueso y duro en la garganta—. No tienes que decir nada. Te busqué en las cuatro últimas reuniones y me decepcionó todas las veces no encontrarte. Pero aquí estás, y he decidido que debía contártelo. No tienes que reaccionar de ninguna manera ni dar ninguna respuesta. A mí me vale con habérmelo sacado de dentro, por fin.

—Guau.

—Con eso basta —dice, inclinándose y tomando mi mano para besarla.

—Un momento, soldado, podemos hacerlo mejor —le digo, y me acerco a él para rodearlo con los brazos, y él me imita.

—Guau. ¿Estás queriendo decirme que, de no ser por la política racial de entonces, habría podido quizá sentirte entre mis brazos todos estos años, como ahora? —me pregunta cuando me deslizo de entre sus brazos.

—¿Quién sabe? —respondo—. Es muy agradable verte después de tanto tiempo, Bruce. Gracias por contarme lo que sentías. Me siento halagada. Te veo después.

Bruce vuelve a su mesa, a tres de la mía, y se sienta junto a una mujer que muy probablemente es su esposa. Ambos saludan con la mano y yo devuelvo el saludo. Me siento unos momentos después en la silla de Grover, porque él y Saundra están enfrascados en una intensa charla.

Llegan entonces los premios y los aplausos: al matrimonio más duradero, al hijo mayor, al hijo más joven, al mayor número de nietos, al mejor bailarín y bailarina (que gané yo, para mi sorpresa, aunque en mis buenos tiempos no era precisamente Janet Jackson). Suben a la tarima algunos miembros de los antiguos equipos deportivos y de animadoras, que posan para la posteridad. Y, por fin, las fotos de quienes han muerto. Reconozco a la mayoría.

A continuación, anuncian que el orador no tardará en pronunciar su discurso. Oigo nombrar a Bruce. Menuda sorpresa. Yo jamás le dediqué un minuto de atención y casi cuarenta años después resulta que es senador. Y que en la escuela secundaria yo le gustaba. No quiero perderme ni una palabra.

—¡Hola, hola, promoción del 72! Sé que estáis todos ahí sentados convencidos de que os sentís mucho más jóvenes que los demás, o al menos que la edad que aparentan. Dentro de cuarenta años, la promoción del 2011 estará llena de señoras mayores tatuadas. Me alegro mucho de que hayáis podido venir tantos. En lugar de abrir el baúl de los recuerdos, me gustaría decir unas cuantas cosas sobre dónde nos encontramos hoy, sea cual sea ese lugar, y sobre cómo nos las hemos arreglado para llegar hasta aquí. El hecho de que sigamos en pie debe empujarnos a celebrar la vida que tenemos entre nuestras manos. Todos hemos vivido momentos buenos y también malos. Tras cincuenta años de vivencias, nos queda el rostro que merecemos y también la vida que merecemos. Quizá no se parezca a la que quisimos, pero la vida es resultado siempre de las decisiones que tomamos en cada momento. Algunos a los que no les ha ido tan bien querrían quizá que la vida fuese un vídeo grabado, para poder reproducirla de nuevo; otros querrían borrar la cinta, directamente. No se os ocurra ni por un segundo: todo lo que hemos hecho, todas las decisiones buenas y malas que hemos tomado, han dado forma a nuestras vidas y nos han traído aquí esta noche. Debemos ser conscientes de que quienes compartimos hoy esta velada nos conocemos unos a otros desde antes de haber sido padres o madres. Desde antes de que tuviéramos una profesión o carrera. Nos conocimos cuando éramos jóvenes y nos sobraba la energía. En ese tiempo, no todo el mundo caía bien a todo el mundo. Algunos sufrieron acoso escolar. Otros nos enamoramos de compañeras o compañeros de clase, pero nos daba miedo reconocerlo. A otros se les rompió el corazón por atreverse. Pero estoy aquí, queridos amigos y queridas amigas, para transmitiros algo que, probablemente, ya sepáis. No es tan complicado: lo único que podemos hacer es intentar dejar este planeta un poco mejor de como lo encontramos. Sigamos siendo el cambio que queremos ver en nosotros mismos y en el mundo. Y, con independencia de cuántas veces os hayáis divorciado, y aunque todavía estéis esperando a esa persona especial o de que queráis cambiar de trabajo, no os rindáis. Todavía no. Si seguís en busca de un propósito en la vida, no os detengáis hasta encontrarlo. Porque ¿sabéis qué? Perdonad el cliché, pero las cosas no terminan hasta que se terminan. Todavía nos quedan unos cuantos años para bailar la canción de nuestras vidas, a las revoluciones por minuto que nos apetezca. A algunos les gusta el tango. A otros el vals. A mí me sigue gustando el *rock*. Me hace enormemente feliz que estemos todos aquí hoy. Como dice mi nieta, «está todo *cool*». Y, ahora, ¡vamos a pasarlo bien, como si fuera 1972!

Bruce baja de la tarima y yo me deshago en lágrimas, de pie, como el resto de los comensales. Aplaudimos a Bruce y también a nosotros mismos. A nuestras vidas.

Y luego bailamos.

Bailamos todas esas canciones, desde los setenta hasta hoy.

Yo bailo con Bruce y su esposa.

Saundra baila con Grover.

La pista está atestada de hombres y mujeres maduros que se han reunido para celebrar su vida y la de los demás. Para aplaudirse a sí mismos y a los otros. Terminada la fiesta, a la salida, todo el mundo se despide de todo el mundo; también esas personas que no se acordaban de mí y de las que yo no me acordaba. Algunos nos abrazamos o nos estrechamos la mano. Cuando subo al coche, y aunque hace unas horas no lo creía posible, me digo a mí misma que lo he pasado bien.

Ya en casa

Estoy arrodillada en el jardín, quitando malas hierbas del macizo de flores, cuando aparece Naomi.

—Buenas tardes, Georgia. ¿Qué tal va todo?

—Todo va, gracias. ¿Qué tal estás tú?

—Pues creo que vuelvo a estar soltera después de nueve años.

Me sacudo las manos enguantadas y, acto seguido, me limpio el mandil y me incorporo.

—¿Cómo? ¿Os vais a separar Macy y tú?

—Nos hemos separado, de hecho. Ya se ha marchado de casa.

—¿Cuándo? No he visto ningún camión de mudanza.

—Me lo ha dejado todo. Salvo a *Bribón*. El perro era suyo.

—No quiero meter el dedo en la llaga, pero ¿qué ha pasado?

Me doy cuenta de que ha estado bebiendo, pero no la culpo.

—Pues, según la versión oficial, se ha reencontrado con un viejo amor y al parecer se ha reavivado la vieja llama. Yo me siento enferma. Muy enferma por dentro.

Y rompe a llorar. Las plumas indias que decoran su sudadera roja se agitan como las olas del mar. Me deshago el nudo del mandil mojado y lo dejo caer en la acera, me acerco a ella y la estrecho maternalmente entre mis brazos. La tomo de la mano y la invito a sentarse en las escaleras de entrada a casa.

—Lo siento mucho, Naomi. De veras. ¿Qué vas a hacer?

Ella agita la cabeza de un lado a otro, se pasa los dedos por el cabello rubio y corto y empieza a retorcerse con las puntas de los dedos uno de los pequeños aros de oro que lleva a modo de pendientes.

—Pues supongo que tendré que divorciarme.

Macy y ella fueron una de las primeras parejas del mismo sexo que tuvieron la suerte de posar ante el juzgado de San Francisco con un certificado de matrimonio, aquel día de junio de 2008. Se casaron ahí mismo, en la escalinata. Yo lo vi en las noticias y me sentí muy feliz por ellas. Todo quedó en el aire unos meses después y tendremos que esperar a ver si el Tribunal Supremo entra en razón de una puñetera vez y le otorga por fin a estas parejas los mismos derechos que al resto.

—No pienses en eso aún. Es normal pasar por este tipo de cosas. Quizá se dé cuenta de lo que ha perdido.

Naomi sacude la cabeza aún más vigorosamente.

—No. Macy no.

—¿Quieres un café?

—Claro. ¿Puedes echarle algo?

—Por supuesto.

—Uf —exclama al entrar en casa tras de mí, mirando alrededor—. Esta es la prueba de que no todos los gais tienen buen gusto.

—El tipo se limitó a hacer su trabajo. Pero sí, estoy muy de acuerdo contigo. Ven.

Naomi sigue mis pasos hasta la cocina y se sienta en uno de los taburetes altos. Yo me acuclillo ante el minibar y le muestro una botella de *bourbon* Maker's. Ella asiente con la cabeza.

—De todos modos, era bastante hija de puta. —Vamos allá. Sinceridad alcohólica—. Bueno, pero dejemos de hablar de ella —añade, apoyando los dos codos en la isla de la cocina—. ¿Tienes algún cliente interesado en la casa ya? La mía estará en el mercado en unas semanas, así que tendrán donde elegir.

—Todavía no me han hecho ninguna oferta seria.

—Pero, imagínese, señorita Melocotón de Georgia, que la casa se vendiera hoy mismo. Esta tarde. ¿Adónde le gustaría mudarse?

—A Nueva York —digo sin pensar.

—Venga ya. Los californianos no tienen ni corazón ni la *chutzpah* suficiente para disfrutar y siquiera para sobrevivir al alto octanaje de esa ciudad. Del mismo modo que a los neoyorquinos no les gusta esta soleada y preciosa California nuestra, superficial y perfecta para la foto, en la que todos los clichés se hacen realidad. Es cierto, no obstante, que en la bahía de San Francisco nada de eso se cumple. ¡Somos la Costa Este de la Costa Oeste y molamos mucho!

Naomi alza una palma al aire y yo la choco.

—Vamos, Georgia. A ti te encantan los árboles y la hierba y cavar para encontrar gusanos y hierbajos en tus puñeteros macizos de flores. No deberías moverte de aquí, hermana. Lo que tienes que hacer, joder, es meterle algo de pasta a esta puñetera cocina ochentera. Esperar a envejecer de verdad y, luego, vender. Oye, ¿quieres venir a mi divorcio?

—No —respondo echándome su brazo sobre los hombros y acompañándola pasito a pasito al exterior de la casa, por los caminos de acceso, hasta la entrada a la suya. Esa casa tan guay y tan moderna, atestada de obras de arte, con sus ventanales de suelo a techo y esa vista de San Francisco que deja boquiabierto a cualquiera.

La acompaño hasta el sofá de cuero gris marengo y la ayudo a sentarse. Ella se cae de lado. Le recojo los dos pies y le coloco bajo la cabeza uno de los varios cojines forrados de seda que hay desperdigados por el salón. Por fin, la cubro con una manta de angora amarilla.

—Qué buena vecina eres, Georgia Brown. No te vayas a Nueva York. Tu casa es esta.

Y se queda frita.

Me doy cuenta de que tiene razón.

Termino de arrancar malas hierbas y de limpiar el jardín. Y luego decido ir a dar una vuelta por tiendas de arte y manualidades. Compro pintura. Trozos de vidrio. Arena. Conchas marinas. Guijarros. Rosas negras. Piedras negras. Plumas. Cinta. Arpillera. Cuero, y muchas cosas más. Cuando llego a casa de vuelta, ya ha oscurecido. Lo dejo todo en el coche mientras decido dónde voy a colocarlo. Me siento feliz.

Aunque posiblemente no haga ni diez grados fuera, abro la puerta, enciendo las luces de la piscina, vuelvo a entrar, cojo dos toallas de baño limpias del cuarto de la lavadora, regreso a la piscina y me tumbo, envuelta en las toallas, sobre una de las *chaises longues*. Observo en la distancia las olas azul marino fluir, como si siguieran un camino. A través de la niebla, diviso el puente de la Bahía iluminado, como una celebración de sí mismo. Me giro y contemplo el interior de mi casa, de mi hogar. Cierro los ojos y me reclino.

Me despierto con el frío. Vuelvo a entrar y vuelvo a salir a la puerta y arranco el cartel de «Se vende» del suelo. Me parece oír las raíces de las plantas aplaudir. Lo dejo caer en el interior del cubo de la basura de la acera y, cuando vuelvo al interior, la puerta se cierra lentamente tras de mí y una corriente de aire parece susurrar «gracias». Miro alrededor. Todo el acero inoxidable se me hace ahora frío, viejo y pasado de moda. Naomi tiene razón. Dejo las toallas sobre un taburete y me hago un café bien cargado. Apago las luces que conducen a mi despacho y me quedo mirando la chimenea. Decido encenderla.

Estoy cansada de esperar. De sentirme ansiosa todo el tiempo. Estoy harta de los extraños que pululan por mi casa y de tener que escuchar qué cambiarían, qué les gusta y qué no. Que habría que levantar todo el suelo. «¿Cómo se te ocurrió poner hormigón y cuero en el suelo, Georgia? Habría que enmoquetarlo todo, en realidad. Sí, y en el hueco de la escalera podríamos colgar una araña de cristal. Y ¿qué tienes puesto ahí? ¿Es un barco? Ah, la escalera de metal habría que sustituirla, es demasiado fría e industrial. Y no sé si sería buena idea dejar la piscina pintada de negro, impacta bastante. El agua debería verse color turquesa.»

Lo siento, Georgia. La familia de Seattle se ha echado para atrás. Lo siento, Georgia, la pareja que iba a cambiar de ciudad se ha echado para atrás. Lo siento, Georgia; lo siento, Georgia; lo siento, Georgia. Bueno, yo sé de alguien que no se va a echar para atrás. Georgia no se va a echar para atrás. Ahora mismo, podría pagar lo que me queda de hipoteca con lo que saque de vender la consulta, y sería libre. No puedo creer lo estúpida que he sido. ¿En qué estaría pensando? Ni siquiera sabía adónde quería ir. Miro alrededor y me doy cuenta de que me gusta vivir en esta casa. Es mi hogar. No era la casa lo que tenía que cambiar: era a mí misma.

Cómo enamorarse y desenamorarse en tres sencillos pasos

Me he alojado en un hotel de tres estrellas mientras Percy saca todos esos feos muebles de mi casa. He mandado también repintar todas las paredes para que recuperen su energía. En cinco días podré volver a instalarme en mi antigua nueva casa.

He llegado a la conclusión de que intentar volver a crear un vínculo con los otros tres hombres a los que alguna vez amé es una pérdida de tiempo. Creo que todo se debe a la melancolía que me produjo la noticia de la muerte de Ray Strawberry. Sí intentaré, no obstante, mandar un saludo a todos ellos, en algún momento. Pero hasta ahí. Reencontrarme cara a cara con mis exmaridos fue emocionante, pero me da la impresión de que si no los hubiera vuelto a ver nunca no me habría perdido nada. Durante años no pude soportar a Michael y ahora al menos eso lo he dejado atrás, ¿qué habría perdido yo de no haberle concedido el perdón? No es que después de tanto tiempo siga deseando empujarlo desde el Golden Gate ni que me quite el sueño que la relación con su nueva esposa vaya bien o mal. ¿Y Niles, *mister* Narciso? Tras verlo no fui capaz de recordar qué es lo que me enamoró de él en su momento.

No soy antropóloga ni nada que se le parezca, pero se me hace evidente que, como mujer madura, he dedicado más tiempo y energía a los hombres que me decepcionaron que a los que estuvieron a la altura de su imagen y mantuvieron sus promesas. No parece que haber estudiado o ser muy inteligente sean factores clave —ambas cosas no son sinónimas, por otro lado—, aunque los genios a los que he conocido creen que están bendecidos por algún ser superior, y eso mismo es causa y razón de sus defectos.

Me remuevo en la silla, abro Facebook y echo un vistazo a mi perfil. Me estoy empezando a aburrir de las redes sociales pero, normalmente, si digo que voy a hacer algo, lo hago. Quizá me lleve un tiempo, pero me gusta terminar lo que empiezo. Ahora mismo, sin embargo, esto es lo que ocupa mi pensamiento: si hubiera seguido adelante, si hubiese tenido un hijo con Abraham y me hubiera casado con él, si hubiera terminado en el campo en Luisiana cultivando cosas de comer, probablemente hoy sería más feliz de lo que soy y no estaría cotilleando ahora mismo en Facebook, tratando de resucitar los éxitos del pasado. Y Abraham sería siguiendo mi chico.

Por eso me gustaría haber dado el paso y haberlo seducido cuando nos vimos, y no haberme detenido tanto en los viejos tiempos, en su vida en el campo y en cuánto significamos el uno para el otro en otro momento de la vida. Estoy mayor para caer enamorada a cuenta de unos pocos orgasmos. 1980 queda muy lejos. ¿Y si nos hubiéramos acostado? Habrían merecido la pena, al menos, el sufrimiento y la añoranza que sentí cuando se volvió a su campo a plantar soja y boniatos con su nueva y muy terrenal esposa.

Hago clic en Carter.

En gruesa letra azul, por encima de unas montañas de aterciopelado color verde aparece el siguiente texto: «En memoria de Carter Glenn Russell». Le siguen comentarios de al menos treinta personas compartiendo lo mucho que lo van a echar de menos y lo gran tío/hermano/primo/padre/amigo que era. Hago clic en «Acerca de» y lo único que dice es: «Nuestro padre falleció el 1 de enero de 2011 rodeado de sus amigos y familia. Por favor, comparte en su biografía una foto y cualquier recuerdo que tengas sobre él. Le habría gustado».

Esto es lo que yo recuerdo de él.

Durante el primer año de mis estudios de optometría, viví en una ajetreada calle de un barrio de dudosa reputación. Una noche, cuando trataba de abrir la puerta, un tipo apareció de la nada, me dio un tirón y salió corriendo. Carter, que estaba de patrulla por el barrio, lo vio y salió tras él. Al final lo pudo acorralar y el tipo tiró el bolso a unos arbustos. Yo vi cómo Carter sacaba la pistola y gritaba: «Métete en esos arbustos y recoge ahora mismo el bolso de la señora. Ahora mismo, chaval. No me obligues a repetírtelo». El chico, que apenas sobrepasaba los veinte años, hizo lo que le ordenaban. «Ahora, camina hasta donde está ella y devuélveselo. Y quiero que le pidas disculpas por el susto de muerte que le has dado.» Y eso hizo. «Siento haberle robado el bolso, señora», dijo mientras Carter agitaba la cabeza, dándome a entender que no debía contestarle. Luego metió al chico en la parte de atrás de su coche patrulla y cerró la puerta con llave. «¿Está usted bien?», me preguntó, y contesté afirmativamente. Carter era un tipo grande, de casi dos metros. Me entregó su tarjeta y me dijo que, si alguna vez necesitaba algo, lo llamase por teléfono.

Durante los siguientes nueve meses que viví en ese apartamento, casi todas las noches él o alguno de sus compañeros, a instancia suya, echaban un ojo cuando yo pasaba por la calle. Poco antes de que me fuese a vivir con Michael me mostró una fotografía de su mujer. «Es una mujer afortunada», le dije. Él me besó en la mejilla y me dijo que me cuidase mucho y que no me casara con un hombre que no hiciese eso mismo.

Dejo este comentario:

Carter era un hombre valiente, sincero, leal y atento. Me hizo sentir segura cuando iba a la universidad. Fue para mí un honor conocerlo.

Y Lance. No merecía la pena recordarlo, pero debería haberlo incluido en la larga lista de los descartados.

Oliver tenía una voz tan profunda que te ponía el vello de punta incluso vestida de pies a cabeza. Hasta cuando reía: tenía una carcajada que le brotaba de algún lugar muy profundo. Yo le hacía muchas preguntas difíciles para que le llevase un tiempo contestar, solo por escucharle. Él sabía que era un tipo sexi, pero no podía evitarlo. Se reía de lado y se le formaban hoyuelos por debajo de los pómulos. No conocí jamás a un hombre con tantas armas de seducción: él las tenía todas. Y, encima, era inteligente. Mucho más que yo. O quizá debería decir que sabía mucho más que yo sobre muchas más cosas que yo. Cuando me dijo que estudiaba Filosofía, casi me trago la pajita del zumo que había colado en la biblioteca. Me parecía realmente guay, especialmente para un joven negro. De todas las carreras del mundo, ¿por qué Filosofía? Porque siempre había sentido curiosidad sobre cómo vivir una vida moralmente consciente. Quería descubrir qué podemos hacer, y cómo, para llevar una conducta más elevada. «Bueno, de acuerdo», recuerdo que pensé. Pero ¿no se supone que para eso sirve la Biblia? ¿E ir a la iglesia? (No lo dije, pero lo pensé.) Y recuerdo que él me preguntó si alguna vez había oído hablar de Epicteto y, por supuesto, la respuesta fue «no». Me explicó entonces que era uno de sus filósofos favoritos y me recomendó que leyera algo sobre él (lo cual no hice jamás). No obstante, durante los nueve meses siguientes en que Oliver y yo estuvimos saliendo, aprendí mucho sobre él y sobre otros muchos filósofos, algunos de los cuales no me parecían demasiado cuerdos. Empecé en algún momento a obsesionarme sobre cómo vivir moralmente. Dediqué tanto tiempo a intentar impresionar a Oliver que me extravié en su manera de mirar el mundo y en la búsqueda del papel que debíamos desempeñar en él o el uno para con el otro.

Lo quería porque con él llevé mi corazón y mi mente a nuevas alturas, pero me cansé de estar analizándolo todo constantemente. Oliver era un amor, pero me terminó agotando. Perdió la paciencia conmigo cuando llegó a la conclusión de que yo era una persona superficial, creo. Quiso dejarme porque no compartía sus creencias. Yo quise dejarle porque él no respetaba las mías.

No me sorprende que se hiciera pastor. Se casó. Tiene tres hijos y un nieto. Aunque intento no poner tanto énfasis en el sexo, hay una razón por la que no me importaba que me echara el sermón: era extremadamente talentoso en la cama. Con los años me he dado cuenta de que hay solo dos tipos de hombres: los que son buenos en la cama y los que no lo son.

¡Hola, Oliver! Solo quería contarte que hace poco me topé con un libro sobre Epicteto en una librería y me acordé de ti. Lo compré en tu honor y creo que podría tener razón en algunas cosas. Estoy intentando llevar a la práctica algunas de sus reflexiones. ¿Qué hay de ti? Me alegro mucho de que encontrases tu vocación. Pareces feliz y me alegro mucho por ello. Yo estoy también intentando curarme por dentro, aunque de otra manera. Además, estoy a la búsqueda de otra forma de curación, aunque más creativa. Solo quería hacerte saber que después de todos estos años no he olvidado que una vez ocupaste un lugar muy querido de mi corazón y que me siento muy agradecida por haberte conocido. Te envío bendiciones ahora y siempre para ti y para tu familia, y te deseo todo lo mejor. Georgia.

En último lugar, pero no por ello menos importante, David. David no era el tío con más tacto del mundo. Lo supe desde el primer momento, cuando, estando en la cola de un supermercado, se acercó por detrás a mí y me dijo al oído: «Tú sí que estás para hincarte el diente. Ojalá te pudiera echar a la cesta y comerte». Cuando me giré, me di de bruces con unos ojos oscuros y soñadores. El resplandeciente bigote no ocultaba esos tersos labios que tuvo la caradura de morder en el preciso instante en que lo miraba. Yo hice de tripas corazón y respondí: «No seas tan fresco. No me conoces de nada». Pagué la compra y, cuando abría mi Honda azul del 75, lo vi salir de la tienda con las manos vacías. Se quedó ahí, de brazos cruzados, mirándome subir el maletero. «¿Puedo ayudarte a cargar la compra en tu Rolls-Royce?» Y eso fue todo, más o menos. Lo dejé entrar en mi vida, porque era embriagador, y, después de Eric y algunos aciertos y errores pre y post-Niles, quería algo emocionante, por atrevido que fuese. Con David me lo pasé como nunca antes en mi vida y me enamoré de él como una adolescente. Dicen que uno siempre quiere lo que no tiene. Yo sabía que David no estaba enamorado de mí, pero me daba igual.

David estaba casi siempre en paro, pero era un tipo con mucho mundo, sobre todo, para no tener nunca ni un dólar. No se perdía una fiesta y siempre tenía excusas para salir, razón por la que empecé a bordar de nuevo en casa. Él fingía ser un tipo creativo y afirmaba que algún día haría teatro, aunque jamás se apuntó a ninguna clase. Era un histrión. Nunca le cogí las vueltas del todo. Sabía volar y luego estrellarse. En ese entonces no sabía siquiera que ese tipo de conducta tenía un nombre y, tras seis meses de montaña rusa emocional, me dejó. Yo conseguí que volviera conmigo, y luego lo dejé yo. La última vez que oí de él fue cuando me llamó por teléfono desde Nueva York para disculparse por hacer mutis por el foro sin siquiera echar el telón.

¡Hola, David! Soy yo, Georgia Young, llamando desde el Pleistoceno. Estuve en Berkeley la semana pasada y pasé por delante de tu apartamento. Se me ocurrió buscarte en Facebook para ver si te habías caído ya del planeta: me alegro de que no. Veo que del teatro pasaste a la televisión y parece que lo de la producción no se te da mal. Me cuentan que Toronto es una gran ciudad para vivir. En fin, solo quería que supieras que me alegro mucho de que las cosas te vayan bien y de que compartiéramos un tiempo de nuestra vida hace tanto. Un beso, Georgia.

Pues ya está.

Me pongo un pijama limpio, me lavo los dientes, me hago seis trenzas, pienso en encender mi televisión de baja definición, pero me arrepiento. Me tapo con las sábanas hasta el ombligo —huelen a lejía perfumada— y me quedo embobada observando el gotelé del techo.

Quizá debería no seguir insistiendo en el amor. Con el tiempo, he llegado a la conclusión de que es lo único que no dura. Son demasiados los hombres que me han decepcionado. Confiesan su amor y luego descubren que no saben qué hacer con él. Hay tres cosas que, me doy cuenta, me habrían ayudado si hubiera sabido entonces lo que sé ahora:

1.   Si crees que has dado con el hombre adecuado y te abandonas a la caída libre, tanto que te parece que vuelas, y

te imaginas pasando el resto de tu vida con esa persona, entrégate por completo a la relación, sácale todo el jugo y disfrútala mientras dure, porque nunca sabrás cuándo vas a volver a sentirte así.

2. Nadie es perfecto. Tú tampoco. Pero sé consciente de cuánto puedes tolerar y no te deslomes tratando de hacer que tu relación o tu matrimonio funcione. Cuando te sientas más desgraciada que feliz, ten claro que las cosas no marchan bien. Busca una manera de salir de ahí.

3. Cuando las cosas se terminan, se terminan. No mires atrás. Nunca se sabe quién puede estar tras la puerta Número 1 o quién puede haber entrado en tu vida sin que te hayas dado cuenta siquiera.

En fin. De todos modos, yo no soy Oprah, precisamente.

¿Para qué están las amigas?

—¿A que no sabes quién ha vuelto? —pregunta Marina.

—No, pero me lo vas a decir tú —respondo.

Marina abre la puerta de par en par y, asomando por el umbral, aparece la cabeza de Mercury.

—¡Hola, doctora!

—¡Venga ya! —respondo yo, entre risas.

—No les he caído muy bien en Neiman. Hablo demasiado alto y soy demasiado sociable para ellos, creo. Traté de controlarme un poco, pero parece que no les basta. Así que aquí estoy de nuevo. Marina está dispuesta a enseñarme todo lo necesario para sustituirla, si están ustedes dispuestas a readmitirme.

—A mí me gusta la gente sociable y ruidosa. Bienvenido de vuelta, jovencito —saludo mientras rodeo el escritorio para abrazarlo.

Estoy a punto de desfallecer tras diez minutos completos salteando gambones especiados y tirabeques que voy a servir junto a unos *linguini* que me voy a comer en mi cocina pasada de moda, cuando de repente suena el timbre de la puerta. Qué raro. A mi casa no viene nunca nadie sin avisar.

—¡Abre la puerta antes de que la eche abajo, niña!

—¡Ya voy! —Cuando abro la puerta, me quedo sin palabras: ataviada con una chaquetita de cuero y los brazos en jarras como una modelo de pasarela madurita, espera en el umbral mi Violet. Va forrada de estampado de leopardo (o guepardo, ¿quién sabe?), esta vez en turquesa y negro. Se ha vuelto a poner las extensiones caoba, que le chorrean con creces por lo alto de las hombreras. Está demasiado delgada: la noto huesuda cuando se inclina para darme un achuchón.

—No me lo creo. Pasa, por favor. ¿Está todo bien?

—Sí, claro, ¿por qué no habría de estarlo? —pregunta, y se pasea por delante de mí como un pavo real, como suele.

—Qué sorpresa. ¿Por qué no me has avisado?

—Porque no me ha dado la gana. ¿Qué te parece?

—¿Y si no hubiera estado en casa?

—Pues me habría dado la vuelta y habría ido a cualquier otro sitio. Esa casa de muñecas se me cae encima.

—Y ¿qué te ha hecho recorrer todo el camino hasta aquí, Violet?

—Por favor, vivo a veinte minutos. Para empezar, he estado pensando en cómo daros las gracias a ti y a Wanda por caminar todos esos kilómetros. Ha significado mucho para mí. El año que viene me uniré, seguro. ¿Qué estás cocinando? Qué bien huele. Me da igual lo que sea, si lo has cocinado tú. Me muero de hambre —dice, abriendo uno de los armarios para coger un plato.

—Que hayas venido hasta aquí lo dice todo, Violet. ¿Cómo te están yendo las cosas? —inquiero, y debe de parecer muy obvia la mirada que le dirijo al pecho, aunque no sea intencionada.

—Van bien. ¿Quieres verme el pecho?

—¡No! —grito mientras se quita la chaqueta de cuero. Está a punto de levantarse el jersey negro.

—¡Es como el antiguo!

—¡Tampoco vi nunca el antiguo, Violet! Me creo todo lo que me digas. El caso es que estás bien, ¿verdad?

—Sí, voy mejorando.

—Me alegro de oír eso. No te he querido incordiar mucho estos días, pensando que estarías aún un poco afectada.

—Se acabó. Me mudo a Toronto.

—¿Cómo has dicho?

—Ya me has oído. ¿Puedo servirme una copa de vino o algo así con la cena?

—Llevas años sirviéndote lo que te dé la gana de mi bar, así que no te hagas la invitada cortés de repente.

Y allá que va.

—El colegio de abogados pretende tenerme suspendida otro año entero. Estoy harta de este país.

—Ah, ¿sí? Vaya.

—Pues sí —dice, sacándose los tacones con las puntas de los pies.

—Cuéntame, Violet, ¿cuándo te cansaste del país, así en general?

Me sirvo yo también una copa de vino. Soy consciente de que estoy a punto de presenciar una especie de *reality* por y para Violet, y le pienso entregar mi atención completa.

—Vale, estoy exagerando —reconoce, mientras trincha un gambón con el tenedor y se lo mete en la boca—. Hum, qué rico. En fin. Estoy harta de mi hija. Estoy harta de ese bebé. Estoy harta de ser abogada, de vivir en la bahía de San Francisco. Necesito tomarme un buen descanso y eso es lo que voy a hacer.

Me cuesta creer que hable en serio. El hijo mayor de Violet, Maxwell, juega al baloncesto en Toronto.

—Entonces, ¿vas a abandonar a tu hija y a tu nieto y te vas a ir a vivir con tu hijo y tu nuera? ¿Es eso?

—Quizá. Ese bebé no le ha cambiado el carácter ni un poquito. Si pudiera me lo llevaría, pero me hace falta un pasaporte.

—¿Cómo se llama? —pregunto, guardando el aliento mientras sirvo dos platos de pasta.

—Sauvignon.

—Wanda me dijo que tenía nombre de fruta.

—Claro, y la *sauvignon* es una uva, ya lo sabes. En fin, acabamos de tener una conversación y a ella se la ha ido la olla porque le he dado hasta primeros de año para que se aclare y ponga en orden su vida. Estoy harta de inventar excusas para ella. Harta. Han hecho la prueba de paternidad y la buena noticia es que al padre del bebé le queda al parecer un poco de sentido común. Si no lleva cuidado, es probable que él pida la custodia y la consiga.

—¿De verdad? ¿Y dejarías que ocurriese algo así?

Ella aparta la mirada, incrédula por la pregunta.

Ambas tomamos unos cuantos bocados.

—Esto está muy bueno, sea lo que sea.

—Me alegro de que cuente con tu aprobación. En fin. La noticia me alegra y me entristece a la vez, Violet. ¿Cómo te vas a ganar la vida?

—Ya no soy pobre como las ratas, Georgia. Y puedo trabajar allí. Es fácil conseguir el permiso de trabajo. Algo sé de *marketing,* aunque ahora mismo no recuerdo muy bien el qué, así que no me preguntes. ¿Y tú cómo estás, joder? Tienes buen aspecto. Debes de estar yendo al gimnasio día sí y día también, ¿no?

—No tanto como cuando nos estuvimos preparando para la marcha.

—Pues no lo dejes.

Entre gambón y gambón le hablo sobre los bebés recién nacidos. Le cuento que a Frankie y Hunter les va muy bien;

que ella se ha matriculado en la Universidad Estatal de San Francisco. Que Estelle y Justin están atravesando una crisis.

Ella apura el vino y se pone de pie.

—A mí él nunca me ha inspirado demasiada confianza, si quieres que te sea sincera. Pero en fin. Gracias por la comida. Solo quería saludar y darte un abrazo.

—Pero, niña, ¡si acabas de llegar!

—He sacado entradas para ir a ver a Oleta Adams esta noche.

—Me encanta Oleta Adams.

Ella se acerca al fregadero y lava su plato, su copa y su bandejita y los coloca en el escurridor.

—¿Quieres venir conmigo?

—No puedo.

—¿Por qué no? No me dirás que te vas poner a fregar. Tienes la casa como los chorros del oro. Oye, ¡un segundo! ¡Estos son tus muebles! Y ¡has pintado! Estoy en la luna, ya ves. ¿Quiere eso decir que ya no vendes la casa? ¿Has entrado por fin en razón? ¿No te vas?

—Sí.

—Me alegro, es muy buena noticia. Especialmente, porque ahora tienes cuatro nietos y van a necesitar un sitio donde dormir que no sea tu cama. Para empezar, vas a tener que vallar la piscina para que no se te ahoguen. Menudas son las gemelas. ¿Las van a medicar, por fin?

En otra circunstancia me enfadaría con Violet por hacer un comentario así, pero sé que solo quiere incordiar. Me alegro de haber recuperado a mi amiga, así que me río con ella.

—Te lo dije. El mercado inmobiliario no va a cambiar a corto plazo, ni siquiera con todos los esfuerzos que está haciendo Obama. Yo no tengo ya casa en propiedad, y no me importa. No voy a dejar nada a mis hijos, pero me da igual porque, de todos modos, no me valoran lo suficiente. Que se peleen con la aseguradora. Adiós. Te quiero, cariño, y me alegro de verte. ¡No me puedo perder el concierto de Oleta!

Mercury toca a la puerta de mi consulta. Lo invito a pasar. Me doy cuenta de que ha ocurrido algo malo.

—¿Qué pasa, Mercury?

—El padre de Lily acaba de fallecer.

—Oh, no —suspiro—. ¿Dónde está ella?

—En el hospital John Muir, en Walnut Creek. Llamó a la centralita de la oficina directamente. Está regular. Yo pensaba que el hombre se estaba recuperando bien tras su operación de cadera.

—Tenía cáncer de hígado.

—Joder. Qué pena.

—Sí, es una pena. Estoy segura de que Lily sabía que la enfermedad estaba muy avanzada. Pero eso es indiferente. Era su padre.

—Ha dicho que te llamará en cuanto pueda, pero me pidió que te hiciera llegar un mensaje que igual te descoloca un poco.

—¿El qué?

—Me pidió que te dijera que probablemente no vendrá por la clínica en dos o tres semanas. Y a mí, que informe a todos sus pacientes lo antes posible y que les contara lo ocurrido.

—Lo entiendo perfectamente.

Al día siguiente, Lily me explica que, por tradición familiar, van a llevar el cuerpo sin vida de su padre a Filipinas, donde le darán sepultura, y que probablemente necesite tomarse todo el mes libre para resolver ese asunto y ver también qué hace con su madre. Le pregunto si puedo hacer algo por ella y me responde que no. Pero propone que quizá debamos plantearnos cerrar la clínica durante un mes y tomarnos ese tiempo para reflexionar sobre qué hacer con ella por fin.

Me muestro de acuerdo.

Resulta que Marina no se traslada a Nueva York hasta dentro de un mes y medio y, dado que ella y Mercury se han hecho íntimos, han acordado llamar entre los dos a todos y cada uno de los pacientes de Lily para reprogramar sus respectivas citas. Además, han colocado un gran cartel en la puerta en el que se explica por qué la clínica va a estar cerrada y durante cuánto tiempo, junto a un número de urgencias. Desde luego, me entristece mucho el trance por el que está pasando Lily y, de repente, recuerdo como si fuera ayer la muerte de mi padre y cómo me hizo sentir. Lleva mucho tiempo aceptar la muerte de un padre o una madre; no importa lo mayor que esté.

Paso la primera semana en casa organizando mi nuevo «estudio». Quizá haya cometido una estupidez. En lugar de gastar dinero en un estudio de verdad, he contratado a un albañil para que levante un tabique divisorio en el garaje. Además, ha instalado un suelo de caucho y una pila de agua. He comprado unos armaritos de persiana metálica y formica y latas, corcho, botellas, jarras, cepillos, cola y pistolas de encolar. Me debo creer una artista o algo así.

No he terminado siquiera de pintar ese taburete, pero no me tiembla el pulso para comprar dos sillitas para bebé para Levi y Dove. Lo único que espero es que los bebés no hayan entrado en la universidad para cuando los termine.

Suena el teléfono de la casa.

Es Michelle Obama.

—Hola, mamá. ¿Cómo estás?

—Tranqui. ¿Y tú?

—¿Tranqui? ¿Qué tienes ahora, veinte años?

—Hablando de edad, ¿tienes planes para tu cumpleaños?

—¿Cuándo era, perdona?

—Qué graciosa. En veintisiete días.

—¿Por qué? ¿Vas a invitarme a Bora Bora?

—No. ¿Quieres viajar a Bora Bora? ¿También está en tu lista?

—Quizá.

—Mira, Grover y yo queremos acercarnos a San Francisco e invitarte a cenar, si no tienes planes, claro. Que supongo que no tienes, me temo...

—¿Y si te digo que me voy a Bora Bora?

—Responde a la pregunta, Georgia. Quizá viajemos en tren hasta San Francisco. Son casi siete horas, pero no lo hemos hecho nunca. ¿Tú te embarcaste por fin en tu aventura ferroviaria?

—Todavía no, pero no tardaré. Ese viaje sí que está el primero en mi lista de prioridades.

—¿Te parece bien el plan, entonces?

—Sí. ¿Queréis quedaros a dormir aquí?

—No. Demasiadas escaleras. No te preocupes, ya hemos reservado hotel. ¿Te estoy interrumpiendo, por cierto?

—No, no.

—¿Qué hacías?

—Poca cosa. Organizando.

—Ni te voy a preguntar el qué. Hablamos pronto. Nos vemos el mes que viene.

Mi madre jamás se ha interesado por cómo celebro mi cumpleaños. Mis hijas y Wanda no han dicho esta boca es mía y empiezo a sospechar que hay gato encerrado.

Ya sé cómo enterarme. Haciéndome la tonta.

Empiezo por Wanda. La llamo y me salta el contestador. Qué raro.

Llamo a Frankie, que está en el pediatra con Levi. Le pido que me llame cuando salga y me dice que por supuesto.

Estelle está acostando a las gemelas para la siesta y se disponía a dar el pecho a Dove. Le dejo dicho que me llame mañana.

Violet sí coge el teléfono.

—Hola, ¿qué tal? —saluda.

—¿Cómo estuvo el concierto de Oleta?

—Increíble.

Silencio. (Blanco y en botella.)

—¿Por qué me has llamado? —pregunta.

—¿No puedo llamar para saludarte?

—Hola. Bueno. Wanda me acaba de contar que por fin viste a Abraham.

—Sí.

—¿Por qué no me dijiste nada cuando nos vimos?

—¿Qué querías que te dijese?

—Pues no sé, ¿cómo fue el encuentro? ¿Cómo está él?

—Él está estupendamente. Sigue tan bien como siempre. A punto de casarse. Es agricultor, tiene tierras y vive en Luisiana.

—¿Te lo follaste?

—No.

—Bueno, supongo que después de todo el tiempo que ha pasado puedo ya contarte que yo sí. Una vez.

—¿Cómo? Creo que no te he entendido bien.

—Sí has entendido bien. Que me lo follé. Y no sé cómo fuiste capaz de dejarlo escapar.

—¿Sabes qué? Que siempre has sido una zorra, Violet.

—Sí, puede ser. ¿Y? Por cierto, te hemos organizado una fiesta sorpresa, chica simpática. Así que ya puedes hacerte la sorprendida.

«No quiero fiestas sorpresa», le he ordenado a Wanda en un mensaje de voz. Wanda acaba de aparcar frente a mi casa y está sentada dentro del coche porque le he pedido que no venga a intentar convencerme de que no sea infantil, terca e ingrata.

—¿Por qué no?

—Pues porque no.

—Pues ya es demasiado tarde. El año pasado te enviamos flores porque fingiste estar enferma para no tener que salir.

—Me da igual. No quiero fiestas.

—Pero ¿por qué no, joder?

—Porque estoy ya mayor para fiestas sorpresa de cumpleaños.

—¿Te has tomado algún tipo de pastilla para deprimirte?

—No.

—Entonces, ¿qué ocurre?

—Violet me ha dicho que se acostó una vez con Abraham.

—Vaya, menuda noticia.

—¿Cómo dices?

—Lo que has oído. Creo que él lo hizo para volver contigo después de que lo dejaras.

—¿Y solo por eso está bien?

—No, pero es historia antigua, Georgia.

—¿Cómo te sentirías si te dijera que yo me acosté con Nelson antes de que os conocierais?

—No te creería.

—Y ¿por qué no?

—Porque me lo habrías dicho incluso antes de que él se hubiese fijado en mí. Además, tú tienes clase. No caerías tan bajo. Mira, muchacha, siempre hemos sabido que Violet toma muchas decisiones sin detenerse a reflexionar sobre cuestiones morales. ¿Por qué echárselo en cara ahora?

—Algunos secretos es mejor guardárselos para siempre.

—En eso estoy de acuerdo. En fin. El caso es que vienen tu madre, Grover, su hijo, su nieto y Dolly y los hijos de Dolly. Vienen todos.

—¿Qué?

—Y Michael también.

—Me estás tomando el pelo.

—Niles y su mujer también vienen. Y tus hijas. Toda la gente de la clínica, aunque es una pena, porque Lily quizá no llegue a tiempo. Ese chico tan impresionante, Mercury, y Marina, que al parecer tiene que coger un vuelo esa misma madrugada. También vendrán algunos de tus pacientes más antiguos, como Mona Kwon. Aunque ella, por lo visto, no podrá quedarse hasta tarde. Los demás técnicos también dijeron que querían venir.

—¿Y qué han dicho Barack Obama y la primera dama?

—No pueden, tienen la agenda llena.

—¿Alguien más a quien no conozca?

—Ya lo verás —anuncia—. Estoy segura de que lo que te ha contado Violet no te ha sentado tan mal realmente.

—En realidad, no. Pero creo que no ha elegido el mejor momento. ¿Por qué ha esperado todos estos años para confesarme algo así, y en la misma frase me desvela también que me vais a hacer una fiesta sorpresa? No es mi amiga. Punto. Y si voy a la fiesta no quiero que esté ella.

—Mira, amiga. Tú vas a ir a tu fiesta. Y ella va a estar. Y vas a fingir que la perdonas, y listo.

—¿Cuándo es la puñetera fiesta?

—Es una sorpresa.

—Ya no, Wanda.

—Bueno, ya veremos si es una sorpresa o no, ¿de acuerdo?

Sorpresas sorprendentes

—Se ha marchado —me dice Estelle, cuando le devuelvo la llamada. Estoy en el supermercado. Dejo el carro lleno de cosas en la sección de frutas y verduras y salgo a la entrada.

—¿Quién se ha marchado? —pregunto, sabiendo, por supuesto, que habla de su marido.

—Justin.

—¿Adónde?

—No lo sé y no me importa. Lo he echado.

—¿Crees que puedes estar sufriendo una depresión posparto o algo así?

—Tiene un novio.

—¿Un qué?

—Ya me has oído. Un puto novio.

—Eso es imposible.

—No. No es imposible, mamá.

—¿Me estás diciendo que es gay?

—¡Mamá, te estoy diciendo que tiene novio! ¡No novia! ¡Novio! Supongo que eso lo convierte en gay, sí. Pero es que me da igual. Lo único que sé con seguridad es que es padre y que va a tener que hacerse cargo de sus hijas.

Jamás habría pensado algo así de Justin, aunque a la gente se le da muy bien disimular hasta lo más insospechado. Pero

¿por qué ha esperado a tener otro bebé para salir del puñetero armario?

—¿Estás segura de que estás bien, Estelle? Creo que debería ir a verte.

—No, no vengas, ¡por favor!

—¿Dónde está Justin ahora?

—En urgencias.

—¿En urgencias? ¿Qué ha pasado?

—Le he pegado con el rodillo de amasar. Sobrevivirá.

—Voy para allá.

—Mamá, no. Estoy bien. Te pido que, por favor, respetes mi intimidad ahora mismo. Te lo he tenido que decir para que no te extrañaras al no verlo en tu fiesta sorpresa. Ay, joder… Ya me he ido de la lengua, lo siento…

—Estoy al tanto de la fiesta, no te preocupes. Ya sabes que los negros no sabemos guardar secretos. Lo que quiero que me cuentes es cómo te has enterado de lo de Justin.

—Llevaba casi un año actuando raro. Él lo achacaba a las horas de trabajo. Por eso me sorprendió cuando me quedé embarazada. A él, la verdad, no le alegró mucho la noticia. Empezó a perder los nervios por todo. Estaba constantemente de mal humor. Hacía cosas que sabía que me cabreaban y ahora sé por qué. Yo le di la espalda, y funcionó. El caso es que había un número que yo veía en su móvil una y otra vez. Un día llamé y contestó un hombre. Me quedé boquiabierta. Cuando se lo conté a Justin, él confesó sin más. Fue un gran error por su parte seguirme hasta la jodida cocina. Debe estar agradecido de que no tenga una pistola en casa. Siento los tacos, mamá.

—Creo que debería ir a verte.

—No. Por favor. Justin está actuando como un gilipollas con ganas de joder. Se ha ido en coche él mismo hasta urgencias, que está a diez minutos. No es más que un pequeño corte.

—¿Dónde estaban las niñas?

—Dormidas. Me alegro de que por fin vaya a ganar dinero de verdad, porque se lo voy a quitar todo.

—Estelle, ahora mismo estás muy cabreada, lo cual es muy comprensible. Llegaré en cosa de una hora.

Conduzco a toda velocidad sin música en el coche durante media hora. No tengo ni idea de lo que le voy a decir a mi hija. Quizá me los lleve a casa a todos. Justin no es un hombre peligroso. Es gay, nada más.

Espero que Estelle no crea que la culpa es suya. Me preocupa ante todo su corazón. Sus hijas. El futuro de las cuatro. ¿Mantendrá su puesto de trabajo? ¿Tendrá que mudarse? En caso afirmativo, ¿cómo, adónde? ¿Y si se reconcilian? Lo de la preferencia sexual, en cualquier caso, no es precisamente negociable. Suena mi móvil cuando voy enfilando el puente de Dumbarton.

—Por favor, date la vuelta y regresa a casa.

—¿Por qué? Estoy preocupada, Estelle. Necesitas algún tipo de apoyo ahora mismo.

—Tienes razón, mamá. Pero esta noche no. Por favor. Estoy relativamente bien. Las niñas están bien, durmiendo. Y, para serte sincera, yo siempre he sospechado que Justin tenía un lado oculto. Esto lo ha confirmado.

—¿Tú pensabas entonces que podía ser gay?

—Sospeché en su momento que quizá me estuviera engañando. Sé que Justin me quería. Lo que no pensaba que era posible es que un hombre amase a una mujer y a la vez se sintiera atraído por otros hombres. Pero bueno. Necesito algo de tiempo para pensar sobre todo este asunto sin escuchar opiniones de nadie.

—Está bien, entonces. Pero aquí estoy si me necesitas. No te pongas estupenda. Los padres estamos para eso.

—Te quiero, mamá. Ah, y no se lo digas a Frankie. Quiero hacerlo yo.

—No lo haré —aseguro—. Te ayudaré a superar esto, hija mía. No te preocupes.

Al llegar a casa, veo otro coche aparcado delante. Es Justin. «Oh, Dios mío», pienso mientras espero a que se abra la puerta del garaje. Salgo a la calle y me acerco al coche. Ahí está, sentado ante el volante, inmóvil, como en trance. Siempre lo he considerado un hombre cariñoso que nos ha tratado con respeto a mi hija y también a mí, pero ahora mismo me parece un tipo al que han condenado por un delito que no ha cometido y no tiene adónde ir.

—Lo siento muchísimo, doctora Young.

—Ya me imagino. ¿Ahora me vas a llamar «doctora»?

Justin se frota la cara con ambas manos. Distingo la herida en un lado de la cabeza, cosida con puntos y recubierta de una costra rojiza.

—Ojalá pudiera seguir llamándote suegra. Pero soy muy consciente de que todo ha terminado. No lo he hecho para hacer daño a Estelle. Juro que no. Solo quiero que lo entiendas.

—No creo que tú hayas hecho nada malo, Justin. Es una auténtica desgracia y has elegido el peor de los momentos posibles. ¿Por qué has venido?

—Porque sé que Estelle ahora mismo me odia y necesitaba hacerle saber a alguien que la conozca que no lo he hecho a propósito.

—¿Quieres pasar?

—No. No creo que sea muy sano. No he conducido hasta aquí para darle lástima.

—No siento lástima por ti. Me preocupan más el bienestar de mi hija y mis nietas. Sí puedo decir que no sé cómo se vive en una mentira así.

—Primero hay que reconocer que estás mintiendo.

—Bueno, a mi primer marido eso no se le dio mal. Y él no es gay.

Y rompo a reír. Él hace el amago, pero en este momento no es capaz.

—Espero que no hayas puesto en peligro la salud de mi hija. Al menos garantízame eso —le pido, perforándolo con la mirada. Estoy dispuesta a abrirle otra vez la cabeza si me da la respuesta incorrecta.

—No. Ni se me pasaría por la cabeza.

—Bien. Y ¿ahora qué vas a hacer?

—No lo sé. Lo único que espero es que me deje ver a mis hijas.

—Te dejará. No te preocupes por eso. Aunque estoy segura de que se va a tener que hacer a la idea. No es fácil. Deberás darle cancha.

—Ya lo sé. Lo peor es que me muero por consolarla, aunque yo mismo sea la causa de su dolor. Es una locura.

—Lo entiendo. Déjame preguntarte una cosa: ¿vas a vivir con ese novio tuyo?

Él aparta la mirada y la clava en el volante. Niega con la cabeza.

—¿Por qué no?

—Porque no puedo.

—No me digas que también está casado.

Vuelve a negar.

—Pero ¿está en una relación?

Asiente.

—¿Vive con su pareja?

Asiente de nuevo.

Ahora mismo me gustaría propinarle un buen puntapié en el culo. Pero ¿cómo se puede ser tan tonto? En fin, no es nada nuevo. Gais o heteros, los hombres son todos iguales: idiotas.

—En fin. Qué fastidio, Justin. Y ¿dónde vas a ir ahora?

—Probablemente a un Holiday Inn o a algo así. Hasta que Estelle decida cómo resolver todo este asunto. Lo siento tanto.

Desde luego, debe sentirlo. Me inclino y lo estrecho entre mis brazos. Le doy el abrazo que quería dar a mi hija. Sé que él también lo necesita.

No le he dicho a Estelle que Justin ha venido a verme. Quería contárselo todo a Frankie, pero he de respetar el deseo de su hermana. Se lo cuento a Wanda, quien no duda en afirmar que ella le habría pegado un tiro (aunque luego lo retira). Llamo a mis hijas casi diariamente hasta que me piden que me relaje. Insisten en que tienen sus vidas bajo control, que siga yo con la mía.

Estelle me cuenta que Justin ha encontrado un apartamento y que ella ya ha solicitado los papeles del divorcio. Que ella y las niñas seguirán viviendo en la casa, y Justin, por supuesto, continuará pagando la hipoteca y pasará una pensión a las niñas por la cantidad mensual que fije el juez. Además, Estelle podrá pedirle el dinero que necesite para que tanto ella como sus hijas puedan llevar una vida cómoda. Tendrá derecho a visitar a las niñas, pero ha prometido que no les obligará a escuchar ninguna explicación, por mucho que quiera darla, hasta que tengan edad suficiente como para entender lo ocurrido.

Durante las siguientes tres semanas que me quedan sin trabajar (qué fácilmente se acostumbra una a lo bueno) me siento como poseída. Paso la mayor parte del tiempo trabajando en el garaje. Pinto. Encolo. Lijo. Tomo decisiones. Me encanta poder elegir. Poder improvisar el camino. ¿Arena o vidrio? ¿Chinas o conchitas? ¿Teselas o uvas verdes? ¿Canicas o imperdibles? ¿Pintura para metal o para cristal? ¿Acabado mate o satinado? Una y otra vez, miro por la única ventana del garaje y veo la luz del día, y nunca deja de sorprenderme. Esto es lo que esperaba desde hace mucho tiempo.

Lo primero que hago es pintar el taburete original. Le doy una capa de negro y luego le pego moneditas de un centavo. Lo remato con un acabado brillante. Nadie lo usará jamás para sentarse, claro está, pero sin duda alegrará algún rincón anodino. Vuelvo a la tienda de muebles y compro otros dos taburetes de madera, además de dos mesitas auxiliares, un revistero y una estantería para colocar recuerdos u objetos decorativos. Pinto otro taburete de color azul metálico y le pego trozos de cristal en las patas (no en el asiento). Me gusta.

Son las diez en punto de la noche y Naomi, que sigue tratando de recuperarse, me da un susto de muerte colándose por la puerta del garaje, que está entreabierta, y quedándose ahí quieta y callada con los brazos en jarras. De repente, grita: «¿Esto qué diablos es? ¿Te has instalado en el garaje y has dejado de dormir? Y, por favor, quiero comprar ese puñetero taburete de las monedas. Aunque no esté en venta».

Me quito las gafas y la mascarilla, y dejo los guantes encima del armarito metálico.

—¿Sabes qué, Naomi? Quédate con el taburete.

—¿Estás de coña, no? ¡Joder! —exclama—. ¿Desde cuándo es artista la señora optometrista? Y ¿dónde tenías escondido todo esto? —Se acerca a la mesita auxiliar que he encolado y rociado con arena amarilla de tres tonalidades distintas—. ¿Cuánto cuesta esta mesa?

—Vamos, Naomi. No es más que un *hobby*. Una gran manera de librarme del estrés y la confusión. Yo no lo llamaría arte. Pero bueno, ¿cómo estás? Dime.

—Estoy bien. Estoy viendo a una chica, aunque no es serio. Por supuesto, Macy está intentando volver conmigo por todos los medios, pero yo ya he echado la persiana del negocio. ¿Qué es lo que te estresa tanto, si no es mucho preguntar? Y sí, esto es arte, te pongas como te pongas, joder.

—Lo de siempre. Nada que no sea capaz de soportar —respondo.

—¿Estás segura?

—Segurísima.

—No mientas —insiste—. Sé lo que significa estar muy cabreada. Si alguna vez tienes ganas de sincerarte, tu secreto estará a salvo conmigo.

—Muchas gracias, Naomi. Estoy bien, de verdad.

—¿Cuándo empezaste con esta nueva afición, entonces?

—Probablemente, antes de que tú nacieras. Solía coser, pero siempre he querido hacer cosas de madera, metal, cristal, todo eso. Me gusta la idea de utilizar materiales para otros propósitos distintos a los originales. Eso es lo que me va. Y, por si no se nota, me lo paso en grande.

—Esto es increíble. La verdad es que nunca pensé que el papel de optometrista encajase muy bien contigo, la verdad. Deberías vender tu obra.

—¿Mi obra?

—Tu arte. ¿Cómo coño lo llamarías, si no? Son cosas bonitas, divertidas, originales. Dejarían a cualquiera con la boca abierta. El arte es eso.

—Echa el freno, Naomi... Me siento muy halagada, pero...

Ella alza una mano al aire.

—Te voy a decir solo una cosa. Cuando tengas suficientes trabajos como para exponerlos, dímelo. Eso sí, si sigues en este garaje vas a destrozarlo, cariño. Aun con este tabique que has levantado.

—Ya lo sé. En algún momento tendré que buscarme un estudio o algo así.

—Hazlo y hazlo pronto. Y que no sea pequeño. ¿A que esto engancha?

—Sí que engancha.

—Es evidente que tú estás enganchada. No vas a querer parar ahora que has empezado. Pronto te darás cuenta. En fin, cuando me pueda llevar ese taburete, dímelo. Y, por cierto, el mes que viene celebro mi cumpleaños. Vendrán muchos amigos, también algunos de Macy. Muchos trabajan en el mundo del arte: galeristas, interioristas… Me encantaría que vinieran a echar un vistazo. En fin, no me tienes que decir nada ahora. Esto ha sido una sorpresa increíble. En serio —asegura, y se dispone a salir por la puerta del garaje.

—Gracias. Por cierto, antes de que te marches: a mí me han organizado una fiesta sorpresa la semana que viene y estás oficialmente invitada. Única condición: tienes que hacerte la sorprendida.

—Tu amiga Wanda ya me ha invitado. Quién lo diría. Me dejó una invitación en el buzón. Quizá vaya sola. Tiene que haber alguna lesbiana soltera en tu fiesta a la que le gusten las mujeres blancas. Yo no discrimino.

Reímos juntas y ella por fin se acuclilla, se cuela por debajo de la puerta del garaje y desaparece por el camino de acceso. Un momento después, vuelve a asomar la cabeza.

—Hey, colega, ¿y quién va a ser tu cita?

—No tengo.

—Tiene que haber alguien a quien aguantes aunque sea unas horas…

—¿Qué más da?

—Sería divertido tener a una pareja de baile asegurada. Alguien a quien no tengas que follarte, a menos que te apetezca. ¡Adiós!

Quizá tenga razón esta Naomi.

¿Dónde es la fiesta?

—¿Que tienes qué...? —vocifera Wanda por el teléfono.

—Pareja para la fiesta.

—Dile que no, que te lo has pensado mejor.

—Tú no me vas a decir lo que tengo que hacer.

—¿Y quién coño es?

—James Harvey.

—Ya estaba invitado, ¿no te lo ha dicho?

—Pues no.

—Pues sí, está todo ya preparado. Te vamos a recoger en una limusina, pero para él no hay sitio.

—No entiendo cuál es el problema.

—No, es que no lo vas a entender. Espera un segundo, no cuelgues.

Silencio al otro lado de la línea.

—¡Wanda!

Silencio.

—Ya está. Le acabo de enviar un mensaje. Y él me ha contestado con un emoticono sonriente y me ha dicho que lo entiende perfectamente. Dice que te verá en la fiesta. Así que asunto arreglado.

Compro una falda de tubo morada y un top anaranjado a juego. He decidido ser atrevida y mostrarlo todo. Puedo decir con el corazón en la mano que no quiero perder ni un centímetro más. Me gusta la talla 44. Y también me gusta el maquillaje profesional. Parezco una versión mejorada de mí misma. Me gusto. Mi nueva estilista insiste en que me haga un moño alto. Es divertido, me encanta. Es como un *lifting* gratis. En un primer momento, decido ponerme unas perlas, pero luego recuerdo que fueron un regalo de Michael y no quiero que las reconozca si viene (que vendrá, seguro). Rebusco entre mis antiguos joyeros y encuentro un par de pendientes de brillantes de imitación de color morado, naranja y verde, tan largos que casi me llegan a la clavícula. Los compré en un mercadillo de Nueva York, hace siglos. Ay, ¿por qué no? ¡Es mi cumpleaños! Para no pillarme los dedos, opto por unos tacones color naranja con los que al menos sé que podré caminar. Siempre puedo quitármelos cuando empiece el baile.

Suena un claxon.

Wanda llega a la hora en punto, cómo no.

Salgo de casa corriendo y ahí está la limusina. Cojo al vuelo un fular color púrpura que no he tenido ocasión de ponerme antes y rezo por que no esté apolillado.

—¡Guau, sí que está usted guapa esta noche! —alaba el chófer de la limusina. Tendrá unos setenta años, y un aspecto sorprendente, algo estrafalario. Prendida en la solapa, una chapita con su nombre: «Sheldon».

—Muchas gracias, Sheldon —respondo, y acto seguido me abre la puerta para que suba.

—¡Feliz cumpleaños, chavala! —me desea, plantándome un sonoro beso en cada mejilla.

—Gracias por todo, Wanda —saludo al entrar en la limusina.

—¡Déjate de gracias, amiga! Vaya, vas hecha un pimpollo —exclama, inspeccionándome de arriba abajo y de lado a lado.

—Tú tampoco estás nada mal —convengo. Wanda va de negro, el único color que ve apropiado para veladas nocturnas—. ¿Dónde está Nelson?

—Él hará las veces de anfitrión, recibiendo a los invitados y asegurándose de que la gente llegue. Tenemos tiempo.

—¿A qué te refieres?

—Bueno, es que vamos a hacer una parada en el camino.

—¿De verdad?

—Sí, y no preguntes más. ¿Por qué no está tu coche en el garaje?

—Porque estoy pintando en el garaje.

—¿Por fin terminaste con ese taburete?

—Sí.

—Aleluya. Estoy deseando verlo.

—Es probable que no te guste.

—Eso no lo sabes. Mi gusto está cambiando. De hecho, cuando Nelson y yo nos mudemos a Palm Springs, dejaremos todos los muebles en la vieja casa.

—¿En serio?

—Sí, ¿te parece que estoy de broma?

—Pero ¿por qué?

—Porque son viejos y están pasados de moda, y el apartamento es nuevo y luminoso y diáfano, y no quiero que parezca una morgue. En Palm Desert y Palm Springs, que, por si no lo sabías, son ciudades hermanas, hay tiendas de muebles estupendas.

—Sí, creo que sí lo sabía. Qué bien, Wanda. Me alegro mucho. Pero ¿qué vais a hacer con la casa, entonces?

—Nada. No la vamos a vender, eso seguro. La dejaremos como está hasta que tomemos una decisión.

—Ajá.

—Bueno, ¡esta noche va a venir todo el mundo! —dice ella, dando una palmada en el aire con las manos, enguantadas de blanco—. Y cuando digo «todo el mundo» quiero decir *todo* el mundo.

—Wanda, me estoy empezando a asustar. Por favor, no quiero pasar por ninguna situación embarazosa.

—Yo no te haría nunca algo así y lo sabes.

—Oye, ¿y dónde es la fiesta?

—¿Y a ti qué te importa? Tú relájate.

—¿Por qué estamos yendo por aquí? —pregunto. Miro por la ventana y me doy cuenta de que nos encontramos en una calle residencial que conozco bien. Lanzo a Wanda una mirada asesina, pero al instante me recuerdo que todo esto es por mi cumpleaños y que no es el momento de ponerse borde. Aparecen, por fin, Violet y Velvet. No sabía que vendría también *miss* Yo lo Valgo. Están las dos espléndidas. Hasta un ciego les vería las tetas. Violet va forrada de lentejuelas plateadas y Velvet lleva un vestido de lamé rosa intenso. Yo voy vestida como para una cena de Estado, sobre todo al lado de estos dos pibones.

Sheldon abre la puerta. Primero entra Violet, casi lloriqueando: «¡Feliz cumpleaños, bebé!». Y tras ella Velvet, que me planta dos apretados besos tras echarse hacia atrás cincuenta de las doscientas trenzas rubias que se ha hecho. «¡Feliz cumpleaños, tita!», me desea, y yo me siento repentinamente emocionada.

—Gracias, chicas. Estáis las dos muy guapas. Parecéis hermanas en vez de madre e hija.

Y las dos chocan los puños.

Wanda llama a Nelson al móvil.

—Llegamos en cinco minutos —previene—. Georgia, casi nadie sabe que tú estás al tanto de la sorpresa, así que, por favor, hazte la sorprendida, ¿de acuerdo?

—De acuerdo.

—No te preocupes, tenemos alguna otra sorpresa que no te esperas, de todos modos.

—Ya me imagino —replico, dándole un codazo. Acto seguido, apoyo la cabeza en su hombro—. Gracias.

Unos instantes después, Violet grita:

—¡Ya estamos aquí!

Velvet aplaude como si estuviera en un partido de baloncesto.

Conozco este sitio. Es un club de campo al que Niles me traía antes de que zarpáramos a surcar los mares del matrimonio. Yo sabía que Wanda y Nelson iban a jugarse el todo por el todo y por eso, justamente, no querían revelar el secreto. Eran conscientes de que yo intentaría convencerla de no hacer nada y, probablemente, lo habría conseguido. Ahora me da miedo entrar.

Y entonces Wanda deja escapar un largo suspiro. Me dirige una mirada.

—Vas a triunfar el día de tu cumpleaños, muchacha, así que prepárate para pasarlo bien. Te quiero, boba. Esto no va a ser lo único personal que te diga hoy, pero quiero aprovechar la oportunidad para decirte en privado, solo para ti y para mí, que a tus cincuenta y cinco años, la fiesta acaba de empezar, bebé. Creo que ya lo sabes, pero me gustaría dejarte claro que quiero, queremos, hacerte esta fiesta porque te lo mereces, porque te has embarcado en un nuevo viaje. Me gusta ver cómo sigues haciendo de tu vida un lugar mejor y cómo haces cambios que muchas ni nos plantearíamos a esta edad. Estoy orgullosísima de ti y de ser tu amiga, tu hermana. ¡Ahora, vámonos de fiesta, hasta que nos duela todo!

Le doy una palmada en el hombro. Por emocionarme.

Sheldon abre mi puerta y me vuelve a felicitar: «Feliz cumpleaños, señora Georgia. ¿Cuántos cumple, cuarenta?», y me coloca la mano en el hombro como hubiera hecho mi padre. Wanda ya ha salido del coche de un salto y espera a que me una a ella. Me agarra de la mano y casi me arrastra hasta la puerta de entrada. Toca con los nudillos, la puerta se abre de par en par y ante mí una muchedumbre de al menos cien personas grita «¡sorpresa!».

Y otra vez me emociono.

Ya sabía que no debería haberme puesto estas puñeteras pestañas postizas. Cuando me enjugo las lágrimas, las noto endurecidas. Me rascan. La gente me abraza a pares, incluso personas que no creo conocer. Mi madre y su marido y mis hijas (sin los respectivos) me aprietan tan fuerte que me tengo que sentar. Me llevan a *mi* mesa, que preside toda la sala, desde una tarima. Se diría que voy subida en una carroza del desfile del Torneo de las Rosas. Cuando veo tras de mí la pantalla gigante, me echo a temblar. Estoy bastante segura de que proyectarán testimonios de gente que dirá, mintiendo, todas las cosas que les gustan de mí. Espero que no haya fotos de cuando yo era pequeña o de la secundaria o de la universidad o de mis veinte o treinta años. Si la responsable es Wanda, después de la fiesta le voy a montar una buena. No quiero recordar cómo era yo antes, porque he cambiado mucho.

El lugar, cómo no, es precioso, y la vista, incomparable. Las mesas podrían aparecer en un reportaje de una revista de decoración. El grupo de música está tocando *Once You Get Started,* de Chaka Khan. Parece una convención de los Panteras Negras. Me encanta.

Se interrumpe la música y Wanda se acerca a la tarima y golpea con una cucharilla la copa de vino para llamar la atención de los asistentes. Oh, Señor, por favor, un discurso no. Tierra, trágame. Ya me siento lo suficientemente sola aquí arriba: ojalá Wanda no me hubiera colocado en este pedestal. Ojalá tuviera un marido sentado a mi lado, que me tomase de la mano, que saludara con la cabeza a los invitados mientras enreda sus piernas entre las mías bajo el mantel. Pero no, estoy sola.

—Bienvenidos todos y todas a la fiesta del cumpleaños número 55 de Georgia. No tenemos por qué mentir sobre nuestra edad, y la que ha sido mi mejor amiga durante los últimos treinta y cinco años, definitivamente, tampoco. Está guapísima, ¿no os parece?

(Aplausos.)

Yo estoy tan avergonzada que me tapo la cara con las manos, pero al instante caigo en que hay público, así que asomo el rostro y vuelvo a sonreír. Me parece, de verdad, que soy la reina de algún desfile sobre su carroza. Contemplo el mar de gente y distingo entre los invitados a un hombre blanco de pelo entrecano y bigote que no deja de mirarme. Me recuerda a uno de esos tipos de los anuncios de Cialis. Se parece un montón a… ¡Oh, Dios mío! ¡Es él! ¡Es Stanley! De repente, me da la sensación de estar escurriéndome de la silla. No puedo moverme. ¿Qué está haciendo aquí? ¿Cómo me ha encontrado? Me giro para mirar a Wanda, que se limita a guiñarme un ojo y asiente con la cabeza. Al parecer, Stanley era mi sorpresa. Me doy la vuelta para volver a mirarlo y él saluda con la mano y me levanta un pulgar. ¿Qué se supone que debo hacer? Devuelvo el saludo mecánicamente, como si mi brazo fuera un limpiaparabrisas. Me da vergüenza, aunque no sé por qué. Mis hijas, mi madre y el resto de la primera fila se gira para ver a quién estoy saludando, y Stanley saluda y hace un gesto con la cabeza y les guiña un ojo y todos me guiñan un ojo a mí y yo vuelvo a mirar a Wanda, que me está sonriendo como el gato de Cheshire. ¡Menuda sinvergüenza…!

—Así que para contribuir a esta celebración para *miss* Yo lo Valgo, primero veremos un vídeo familiar y de amigos íntimos y no tan íntimos. También aparecerán algunos amigos a los que hace tiempo perdiste la pista, que van a contar por qué te quieren y se preocupan por ti y te van a desear lo mejor para este año número 56 de vida. Serán solo quince minutos, porque di a cada uno sesenta segundos y, cómo no, algunos se han pasado. Ellos saben quiénes son. Inmediatamente después se servirá la cena, así que coged energía, porque luego ¡llegará el baile! —Se gira hacia la pantalla—. ¡Dentro vídeo!

Miro atrás, hacia el público. Stanley me está mirando. Michael me está mirando. Niles me está mirando. Grover padre y mi madre me sonríen y, junto a ellos, está Dolly, a la que casi no reconozco —va muy arreglada—, saludando con la mano como si no me hubiera visto en años, y dos hombres adultos con camisa blanca y corbata que deben de ser sus hijos, todos levantándome el pulgar. Grover hijo toma a Saundra Lee de la mano y sonríe sin parar. Grover tercero le susurra algo al oído a Velvet y esta se sonroja. Violet está sentada al lado del imbécil de Richard y coquetea con él, por lo que deduzco que Wanda jamás contó a Nelson lo que Richard me confesó a mí. Pero no pasa nada. Naomi señala a Macy, que está sentada unas mesas más allá, y se encoge de hombros. Doy entre el gentío con James Harvey, que se limita a guiñar un ojo y sonreír, porque por fin parece enterarse de qué va todo. (A Wanda parece que no le llegó nunca la vocación y es una pena: habría sido una excelente detective privada.) Y ¿es Lily esa de ahí? Sí, lo es, está en una mesa de atrás, con Marina y Mercury y el resto de los empleados de la clínica. Y ¡aquella es Mona Kwon! Creí que no podría quedarse, pero ahí sigue. Todo el mundo sonríe. Todo el mundo está feliz. Yo estoy feliz. ¡Me pregunto si habrá más exnovios sentados en las mesas de atrás!

Escucho todas las razones por las que caigo bien y, en algunos casos, por las que algunos me quieren y me respetan. Marina es la más graciosa: cuenta que nos divertimos mucho emborrachándonos juntas, como si lo hiciéramos todas las semanas. Mi madre se pone tan sentimental como siempre. Lo mismo ocurre con mis hijas. Violet explica lo mucho que me admira y me respeta, y reconoce haber hecho alguna que otra cosa para merecer mi desconfianza. Espera que la perdone, dice. Pues claro que la perdono. Es una de mis mejores amigas, joder. Y luego llegan los ex. ¡Oh, no! Michael dice que fue un privilegio pasar seis años de su vida conmigo —aunque, en realidad, solo fueron cinco— y que su hija es enormemente afortunada por tener una madre como yo. Niles dice más o menos lo mismo. Y luego, para sorpresa mía, aparece Stanley en la pantalla, afirmando que en la universidad fuimos buenos amigos, que estamos en proceso de retomar la amistad, que le llena de orgullo todo lo que he conseguido y que espera que me acuerde de él, porque, desde luego, él no me ha olvidado a mí.

Incluso desde la tarima, todos se dan perfecta cuenta de que me estoy poniendo roja como un tomate.

Y entonces Stanley me guiña un ojo, y se lleva un buen aplauso. Pero ¿qué es lo que está pasando aquí? Lo que mejor recuerdo sobre Stanley ocurrió bajo las sábanas y fue un aquí te pillo, aquí te mato. Bueno, mentira, en realidad fueron varios: no volví a casa hasta setenta y dos horas más tarde. Y mentí a Wanda: sí, Stanley me robó el corazón, pero ese siempre ha sido mi pequeño secreto. Ahora lo miro y él me sonríe como Ryan Gosling en *Drive* y, de repente, siento la necesidad de que alguien abra una ventana cuanto antes. Por fin, llega el testimonio de Wanda, que dice más o menos lo siguiente: «Georgia, sé que probablemente estés deseando que la fiesta acabe ya. Se te da muy bien dar, pero tienes todavía que aprender a aceptar o, mejor dicho, a recibir. Esta noche tienes una oportunidad para ponerlo en práctica. Me ha encantado ser tu amiga, tu hermana y tu confidente todos estos años y quiero que sepas lo mucho que respeto tu valentía y tus ganas de disfrutar. No estás haciéndote mayor: vas en busca de una nueva etapa, eso es todo. Eres una gran inspiración para mí, así que no dejes de arriesgarte. Haz de una vez ese maldito viaje en tren que llevas tanto tiempo posponiendo. Nelson y yo esperamos que, cuando regreses, te des cuenta de que has bajado en la estación adecuada. Feliz cumpleaños, hermana. Posdata: sí, ¡yo también me he pasado de tiempo!».

La sala estalla en risas y aplausos y alegría, y los pañuelos de papel corren de mano en mano. Los camareros empiezan a colocar la vajilla en las mesas y a servir unas pechugas de pollo con una pinta deliciosa. Desciendo los tres escalones de la tarima y me adentro en el gentío para recibir abrazo tras abrazo. Ahí veo a Stanley, a un lado, esperando pacientemente su turno.

El marinero espacial

—Entonces, ¿se supone que vas a hacer un viaje en tren? —pregunta, sentándose a mi lado, cruzando sus largas piernas y dejando caer un brazo sobre el respaldo de mi silla. Me pregunto si alguien nos está mirando, pero todo el mundo se ha lanzado a la pista de baile y, por supuesto, Wanda y Nelson están ya moviendo el esqueleto. Ella, sin embargo, no nos quita ojo de encima a Stanley y a mí. Por otro lado, echo una mirada a la mesa de mi madre: los comensales fingen estar contemplando las luces del puente de la Bahía.

—Sí. Iba a ir. No, mejor dicho, voy a ir. ¿Qué diablos estás haciendo aquí, Stanley?

—Bueno, yo también me alegro de verte, Georgia. Feliz cumpleaños.

Y sonríe. Por favor, no. Me sacudo de encima esa sonrisa y recupero la compostura. Aunque no recuerdo cuándo la he perdido.

—Gracias. Te lo pregunto otra vez: ¿qué diablos estás haciendo aquí, Stanley?

—Me invitaron.

—Sé que es cosa de Wanda. Pero ¿cómo lo hizo?

—Me buscó en Facebook y me puso al día de lo que estabas haciendo.

—Pero ¿cómo te encontró?

—No le costó mucho trabajo... Lo que me hace pensar que tú jamás lo intentaste en todos estos años.

—No recordaba tu apellido.

—Qué mentirosa. ¿Cómo vas a olvidar un apellido como DiStasio? Me ofendes.

—Vale, es cierto, no lo olvidé. Lo que ocurre es que he estado un poco liada últimamente.

—Ya lo sé. Escucha, no quiero importunarte ni ser una molestia...

—No me importunas. Simplemente, estoy perpleja. ¿Qué te contó Wanda exactamente que estoy haciendo para que quisieras venir a verme?

—Me contó que estabas intentando contactar con viejos amigos. Así lo dijo, pero, en fin, no soy ningún idiota. Me dijo que no sabía si yo entraría en la lista VIP, así que pensó que estaría bien que me pusiera en contacto contigo por mi lado, porque, obviamente, tú nunca me tomaste tan en serio como yo a ti.

—¿Y ahora vas en serio también?

—Sí. ¿Te apetece bailar?

—¡No!

—¿Por qué no?

—Porque no.

—¿Pero por qué?

—Porque no.

—Si es porque sigo siendo blanco, es una lástima —argumenta, levantándose y extendiendo la mano para que se la tome, lo cual hago no sin cierta vacilación. Caminamos hasta la pista y empezamos a bailar al son de una música que no soy capaz de oír. Estoy nerviosa, porque nunca he bailado con un blanco y menos delante de una sala llena de personas mayoritariamente negras, y con mis dos exmaridos negros mirándonos como si estuviéramos en un programa de baile de la tele.

Stanley se me acerca un poco y yo retrocedo unos centímetros. Él vuelve a pegarse y yo, entonces, dejo de bailar. Él empieza a mover los pies y las caderas como si tuviera alguna idea de lo que está haciendo.

Creo que no soy capaz de manejar esta situación.

—¿No sabes bailar, Georgia?

—Sí, sé bailar. Pero ahora mismo no soy capaz de coger el ritmo.

—Relájate. No he venido para hacerte sentir incómoda ni para avivar malos recuerdos. Aunque nosotros no tenemos malos recuerdos, que yo sepa. ¿No?

Le lanzo una mirada de sarcasmo.

—En serio, ¿por qué te has presentado en mi fiesta y de dónde has salido? ¿De qué va todo esto, Stanley?

—Bueno, he venido porque hace unos treinta y tantos años me enamoré de una preciosa estudiante universitaria que se llamaba Georgia Young. A ella, sin embargo, le preocupaba más lo que pensaran los demás, así que terminé casándome con otra mujer. Era francesa y murió hace diez años. Vivo en Manhattan, pero tengo a toda la familia en Albany. ¿Quieres saber a qué me dedico? Pues no te lo voy a contar, a menos que prometas cenar conmigo un día.

Casi me caigo de los tacones.

La música se detiene y Stanley se queda ahí en medio, parado, sin decir palabra. Contemplándome. Dios santo, qué hombre tan guapo y tan sexi. Italiano. Y ¿acabo de oír bien? ¿Me está invitando a cenar?

—Acabamos de cenar, Stanley.

—Esta cena no cuenta.

—¿Cuánto tiempo vas a estar en San Francisco?

—¿Aceptas la invitación o no?

—¿Por qué debería cenar contigo?

—Porque sí. Deberías.

—Pero ni siquiera me conoces ya.

—Sí, sí te conozco.

—No, no me conoces, Stanley.

—Todas estas personas que llenan la sala me han contado quién eres. Sé cómo te ganas la vida, sé que tienes dos hijas y me han contado tu vida y la suya. Sé que llevas sola demasiado tiempo y que has tenido dos maridos, a los que, por cierto, también he conocido. Y sé, además, que nuestros corazones no olvidan a quienes no los rompieron. He venido porque creo que ha pasado el suficiente tiempo y que somos los dos maduros y adultos como para querer conocernos mejor. Porque ¿qué tenemos que perder?

—Creo que necesito beber algo —repongo, saliendo de la pista en dirección a la barra. Noto la presencia de Stanley a mis espaldas. Cuando llego a la barra me giro y él está tan cerca que, si estuviéramos en una película, juro por Dios que le echaría los brazos al cuello y le daría un beso largo y hondo.

Y entonces Stanley se inclina sobre mi hombro y me susurra al oído:

—Soy el mismo hombre. Mayor y más sabio. Esta vez no te voy a dejar escapar. No me importan las cosas que no nos gusten del otro. Terminarán por gustarnos. He venido aquí para dejarte sin aliento. Para amarte el resto de tu vida como siempre soñaste ser amada. Y, por cierto, voy a beber lo que tú bebas».

Es obvio que está de broma.

Pero ¿será capaz de leer la mente?

—¿Estás tomando alguna medicación? —le pregunto. Él se ríe—. ¿Qué es lo que te ha contado Wanda, Stanley?

—Puedes llamarme Stan.

—¿Qué te ha contado Wanda, Stan?

—Lo suficiente. Parece que estamos metidos en el mismo tipo de historia, Georgia.

Creo que estoy asintiendo con la cabeza, pero no quiero.

—Stan, tú sabes que este tipo de cosas solo ocurren en las películas. No sé qué es de tu vida y tampoco sé por qué crees que puedes presentarte sin saber yo nada en mi fiesta de cumpleaños, de mi quincuagésimo quinto cumpleaños, y contarme todas estas cosas de hace medio siglo y dar por hecho que voy a reaccionar como...

—Georgia Young. Por favor. Relax. No he venido a raptarte ni a echarte un conjuro. Solo quiero asegurarme de que no te vuelves a olvidar de mí.

—¿Quién dice que me olvidé de ti?

—Nunca te molestaste en buscarme.

—Y tú tampoco en buscarme a mí.

—Sí, sí que lo he intentado. Pero hasta que apareció Facebook fue imposible. Te has tomado tu tiempo para abrirte un perfil.

—Bueno. Entonces, ¿qué? ¿Salimos corriendo al juzgado cuando haya soplado las velas y después huimos a caballo en dirección al sol poniente?

—¿Crees que no voy en serio?

—Eso es lo que me asusta. Ya estamos creciditos para cuentos de hadas.

—Por eso estoy aquí. Porque hace tiempo que nos merecemos un cuento de hadas y, por favor, para ya con el «estamos viejos para esto», porque no es así. Ahora ve a soplar las velas y ponle toda el alma.

Dejo mi copa de vino sobre la barra porque la cabeza me da ya vueltas. Camino hacia la mesa sobre la que han colocado mi gran tarta cubierta de merengue. Wanda me sale al paso y me susurra al oído:

—No te resistas, no seas idiota, o te echaré a patadas de tu propia fiesta. Me puse en contacto con él por algo. Te olvidas de que yo fui testigo de esa relación. Te gustaba mucho y te daba miedo, ¿crees que no lo recuerdo? Aquí lo tienes ahora. Así que sopla las velas con todas tus ganas.

Hago caso.

No recuerdo una palabra del discurso que improvisé. Por supuesto, di las gracias a todo el mundo. Explícitamente, en forma de gafas y revisiones gratis para los que no se lo puedan permitir. Dije a Wanda que para mí ese sería el mejor regalo, y que yo no quería recibir nada material.

—¿Quién es ese hombre? —pregunta por fin Estelle.

—¿El blanco, dices?

—No lo he dicho yo, has sido tú. Y no estaba pensando en que fuera blanco. ¿Quién es?

—Un viejo amigo de la universidad.

—Es guapo —observa Frankie.

—Le gustas, eso está claro —tercia mamá—. Y parece que a ti se te aflojan las rodillas cuando estás con él. Y eso no lo consigue cualquiera, ¿verdad, chicas? ¿Quién es?

—Acabo de decirlo. Un viejo amigo de la universidad.

—¿Tiene algún hermano? —pregunta Lily, asomando la cabeza entre mis hijas—. ¡Feliz cumpleaños, Georgia! —añade, llevándose la mano al corazón para hacerme saber que todo está en su lugar y para darme las gracias por cosas que, en realidad, no me debe. Yo cruzo los brazos sobre el pecho y le devuelvo un guiño y una sonrisa tierna.

—Bueno, ¿dónde se ha estado escondiendo todos estos años? —insiste en preguntar mi madre.

—Ni te molestes en explicarlo —sentencia Grover padre.

El caso es que termino sentada en el asiento del copiloto del coche de alquiler de este viejo amigo, que resulta ser un Prius como el mío. Ha insistido en llevarme a casa.

—Esto se me hace un poco raro —reflexiono cuando salimos a la autopista.

—Es como una experiencia extracorpórea.

—Tienes buen aspecto, Stan. En serio, permíteme que insista, ¿qué es lo que te ha empujado a hacer tantas horas de viaje hasta aquí?

—Te he contestado ya, varias veces. No sé si estabas escuchando. No puedo volver a explicártelo al volante, así que voy a salir en la próxima salida.

Como siempre ocurre en estos casos, la ciudad se extiende a nuestros pies. San Francisco nos contempla y, durante un instante, me siento como una adolescente que está a punto de enrollarse con el chico que le gusta. Pero Stanley no es ningún adolescente: es un hombre maduro, y blanco, que no sabe que mi corazón está ya desbocado cuando yo pensaba que había muerto.

Stanley apaga el motor del coche.

—Mire usted, señorita Georgia. Me la he jugado. Me he arriesgado a hacer el ridículo subiendo a un avión para asistir a tu fiesta. Pero tenía que comprobar por mí mismo si al volver a verte renacía algún sentimiento, nuevo o antiguo. Y es justo lo que ha pasado: he sentido cosas del pasado y también cosas nuevas. Y me alegro. No quería incomodarte, pero sé que huiste de mí cuando estábamos en la universidad. Ahora somos mayores y… Bueno, no sé. Quizá estés enamorada de otra persona.

—Estoy segurísima de que Wanda te ha contado ya que no.

—No, solo me ha dicho que no estabas en ninguna relación seria.

—Y ¿a qué te dedicas? Es decir, ¿qué estudiaste, cuál es tu oficio?

—Soy marinero espacial —dice, sonriendo.

—No me estarás queriendo decir que eres astronauta, ¿verdad?

—Astronauta retirado.

—¿Estás de puta coña, Stan? Perdón por el taco.

—No te preocupes. Yo digo tacos todo el tiempo —me excusa, guiñándome el ojo. (Otra vez.)

—En serio. ¿Me estás diciendo que has estado ahí fuera? ¿En el espacio? —pregunto, mirando hacia el cielo como una idiota.

—Sí, exacto. Ahí arriba.

—Eres mucho más inteligente entonces de lo que pensaba —concluyo.

—Bueno, gracias por la confianza.

—Pero un momento. Tú no tienes aún edad para jubilarte.

—Puedes jubilarte si has ahorrado lo suficiente.

—Y ¿qué haces con el tiempo libre?

—Compro casas en barrios degradados y ayudo a reconstruirlas.

—¿Dónde?

—En distintas ciudades. La última vez fue en Nueva Orleans. Me gustaría también trabajar en Baltimore y Washington, en algún momento. Y me encantaría hacer lo mismo en algunos barrios de East Oakland.

—Me impresiona que te preocupes por una cosa así.

—¿Habrás leído a William Kennedy, verdad?

—Hace mucho mucho tiempo. Mi favorita es *Tallo de hierro*.

—Es un retrato muy preciso del cielo y el infierno. Yo he tenido mucha suerte. No todo el mundo puede decir lo mismo.

—Debes de trabajar con mucha gente si te dedicas a algo así. ¿Tienes una empresa?

—Tenemos un equipo que va rotando. Ya te contaré en otra ocasión.

—¿En otra ocasión?

—Sí, en otra ocasión. Bueno, cuéntame tú ahora. Vas a regalar gafas y a hacer revisiones gratuitas, lo que me hace pensar que sigues teniendo el mismo gran corazón de siempre.

—No me conociste lo suficiente como para averiguar si era grande o no.

—Qué pronto nos olvidamos... Me encantaba escuchar tus largos pero apasionantes discursos en la clase de historia afronorteamericana. Algún indicio sí que tenía. Y la ciencia es una forma de altruismo, por si no lo sabías.

—Ya, pero yo quiero dejar de ser optometrista.

—No pasa nada. Todos recorremos el camino que pensábamos que queríamos recorrer y, luego, descubrimos que hay otros que siempre podemos explorar. Por eso yo empecé a reconstruir casas. Me encanta.

—Sí, entiendo lo que dices —digo, sin poder pensar en nada más, básicamente, porque estoy de acuerdo con lo que acaba de decir y porque la charla es muy vivificante. No quiero, de todos modos, emocionarme demasiado.

—Y ahora, ¿qué camino quieres emprender?

—No estoy segura.

—Seguramente, debes de tener alguna idea.

—Es demasiado pronto para saberlo —reflexiono. No pienso contarle a Stan ahora mismo que el tiempo que pueda dedicarme a jugar a las diseñadoras en mi garaje o potencial estudio dependerá de cuánto consiga por la venta de mi parte de la clínica.

—Bueno, dame una pista. ¿Qué te gusta hacer?

—Pintar y rediseñar. Decorar muebles baratos. Al menos eso es lo que he estado haciendo en mi tiempo libre. Me gusta coser, pero no ropa. Estoy improvisando un poco, hasta que sepa qué va a ocurrir con la clínica.

—A mí también me gusta usar las manos. El trabajo en la NASA terminó agotándome, y ya viví muchas emociones en el espacio. Ahora quiero tierra firme. ¿Vives cerca de aquí?

—A diez minutos.

—Mira, Georgia. Para serte sincero, lo cierto es que no puedo creer que me subiera a un avión para venir a verte, pero no tenía muchas más opciones. O esa impresión tengo. ¿Sabes a lo que me refiero?

—Sí. Pero no me imaginaba entonces, cuando estábamos en la universidad, que albergaras esos sentimientos por mí.

—Lo que yo sentía quedó ahí. Es un asunto no resuelto. Nuestro barco no llegó a buen puerto porque apenas si zarpó. Y eso fue culpa tuya.

—¿Qué dices?

—Lo que oyes. Yo te gustaba. Y eso te daba mucho miedo.

—Eso no es cierto del todo.

—¿Cuál es la parte de verdad, entonces?

—Solo quería ver si eras bueno en la cama.

—¿Y?

—Eras bueno.

—Sigo siéndolo —apunta, y se echa a reír—. Pero, aparte de eso, tenía otras cualidades que te resultaban atractivas, o al menos eso me pareció entonces.

—No me acuerdo. No nos conocimos tanto.

—¿Sabes qué, Georgia? Estamos ya mayorcitos para jugar a este tipo de juegos. Si cuando éramos jóvenes no sentiste nada por mí, si no te ha gustado verme esta noche..., ¿por qué te estoy llevando a casa?

—Porque no quería ser maleducada.

—Pues lo estás siendo al mentir así.

Casi me atraganto. Me acaba de pillar. ¿Cómo puede ser?

—De acuerdo. Reconoceré que me ha chocado y me ha sorprendido gratamente verte en la fiesta, ¿vale? Pero también es algo que me resulta muy incómodo, porque, como he dicho antes, este tipo de cosas no ocurren en la vida real. Que aparezca un tipo que está muerto y enterrado y te vuelvas a enamorar de él, en un instante.

—Un segundo, señorita. ¿Acabas de decir «te vuelvas a enamorar de él»?

—Era una figura retórica.

—¿«Muerto y enterrado»? ¿Eso es lo que yo soy? ¿Un zombi?

—Bueno, eso también era una figura retórica.

—No pueden ser figuras retóricas las dos. ¿Cuál lo es y cuál no?

—Las dos lo son —sentencio, entre risas—. Veamos, Stan. Traes contigo mucha energía. Como si hubiéramos roto hace un mes y estuvieras cortejándome de nuevo. Tengo que admitir que me siento halagada.

—¿Cortejando?

—Sí. Cortejando.

—Escucha, no quiero parecer pesado, así que no pienses en ello ni por un segundo. Sigo siendo un caballero.

—En aquel tiempo no eras un caballero. Eras un ligue y sabías llevarme al huerto.

—Se me sigue dando bastante bien. No obstante, espero que, si descubres que aún te sigo gustando un poco, podamos disponer de tiempo para todo.

—Todo esto parece como de otro mundo. Quizá pasaste demasiado tiempo en el espacio, Stanley.

—Es Stan. ¿Me puedes decir por dónde es en este cruce?

Señalo colina arriba.

Lo que sí sé es que no me voy a quitar la ropa.

Al menos no delante de él.

Conduce despacio. Diría que adrede. De repente, me noto nerviosa y siento miedo. No es normal que un hombre resurja de tu pasado y te deje patidifusa. Especialmente, si es un blanco con el que te acostaste dos veces y fingiste olvidar.

El problema es que no lo olvidé.

Más de una porción

—¿Puedo formar parte de tu grupo de trabajo?

—No es «mi» grupo de trabajo —contesté al guapo chico blanco que llevaba sentando a mi lado dos semanas seguidas en mi clase de historia estadounidense.

—¿No eres tú la coordinadora?

—¿Por qué quieres estar en mi grupo de estudio? —pregunté.

—Porque me gusta cómo piensas.

—Todo el mundo piensa en esta clase —repuse.

—Algunos en voz más baja que otros.

La asignatura se llamaba «La experiencia afronorteamericana: de la esclavitud a la marcha de Selma (1965)». Era mucha historia que cubrir en apenas diez semanas y el primer día de clase se nos informó de que habría que entregar un trabajo a mitad de trimestre: un ensayo sobre uno de los temas que hubiéramos tratado en clase hasta entonces. De noventa estudiantes, seis eran blancos. Y parecía que uno de ellos me había elegido a mí como mentora para esas diez semanas. Gran suerte la mía.

—¿Cómo te llamas?

—Stanley. Stanley DiStasio. Soy de origen italiano, supongo que te lo habrás imaginado.

—No, no me lo había imaginado.

—Y tú eres Georgia Young.

—¿Cómo sabes mi nombre y mi apellido?

—Lo pone en tu cuaderno.

—¿Por qué te has matriculado en una asignatura de historia afronorteamericana, si no es mucho preguntar?

—¿Y si resulta que sí es mucho preguntar?

—Entenderé, entonces, que te has matriculado por sentimiento de culpa.

—Pues entenderás mal, porque yo no tengo razón alguna por la que sentirme culpable. Salvo por olvidar el cumpleaños de mi hermana.

—No esquives la pregunta.

—Porque me gustaría entender el sufrimiento de los afronorteamericanos durante la esclavitud y quiero saber cómo lograron sobrevivir a ella.

—Podrías leer un libro.

—Sí, en esta asignatura nos obligan a leerlos, precisamente. En realidad, quiero entender cómo... ¿Te importa que use la palabra «negros»?

—Lo prefiero, de hecho.

—De acuerdo. Quiero entender cómo la gente negra se siente al respecto de todo ese asunto hoy. Incluida la aprobación de la Ley de Derecho al Voto, que, en mi opinión, no es más que otra bofetada.

—¿Por qué piensas eso?

—Te va a parecer ingenuo, pero, después del infierno que habéis vivido los negros, os han obligado a arriesgar la vida solo para conseguir el derecho al voto. ¿Por qué había que aprobar una ley para otorgaros ese derecho, si ya sois ciudadanos de los Estados Unidos?

—Bueno, llegaremos a la unidad sobre la Ley de Derecho al Voto dentro de poco. A lo mejor puedes dedicarle tu trabajo a ese tema.

—La verdad es que es un asunto que me cabrea bastante.

—Bueno, ya somos dos. Mi madre no pudo votar hasta los treinta y seis años. Mi padre, hasta los cuarenta.

—Por eso me gustan los Panteras Negras, si quieres que te diga la verdad. Ellos han sabido verlo.

—No son los únicos.

—¿Quieres saber qué es lo que no entiendo?

—No, pero me lo vas a contar.

—¿Por qué los negros os llamáis los unos a los otros «negrata», *nigger* y cosas así?

—¿Y a ti qué te importa?

—Me parece una contradicción. Creía que los negros querían demostrar que están orgullosos de serlo.

—No todos. Hay mucho ignorante. Esa palabra es muy ofensiva.

—Y entonces ¿por qué no se enfadan? Cuando un blanco usa la palabra, se arma siempre un buen lío.

—Porque es racista que la use un blanco. ¿Alguna otra pregunta?

—Sí. ¿Puedo estar en tu grupo de estudio?

—Supongo que no estaría mal incluir a alguien con una perspectiva diferente de las cosas.

—Quieres decir a un blanco.

—Eso lo has dicho tú. No yo.

—Vaya. Y yo esperando que pudiéramos ser amigos.

Y entonces me sonrió de lado. Yo jamás había estado a tan poca distancia de una persona blanca. Cuando su codo tocó el mío, no lo moví.

A principios de la tercera semana, el grupo de trabajo, integrado por otros cuatro estudiantes negros y yo, empezó a reunirse en una sala vacía de la facultad. A los pocos días, decidimos cenar pizza juntos los días que nos veíamos. Dos de los miembros no entendían qué hacía un chico blanco en esta asignatura, pero no le querían preguntar directamente. El otro pensaba que molaba bastante que se preocupase por estos asuntos.

En la cuarta semana de clase le dije:

—Me estás haciendo sentir incómoda.

—¿Por qué?

—¿Por qué tienes que sentarte siempre a mi lado?

—Porque me gusta cómo hueles.

Me giré para mirarlo a la cara.

—Eres un tío bastante raro, ¿sabes?

—Me gusta tu rollo, ¿sabes? Eres una joven afronorteamericana o negra, o como quieras, guapa e inteligente. Me encantaría que pudiéramos conocernos mejor.

—No estás hablando en serio, ¿verdad?

—¿He dicho algo que te ofenda?

Lo tomé de la mano y la puse al lado de la mía.

—¿Qué ves?

—Dos manos.

—¿En qué se diferencian?

—La mía es más grande.

—¿Y qué más, Stanley?

—La tuya es de un color como canela, la mía es beis claro. ¿Por?

—Por nada —respondí yo.

Aunque él no actuaba como si esa diferencia fuera un problema, yo no podía dejar de pensar en ello. Con el corazón en la mano, eso fue lo que empezó a gustarme de él. Y eso es lo que me ponía nerviosa.

—Me gustaría mucho, de verdad, que leyeras mi trabajo —dijo él.

—Tengo muchas cosas que hacer. Estudiar, por ejemplo. Y yo también tengo un trabajo que entregar.

—¿Podríamos quedar?

—¿Quedar?

—Sí. Saltémonos el grupo de trabajo, y te vienes.

—¿A tu apartamento, quieres decir?

—Sí.

—¿Estás de broma?

—¿Qué tiene de malo? Si quieres, puedo ir yo al tuyo, si te vas a sentir más cómoda.

—En primer lugar, creo que ninguna de las dos opciones es buena.

—¿De qué tienes miedo, Georgia? De mí no, espero.

—No, de ti no.

—Pensé que éramos amigos.

—Somos compañeros de clase.

—Creía que pensabas que yo era un chico agradable.

—Sí, pero avasallas un poco.

—Soy vehemente.

—Es lo mismo.

—Bueno, ¿puedo contar contigo o no? Te recompensaré con una pizza y una Coca-Cola después.

—De acuerdo, pero solo una hora.

—Leerlo te llevará quince minutos.

Cuando abrió la puerta de su apartamento, supe de inmediato que no había sido buena idea. ¡Estaba quemando unos inciensos! ¿Era necesario eso para leer un trabajo? Conté a Wanda y a Violet dónde iba a ir y les pedí que, si no tenían noticias mías para la noche, fuesen a buscarme.

—Me alegro de que hayas venido —saludó—. Muchas gracias.

A continuación me rodeó con esos largos brazos italianos y me dio un fugaz abrazo. Yo no podía pensar en otra cosa que no fuera «qué hago yo aquí». Lo cierto, sin embargo, es que sentía curiosidad por descubrir qué era lo que este chico quería realmente. Ya había leído su trabajo anterior y me había parecido que estaba bien.

—No me puedo quedar mucho rato —me excusé.

Su apartamento consistía en una gran estancia, que, no obstante, parecía demasiado pequeña para él. Estaba ordenado. Y limpio. Me senté en una silla, ante su estrecho escritorio.

—¿Me das el trabajo? —pedí.

Él señaló unos papeles que había ante mí. Empecé a leer y, de repente, me sentí analfabeta.

—¿Me das un vaso de agua, por favor?

—Claro que sí. ¿Quieres algo de comer? Tengo patatas fritas.

Negué con la cabeza.

Él llenó un vaso de agua del grifo. Lo colocó junto a mi mano y se quedó de pie a mis espaldas. Se inclinó sobre mí, de manera que su rostro quedó a la altura de mi hombro.

—¿Estás bien? —me preguntó.

—Estoy bien. ¡No te acerques tanto! Tengo prisa, además.

—No, no tienes prisa —negó él.

—¿Me dejas leer, por favor?

—Claro —dijo, y se sentó en el suelo con las piernas cruzadas. Unas piernas preciosas, por cierto.

Leí el trabajo. A día de hoy no recuerdo siquiera lo que decía, pero sí sé que le hice bastantes críticas y alabanzas, y él se mostró muy agradecido.

—¿Qué hay de la pizza? —pregunté yo.

—¿De verdad? ¿La quieres ya?

—¿A qué he venido si no?

—A esto —respondió él, y, acto seguido, se inclinó sobre mí y me besó en los labios. Mis manos pensaron en apartarlo de mí, pero mi mente se negó a cooperar.

Un instante después me puse en pie.

Él apagó las luces y encendió una lámpara de luz negra, y el techo se convirtió en una galaxia, salpicada de estrellas y planetas. Me desvistió sin apenas tocarme.

—No sé qué estamos haciendo, Stanley.

Algo me empujó a desabotonar su vaquero y bajarlo hasta el suelo, mientras él se quitaba la camiseta y se echaba sobre mí. Su pecho se apretó contra el mío y me estrechó entre sus largos brazos y, oh, qué hombre. Qué hombre.

—Estás segura de que quieres esto —suspiró—. Y yo estoy seguro de que quiero esto.

Y, como un mago, hizo que todos mis miedos se evaporasen.

Y, entonces, se detuvo.

—No —pedí yo.

—¿No qué?

Y entonces me besó las pestañas y las cejas y las orejas y los pómulos.

—¿No qué? —preguntó de nuevo.

—No pares.

Y no paró. Y yo no pude parar.

Después, me cogió en brazos como si fuera una recién nacida y me dijo:

—No te vayas. No quiero que te vayas.

—No podría irme aunque quisiera.

Y allí me quedé tres días con sus tres noches.

Soñé que Stanley era negro.

Y me desperté.

Y luego me volví a quedar dormida.

Soñé otra vez con él, pero en ese nuevo sueño era blanco, y yo era consciente de que ese era el Stanley del que me había enamorado. No me atreví a contarle a él mi sueño. Sí conté a Wanda todo lo que había pasado.

—¿Cómo ha ido?

—¿El qué, exactamente?

—No te hagas la tonta conmigo, Georgia.

—Él es impresionante. Y ha ido increíblemente bien. Es un tipo muy brillante. Hemos hablado sobre miles de cosas. Pero tengo que dejarlo en paz.

—¿Por qué? —Por toda respuesta le lancé una mirada sarcástica—. ¿Solo porque es blanco?

—¿Solo? ¿En serio? En fin, da igual.

Durante las dos últimas semanas de la asignatura me cambié de sitio intencionadamente. Pasé a la primera fila y me senté entre otros dos estudiantes negros. No me giré hasta casi el final de la última clase, y ahí estaba Stanley, mirándome. Parecía dolido. Yo no me lo creía. Se marchó antes de que terminara la clase. Cuando salí, estaba esperando en el pasillo con una pizza en la mano.

—Te prometí una porción, pero puedes comértela entera.

—Lo siento, Stanley.

Se acercó a mí lentamente.

—No sabía que eras racista.

—¿De qué estás hablando?

—Si yo fuera negro no estarías actuando así.

—Probablemente tengas razón, Stanley.

—No me pareciste una cobarde cuando te conocí.

—No lo soy.

—Pues yo creo que sí lo eres. ¿Por qué me estás evitando?

—¿Eso es lo que crees que estoy haciendo?

—Por supuesto, joder. No coges el teléfono cuando te llamo y te has cambiado de sitio. ¿Qué te he hecho?

—No me has hecho nada.

—Como te dije, no sabía que eras tan cobarde.

—Lo siento, Stanley.

—Yo también lo siento. Que te vayan bien las cosas, Georgia. Y piénsatelo dos veces cuando digas a alguien que lo quieres.

Me entregó la pizza, que yo acepté para no formar un número. Él se echó la mochila al hombro y se marchó. Esa fue la última vez que lo vi, hasta mi fiesta de cumpleaños.

Señalo hacia mi casa. Stanley entra en el camino de acceso y dice:

—¿Así que conduces un Prius híbrido?

—Sí.

Stanley saca el puño para chocarlo conmigo.

—Qué casa tan bonita. ¿Llevas mucho tiempo viviendo aquí?

—Trece años.

—¿Tienes planes de quedarte?

—Bueno, he intentado venderla, pero con el estado de la economía es muy complicado. Ya no está en venta.

—¿Adónde pensabas mudarte?

Stanley abre la puerta de su lado y yo abro la mía, sin darle tiempo a que dé la vuelta al coche para abrirme.

—No tengo ni idea.

—No se puede planear todo, ¿verdad?

—A veces, sí. A mí me gusta tener algún control sobre mis siguientes pasos.

—Mira mi mano derecha —dice, alzándola mientras yo introduzco la llave en la puerta de la casa y abro. Lleva en el dedo medio un anillo con una turquesa. Es mío.

—Se te olvidó en mi apartamento —explica—. Y he venido a traértelo.

Estoy a punto de desfallecer. Tomo aire profundamente. Cuando entramos, Stanley mira alrededor y dice:

—Qué casa tan chula.

—Gracias.

—Apuesto un millón de dólares a que toda la decoración es tuya. ¿Me equivoco?

—No te equivocas. Pero quiero ese millón por adelantado en concepto de algo.

—Quiero ver tu garaje.

—¿Por qué?

—Ahí es donde haces arte, ¿verdad?

—¿Quién te lo ha contado?

—Tu vecina Naomi. Y Wanda también. Las dos me han dicho que estás acumulándolo en secreto en el garaje.

—Wanda y Naomi son unas bocazas. No te conocen de nada.

—Doy las gracias de que Wanda supiera de nuestra historia lo suficiente.

—Bueno, no estoy muy segura de querer enseñarte nada, Stan. No me hace sentir muy cómoda.

—Pues no me voy a ir sin que me enseñes alguna cosa.

—De acuerdo. Pero si no te gusta, miénteme. No tiene por qué gustarte. No a todo el mundo le tiene que gustar todo.

Él enarca las cejas y me sigue hasta la cocina, y luego al garaje.

Enciendo las luces e intento no sentir que tengo que dar explicaciones o disculparme por nada de lo que he hecho.

Él se acerca paso a paso hasta donde tengo todas las cosas y se toma su tiempo para mirar, tocar, sonreír, agitar la cabeza. En ese momento, se gira y me dice:

—Vaya, esto sí que es la hostia. ¿Has dado con ella, eh?

—¿Con qué he dado?

—Con tu segunda vocación. Jamás he visto nada parecido. Eres una mujer con talento.

—Gracias. Me lo paso estupendamente, la verdad. Pero, como te he dicho, no tienes que decir nada para hacerme sentir bien.

—Si no me impresionara te habría dicho solo «qué bonito», o algo así. Pero, en fin, en cualquier caso, no necesitas para nada mi aprobación, ¿no?

—No, pero es agradable escuchar a la gente decir que le gusta.

—¿Por qué trabajas aquí? ¿No tienes un estudio?

—No, aún no.

—¿Por qué no?

—Porque acabo de empezar.

—Bueno, mira. Si existe una mínima posibilidad de reavivar lo que intuyo que podría ser una amistad potencialmente maravillosa, aunque estoy bastante seguro de que al final me casaré contigo y viviremos felices y comeremos perdices, si ignoramos el hecho de que sigo siendo blanco y estoy mayor, me encantaría ayudarte a encontrar un estudio o construir o reconstruir un estudio para ti. ¿Qué te parece?

—Ahora mismo no sé qué pensar, Stanley.

—Por última vez: es Stan.

Stan se acerca a mí justo en el momento en que estoy apagando las luces del garaje. Huele bien. A aire limpio. Quiero dar un paso atrás, pero no puedo moverme.

—Bueno. Aunque sé que te encantaría que me quedase y te hiciera el amor, primero, lentamente y con ternura y, al final, con mucha pasión, y teniendo en cuenta que este encuentro no puede considerarse una segunda primera cita tras treinta y tantos años, voy a ser un caballero y no voy a tentar mi suerte. Así que, dicho esto, voy a desearte una buena noche y, de nuevo, dulce Georgia, un muy feliz cumpleaños.

Me rodea con sus brazos y me aprieta contra él tal y como llevo años deseando que alguien lo haga. Noto su corazón bombeando y mis pechos dándole calor. Juro que podría quedarme así de pie el resto de mi vida. Entonces, me besa suavemente en ambas mejillas y, después, en la frente. Noto, a continuación, cómo me aprieta con dulzura los labios contra la coronilla. Acto seguido, da un par de pasos atrás y se detiene. Me sonríe como si me conociera de toda la vida.

—¿Dónde te alojas, Stan?

—En el hotel Clift, en el centro.

—¿Cuánto te quedas, Stan?

—Hasta que te conquiste.

Y entonces se marcha.

Y yo también vuelo hacia algún otro lugar.

Lo sostenible

Me cuesta mucho trabajo conciliar el sueño. De hecho, no sé si he dormido o no. Clavo la mirada en el techo y me pregunto si quizá haya soñado que un joven con el que me acosté en secreto en mis años de universitaria ha reaparecido en mi vida y me ha robado el corazón en cuestión de horas.

Necesito dar un paseo. Ni me lavo los dientes ni me hago café. Me pongo unos pantalones y una sudadera y salgo a la calle. ¿Quién está en el camino de acceso, saludando con la mano? Naomi, cómo no.

—¡Qué gran fiesta anoche! Cómo os lo montáis los negros, joder... —afirma, subiéndose la cremallera de la chaqueta deportiva. Me acompaña, como si la hubiera invitado. Lleva zapatillas deportivas, como siempre.

—Sí, eso es así. Pero no todos éramos negros anoche, sabes —replico yo entre risas.

Por supuesto, ella se mira las manos y ríe conmigo.

—Sí, claro, ya sé. ¿Adónde vas?

—Pues no lo tengo claro.

—Sí, de eso me doy cuenta, porque estás subiendo la cuesta en vez de bajarla.

Me detengo en seco. Es cierto. Esta cuesta está tan empinada que la gente tiene que pararse a coger aire. Me giro para mirar a Naomi.

—Te veo con mucha energía... ¿Acaso alguien se metido en la cama con alguien por fin?... —me pregunta.

Ella levanta las palmas al aire con gesto dubitativo. Hace un frío de muerte y vamos las dos sin guantes.

—No —respondo yo metiéndome las manos en los bolsillos—. Algo casi mejor que eso.

—¿El qué? Dímelo y hago un pedido a domicilio.

Cuando le cuento toda la historia, Naomi lo tiene claro:

—Yo iría a por ello. Solo se vive una vez y, asumámoslo, nunca vamos a ser tan jóvenes como ahora. Ese hombre parece un sueño. Si me gustasen los tíos, me casaría con él. Aunque es cierto que yo no soy negra.

Y se ríe ante su comentario mientras se quita el gorro de esquí. Se ha teñido de negro. La hace muy seria, pero no se lo digo.

—Me he fastidiado el pelo, ya lo sé. Tengo que dejar que crezca. Quería probar algo nuevo.

—¿Cómo te van a ti las cosas? —pregunto.

—Mucho mejor.

—Y Macy ha vuelto.

Ella asiente.

—Qué bien, Naomi.

—Estoy yendo a Alcohólicos Anónimos.

—¿Por qué?

—Tenía que dejar de beber.

—Bueno, al menos estás haciendo algo al respecto.

—Eso es lo que la espantó. La convertí yo en una hija de puta. Jamás me habría casado con ella si lo hubiera sido desde el principio.

—¿Es difícil dejarlo?

—Lo más difícil que he hecho nunca. Ya perdí dos parejas por culpa del alcohol, pero no voy a perder a mi esposa. Así que se terminó.

Le doy un abrazo maternal, aunque creo que no tengo tantos años como para poder ser su madre.

—Como siempre, si puedo hacer algo por ti, no dudes en decírmelo.

—Te lo repito: déjame comprar ese taburete.

—Y yo te repito a ti que te lo puedes quedar. Lo digo en serio. Cuando bajemos, pasamos a recogerlo. De hecho, demos la vuelta.

—Y yo te estoy diciendo que prefiero comprarlo. ¿Por qué no hacemos una cosa? Esperemos a que tengas más trabajos y veamos quién quiere comprarlos.

—Creo que debería plantearme seriamente lo del estudio.

—Me parece una decisión muy inteligente. Si necesitas ayuda para buscar, dímelo.

—Creo que ya tengo toda la ayuda que necesito.

Ella se despide con la mano y enfila el camino de acceso a su casa. Yo subo trabajosamente hasta la mía y me siento en los fríos escalones de la entrada. Suena mi móvil y ni miro la pantalla. Descuelgo directamente.

—¿Es muy tarde para desayunar? —pregunta.

—¿Quién es? —finjo.

—Un viajero del espacio. Y del tiempo.

—Ah, el viajero que me ha llevado de paseo por la luna —respondo yo. Me siento como una adolescente enamorada y tengo más de medio siglo de vida. Debería echar un poco el freno. Esto no es ninguna fantasía ni ningún juego. Esto es real. En realidad, no conozco a Stanley, solamente lo recuerdo. Lo que sé ahora mismo es que mi corazón está patas arriba. No sé qué droga le inyectó Stanley, pero quiero receta. Para toda la vida.

—¿Te gustaría que nos viéramos? Podemos quedar en mi hotel. En la sala Burdeos.

Señor, ten piedad.

—No, no me importa demasiado. Me llevará como una hora.

—Esperaré.

En realidad, quiero llamar a Wanda para contárselo. Pero no es el momento, aún no. No tengo ni idea de qué tendría que decirle. Me estoy enamorando de un hombre al que ni siquiera conozco, que ni siquiera es negro, y que me da miedo y me emociona a partes iguales: es decir, hasta la locura. Estoy intentando encender el corazón y apagar la mente, que intenta, con argumentos, apartarme de algo que se intuye hermoso. Me ducho y me pongo ropa sencilla y sincera: unos vaqueros y un suéter de cachemira color crema. Me pinto los labios de rojo.

El corazón me late tan fuerte que parece un niño dando patadas en el vientre de su madre. Saco un pañuelo de papel del bolso y me seco suavemente la frente, con cuidado de no correrme el maquillaje. Llego al hotel. Creo que conozco la sala Burdeos. Al entrar, veo a Stan sentado en un rincón oscuro, sobre una de esas preciosas banquetas de cuero alargadas. Me sonríe con un gesto travieso y con el dedo índice me indica que me acerque. Se levanta entonces, me estrecha la mano con fuerza y saluda:

—Buenos días, señorita Young. Me gustaría, en primer lugar, darle las gracias por acompañarme en este desayuno. Y también querría saber qué la ha empujado a pintarse los labios de ese rojo de manzana de caramelo a esta hora tan temprana del día.

Me alegro de que la habitación esté en penumbra, porque estoy segura de haberme puesto colorada.

—Buenos días, Stan —saludo, y juro que lo único que quiero es ponerme de puntillas y besarlo, pero no me atrevo—. Suelo usar pintalabios rojo, me gusta mucho. ¿Cómo llevas tu mañana de domingo? —pregunto, y casi parece que lo digo en broma, porque llevo muchos años sin hacer esa pregunta a un hombre. Al menos teniéndolo tan cerca.

—Me alegro de estar vivo y en San Francisco contigo.

Stanley se vuelve a sentar, se coloca de nuevo en el rincón, no me suelta la mano y me acerca a él hasta que nuestros hombros se tocan. Ya es todo lo suficientemente emotivo, con esta luz púrpura y esas cortinas de terciopelo burdeos que ocupan toda la pared a nuestras espaldas. La barra del bar parece una enorme vidriera por la luz que brilla a través de las botellas. En nuestra mesa de caoba hay un jarrón cilíndrico con flores que creo no haber visto en mi vida.

He de reconocer que estoy nerviosísima. No sé qué estoy haciendo aquí exactamente ni qué esperar de esta pequeña fantasía en la que me ha embarcado Wanda. Tengo que acordarme de darle las gracias cuando todo termine.

—Bueno —me dice, alargándome la carta—. ¿Qué te apetece?

Escudriño la lista de platos. Lo primero que leo es que el chef solo compra a agricultores y productores locales y que todos los ingredientes de sus platos son ecológicos y se han cultivado de manera sostenible. Bien, de acuerdo. Queda todo explicado, pero, por supuesto, no puedo levantar la vista de la torrija con pecanas de Texas. Me fuerzo a saltarme ese plato y también los gofres belgas con crema de frutos rojos y almendras garrapiñadas, y avanzo en la lista hasta unas realmente desagradables gachas ecológicas integrales con azúcar de caña, nueces y pasas.

—¿Qué te apetece?

—Es difícil elegir.

—Creo que la torrija nos está llamando a gritos.

—No me atrevo.

—No me digas que estás a dieta.

Lo miro como preguntando «¿Y qué si lo estoy?».

—Vamos, Georgia. Tienes buen aspecto. Vive la vida. ¿Hay alguna otra cosa que te gustaría probar?

—Todo, salvo las gachas.

—A mí las gachas nunca me han gustado. ¿Te gustan a ti las torrijas?

—Pues claro.

—¿Y te gusta compartir?

—Depende.

—¿Qué tal si pido los huevos Benedict con salmón ahumado y la torrija para ti? Y este zumo rojo rubí, que haga juego con tus labios. Podemos empezar con un café antes de eso. ¿Te parece bien?

—Me parece bien.

—Trato de ser demócrata en todo.

Stan pide. Llegan los cafés y los tomamos tranquilamente. Intento prepararme para cualquier cosa. Para que ocurra algo escandaloso que sé que va a ocurrir. Lo sé. Decido comprobar si puedo hacer descender esta fantasía al mundo de lo real, así que pregunto:

—¿A qué has dedicado estos diez últimos años de tu vida, desde que falleció tu esposa?

—Vamos a ir al grano, entonces, ¿de acuerdo? —propone tras dar un sorbo a su zumo—. En primer lugar, no falleció. La atropelló un tipo que iba borracho. No tuvimos hijos juntos, porque cuando nos conocimos ya era imposible: ella había tomado medidas al respecto. Tenía dos hijos de otro matrimonio, aunque yo soy el único padre que han conocido. Uno vive en Miami y el otro en Londres. Los dos tienen treinta y tantos y les va muy bien. —Hace una pausa, se termina su café y pide otro—. Para serte sincero, habíamos pensado en divorciarnos, pero nunca dimos el paso. Estuvimos juntos durante más de veinte años. En cualquier caso, me llevó un par de años acostumbrarme a estar solo de nuevo, a vivir sin ella. Fue entonces cuando me di cuenta de que tenía que hacer algunos cambios importantes en mi vida, así que hace cinco años me retiré de la NASA y empecé a trabajar en el reacondicionamiento del barrio en que crecí. Trabajé con urbanistas y constructores profesionales. Y eso es más o menos todo.

—No, eso no puede ser todo.

—¿Te refieres a mi vida personal? Bueno, veamos. Baste decir que no he tenido.

—¿Quieres decir que no has visto a mujeres ni has tenido ninguna relación?

—Sí he visto a mujeres. Pero es distinto cuando tienes casi cincuenta y más aún cuando tienes cincuenta y seis.

—¿Puedes ser más explícito?

—Un momento. Déjame interrumpirte y preguntarte yo a ti cómo es tu vida amorosa. ¿Estás viendo a alguien?

—No tengo vida amorosa. No salgo con nadie porque nadie me lo pide. Y ya no sé cómo coquetear. Me da miedo entrar en sitios web para buscar pareja. Los viejos me aburren, pero no soy una asaltacunas. Así que creo que lo que he estado haciendo todo este tiempo ha sido esperarte.

Me tapo la boca. No. Oh, no. No me puedo creer lo que acabo de decir. Joder. Y automáticamente estallo en risas.

Él se acerca a mí y me besa en los labios. Se le quedan pintados de rosa. Se los limpio con la servilleta.

—No me puedo creer lo que acabo de decir. Si pudiera rebobinar, quizá tendría que retirarlo.

—Las cosas ocurren por una razón. Nada de esto es accidental. He leído artículos de gente que se ha reencontrado después de mucho con antiguos amantes o personas de la escuela secundaria e incluso de preescolar, pero nunca les he hecho demasiado caso. Primero tienes que encontrar a la persona para ver qué sientes.

—Yo siento algo.

—Entonces esto va a funcionar —anuncia él, y traen lo que hemos pedido. Comemos hasta no dejar ni un bocado.

—¿Te apetece dar un paseo?

—Di una vuelta corta esta mañana, pero me encantaría dar un paseo de verdad.

—No, vamos a hacer otra cosa. ¿Qué tal cruzar el Golden Gate en coche, sentarnos en un banco y, luego, hacer un poco de *windsurf* con los tiburones?

—Los negros no hacemos *windsurf* —pretexto yo con sarcasmo.

—Los negros hacen lo mismo que los blancos, así que vamos allá.

Y allá vamos.

La niebla casi se ha levantado, así que hace frío, pero Stan ha sido bastante cauto y trae en el coche una gruesa trenca. Aparcamos en Vista Point, nos sentamos sobre el capó del coche y contemplamos los veleros en la bahía, y San Francisco y la isla de Alcatraz. A nuestra izquierda asoman Belvedere y la península de Tiburón. El cielo tiene un azul inverosímil y sé positivamente que este es el mejor sueño que he tenido en años. No quiero despertar.

—Entonces, ¿cuándo vienes a Nueva York a pasar un tiempo conmigo?

—Estoy pasando un tiempo contigo ahora, Stan.

—Pero ¿te gustaría saber cómo vivo?

—Sí.

—Espera. Deja que te pregunte una cosa: ¿viajas mucho?

—No tanto como quisiera. Pero cuando deje la clínica y tenga más tiempo espero hacerlo más a menudo. Dependerá de cómo me pueda ganar la vida. ¿He contestado a tu pregunta?

—Sí. Pues, verás, yo vivo en un hotel.

—Oh, por favor. No será un albergue para desahuciados.

Él agita la cabeza y esboza una sonrisa, divertido por la mera idea.

—No, pero puedo dar albergue a quien quiera. Está en el piso 36 y tengo una vista de ciento ochenta grados sobre Manhattan y el río Hudson.

—¿Por qué vives en un hotel?

—Porque durante años tuve una casa grande con jardín y piscina y garaje de tres plazas. Cuando me quedé solo en ella, me di cuenta de que era un derroche de espacio, y, especialmente, de energía y dinero, por el mantenimiento. Además, me gusta viajar. Decidí ganar en movilidad y es lo que he hecho. Y me encanta.

—¿Tienes cocina?

Se me queda mirando y, al instante, me da suavemente con el dorso de la mano en el hombro, como si por fin hubiera recordado.

—Creo que sí. Pero nunca he cocinado nada en ella. ¿Por qué? ¿Te gusta cocinar?

—Sí.

—¿Me prepararás algo?

—Sí, claro. En un futuro. En un futuro, si lo hay —digo, sin reflexionar demasiado.

—No te preocupes. Las cartas nos están siendo propicias.

—Sin comentarios. ¿Cuánto tiempo tienes planeado vivir de esa manera?

—Hasta que me muera o me quede sin dinero. Quiero pasar al menos dos o tres meses al año viajando y visitando todos los países que siempre he querido conocer. Vivir así lo hace más fácil.

—Creo que es bastante guay.

—No es que tenga que alojarme en hoteles de cinco estrellas siempre. Lo que quiero conocer son los países, no los hoteles. La gente. Eso me ha abierto los ojos y creo que me ha salvado la vida. —Me limito a observarlo en silencio—. ¿Tú nunca te aburres?

—Pues claro.

—¿Te pones triste?

Asiento.

—Y ¿qué haces cuando ocurre?

—Es una de las razones por las que quiero dejar la consulta.

—¿Vas a hacerlo de verdad?

—Creo que sí. Pronto.

—Te da miedo, ¿verdad?

—Pues claro. Pero el miedo no me va a detener.

—¿No crees que es lógico sentirse así, teniendo en cuenta que estás rompiendo unas cuantas de esas normas que hay que cumplir cuando se llega a la madurez?

—Pues sí. Produce mucha incertidumbre.

—Sí, bueno. Ese día en que no te comiste la pizza conmigo estabas, básicamente, retándome. Veo que no has perdido ese espíritu.

—Creo que no lo he perdido, no. Estoy dispuesta a hacerlo.

—Me da la impresión de que a los dos nos llama la aventura. Quiero que te aventures conmigo.

—Claro que sí. Voy corriendo a casa a hacer las maletas.

—No te decepcionaré, Georgia. Eso te lo garantizo. Creo que estábamos esperándonos el uno al otro.

—Es posible.

—A ver qué te parece este primer plan juntos. ¿Te gusta el barro?

—¿Qué?

—El barro. Los baños de barro, ya sabes.

—Lo he hecho un par de veces. Me gustó.

—¿Qué tal si cogemos el coche, subimos aquellas colinas de allá y nos damos un baño de barro y unos vapores minerales en el balneario de Calistoga? Y un masaje. Luego regresamos a mi hotel. Pedimos que nos suban comida a la habitación y pasas conmigo la noche. Mañana volveré a Nueva York y tú tendrás tiempo para reflexionar sobre si quieres volver a verme o no. Si no te sientes feliz estando conmigo, querrá decir que el sueño no era real. ¿Qué te parece?

—Joder...

—Esperaba más bien un «de puta madre», pero lo aceptaré como bueno —sentencia, tomándome de la mano.

A veces la realidad supera a la ficción.

Cómo se llama esta peli

Por una hora, los dos somos negros.

Luego, pieles rojas.

Nos envuelven delgadas sábanas de franela. Parecemos momias y no nos movemos hasta que nos desenrollan. No podemos abrir la boca ni para pronunciar una sola sílaba. Me siento como si hubiera perdido tres kilos. Tengo una toalla blanca liada en la cabeza como un turbante, y los brazos tan flojos que no puedo ni atarme el ceñidor de mi albornoz (también blanco). Me hundo en el sillón de mimbre y aspiro la esencia de eucalipto. Creo que no la exhalo. ¿Por qué no he venido aquí a hacer esto más veces? Y Wanda también debería, en vez de pasarse el día buscando ropa de saldo. Ahora mismo no quiero pensar en ella, de todos modos, aunque sé que va a alucinar muchísimo cuando le cuente todo lo que me ha ocurrido en apenas cuarenta y ocho horas. Estoy segura de que en mi teléfono móvil debe de haber mil llamadas perdidas y dos mil mensajes de texto. Cuando por fin abro mi taquilla y lo miro, compruebo que no me he equivocado demasiado con los cálculos: «Cumpleañera de mis amores, ¿estás viva? ¿Te han secuestrado? Ese Stanley es muy guapo. Me gusta. Él no te tiene miedo, así que no te va a aceptar ninguna tontería. Me da que es el tipo que estabas esperando. Nelson y yo hemos apostado cuánto os va a llevar hacerlo legal. Él dice un año, y yo, tres meses. No me gusta perder apuestas con Nelson, nunca paga. De todos modos, dalo todo. Y llámame cuando salgas a tomar aire».

Echo el teléfono al bolso y me visto lo más rápido que puedo. Cuando me miro en el espejo me doy cuenta de que el pelo se me ha encrespado y parece que lo llevo a lo afro. No tengo fuerzas para estirarlo y recogerlo en una coleta. Decido ponerme brillo de labios en lugar de carmín y salgo al vestíbulo. Busco a Stan con la mirada, pero no lo veo. Al fin lo localizo: está fuera, sentado en uno de esos tresillos balancín de mimbre de estilo ochentero. Me siento junto a él. Nos balanceamos.

—Bueno, señorita Georgia. Siento curiosidad por ese viaje en tren que se supone que va a hacer. —Lo miro sin poder creer que esté pensando en eso, con lo que estamos experimentando juntos—. ¿Por qué en tren?

—Porque lo vi en una película y desde entonces he tenido esa fantasía: hacer un largo viaje en tren.

—Y, dígame, señorita Georgia: ¿adónde está usted planeando viajar? ¿Cuánto tiempo y cuándo? Tómese su tiempo para responder.

—Eres extremadamente cotilla.

—Es pura curiosidad.

—Para empezar, voy a ir sola.

—¿En serio? Me encanta el plan. ¿Adónde?

—Pues desde aquí a Vancouver en el Coast Starlight de Amtrak. Después cambiaría a VIA Rail Canada. Pasaría quizá una noche en Vancouver y luego viajaría hasta Montreal y, desde ahí, a Toronto y a Nueva York. Allí iría de compras y visitaría un par de museos, si me queda algo de energía. Y entonces un pájaro gigante me traería volando de vuelta a la bahía de San Francisco.

—Guau. Suena muy bien. ¿Cuánto tiempo te llevaría?

—Depende. El viaje podría hacerse en seis días o en doce. Todavía no he decidido si quiero pasar una noche en Vancouver. El billete sí me permite bajar y volver a subir varias veces, así que me gustaría conocer las ciudades por las que pasa el tren, como Edmonton o Winnipeg.

—A mí me parece una gran aventura. A veces es bueno vivir este tipo de cosas en soledad.

—Me alegro de que lo entiendas.

—Creo que dice muchas cosas de ti. Hay tanta gente a la que ni se le ocurriría hacer algo así... No quiero decir «mujeres», porque sería sexista, pero permítemelo esta vez. Y ¿por qué Canadá?

—¿Y por qué no? Es muy probable que no tenga otra oportunidad de conocer ese país. Es espectacularmente bonito y bastante accesible desde aquí.

—Pero ¿por qué hacer un viaje? Seguro que no es solamente porque lo viste en una película. Venga, di la verdad.

—Porque quiero relajarme y leer y pensar y soñar e imaginar mi futuro. Quizá el viaje en tren y el paisaje me ayuden a dilucidar qué cosas puedo hacer durante el último tercio de mi vida. Quiero hablar con desconocidos. Mirar por la ventana durante kilómetros y kilómetros y ver cómo discurren ante mí el océano y las montañas. En realidad, me parece que sería una especie de larga oración o meditación. Espero que me ayude a no preocuparme por cómo será la última parte de mi vida. Que me anime a seguir intentando vivir más. A disfrutar de la vida y no dejarla pasar por delante de mis narices sin más.

Stanley saca el puño y yo aprieto el mío contra él.

Aun así, creo que he hablado de más.

Pero ha sido él quien ha preguntado.

—Si en algún punto del viaje quisieras compañía, por favor, házmelo saber. No me importaría unirme a ti. Llevaría mis propios libros.

—Ya veremos. Como te he dicho, todavía no tengo fechas.

—No estoy intentando condicionarte, Georgia. Si he de ser sincero, opino que lo que más te conviene es hacer ese viaje sola, probablemente. O la mayor parte del viaje, al menos. Así que hazme saber cuándo llegarás a Toronto y, si quieres, podría ir a buscarte. Luego podríamos pasar unos días juntos en Manhattan. ¿Qué te parece?

—Eres presuntuoso a más no poder, ¿no?

—Aún no has visto nada. ¿Tienes hambre? Yo me comería un caballo.

—No sé si tengo hambre o no.

—Bueno, ¿qué tal si pedimos que nos suban comida a la habitación cuando lleguemos al hotel? A menos que tengas otros planes…

—Estoy a tu disposición todo el día —digo sin pensar demasiado lo que digo.

Dios santo, ¿qué es lo que me ha dado?

La habitación es bonita.

Me acerco a las cortinas para echarlas. También son bonitas.

—¿Qué estás haciendo?

—Hay mucha luz.

—¿Te parece?

Stanley se sienta en una silla tapizada a rayas rojas y blancas. Me acabo de dar cuenta de que tiene los ojos color azul cobalto. Probablemente no he reparado antes en ello porque los he estado evitando. Me siento en una silla igual, al otro lado de la habitación.

—¿Estás nerviosa por algo?

—Pues sí, claro.

—¿Por qué?

—No hagas preguntas estúpidas, Stan. Quizá debería haberme ido a casa. Quizá estoy forzando las cosas. Quizá no sea buena idea hacer esto aún.

—¿Qué vamos a hacer?

—Sabes perfectamente lo que vamos a hacer.

—No, no lo sé. Quizá ya lo hayamos hecho.

—¿El qué?

—Conectar. Yo siento que todo está siendo muy sano. No tenemos que hacer el amor o acostarnos juntos o… lo que sea que estés pensando. Aunque sería muy agradable poder abrazarte sin toda esa ropa puesta, desde luego.

Miro mis vaqueros y mi suéter blanco y mis calcetines blanquísimos y mis mocasines preferidos. De acuerdo. No voy vestida para matar y quizá haya sido intencionado. Pero no estoy preparada para desnudarme delante de Stanley. Ni de nadie.

—A mí me gustaría mucho, pero estoy un poco nerviosa y no puedo dejar de imaginarme desde fuera.

—Yo no estoy nervioso y no hay razón para que tú lo estés. Déjame que intente adivinar por qué te sientes así. Probablemente pienses que tienes que perder algunos kilos, aunque no es así, o que tienes celulitis o estrías y que desnuda no vas a resultar tan atractiva como cuando eras más joven. ¿Me equivoco?

—No, no te equivocas. Bueno, en alguna cosa sí: en realidad, no quiero perder peso.

—Bueno, eso está muy bien, para variar.

—Pero lo demás es tal como dices.

—Supéralo, Georgia. Eres hermosa.

—Supéralo tú, Stan.

—Mira, me encantan esas caderas redondas —dice.

Se pone en pie. Yo cruzo las piernas y los brazos. Ojalá fuera maga y pudiera hacerme desaparecer por entre los cojines, pero no puedo.

—¿Quieres ver mi pecho de lobo?

—¡No! —vocifero, pero es demasiado tarde. Se está quitando ya la camisa negra para dejar a la vista un pecho de esos de los que dan ganas de apoyar la cabeza, con algunas canas. Todo un pecho de lobo, tenía razón. Ni asas del amor, ni tripa cervecera. Hasta tiene bíceps, o sea, que va al gimnasio. Qué mentiroso es.

—Ahí no hay loba que se acerque, señor Lobo.

—No temas. No muerdo.

Él da un paso hacia mí y toma una de mis manos y me pone en pie y me envuelve con sus brazos y juro por Dios que estoy a punto de romper a llorar, porque estoy asustada, nerviosa y muerta de vergüenza.

—Georgia, Georgia, Georgia —susurra él—. Es tan bueno verte después de todos estos años…

Yo no puedo ni hablar. Al final me las arreglo para cuchichear con voz temblorosa algo así como: «Yo también».

Stanley no hace sino abrazarme y acariciarme el pelo ensortijado, y peinarlo con los dedos, y luego me frota la nuca y me acaricia la espalda y yo caigo en la cuenta de que realmente esto no me está ocurriendo a mí, sino que es una escena de una película muy romántica en la que me he metido sin darme cuenta. Cuando él da un paso atrás para quitarme el jersey, yo doy un paso atrás también.

—¿Quieres que pare?

—No, o sea, sí. Claro que no quiero que pares. Pero, Stanley, me estoy cayendo por un precipicio ahora mismo, y llevo años sin asomarme siquiera al precipicio, y no me he desnudado delante de un hombre ni me he acostado con ningún hombre desde hace mucho. Por favor, no preguntes cuánto. Me estás haciendo recordar cosas que ya había olvidado. Y me muero de miedo.

—Soy Stan —dice él, supongo que para hacerme sentir mejor.

—Stan.

—Veamos, si te vas a sentir mejor poniéndote el albornoz del baño y metiéndote en la cama bajo las sábanas, yo cerraré los ojos. Pero las cosas van a salir, de un modo u otro, y yo voy a ver tu preciosa piel negra y tu cuerpo grande y voy a acariciarte arriba y abajo y te voy a tocar por todas partes. Y tú no te vas a ir de esta habitación sin que te oiga susurrar o gritar mi nombre. —Y acto seguido da otros dos pasos atrás—. Tú decides.

—¿Podemos correr las cortinas?

—No, no podemos.

Y a continuación se sienta al pie de la cama y comienza a dar golpecitos en el suelo con uno de sus pies descalzos. Se echa a reír. Y hago igual. Y es entonces cuando me digo a mí misma, oh, joder, que le den por culo a todo, y me desabrocho los vaqueros, que son un poco ajustados, porque he dedicado más tiempo últimamente a pintar en el garaje que a caminar, así que tengo que luchar un poco, pero la lucha se convierte al final en contoneo cuando me los bajo hasta los tobillos sin usar las manos. Me los saco y me quito también los calcetines blancos, que voy a tirar directamente a la basura, y entonces Stan se levanta y se coloca detrás de mí, me desabrocha el sujetador, toma entre sus manos estas dos talla 95, copa C, y las masajea justo como se supone que hay que masajearlas.

Me gira, me besa en la frente de nuevo y me dice: «Eres una mamacita negra bien rica», y los dos nos reímos mucho. Me acerco a la cama e intento meterme bajo las sábanas lo más suave y sensualmente posible, pero me enredo un poco con la colcha cuando él se baja los vaqueros. Los ojos se me abren como platos. Ahora recuerdo lo que me dio antaño. Él se acerca también a la cama y se mete bajo las sábanas y me rodea con sus brazos y me lleva a un parsimonioso viaje en tren hasta que me oigo a mí misma gritar su nombre tres o cuatro veces y él me susurra al oído, «Oh, Georgia» y, de nuevo, me envuelve con sus brazos y me siento como en el interior de un capullo. Cuando me despierto, fuera reina ya la oscuridad, pero dentro se ha hecho la luz.

—Bueno. Hazme saber cuándo harás ese viaje en tren y si querrías venir a Nueva York antes.

—¿Qué te hace pensar que quiero ir a Nueva York?

Ojalá me dejara salir de la cama. Pero no me deja, y si fuera posible mudarse e instalarse bajo estas sábanas con él, pediría comida al servicio de habitaciones todos los días el resto de mi vida y sería feliz.

—Pues porque te gusto. Y yo vivo en Nueva York.

—Cierto. ¡Un momento! ¿Cómo se llama esta peli?

—*La excelsa aventura de Georgia y Stan, que durará toda una vida.* ¿Qué te parece?

—Si es en alta definición, quiero sentarme en primera fila.

—Solo quiero que sepas que no soy perfecto —dice, después de darnos una ducha y vestirnos—. Pero no tendrás que hacerte ni una sola pregunta sobre mi compromiso. Tengo los pies muy bien plantados en el suelo.

—Pues, verás, yo sí soy perfecta, y no puedo evitarlo —digo yo, intentando con todas mis fuerzas no esbozar media sonrisa.

—De acuerdo, entonces —repone Stan—. Seamos claros con esto. No somos adolescentes ni veinteañeros enamorados, somos adultos de mediana edad, ¿verdad?

—Supongo.

—Yo llevo sintiéndome solo mucho tiempo, si quieres que te diga la verdad.

—Bien, ya somos dos —convengo.

—Tenemos la opción de poner remedio a eso, ¿no crees?

—¿Y si no nos gustamos?

—A mí tú ya me gustas. Y yo te gusto a ti, así que deja de fingir lo contrario. Solo tenemos unos veinte o treinta años de vida por delante. No los fastidiemos.

—Han pasado dos días, Stan.

—¿Ah, sí? ¿Cuánto tiempo se supone que dura esto?

Mi futuro de estreno

—A alguien le late la patata por ti —me dice Mercury.

—¿De qué estás hablando? —le pregunto.

—Que le debes de haber echado un hechizo a alguien.

—¿Y quién puede ser ese alguien?

—Sabes perfectamente de quién estoy hablando. Stanley me ha parecido un tipo muy guay y muy tranquilo, incluso para su edad. No te lo tomes a mal. Se le nota en la mirada. Marina cree que podría pasar por un actor de Hollywood madurito.

—¿Quién te ha dicho cómo se llama?

—¡Fue él quien vino a sentarse en nuestra mesa! ¿No lo viste charlando conmigo, con Marina y con la doctora Lily?

—No, no me di cuenta. Estuve un poco ocupada, Mercury.

—En cualquier caso, todos sabemos lo que significa «viejo amigo».

—¿Llegó Marina a su vuelo?

—Pues no, no llegó. Tuvo que cancelarlo a última hora y se vino a casa conmigo. Al final no se marcha. Va a matricularse en la Escuela de Artes a tiempo completo. Nos vamos a vivir juntos, pero la cosa es que no puede recuperar su antiguo trabajo, ¡claro! ¿Qué le parece?

Yo me limito a sonreír y alzo las manos con gesto de aceptación. Ya me creo casi cualquier cosa.

—Por cierto, ¿qué *look* me trae hoy, doctora? ¿No ha pasado por casa?

Me miro la falda, súbitamente cohibida.

—Voy a por la bata. ¿Quién es el primer paciente?

—Está en la puerta de la consulta.

Sin girarme siquiera, sé ya que se trata de Mona Kwon.

Me saluda con la mano, aunque esta mañana parece traer la batería baja. Le abro la puerta para que pase.

—Buenos días, Mona. ¿Qué haces aquí tan temprano?

—Tengo mucho tiempo libre, doctora Young. Cambié la rutina para ir su fiesta y usted no hizo caso de Mona Kwon. Pero la comida estaba muy rica. ¿Por qué no responde en Facebook? Muchos comentarios de hombres. Espero que fue divertida la reunión de secundaria. Muchas fotografías en Facebook. Estoy muy contenta por usted.

—Lo siento mucho, Mona, pero he estado muy ocupada con mis nietos y no entro en Facebook tanto como debería.

—Eso verdad. Pero nietos no te necesitan. Puede verlos siempre. Pero el marido número 3 puede ser un hombre que comenta en Facebook. Apuesto gafas gratis que usted no lee tampoco sus mensajes.

—Mercury, deja que Mona escoja el par que quiera. ¿Qué te hace pensar que quiero tener otra vez marido, Mona?

—Necesita marido, pero esta vez para siempre. Mona Kwon sabe cosas. Y necesito gafas nuevas. Gracias por las gafas gratis.

—Pensaba que habías cancelado tu cita.

—Sí. He venido solo para gafas nuevas y misión cumplida.

Antes de entrar a mi consulta con Mona, Lily se acerca para saludarme.

—¿Tienes un segundo? —pregunta.

—Claro que sí. ¿Quieres que vayamos a tu consulta?

—Sí. Pasa.

Su consulta es idéntica a la mía, salvo que las únicas fotografías familiares que tiene colgadas en la pared son de sus padres. El resto son flores, puestas de sol y paisajes marinos. Me siento delante de ella y cruzo las piernas.

—¿Fue todo bien?

—Sí. Mi padre por fin descansa en paz. Mi madre no se pudo quedar. Quería volver a casa. No sabe que mi padre ha muerto. En cualquier caso, quería darte las gracias por tus bendiciones. A mis parientes les gustaron mucho las flores que enviaste. Gracias.

—Da nada, Lily.

Ella entrelaza los dedos de las manos.

—La fiesta fue maravillosa. Hacía años que no lo pasaba tan bien. Conocí a un tipo muy agradable, Grover. Me dijo que ahora sois hermanos.

—¿Lo acompañaba una mujer?

—Grover dijo que era solo una buena amiga. —(Qué tío más sinvergüenza)—. Es muy guapo. Inteligente. Profesional e ingenioso. —Tampoco le ha dicho que no está divorciado aún. Y yo no voy a hacerlo. No puedo—. Me pidió la tarjeta y se la di.

—Seguro que no tarda en llamarte.

—Ya me ha llamado —contesta con una amplia sonrisa. Una sonrisa que no le había visto nunca.

—¿Stanley y tú os conocéis desde hace mucho, entonces?

—Sí.

—Parece muy agradable. Y es muy considerado por su parte haber hecho tantos kilómetros por tu cumpleaños.

—¿Desde dónde ha venido?

—Nos contó que vive en Nueva York. Georgia, se ve que te lo has pasado muy bien estos días. Y creo que tengo más buenas noticias.

—Estoy deseando oírlas.

—Quiero seguir con la clínica. Ya he hablado con un consultor y, como los equipos que tenemos solo tienen un par de años, es bastante probable que puedas recuperar tu inversión. Y hay que contar también con los intereses. ¿Qué te parece?

(Casi me caigo de la silla.)

—Me parece una noticia excelente. —Ella asiente y sonríe—. Pero estaba convencida de que tú también querías dejarlo.

—No, en realidad nunca dije eso. ¿O sí lo dije? Bueno, qué importa. La dedicación profesional a la medicina es ya una tradición familiar, y antes de que mi padre enfermara le hablé sobre la posibilidad de vender la consulta. Me preguntó si no habría alguna manera de que la mantuviera. Creo que es lo que le habría gustado.

—Pero, Lily, si no quieres seguir trabajando en esto...

—Mira, para serte sincera... Esto es lo único que sé hacer. Esto es lo que soy.

—¿De verdad lo crees así?

—No soy desgraciada. Puede ser un trabajo monótono, pero los pacientes hacen que cada jornada de trabajo valga la pena.

Lily se reclina en la silla y deja escapar un gran suspiro, aliviada al parecer de haber dado voz por fin a sus pensamientos.

—En cualquier caso, deberíamos charlar más tranquilamente sobre los aspectos legales y sobre cuánto tiempo tomaría la transición. ¿Tienes prisa por hacer alguna otra cosa?

—No. Ahora que sé que puedo deshacerme de la consulta y es factible.

—¿Qué planes tienes para más adelante?

—Creo que voy a probar con la decoración de muebles.

—¿Pretendes ganarte la vida así?

—Yo no he dicho eso.

—No tienes por qué, claro. Entiendo por dónde vas. ¿Cuánto tiempo llevas dedicándote a esa afición? Y ¿por qué nunca me has enseñado nada?

—La verdad es que últimamente no he hecho nada que mereciera la pena enseñar.

—¡Bueno! Quizá podría ver alguno de tus trabajos si un día me invitas a ir a tu casa. Es una indirecta.

—Me has quitado las palabras de la boca, Lily. Más vale tarde que nunca. Si te gusta algo de lo que te enseñe, te lo podrás llevar. Será un regalo de despedida.

—Estupendo, ¡qué emoción!

Me pongo de pie para marcharme.

—Un segundo, no te vayas aún. Cuéntame algo más sobre Stanley.

—Solo puedo decir que es un sueño hecho realidad. Aún temo entregarme al cien por cien, de todos modos.

—Bueno, al menos va en serio. Y no está casado.

—Eso no lo sabemos.

—Yo sí lo sé.

—Ah, ¿sí?

—Para tu información, Mercury estuvo investigando sobre él. Es trigo limpio.

—¿Qué...?

—Creo que Marina le pidió que lo hiciera. Ella es la que me ha hecho a mí ese tipo de trabajos cuando se los he pedido, para clientes, pacientes, etcétera. Se le da muy bien. En cualquier caso, ambos piensan que Stanley es de fiar. No me puedo creer que haya estado en el puto espacio exterior y que ahora se dedique a reconstruir casas en barrios degradados. Es la hostia de guay.

—Sí, es la hostia de guay —le digo, repitiendo sus palabras. Puedo contar con los dedos de una mano las veces que he oído a Lily decir palabrotas. Quizá la terapia le esté funcionando.

—Creo que deberías volver a tu consulta. No quería entretenerte tanto, pero me ha parecido que la noticia era la guinda perfecta para el pastel que la vida te ha regalado estos días. ¡Venga, vete!

Abro la puerta de mi consulta y me asalta un perfume que me hace pensar en una floristería. Hay tantas flores, que tapan el escritorio y la silla. Mercury entra corriendo y me mira como si yo hubiera entrado en trance. Por supuesto, ha sacado su iPhone y está grabando porque Marina se lo ha pedido. Al final, me arrebata la tarjeta de la mano, la abre y empieza a leer: «Para la señorita Melocotón de Georgia. Te elijo. Esto viene de largo, pero espero verte de nuevo pronto. Yo digo sí. Y espero que tú también. Te quiero, Stan».

Mercury se deja caer sobre la puerta de la consulta.

—¡OMG! ¡LOL! ¡AON!

—¡Un momento! ¡Eso del «AON» no lo he oído en mi vida!

—¡«Ahora o nunca»! Bueno, ya está bien. ¡A trabajar!

Y sale de la consulta.

Yo estoy borracha de felicidad.

Tengo que hacer algo que me devuelva a la realidad y me haga aterrizar de nuevo, así que decido llamar a mi hija. Ni siquiera sé a cuál de las dos he llamado hasta que oigo la voz de Estelle.

—¡Vaya fiestón el de la otra noche, mamá! —me dice por todo saludo.

—Sí que lo fue —coincido—. Pero, oye, ¿cómo estás, dime?

—Pues bastante zombi, la verdad. Si no fuera por las niñas, me quedaría en piloto automático hasta salir del túnel en que ando metida.

Qué duro oír algo así cuando yo siento exactamente lo contrario. Como montada en un globo aerostático. Los sentimientos de mi hija son muy reales, y lo que está atravesando es muy duro. No quiero que tenga que enfrentarse a ello sola.

—Ya lo sé, corazón —digo, cogiendo un lápiz y dando golpecitos con él al teclado de mi ordenador—. ¿Quieres traer a las niñas este fin de semana? O si quieres me acerco yo a haceros una visita.

—Prefiero ir yo. Mi casa está hecha un desastre.

—¿Queréis venir todas a pasar el fin de semana?

—Me parece un buen plan, mamá.

Miro la hora y es la una. Stanley debería aterrizar en breve. Supongo que tendré noticias de él sobre las dos. Cuando dan las tres, decido llamarlo, pero salta el contestador. Dan las cuatro y empiezo a preguntarme si este tío ha estado jugando conmigo. ¿De qué cojones iba todo este asunto de reavivar la llama? ¿Y a qué coño han venido todas esas flores? ¿No se ha pasado un poco? La consulta, en realidad, parecía un funeral. Quizá ha llegado a su hotel, ha entrado en razón y se ha dado cuenta de que no soy la mujer que creía que iba a ser. Debería romperme la cabeza contra una pared por haberme dejado engatusar en el momento. Quizá creí en toda esa jodida fantasía porque quería saber cómo se sentía una mujer a la que le quitan el sentido, revivir el que un hombre te toque y te bese y te haga el amor. Que te den mucho por culo, señor Astronauta de los Cojones.

Son las seis. Estoy saliendo de la clínica y suena mi teléfono. Es el prefijo de Nueva York. Es el *mister* Enamórate de Mí.

—Gracias por las flores, Stanley.

—¿Stanley? ¿Me he perdido algo?

—No estoy segura. Dímelo tú.

—Me he dejado el teléfono en el bolsillo del asiento del avión y he tenido que esperar a que bajase todo el mundo, y después la azafata me ha dicho que no lo encontraba, así que he tenido que ir a buscarlo yo mismo. ¿Estás bien?

Vale. Soy una cínica.

—Estoy bien. Siento lo de tu móvil. Es solo que había empezado a dudar, porque no sabía nada de ti.

—Venga ya, Georgia.

—¿Tú estás seguro de todo lo que hemos hecho y dicho?

—Ni voy a contestarte a eso.

—Las flores son muy bonitas. Y la tarjeta también.

—Me alegro de que te hayan gustado. Pero mire, señorita Georgia, estoy roto de cansancio. Ha sido un largo y maravilloso fin de semana. Sueña conmigo, y espero verte en Toronto, a menos que cambies de opinión. Paz y amor, cariño.

¿Me ha llamado «cariño»?

«O quedamos a cenar o te mato —dice el larguísimo mensaje de texto de Wanda—. Hace tres días que nadie sabe nada de ti. Para que lo sepas, nuestra amiga Violet, la muy zorra, se fue de la fiesta con Richard. Está claro que son tal para cual. En fin. ¿Sigue Stanley por aquí o se ha marchado ya?»

La llamo.

—Cuéntame —dice al descolgar.

Le explico que Lily va a comprar mi parte de la clínica.

—Eso es estupendo. Otro asunto menos del que ocuparte. Y, ahora, ¿puedes ir a lo interesante?

Me dispongo entonces a contarle (casi) todo.

—Guau, este es sin duda el almuerzo de cinco platos más rico que me han servido en mi vida, amiga. Vete a coger ese tren lo antes que puedas. Y cítate con ese hombre en Toronto.

Clic.

Se corre la voz

—Ya me he enterado de todo —me dice mamá. Son las seis y media de la mañana y estoy a punto de salir a caminar con Naomi y Macy.

—¿De qué estás hablando, mamá?

—Buenos días, lo primero, señoritinga. Wanda me lo ha contado todo sobre Stanley.

—Wanda habla demasiado.

—Para eso están las amigas, para contar tus cosas por ahí. Wanda al menos sabe a quién contarlas. Soy tu madre y me alegro mucho por ti, mi amor.

—¡Mamá, no me he fugado para casarme!

—Eso sería muy mala idea, ahora que lo mencionas.

—Estabas muy guapa en mi fiesta, mamá.

—¿Sí, verdad? Gracias.

—¿Y tú, mamá, tienes abuela?

—Sabes que no soy racista, ¿verdad?

—Sí, lo sé, mamá.

—Era sexi.

—¿Qué sabrás tú?

—El señor Grover es sexi. Se puede ser sexi a cualquier edad. Caray, yo soy sexi. Y tú no estás mal —me espeta, y ríe.

—Mami, no me llegaste a contar cómo fue vuestro viaje en tren de Bakersfield a Oakland.

—No lo hicimos. Condujo Grover. Siete horas son demasiadas para estar encerrados en un tren sin poder parar a echar gasolina o a comer algo en un Burger King, ¿no te parece?

—Pues yo sí voy a hacer mi viaje. Y va a durar mucho más de siete horas.

—Tú siempre has sido diferente. ¿Te va a acompañar el astronauta?

—¿Quién te ha dicho que es astronauta?

—Se lo contó a Grover, que le estuvo haciendo el tercer grado en la fiesta. Quería asegurarse de que no se había escapado de un planetario, si entiendes lo que quiero decir. ¿Cuánto tiempo ha pasado por ahí arriba?

—No lo sé.

—Entérate de qué cosas ha visto y de si flotó en el vacío sin esas cuerdas que se ven en las películas. Pregúntale cómo iban al baño.

—¿Por qué no me preparas un cuestionario?

—Es Grover el que quiere saberlo, no yo.

—Dile a Grover que me hace ilusión que despierte así la curiosidad.

—La próxima vez que hables con él… ¿Cómo se apellida, por cierto?

—DiStasio.

—Bueno, la próxima vez que hables con Stanley, dile que, si está buscando barrios para regenerar, puede darse una vuelta por Bakersfield.

—Se lo diré.

—Parece un tipo muy agradable, Georgia. Íntegro. Por supuesto, que haya estudiado es un plus. Y, ya sabes, a nadie le importa que sea blanco.

—A mí tampoco —digo yo automáticamente.

—Hasta a Dolly le cayó bien. Ya sabes que a ella no le gustan los blancos. Sus hijos no se creían que hubiera estado en el espacio hasta que Stanley les enseñó unas fotos que tenía en su móvil con el traje de astronauta. La chocaron con él. Lo vi con mis propios ojos.

—Bueno, me alegro de que vinieran. Y Dolly estaba muy guapa.

—A veces lo consigue, sí. Pero, bueno, haznos saber cuándo te marchas de viaje, para tenerte localizada.

—Lo haré. Te quiero, mamá.

—Yo también. Venga. Ve a hacer lo que tengas que hacer.

Suena otra vez mi teléfono. Respondo como un robot:

—Consulta de la doctora Young, ¿dígame?

—Mamá, ¡por fin te pillo en casa! —grita Frankie.

—Oh, lo siento, Frankie… —Oigo que alguien llama a la puerta—. Espera un segundo, hija. Las vecinas me están esperando para ir a caminar. No cuelgues, ahora vuelvo.

Suelto el teléfono, que se cae al suelo.

—¡Ya voy! —grito, e *ipso facto* abro la puerta de par en par.

—Pero qué es lo que te pasa, Rihanna. ¿Hablamos o andamos?

Es Naomi, cómo no.

—Pues estoy hablando. Por teléfono.

—La verdad es que yo tampoco tengo muchas ganas de subir hasta lo alto de esta colina… —apunta Macy.

—¿Es el astronauta? —pregunta Naomi, señalando hacia el teléfono que ha caído al suelo y dando un codazo a Macy.

—¡Dejad de cotillear tanto! ¡No, no es él! ¡Lo siento, creo que no puedo acompañaros hoy a caminar! Quizá mañana.

Cierro la puerta y las oigo tratando de aguantar la risa. Corro de vuelta a mi despacho con el teléfono.

—Ya está. Dime.

—Pues, a ver, mamá. Estelle me dio las malas noticias. Sé que saldrá de esta, pero voy a intentar pasar más tiempo con ella, y que los primos pasen tiempo juntos. También me ha contado las supernoticias relativas al señor Stanley. Y mi veredicto es: súbete a ese tren y a freír espárragos la optometría. Por cierto, al pequeño Levi ya le han salido dos dientes y lo he destetado, porque me mordió. Si me notas nerviosa es porque estoy contentísima de que por fin hayas encontrado el amor y la alegría y la ilusión que te mereces. Tengo que decir que eres la mejor madre que Estelle y yo podríamos tener. Y qué, ¿cómo estás?

—Estoy bien —es todo lo que puedo decir—. Pero, por favor, ¿puedo llamarte un poco más tarde, corazón?

Corro a la puerta para dar alcance a las vecinas. Estoy tan sobrepasada por la felicidad que me va a venir bien un poco de aire fresco.

Durante toda la semana, como un reloj, Stanley (solo me gusta llamarlo Stan cara a cara) me llama o lo llamo yo a él a la hora de irnos a acostar. Hablamos sobre todo y sobre nada. Sé que es un cliché, pero estoy muy feliz de tener un hombre con cerebro con el que poder hablar. Le cuento lo de la clínica y que he fijado una fecha para el viaje. Él se ilusiona mucho por mí. Me ha preguntado si me importa enviarle el itinerario para hacerse una idea de dónde estoy en cada momento. Me promete que irá a buscarme a la estación de tren en Toronto y me pide que le haga saber los cambios de planes, porque él está planeando muchas cosas por su lado. Me pregunta que si sé lo que es Broadway.

Las gemelas están altísimas. Y ya no se visten igual las dos. Gracias a Dios.

—¡Hola, abuela! —gritan al unísono en cuanto entran.

A Gabby se le han caído las dos paletas y se recoge el pelo en una gruesa cola que se le derrama desde lo alto de la cabeza. Scarlett se ha hecho dos coletitas que le tapan las orejas y parece que conserva todos los dientes de leche. Las dos llevan vaqueros y camiseta de distintos colores.

Estelle tiene el mismo aspecto que la última vez que vino a casa. Parece agotada. Lleva a Dove en una de esa mochilas portabebés o como se llamen. Ojalá pudiera hacer algo por ella. Quizá quiera que le cuide a estas dos frescas —tengo que dejar de llamarlas así—, Gabrielle y Scarlett, durante un fin de semana, cuando yo vuelva de mi viaje. Llevarlas al zoo de Oakland o al planetario. Quizá podría enseñarles a hacer galletas.

—Está todo muy diferente, abuela —observa Scarlett.

—Porque lo ha pintado todo. No te has dado cuenta.

—Dejadme ver a la señorita Dove —pido, sin darles respuesta, pero intentando con el gesto dar importancia a lo que acaban de decir.

Doy un beso a Estelle en la mejilla y saco al bebé de la mochila. Esta niña es tan mona. Las gemelas también lo son, pero, como Levi, tardaron un poco en ponerse guapas. Este, por su lado, por fin tiene un aspecto propio de su edad.

—¡Bueno!… Me alegro de veros a todas. Y tengo una sorpresa para ti, Estelle.

—¿Cuál?

—Te la daré cuando se asienten un poco tus cosas.

—Abuela, ¿podemos ver el programa de la jueza Judy?

—¿La jueza Judy? —pregunta Estelle.

—Ni te preocupes por eso, cariño. Deja que me ocupe del bebé y bajemos a la sala de estar. ¿Alguien tiene hambre? ¡Tengo palomitas!

—¡Sí! —gritan al unísono—. ¡Queremos palomitas!

—He comprado un DVD, si no, va a ser imposible hablar. Dove está a punto de quedarse frita, eso te lo garantizo —me explica Estelle. Y tiene razón, por partida doble.

Cuando las niñas están ya enfrascadas en la película y el bebé dormido, mi hija y yo nos sentamos en la mesa del rincón de la cocina. Como aún está dando el pecho, ella toma un vaso de limonada. Yo me apunto.

—Bueno... Entonces, ¿sabes algo de Justin? ¿Lo has visto?

—Sí, claro. Lo veo ahora más que cuando vivía en casa. De hecho, me tiene un poco hasta la coronilla.

—Creo que se siente fatal por lo que te ha hecho.

—¿Qué acabas de decir, mamá?

—Quiero decir que no me parece el tipo de cosa que uno hace para perjudicar o hacer daño a otro intencionadamente.

—No puede dar marcha atrás ahora, de todos modos. Yo sobreviviré. Las niñas y yo estaremos bien. Le pedí que se hiciera unas pruebas.

—Eso es prudente por tu parte. No ha hecho ninguna estupidez, ¿verdad? —Noto que el corazón se me va a salir del pecho.

—No, no ha hecho ninguna estupidez. Me ha enseñado pruebas de los últimos seis meses.

—¡Seis meses!

—Algunos se dejan llevar demasiado y se les olvida que tienen mujer.

—Qué horror.

—En cualquier caso, mamá, yo también me hice pruebas y estoy perfecta.

—Menos mal. Ojalá nada de esto hubiese ocurrido.

—Bueno, cuando papá te engañó a ti, ¿no te sentiste ultrajada?

—Pues claro. Pero aquello fue muy distinto.

—Ya lo sé. ¿No querías matarlo, de todos modos?

—Por supuesto. Durante diez minutos, sí. ¿Cómo está la herida de Justin?

—Ya ni se le ve. Debería haberle cascado más fuerte.

—Me alegro de que no lo hicieras. ¿Cómo llevan las niñas que no esté?

—Creen que se ha ido de vacaciones a otra casa.

—Bueno, en cierto sentido es así. Le has dejado que las vea, espero.

—Sí, se las ha llevado al cine. Al parque. Él las quiere mucho. No me preocupa que puedan estar en contacto con cosas raras.

—¿Cosas raras? Por favor, Estelle. No es un monstruo. Es gay, simplemente.

—Vale, vale, ya lo sé. Tengo otra cosa que decirte, por cierto.

—Espero que sean buenas noticias.

—Quiero irme de Palo Alto e instalarme aquí, en un buen vecindario con un buen colegio en el que estudien niños de todas las etnias posibles. A Justin le parece bien.

—¿Cómo? ¿Cuándo? Y ¿qué vas a hacer con tu casa de ahora?

—Me da igual esa casa. En ese vecindario, se venderá antes de que clavemos el cartel en el césped.

—Bueno, eso es muy buena noticia. Se lo contaré a Wanda.

—¿Por qué a la tía Wanda?

—Ya te lo contaré en otra ocasión.

—Como quieras. Entonces, el astronauta aterrizó en tu planeta en el momento apropiado, por lo que me cuentan. Me parece tan maravilloso, mamá…

—Sí. Pudiera ser que hasta me estuviera enamorando un poquito de él.

—No es posible. No me creo que acabes de pronunciar la palabra «enamorando».

—¡Sí, mamá, ha dicho «enamorando», yo lo he oído! —chilla Gabby desde la tele. Los niños tienen orejas en la parte de atrás de la cabeza. Por eso nunca dije palabrotas delante de mis hijas.

Le doy a Estelle otro cheque regalo para un masaje y un tratamiento facial, pero le digo que mejor será que regrese en menos de cinco horas porque, si no, hay muchas posibilidades de que me encuentre borracha.

Dove es un amor. Las niñas actúan como si no existiera. Oigo el aviso sonoro de la puerta del garaje cuando se abre. Miro alrededor y no veo a las niñas, así que me levanto, cojo a Dove y acudo corriendo.

Abro la puerta y ahí están. No tienen cara de que las hayan pillado in fraganti, sino de curiosidad.

—Niñas, ¿quién os ha dicho que podéis entrar en el garaje?

—Nadie. ¿Qué es eso de ahí? —pregunta Scarlett, acercándose a una silla forrada de plumas.

—¿Dónde has comprado todas estas cosas tan guay, abu? —inquiere a su vez Gabby.

—Las he hecho yo.

—¡No es verdad!

—Sí, las he hecho yo.

—¡Es genial! —chilla Scarlett—. ¿Nos puedes enseñar a hacer algo?

—Claro que sí, pero hoy no. Salid de ahí, por favor.

Me hacen caso, porque las he frenado en seco y a tiempo. Se nota que estaban a punto de toquetearlo todo y algunas cosas están aún secándose. Si mis cosas gustan a los pequeños, albergo la esperanza —he de reconocerlo— de que gusten también a los mayores.

Preparo almuerzo. Sándwiches de pavo. Patatas fritas de bolsa. Manzanas cortadas en trozos. Para Dove, zumo.

Nos sentamos en la mesa del rincón de la cocina. Dove se ha quedado muy tranquila en una mecedora que ha traído su madre.

—¿Sabes qué, abuela? —pregunta Gabby. Como siempre, la más parlanchina de las dos.

—Dame una pista.

—Nuestro papá tiene un novio porque es gay.

Tengo que hacer un esfuerzo para no atragantarme con mi propia saliva.

—¿De verdad?

—¡Sí! Quiere a mamá mucho, pero le gustan más los hombres —interviene Scarlett.

—Es que él es así y ya está.

—Yo creo que cuando sea mayor quiero ser gay también.

—Las chicas también pueden ser gais, ¿sabes abuela?

—Sí, lo sé —contesto.

—Se llaman lesbianas —continúa Gabby—. Yo creo que cuando crezca quiero ser lesbiana.

—Eso está muy bien. Yo conozco a unas cuentas lesbianas estupendas.

—¿De verdad? —contesta Gabby—. ¿Dónde están?

—Un día os las presento. Pero, niñas, contadme, ¿cómo os sentís con eso de que vuestro papá sea gay?

—Ojalá pudiera traer a su novio a vivir con nosotros y así seríamos otra vez una familia feliz —reflexiona Scarlett.

—No creo que eso funcionase muy bien —observo.

—Pues yo tengo novio —responde ella.

—No, no tienes novio. Y si tienes, me da igual. Yo tengo una novia, Winnie.

—Pues yo tengo dos novios. Hugo y Fu.

—¿Fu? —inquiero yo.

—Es chino —explica ella—. Hugo es negro. Pero mamá dice que la raza no importa, así que no tendría que decir que Fu es chino, y Hugo, negro, aunque lo sean.

—Y Winnie es mezcla.

—¿Cómo? —pregunto. Esto es conmovedor.

—Que Winnie es mezcla. Me lo dijo ella: «Yo soy mezcla». Yo le dije a ella que yo soy negra negra.

—Y ¿cómo lo estáis pasando con la pequeña Dove?

Claro está, estoy intentando aliviar un poco la conversación. Un poco. O mucho.

—Yo quiero que me caiga bien —apunta Gabby.

—Solo sabe beber leche de las tetas de mamá, hacer caca y llorar —describe Scarlett.

—Es un poco aburrida, mírala —dice Gabby.

—Yo me alegraré mucho cuando aprenda a hablar, a ver si dice ago.

—Bueno, y ¿ayudáis a vuestra mamá con Dove a veces, como hacen las niñas grandes?

—¡Claro que sí! —dicen las dos a la vez.

—Y ¿cómo la ayudáis?

—Le ponemos dibujos en nuestros iPads. Le gustan mucho, deja de llorar —explica Scarlett.

—Y le preguntamos cosas que ya sabe contestar, porque es muy lista, ¿sabes?

—Eso ya lo sé, sí —señalo.

—¿A qué podemos jugar ahora, abu? —pregunta Gabby.

—Sí, queremos jugar, porque estamos aburridas.

—¿Os gustaría dormir aquí y que vayamos mañana al zoo?

—¿Podemos dormir contigo, abuela? —pregunta Gabby.

—¡Pues claro!

Las dos rompen a aplaudir y Dove se despierta.

—¿Y la hermanita? —pregunta Gabby.

—A ella no le gustan los animales de verdad —dice Scarlett.

—Bueno, puede dormir en la habitación de invitados con vuestra mamá.

—A ella solo le gusta dormir en su cuna, en nuestra casa —explica Gabby.

—Es verdad —apostilla su hermana.

—Pues ahora está dormida.

—Pero es porque sabe que es solo una siesta —zanja Gabby. Estas niñas siempre ganan.

Luz de estrellas

Mi tren sale en dos horas. A las 21:39. Por supuesto, Wanda insiste en llevarme en coche a la estación, que está cerca, en el centro de Oakland, y justo por encima del puerto, en la plaza Jack London. Es increíble poder tomar un tren junto a los veleros y los yates atracados en sus embarcaderos. Wanda y yo nos regalamos una cena de despedida en el restaurante Kincaid's.

—Bueno, espero que todo salga como esperas. Yo no me metería en un tren diez horas ni aunque me pagasen. Imagina veintitrés.

—Es porque tú no sabes cómo manejar el silencio.

—No exageres. En fin, el mes que llegues a Toronto, dale a Stanley un abrazo y chócale el puño. Lo de chocar los cinco está demodé. Y, por favor, no la fastidies, Georgia.

—Adiós —me despido. Nos abrazamos ante el restaurante.

—Estate pendiente del móvil cuando tengas cobertura. ¡Seguramente te sentará muy bien la desconexión!

—De acuerdo —digo yo, empujando mis dos maletas en dirección a la estación.

Por supuesto, Wanda siempre tiene un último comentario que hacer:

—¡Y, recuerda, no hables con extraños!

Yo me limito a despedirme agitando la mano en el aire.

Cuando entro en la estación, cobro conciencia de que por fin voy a subirme a este tren. El Coast Starlight no es el típico tren de cercanías. Es famoso. Se trata de una de las rutas ferroviarias más espectaculares del mundo, si no la más espectacular. Estoy deseando contemplar los picos nevados, los bosques exuberantes y los fértiles valles, así como la vasta extensión del océano Pacífico, que hará las veces de majestuoso telón de fondo de mi viaje. (Este texto lo he robado del sitio web del tren.)

Podría quedarme todo el día en la estación leyendo. O mirando a la gente pasar, simplemente. El edificio es de cristal, muy moderno. Los techos son altísimos y los arcos de metal le dan un aire de hangar de aviones. De largos cables cuelgan lámparas de pantalla metálica con gruesas nervaduras y, en mitad del suelo de baldosas oscuras, hay una fila de asientos negros. Es mucho más agradable que cualquier aeropuerto.

Me siento como cuando me marché de casa para estudiar en la universidad. Me siento y espero. Escucho los anuncios de megafonía. Los minutos que quedan para la salida del tren. Treinta. El tren va en hora. Miro alrededor. Cientos de personas zigzaguean a cámara lenta ante mis ojos. He metido en la maleta una manta de pelito y una almohada ergonómica y una chaqueta con capucha y guantes de cuero, por si acaso. Además, por fin me he rendido y he comprado un Kindle, porque no he sido capaz de elegir qué libros llevar. Diez minutos. Por una vez, no he hecho más equipaje del necesario. He decidido que, una vez en Canadá, compraré ropa si la necesito. Siempre he querido hacer algo así, ¿por qué no ahora? Quiero saber cómo se siente una sin llevar más de lo que necesita, durante al menos una semana. También quiero celebrar lo bien que me siento y despilfarrar un poco sin tener que preocuparme. Por supuesto, he traído cosas más personales. Wanda ha insistido en que dejara de lado definitivamente Victoria's Secret y fuese a Neiman Marcus. He traído un par de pijamas de seda blancos y un tipo de prenda que no me he puesto en años: saltos de cama. Dos. Pero no son solo para Stan. Son también para mí. Y me sientan increíblemente bien.

Cuando por fin anuncian la vía por megafonía, me levanto de un salto y me pongo en la fila con más o menos otros cien pasajeros que parecen saber bien adónde se dirigen.

He comprado un billete de butaca porque no me hace falta tener dormitorio en un tren. No me matará dormir sentada. En los aviones, los pasajeros de primera clase tienen compartimentos diminutos para dormir, con una pequeña ducha, y les dan también bebidas gratis, sala VIP y películas. Pero, en un tren, todas las ventanas dan al mismo paisaje.

Un chico bastante agradable con pinta de mochilero me ayuda a subir el equipaje. Me indica, además, dónde puedo colocarlo: hay una parte del vagón en la que se amontonan ya unas cuantas maletas de estilo setentero. Le muestro el billete a la revisora, una mujer negra con trenzas africanas teñidas de rojo, que me indica el vagón de la izquierda: «Segundo piso. No pierda el billete». Busco mi fila. Mi butaca es la de la ventana. Saco la manta y la almohada, las dejo en la butaca, y coloco mi maletita de ruedas en la bandeja superior. Por el momento no tengo compañero de viaje.

Saludo a los pasajeros que rápidamente llenan el vagón. La gente que viaja en tren es, me da la impresión, más amigable. Una pareja joven se sienta al otro lado del pasillo y coloca sus mochilas también en la bandeja. Son los dos rubios y llevan pelo largo y coleta. Huelen a tierra.

—¿Qué tal está? —pregunta él—. Yo soy Travis y ella se llama Holly.

—Estoy muy bien, gracias. Encantada, yo soy Georgia.

Supongo que ambos podrían pasar por lo que Wanda llama «extraños». Parecen europeos, pero son estadounidenses.

—¿Adónde viaja?

—A Vancouver.

—¿A cuál, al canadiense o al del estado de Washington?

—Al Vancouver canadiense.

—¿Va a hacer senderismo? —pregunta Holly, aunque al instante repara en mis uñas barnizadas de fucsia—. No, ¿verdad? —añade con una sonrisa.

Vemos entrar al vagón a una voluminosa mujer con cuatro finas trenzas que le caen desde las sienes, rematadas con sendos abalorios de plástico rojo, naranja y blanco. Se ve que, cuando se puso de moda vestirse a capas, ella se lo tomó en serio. Me es imposible identificar qué lleva puesto, pero resulta bastante confuso. Avanza dando patadas a cinco bolsas de plástico por el pasillo y deja caer su mochila en el asiento que hay junto al mío.

—Hola, me llamo Calico —se presenta.

—Hola, Calico —saludo yo con la mayor seriedad posible—. Yo soy Georgia.

La mujer embute las cinco bolsas en la bandeja superior y yo ruego a Dios que no toquen mi *trolley*. Luego se sienta, se encaja la mochila entre las piernas y saca un sándwich de atún de otra bolsa de plástico. Le da dos grandes mordiscos, como si llevara semanas sin comer.

Madre de Dios.

—¿Adónde viaja? —pregunta.

—A Seattle —miento en voz baja, para que no me oigan los mochileros de al lado, y sin mirarla, por no comprobar si habla con la boca llena o no.

—Yo también. Voy a un funeral. Usted parece que se va de vacaciones.

Asiento con la cabeza.

—¿De dónde es usted?

—De Oakland.

Calico se termina el sándwich. A continuación, saca dos batidos de chocolate y un paquetito de minidónuts recubiertos de azúcar glas, de los que no deja ni una miga. Y luego ¡se tira un pedo! Lo juro por Dios. Y no pide ni perdón. Yo sí lo hago, cuando me levanto para salir. Cojo la almohada y la manta, bajo mi *trolley* y ella me pregunta:

—¿Va a tardar mucho en volver?

—No estoy segura. Voy al vagón mirador a mirar las estrellas.

—Páselo bien —responde, y acto seguido se sienta en mi sitio.

Oigo a la revisora exclamar «¡Pasajeros al tren!», tan fuerte que debe de haberse oído desde fuera de la estación. El techo curvado del vagón mirador es de plástico transparente y tintado. Frente a las ventanas hay mesas rectangulares para cuatro personas y butacas giratorias. Los almohadones son azul claro, parecidos a los que se verían en un buen restaurante, y tienen aspecto de cómodos. El vagón adyacente es el coche restaurante.

Cuando siento las ruedas del tren chirriar sobre las vías de acero y los vagones arrastrarse lentamente en busca del cielo abierto, me siento más emocionada que cuando mis padres me llevaron por primera vez a Disneylandia.

Cuando el puerto se pierde entre los edificios, llamo a mis hijas, a mi madre, a Wanda, a Violet, a Mercury y a Marina. Dejo a Stan para el final.

—Acabamos de salir de la estación —cuento a todos, y todos se ponen muy contentos y me ofrecen sus pautas de seguridad en caso de urgencia. Todos, salvo Stan.

—Así que da comienzo tu aventura —me dice él.

—Sí.

—Disfruta de cada segundo —me ordena—. Y llama o envía un mensaje de texto cuando puedas o te apetezca. Por aquí ya son más de las doce. Pero no te preocupes. Me encantan las fotografías de viajes, especialmente si están bien retocadas. Avisa cuando llegues a Vancouver, así sabré cuánto habrás recorrido mientras duermo.

—Eso haré.

Quiero decirle que ojalá estuviera sentado a mi lado.

Pero no puedo.

Le echo de menos.

Y llevo años sin echar a nadie de menos.

Sentada en la butaca, coloco la almohada sobre la mesa, me echo la manta sobre los hombros y apoyo la cabeza sobre la almohada. De repente, noto que alguien me zarandea. Levanto la mirada y veo, sentada frente a mí, a Calico. La acompaña una mujer mayor de aspecto escuálido y pelo corto y ralo que deja entrever el cuero cabelludo. La señora mayor me sonríe. O, bueno, no sé si eso es una sonrisa.

—Creí que iba usted a volver. Bueno, esta es mi nueva amiga, Collette. Collette, esta es Georgia.

—Hola, Collette.

—¿Estaba usted dormida? —pregunta Collette.

—Sí. Ha sido un día largo.

—Dígamelo a mí —dice ella.

—¿A qué se dedica? —pregunta Calico.

—Soy optometrista.

—No joda.

Aunque, en realidad, no me despierta la mínima curiosidad, me siento a obligada a devolver el interés.

—Yo estoy actualmente desempleada —explica Calico—. Soy discapacitada.

—Yo soy cantante de *bebop* —dice Collette.

—¿En serio?

—Sí. Acabo de descubrir que me encanta la armonía, así que he estado echando una mano a un grupo en la ciudad de Eugene, que es donde les dejaré continuar su viaje, señoras, mañana por la tarde.

—Vaya, qué emocionante.

Creo que estas dos chicas tienen mucho en común. Collette trae los ojos vidriosos.

—¿Está usted bien? —le pregunto.

—Lo estaré en cuanto me hagan efecto los medicamentos.

—¿A qué va usted a Seattle? —pregunta Calico.

—A empezar una nueva vida —respondo, solo por ver su reacción.

—La verdad es que a todas nos vendría bien algo así —comenta Calico.

Collette se limita a expresar su acuerdo con un asentimiento.

—Sí, es cierto. ¿Les puedo decir una cosa, señoras? Estoy muy cansada y necesito dormir un poco, si no les importa.

—Claro, claro, usted duérmase. No se preocupe por nosotras —invita Calico.

Y ahí se quedan. Durante las siguientes tres o cuatro horas se cuentan la vida la una a la otra, que es como tener de fondo la tele con todas las telenovelas de la historia resumidas en una sola.

Noto el sol en la cara. El cuello me está matando. Abro un ojo y veo que las chicas se han marchado.

Estamos en Oregón. En Klamath Falls. La pequeña estación de ladrillo del pueblo, aunque de evidente nueva construcción, parece sacada de una película antigua. Voy al baño, me cepillo los dientes y me lavo la cara con los productos que he traído.

Me gustaría cambiarme, pero no se me ocurre ni por asomo desnudarme dentro de este baño de acero inoxidable.

Para desayunar, tomo café solo y un rollito de canela. No hay cobertura y me dicen que no volverá hasta dentro de un buen rato, pero no me importa. Durante las siguientes siete horas, me dedicaré a mirar el paisaje. Esto es lo que veremos:

Lluvia.

El monte Shasta.

Una isla nevada en mitad de un lago azulísimo.

Lluvia.

Túneles.

Bosques.

Montañas.

Cañones.

Castores.

Un sol rojo.

El anochecer.

Este coincide con el momento en que tomo asiento en el coche restaurante. Estoy deseando pedir la carta. De repente, el tren se detiene sin previo aviso. Hay otros pasajeros que parecen tan sorprendidos como yo: nos miramos unos a otros preguntándonos qué ha ocurrido. Escuchamos entonces por megafonía que se ha producido un escape de gas en las afueras de Portland y tendremos que quedarnos parados hasta que lo arreglen. Serán dos o tres horas, quizá. Nos mantendrán informados.

Y, como no podía ser de otro modo, aquí llegan mis nuevas mejores amigas. La camarera me pregunta si no me importa que me acompañen y contesto que en absoluto. Pido una hamburguesa con patatas fritas y una ensalada con lechuga iceberg. Mis amigas piden lo mismo, aunque Collette pide la hamburguesa sin el pan.

—Parece que nos hemos quedado tiradas, ¿eh? —dice.

—Yo no tengo prisa —apunta Calico.

—Pensaba que iba a un funeral.

—¿Eso dije?

—Sí, eso dijo.

—Entonces será verdad. El mío, posiblemente.

Las dos encuentran graciosa la ocurrencia y ríen juntas.

Yo casi me atraganto con la hamburguesa, porque está bastante seca. Me dejo la mitad. Y las patatas fritas están duras. Tras pinchar dos trozos de lechuga, me doy cuenta de que en el fondo del plato de ensalada hay un charco de aliño. Collette sigue peleando con su hamburguesa. El plato de Calico está vacío.

—¿Va a terminarse usted eso? —pregunta.

—No.

—¿Le importa si me lo como?

—No —respondo, sin creerme que esté hablando en serio.

—¿Y la ensalada?

—Dese el gusto —sentencio, empujando mis platos hacia su lado de la mesa.

La camarera trae tres cuentas y a las dos parece que les da miedo siquiera mirar las suyas. Yo cojo la mía y también las de ellas.

—Déjenme invitarlas.

—¿Está usted de coña? —exclama Calico, como si le hubiera tocado la lotería.

—Vaya, es usted muy amable, Georgia. Debe de ser estupendo tener una profesión como la suya. Muchas gracias.

—No hay por qué darlas, señoras. Miren, me gustaría leer un poco y quizá ver una película, porque no sabemos cuánto tiempo va a estar este tren parado.

En el tiempo que el tren permanece inmóvil, podría haber visto dos películas. Pero empiezan a ocurrir demasiadas cosas en este remedo de Orient Express:

La gente empieza a fumar en los baños. Tabaco y marihuana. Unos niños se dedican a correr sin parar por los pasillos.

Una joven pareja que está sentada en la mesa de enfrente decide organizar una clase de dibujo e invitan a los niños que corren a sentarse y pintar en unas tarjetas de cartulina que llevan en las mochilas. Llevan hasta acuarelas. Durante las siguientes horas, todos pintan, incluidos unos cuantos adultos que deciden imitar a Picasso.

Yo, por mi parte, decido tomarme una copa.

Y mientras bebo champán sentada al otro extremo del vagón mirador, conozco a las siguientes personas:

Harriet y Raymond, ambos de setenta y tres años, están celebrando sus bodas de oro. Son de Sacramento. Se conocieron en un tren.

Juice es un chico que está dejando las metanfetaminas y se le ha ocurrido que un viaje en tren podría ser de ayuda. Lo veo un poco nervioso.

Marvin y Maynard: gemelos de cuarenta y dos años, oriundos de Saratoga Springs, estado de Nueva York. Los dos se divorciaron hace poco y han decidido olvidar el dolor haciendo un viaje por todos los Estados Unidos en tren. No creen que vayan a continuar el viaje más allá de Seattle.

June: chica de dieciocho años que huye de Vallejo, California. Piensa ir hasta donde el tren la lleve. No tiene dinero. Le doy sesenta dólares, todo el efectivo que llevo encima.

La gente que viaja en tren habla hasta con las piedras. Me fascina lo distintas que son nuestras vidas. Y, mientras esperamos que el Starlight arranque de nuevo, oigo decir cosas como:

«Si vuelves a repetirlo, te juro por Dios que me bajo de este puto tren aquí mismo.»

«Te quiero.»

«¿Cuatro veces? ¿En serio?»

«¿Se están divorciando? ¿Fue él?»

«Voy a dejar mi trabajo porque lo odio.»

«¿Has pasado por trece casas de acogida?»

«¿No vas a hacértelo?»

«De los hombres no te puedes fiar, es así.»

«Nos vemos en el baño.»

El caso es que pasan las horas y no avanzo ni media página de mi libro, pero es que no me hace falta leer.

Cierro los ojos tras muchísimos kilómetros de vaivén. El tren se detiene en una estación en la que suben varios pasajeros. Pasa otro tren por la vía contigua y parece que nosotros también nos movemos, pero marcha atrás.

Cuando el nuestro por fin arranca de nuevo, cierro los ojos y sueño con Stanley. Revivo el fin de semana y le doy a «Pausa» a cada momento que me apetece.

Cada vez que miro el móvil, la pantalla dice que no hay cobertura, así que dejo de mirarlo.

Parece que todo el mundo duerme. Yo escudriño la profunda oscuridad del otro lado del vidrio y la intensa lluvia. Mi propio reflejo. Trato de recordar por qué decidí hacer este puñetero viaje en tren, hace ya tanto tiempo. Ah, sí. Para intentar averiguar cómo iba a hacer unas cuantas cosas que bien ya he hecho, bien estoy en proceso de.

Llegamos a Seattle cinco horas tarde. Me despido de mis amigas. El hotel ha entregado mi habitación a otro cliente. Mi tren a Vancouver sale en tres horas, así que decido esperar en la estación. Cuatro aburridas horas después, estoy en Canadá. Lo bueno es que pasar la aduana solo lleva quince minutos. Tengo un aspecto de mierda, pero me da igual.

Me empiezo a dar cuenta de lo bonitas que son las estaciones de tren. Los aeropuertos podrían aprender de ellas. En serio. El tipo de billete que he comprado me permite pasar el día paseando o de compras, y quizá pase la noche en un hotel de cinco estrellas para continuar el viaje al día siguiente. Podría estar en Toronto en cuatro días en lugar de en seis. Lo cierto es que no quiero pasar el día haciendo turismo en soledad ni tampoco dormir sola en un hotel bonito. Quiero ver a Stanley. Decido llamarlo. Quiero oír su voz, no recordarla. Espero que no haya creído que el tren ha descarrilado o que he cambiado de opinión y voy a darle calabazas. Me siento en un banco que, más que de estación, parece de iglesia, y marco su número. Da tres tonos y salta el contestador. Probablemente, debería haberme quedado en casa pintando algo, porque hasta ahora este viaje está siendo bastante decepcionante. Y ahora me toca subir a otro tren y viajar durante cuatro o cinco días hasta llegar a Toronto. Espero poder soportarlo. Noto que se me humedecen los ojos y, cuando están a punto de manar las lágrimas, caigo en la cuenta de que no tengo pañuelos de papel.

—¿Está ocupado?

Levanto la mirada y ahí está él.

—No —respondo, tratando de recomponerme.

—¿Estás bien?

—Estoy bien —digo, arreglándome la coleta y enjugándome las lágrimas.

—¿Cómo te llamas?

—Georgia. Georgia Young.

—Encantado de conocerte, Georgia Young. Yo soy Stanley DiStasio.

—Encantada, señor DiStasio.

—Por favor, llámame Stan.

—Stan.

—Tienes pinta de necesitar un abrazo.

—Sí, podría ser.

—Estaba preocupado, porque nadie sabe nada de ti desde ayer, así que decidí coger un avión. ¿Ha ocurrido algo?

—Me alegro mucho de verte. Ha sido horrible. No me voy a volver a subir en un tren en mi puñetera vida.

—No tienes por qué.

—Tenías razón sobre lo de la cobertura. A los bosques y las montañas les importa un bledo que haya señal. Y menudo montón de gente rara, que no sabe ni adónde va. ¡Y todo el mundo está tan solo!...

—Bueno, nadie mejor que tú entenderá que todos estamos en lo mismo: buscando un lugar en el que aterrizar.

Me quedo mirándolo y digo sin pensar:

—Me gustas mucho, de verdad.

—Tú también me gustas —repone él—. Mucho.

—Me alegro —digo yo.

—Y te quiero, también —dice.

—Creo que quizá, posiblemente, potencialmente, o probablemente, yo también te quiera, Stan.

—¿Podrías repetir eso, pero sin todas esas palabras que empiezan por pe?

—Te quiero, Stanley DiStasio.

—Así está mucho mejor —dice él—. Pero, te repito, es Stan.

Y ahí nos quedamos sentados los dos unos minutos, sin abrir la boca. Es entonces cuando me doy cuenta realmente de dónde estoy y de lo que estoy haciendo, y me siento abrumada por lo inverosímil de todo esto. Es imposible. Me siento demasiado bien.

—No me puedo permitir que ocurra de nuevo —digo abruptamente.

—¿El qué?

—Empezar y tener que parar.

—No tienes por qué.

—¿Cómo estás tan seguro?

—Porque creo que llevamos mucho tiempo esperándonos el uno al otro.

—No digas eso.

—Esto no es una película, Georgia.

Me hundo en el asiento.

—¿Y si te dijera que me enamoré de ti hace treinta y tantos años y nunca se lo dije a nadie? ¿Ni siquiera a mí misma?

—Te creería —responde.

—¿Qué?

—Lo supe cuando te negaste a ir a la pizzería conmigo. Por eso te llevé la pizza completa en su caja.

—¿De verdad?

—Lo supe cuando te sentaste en primera fila y dejaste incluso de mirarme.

—¡No puede ser! —exclamo, inclinándome hacia él y empujándolo suavemente.

—También yo me di cuenta de que te quería. Fue cuando me dejaste participar en tu grupo de trabajo —recuerda con una risita—. Y tú confirmaste que me correspondías cuando me dejaste tocarte. Supe que algún día volvería a tocarte de nuevo.

Alargo la mano.

—Tócame de nuevo ahora —le pido.

Él me acaricia los dedos.

—Voy a amarte tiernamente y con intensidad.

—De acuerdo.

—Voy a hacerte tan feliz que no sabrás qué hacer salvo ser feliz.

—Me parece bien. Yo te lo devolveré todo por triplicado.

—Y voy a escuchar todas las palabras que salgan por tu boca.

—Yo hablo bastante.

—¿Crees que lo he olvidado?

—¿Te digo lo que yo quiero saber? —pregunto.

—Dime.

—Cómo funciona el universo.

—¿Quieres decir el planeta sobre el que nos encontramos ahora mismo?

—Y las estrellas. Todo.

—Eso llevará tiempo.

—¿Cuántos días, más o menos? —pregunto sarcástica.

—Al menos un millón.

Oímos el anuncio de que mi tren está a punto de partir. Saco el billete, lo rompo en dos y lo tiro a la basura.

Él se levanta y acerca mis maletas hacia donde estamos.

Yo lo miro.

Él me mira.

—Bueno —digo yo—. Pues aquí estamos.

—Sí, aquí estamos. Pero… vamos muy lejos.

Epílogo

Wanda ganó la apuesta.

Esta vez, Nelson pagó.

Estelle y las niñas van a volver a vivir en su antigua casa de Oakland Hills. Gabrielle y Scarlett están solteras de nuevo. Dove ha aprendido a decir «tengo un año y medio» cuando le preguntan cuántos años tiene, aunque ya casi son dos.

Frankie y Hunter van a tener otro hijo. Ella dice que le encanta la maternidad, y Levi está cada día más guapo. Es mucho más mono de lo que jamás habría imaginado.

Mona Kwon murió. ☹

Velvet se instaló con su hijo y su nueva pareja y, al parecer, se van a casar. Ella, según su madre, está estudiando cosmética. Aleluya.

Violet y Richard se acuestan a menudo. Ella, probablemente, sea readmitida en el colegio de abogados, pero este ha decidido que haga algo de utilidad y trabaje con mujeres maltratadas. Al parecer, se ha convertido en una persona con conciencia.

Lily y Grover hijo se han comprometido y van a tener mellizos que está gestando una madre de alquiler. Más vale tarde que nunca. La clínica va muy bien. Hay dos nuevos socios y quizá abran una sucursal en Berkeley.

Marina y Mercury, que afirmaban no creer en el matrimonio, acaban de casarse. Van a graduarse en la Escuela de Artes el año que viene, momento en el que regresarán sin pensarlo a Nueva York. Están convencidos de que no tendrán hijos nunca.

Stan y yo vamos ya por el tercero.

¡Ja, ja, ja!

No, es broma.

Estamos ahora mismo en Ciudad del Cabo, en Sudáfrica. Llevamos aquí mes y medio. He traído material y gafas y he alquilado unos equipos de optometría para hacer pruebas gratuitas y regalar gafas a personas que no se las pueden permitir. Jamás me había sentido tan bien. Pienso volver una vez al año.

Hemos ido de safari. Me ha asustado muchísimo ver todos esos animales tan de cerca. Creo que prefiero verlos en el canal de National Geographic. Los hoteles son increíbles, eso sí.

Stan y yo hemos decidido que merece la pena ver mundo, así que dos o tres veces al año viajamos a otros países o a lugares en los que simplemente no hayamos estado alguno de los dos. Los siguientes destinos son Dubái, Bora Bora, España y Australia. A África volveremos al menos una vez al año. Encabezan la lista las cataratas Victoria, Ghana, Kenia y Zimbabue. Queremos conocer todo el continente. En casa, tenemos que ir todavía a Yellowstone y al Gran Cañón. ¡Y al Centro Espacial Kennedy, por supuesto!

Stan y yo vivimos de costa a costa. Me encanta su apartamento: hago maravillas en esa cocinita. Y adoro Nueva York.

Yo he renovado la mía. Vitrocerámica azul. Frigorífico naranja, claro. Lavavajillas amarillo. Es muy guay. A Naomi y Macy les encanta.

Stan sigue reconstruyendo. Cuenta con un gran equipo. Bakersfield se ha convertido en uno de sus lugares preferidos para trabajar.

Stan también sabe guardar su palabra: ha acondicionado un estudio de ciento cuarenta metros cuadrados en West Oakland. Y en el garaje de mi casa vuelven a caber dos coches.

Creo que digo mucho el nombre de Stan.

He vendido doce taburetes, siete sillas, cinco mesitas de noche y una montaña de cojines. Todos los cuales han encontrado un hogar y también muchos fans en una tienda muy moderna de interiorismo. Naomi y Macy conocen a gente que conoce a gente, y esa gente conoce aún a más gente. He empezado también a tapizar otomanas. Busco telas bonitas y algo extravagantes y lo paso como una niña pequeña.

He desactivado mi cuenta de Facebook hasta próximo aviso. No la echo de menos. Sin embargo, Mona tenía razón: el mensaje de mi tercer marido ocupaba el tercer lugar en una lista de noventa y ocho. Stan escribió esto:

¡Hola, Georgia! Espero que estés bien. Pienso a menudo en ti. Si alguna vez vienes a Nueva York, avisa. Me encantaría llevarte a tomar un trozo de pizza. Un beso, Stan DiStasio.

Y por último, pero no por ello menos importante: no me arrepiento de haber dejado mi trabajo.

Agradecimientos

Aunque la escritura es un oficio solitario, el escritor necesita el apoyo, la seguridad y la paciencia que tantas personas le aportan a lo largo de su travesía. Me gustaría dar gracias a las siguientes: Molly Friedrich y Lucy Carson, mis agentes de toda la vida, por la fe que han demostrado en esta historia desde el principio y por los útiles consejos que me dieron tras leer el primer borrador; a mi correctora, la joven, inteligente, reflexiva e intuitiva Lindsay Sagnette, por su brillantez y por no tenerme miedo; y a mi editora, Molly Stern, por haber confiado en mis anteriores trabajos y también en este, y haberse ilusionado con ellos. He de expresar también mi agradecimiento a Maya Mavjee, David Drake y Rose Fox.

La soledad es muy valiosa para el escritor y no siempre es fácil hacerse con ella. Por eso aprecio enormemente que Adrienne Brodeur, directora creativa de Aspen Words, en el Aspen Institute, me ofreciese una residencia de un mes en una preciosa casa en las montañas, donde solo me hizo compañía el oso Bubu.

De las montañas viajé a Jamaica, donde trabajé durante otro mes. Charlotte Wallace, directora del Rock House, en Negril, me ofreció un bungaló circular frente al mar en el que tuve la oportunidad de seguir dando vida a esta novela. Por ello le estoy enormemente agradecida.

Miento para ganarme la vida, con la esperanza de que esa mentira cuente la verdad de alguien. Respeto y admiro a todas las mujeres, célebres o desconocidas, por su valor a la hora de cambiar de vida en etapas tardías (nunca demasiado, en cualquier caso) de la vida. Esta fiesta no se ha terminado. Todavía.

ÍNDICE